크라이스트 클론

# 크라이스트 클론

3권  뉴에이지의 메시아

초판1쇄 인쇄 ㅣ 2003년 7월 1일
초판1쇄 발행 ㅣ 2003년 7월 4일

지은이 ㅣ 제임스 보사이너
옮긴이 ㅣ 유영일
펴낸이 ㅣ 신성모

편집 ㅣ 정종화, 김윤창, 김영미
영업·홍보 ㅣ 최승필
관리 ㅣ 이영하

펴낸곳 ㅣ 북&월드
등록 ㅣ 2000년 11월 23일  제10-2073호

서울시 서대문구 창천동 68-68 기린하우스 A동 501호
전화 (02) 326-1013  팩스 (02) 326-0232
이메일 onlybook@hanmail.net

ISBN 89-90370-52-3 03840
      89-90370-49-3 03840 (세트)

ⓒ북&월드, 2003. Printed in Seoul Korea

• 책값은 뒤표지에 표기되어 있습니다.
• 파본은 구입하신 서점에서 교환해 드립니다.

# 3

뉴에이지의 메시아

# 크라이스트 클론

제임스 보사이너 지음 · 유영일 옮김

THE CHRIST CLONE

**북&월드**

차 례 · · · · · · · · · · · · · · · · · · · · · · · · ·

· · · · · 3권 **뉴에이지의 메시아**

# 1
## 탄생의 진통

**2021년 1월 24일   뉴욕 UN**

전 UN부총장 로버트 마일너의 귀환을 축하하는 연회가 성대하게 열렸다. 루시어스 트러스트가 주관한 이 연회에는 수백 명의 회원들과 지지자들이 참석했고, 다수의 UN 대표들도 포함되어 있었다. 마일너는 그 기회를 이용하여, 앨리스 번레이의 뒤를 이어 〈지구를 사랑하는 사람들〉의 이사 자리를 승계할 것임을 공식적으로 천명했다. 그는 트러스트의 일에 모두가 진력하자고 회원들을 격려했다. 그리고 이스라엘에서 그가 귀환한 것이 〈때〉가 가까이 다가왔다는 명백한 증거라는, 트러스트의 지지자들 사이에 떠도는 소문이 사실임을 확인해줌으로써 우레와 같은 박수갈채를 받으면서 연설을 끝맺었다.

데커 호손은 봇물 터지듯 하는 자료 요청에 사흘 내내 눈코 뜰 새가 없었다. 전쟁과 그 결과, 안전보장이사회의 회의들, 알베르 포레에 관한 조사 기록, 그리고 데커를 저절로 신이 나게 하는 크리스토퍼에 관한 자료 요청이 그것들이었다.

1월 24일 일요일 아침, 데커, 크리스토퍼, 마일너는 크리스토퍼의 사무실에 모였다. 세 사람은 낮은 탁자를 가운데 두고 둘러앉았다.

「아저씨가 저에게 이야기하셨던 그 기사 가지고 계세요?」

크리스토퍼가 물었다.

데커가 고개를 끄덕이고는 가방에서 《뉴욕 타임스》를 꺼냈다.

「총장님은 이미 보셨을 것 같습니다만.」

크리스토퍼가 마일너에게 말했다.

「어제 신문 16면에 나온 예루살렘 특파원의 기사예요.」

데커가 신문을 펼쳐들며 말했다.

세계의 눈길이 대부분 동방의 비극에 쏠려 있는 동안, 이스라엘에서는 자신이 바로 사도 요한으로 나이가 2천 살이라고 주장하는 사람과 〈예언자 엘리아의 영과 능력을 부여받았다〉는 사람이, 훨씬 더 극심한 비극이 다가올 것을 예고하고 있다. 이스라엘에서 매우 광범위하게 활동하고 있는 〈코움 담마 파타르(KDP)〉라 불리는 종교의 지도자들인 이들은 하늘에서 불이 떨어지고, 거대한 운석이나 소행성이 지구와 충돌할 것이며, 지구의 신선한 물 3분의 1이 오염되고, 태양과 별들의 3분의 1이 검은 재에 뒤덮이는 등의 대파국이 닥칠 것이라고 말한다. 대부분의 이스라엘 사람들은 두 사람을 순전히 골칫거리 정도로 여기지만, 그들의 말을 진지하게 받아들이고 따르는 이들도 있다. 그들은 지난 17개월 동안 이스라엘과 중동의 나머지 지역을 강타했던 가뭄을 일으킨 것이 바로 두 사람이라고 주장한다. 추종자들은 랍비 요하난—히브리어로는 요한—이라고 부르는 그들 중의 한 사람이 바로 기독교

신약성서의 사도 요한이라고 믿는다. 겉보기에는 50대 후반 정도로 보이지만 그는 실제로 2천 살 이상이라는 것이 그들의 주장이다. 다른 한 사람은 〈엘리야의 영과 권능으로〉 왔다는 사울 코헨으로, 하시디즘 랍비였던 인물이다. 이스라엘의 대제사장 카임 레빈과 마찬가지로, 코헨은 본래 뉴욕의 랍비 므나헴 시니어슨(Menachem Schneerson)의 추종자였다. 코헨은 20여 년 전 예수가 유대의 메시아라고 가르치기 시작함으로써 유대교와 결별했다.

요한과 코헨은 삼베로 만든 긴 옷을 입고 유대의 도시와 성읍 거리 곳곳을 거닐면서 지구에 하나님의 분노가 임했다는 메시지를 선포하고 다닌다. 들리는 바에 의하면 두 사람은 목욕도 거의 하지 않으며, 고대의 종교 전통에서 상(喪)을 입은 사람들이 그랬듯이 머리 꼭대기부터 재와 검댕을 뒤집어쓰고 다닌다고 한다. 그들은 언론의 인터뷰도 일체 거절하고, 자신들의 경고만을 끝없이 되풀이하고 다닌다.

소문에 따르면 정확히 14만4천 명이라는 KDP 신자들은, 이스라엘 사람들은 물론 관광객들을 끊임없이 자극함으로써, 관광 산업 하락의 주요한 원인이라고 비난을 받아왔다. KDP 신자들은 아무 의심을 하지 않는 사람들에게 접근하여 부도덕하다고 여겨지는 그들의 생각과 행위를 비난하면서, 회개하지 않으면 천벌을 받을 것이라고 위협한다. 대제사장 레빈조차도 그들의 맹렬한 비난을 받은 바 있을 정도이다.

KDP의 신자는 독신의 유대인 남성으로 제한된다. 하지만 수많은 지지자들이 그 뒤를 받쳐준다. 실제로 KDP 신자들은 이마에 새기고 있는 핏빛의 히브리어 문자로 쉽게 알아볼 수 있다. 이스라엘 사람들은 대부분 KDP 신자들이 영(靈) 능력을 지니고 있다고 믿는다. KDP 신자와 만나본 경험이 있는 사람들은, 그들이 자신들의 사생활을 세세하게 알고 있었다고 입을 모은다. KDP 신자들은 기자의 질문에는 대체로 무반응으로 일관하면서도, 대신 이러한 영적 재능을 명백히 보여주고 있는 것이다. KDP 지지자들에 따르면, KDP는 명예훼손을 당한 알베르 포레 UN 대사와 찰스 브룩스 장군이 신약성서의 계시록에 나오는 첫번째와 두번째의 〈말 탄 사람들〉을 영적으로 나타내는 것으로 믿는다고 한다. 그런가 하면 수백만의 사람을 죽게 한 기근은 세번째 말 탄 사람을 나타내고, 네번째 말 탄 사람은 핵전쟁으로 황폐화된 결과를 가져온 17개월 동안의 전쟁을 나타낸다고 한다.

KDP의 두 지도자들이 선포한 내용에 따르면, 그들이 예언한 사건들은 인류가 〈하나님의 율법을 따름으로써 하나님의 자비를 받아들이길 거부했기〉 때문에 지상의 인간들을 덮칠 것이라고 한다. 인류가 〈진정한 하나님을 예배하지 않고 태양과 달과 별들〉—점성학을 지칭하는 것이 명백함—과 다른 〈거짓 신들〉을 경배했기 때문에 하늘로부터 천벌을 받게 된다는 것이다.

그들이 예언한 대로 소행성이 지구와 충돌한다는 것이 사실로 입증된다고 해도, 그런 대재앙이 일어난 것이 지구에 처음 있는 일은 아니다. 많은 과학자들은 6천5백만 년 전 백악기 끝 무렵에 공룡이 멸종한 것이 소행성과의 충돌 때문이었다고 믿는다. 팔로마 산의 소행성 관측소 진 스프링 박사에 따르면, 지구 궤도와 교차하는 궤도를 가진 수천 개의 소행성들이 있으며, 그중 950여 개는 직경이 1킬로미터 이상이라고 한다. 그녀는 다음 2백억 년 이내에 거대 소행성이 지구와 우연히 충돌한 가능성은 지극히 낮다고 덧붙였다.

KDP 신자들이 이스라엘에 처음으로 나타나기 시작했을 때, 경찰은 소란죄로 수백 명을 체포했었다. 하지만 그 숫자가 너무 많아서 감옥에 수용하기가 불가능해져버렸다. 이스라엘 정부 내의 소식통에 따르면, 경찰은 두 지도자를 체포하려고 시도했지만, 이스라엘 안보국의 도움에도 불구하고 KDP 내부로 침투할 수가 없었다고 한다. 두 사람이 공개된 장소에 출현할 때에도, 경찰이 가까이에 갈 때마다 초인적인 능력으로 감쪽같이 빠져나가는 통에 체포할 수가 없었다는 것이다.

데커가 그 기사의 마지막 단락을 읽고 있을 때, 크리스토퍼가 자리에서 일어나 서가 쪽으로 갔다.
「이걸 들어보세요.」
서가에서 가죽 장정이 된 책 한 권을 꺼내들면서 크리스토퍼가 말했다. 그 책은 성서였다.

첫째 천사가 나팔을 부니, 피 섞인 우박과 불이 따르더라. 그것들이 땅에 쏟아지매 땅의 3분의 1이 타서 사위고 수목의 삼분의 일도 타서 사위고 각종 푸른 풀도 타서 사위더라. 둘째 천사가 나팔을 부니, 불붙는 큰 산과 같은 것이 바다에 던져지매 바다의 3분의 1이 피가 되더라. 또 바다 가운데 생명 가진 피조물들의 3분의 1이 죽고 배들의 3분의 1이 부서지더라. 셋째 천사가 나팔을 부니, 횃불같이 타는 큰 별이 하늘에서 떨어져 강들의 3분의 1과 샘물의 원천을 덮치더라. 이 별 이름은 〈쑥〉이라. 물의 3분의 1이 쓴 물이 되매 그 물을 마심으로 인하여 많은 사람이 죽더라. 넷째 천사가 나팔을 부니, 해 3분의 1과 달 3분의 1과 별들의 3분의 1이 타격을 입어 그 3분의 1이 어두워지니 낮 3분의 1은 빛을 잃고 밤도 그러하더라.[1]

「요한과 코헨이 예고한 것과 무서울 정도로 흡사해요.」

크리스토퍼가 페이지를 넘기면서 말했다.

「성서에 나오는 재앙이 그렇다는 말이지?」

데커가 물었다.

「예, 계시록이요. 게다가 그것만이 아니에요.」

내가 나의 두 증인에게 권세를 주리니, 그들은 굵은 베옷을 입고 1천2백60일 동안을 예언하리라. 그들은 이 땅의 주 앞에 서 있는 올리브나무 두 그루요, 촛대 두 개이니, 만일 누구든지 그들을 해하고자 하는 사람이 있으면, 그들의 입에서 불이 나와서 그 원수를 삼켜버릴지니 누구든지 해하려 하면 반드시 이와 같이 죽임을 당하리라. 그들은 예언 활동을 하는 동안에, 하늘을 닫아 비가 내리지 못하게 하고, 또 물을 피로 변하게 하고, 아무 때든지 원하는 대로 여러 가지 재앙으로 땅을 치리로다.[2]

「그들이 예고한 일들이 실현될까요?」

「그들은 그것을 실현시킬 수 있는 힘을 가지고 있을 거요. 그것에 대해서는 예루살렘의 호텔 로비에서 제가 말씀드렸었지요.」

데커의 물음에 마일너가 대답했다.

그때 돌연 크리스토퍼의 얼굴이 창백해졌다. 데커가 걱정스러이 물었다.

---

1) 요한계시록 8:7~12.
2) 요한계시록 11:3~6.

「왜 그러니?」

「요한과 코헨이 계시록에 언급된 그 〈두 증인〉이라면, 그들은 예언자들이에요. 하나님의 종이지요.」

크리스토퍼가 말했다.

「그래, 하지만 계시록을 쓴 것은 바로 그 요한이잖니?」

「맞아요!」

크리스토퍼가 맞장구쳤다. 데커에게 말을 한 직후에야 그 사실이 떠오른 것이었다.

「요한은 지금 자신이 계시록에 썼던 것을 실행시키려고 하고 있는 걸까요? 그게 가능한 일일까요?」

크리스토퍼가 마일너에게 눈길을 주면서 물었다.

「그렇게 될 수도 있지. 전에 말했던 것처럼, 요한과 코헨은 이런 일들을 실현시킬 만한 힘을 가졌을 가능성이 커. 그가 계시록을 썼을 당시에는 실현 가능성이 희박하게 여겨졌을 거야. 그랬던 것이 최근 들어 그의 영 능력과 염력이 부쩍 성장하게 된 거야. 오늘날의 그들에게서 볼 수 있는 것처럼 말이야. 2천 년 전부터 이미 그들이 이 정도까지 성장할 것이라고 예측했을지는 의심스러워. 그보다는 그런 능력이 자신에게 있음을 알게 된 후, 과거에 일종의 청사진으로서 썼던 것을 실제로 활용하기로 했다는 것이 맞을 거야. 성서 예언이 그런 유사한 방식으로 활용된 것은 이번이 처음은 아니야. 1970년대에 컬트 지도자였던 찰스 맨슨이 계시록과 비틀즈의 시를 결합시킴으로써 비슷한 일을 했었지. 하지만 맨슨의 죄악은 요한과 코헨이 계획해온 것들과 비교하면 미미하다고 해야 할 정도야.」

마일너가 대답했다.

「잠깐만요, 저는 좀 느려가지고 말이죠. 아무래도 이해가 안 되는 것이 몇 가지 있네요. 이 사람들은 어떻게 그런 능력을 갖게 되었으며, 무엇 때문에 이 모든 파괴를 일으키기를 원하는 거죠?」

데커가 턱에 손을 갖다댄 채 물었다.

「미안해요, 데커. 어리둥절하게 느껴질 수도 있을 거요. 차근히 설명해주겠소. 이스라엘 호텔에서 내가 말했듯이, 인류는 진화 과정상 최후의 국면으로 이제 막 진입하고 있는 중이에요. 인류는 머지않아 현재의 단계를 훨씬 뛰어넘어, 우리가 뉴에이지라고 부르는 최후의 단계를 성취하게 될 것입니다. 미래의 시점에서 보면 지금까지의 인류는 위에서 내려다본 곤충의 삶과 마찬가지일 것이오. KDP는 그러한 단계의 초입에 들어선 사람들이라고 할 수 있소.」

마일녀는 데커의 반응을 살핀 후 계속했다.

「데커, 나라가 없는데도 불구하고 지난 1천9백 년 동안 유대 민족이 살아남게 된 그 저력이 어디에 있는지 생각해본 적이 있을 거요. 수십 명에 달하는 왕과 정부, 고집불통 정치가들이 지구상에서 그들을 쓸어버리려고 했지만, 그들은 뿔뿔이 흩어져서도 결국 살아남았소. 잔혹한 인종차별에도 불구하고 그들은 번성해왔고, 무엇보다 놀라운 것은 그들 주위의 문명에 흡수 동화되지 않았다는 점이오. 역사상의 어떠한 민족도 그런 것을 성취한 적이 없소. 데커, 그들은 진짜 특이한 족속이오. 인종차별주의자의 진술처럼 들릴지 모르지만, 내가 하는 말은 진화적인 차원에서 더 멀리 내다보고 하는 것이오. 그 차이를 고루한 잣대로 잴 수 있는 것은 아니지만, 그 차이점이 바로 그들을 한 민족으로서 살아남게 했던 원동력이었소. 그리고 바로 그것이, 유대인들 사이에서 처음으로 뉴에이지가 구체적으로 표현

된 이유요. KDP는 다가올 진화적 변화의 첨병들이라 할 수 있소. 그러한 변화가 전 세계의 모든 인간과 모든 민족을 다 뒤덮을 거요.」

「요한과 코헨이 어떻게 거기에 적합하단 말씀인가요?」

데커가 물었다.

「그들보다 앞선 성서적 예언자들처럼, 요한과 코헨은 특정한 영능력을 타고난 사람들이오. 예수는 요한의 그런 능력을 알아보고, 그를 제자로 불렀을 것이오. 다른 제자들보다 훨씬 더 나이가 어린데도 그를 부른 데에는 아마도 그런 점이 작용했을 거요.」

데커는 크리스토퍼 쪽을 바라보았다. 마일너의 그런 가정이 그의 앞선 삶에 대한 기억을 깨워주지 않을까 하는 기대감에서였다. 크리스토퍼는 어깨를 으쓱함으로써 그런 기억은 나지 않는다는 것을 나타냈다.

「몇 천 년 전엔 요한과 코헨 같은 사람들이 예언자로서 갈채를 받았지요. 하지만 과학이 발달한 현대에 와서 그들은 기껏 수백 명의 뛰어난 심령술사 중 두 사람에 지나지 않았소. 그런데 이제 뉴에이지가 다가옴에 따라, 그들은 지금껏 알아왔던 것을 초월하는 무엇인가를 세계를 향해 표현하고 있는 거요. 하지만 그들이 지금 갖고 있는 능력 정도는 곧 아무것도 아닌 게 될 것이오. 인류 앞에 놓인 찬란한 미래를 말로는 설명할 길이 없을 지경이오. 인류의 잠재력이 드러남에 따라 우리는 인간 종족을 물리적인 눈을 통해서뿐만 아니라 마음의 눈을 통해서도 보기 시작할 거요. KDP 신자들이 이미 갖고 있는 그런 능력으로, 우리는 주변 사람들의 깊은 내면을 볼 수 있게 될 것이오. 그들의 필요와 바람, 그들의 희망과 두려움, 그들의 고통과 즐거움, 그들의 진정한 자아를 한눈에 볼 수 있게 되는 거요!

인간을 아름다운 사람과 추한 사람으로, 매력적인 사람과 불쾌한 사람으로 나누어놓는 거죽을 모두 벗겨내게 될 것이오.」

데커는 자기도 모르게 고개를 끄덕였다.

「우리가 진실로 우리 주변 사람들의 참모습을 보게 될 때, 그들의 거죽이 아닌 그들의 영혼을 볼 수 있게 될 때, 그때에야 우리는 진실로 서로를 이해할 수 있을 거요. 우리가 보는 모든 것은 다 유쾌하지는 않겠지요. 어둡고 부패한 모습들이 많이 눈에 띌 것입니다. 하지만 그러한 부패상을 넘어서 그것의 뿌리가 되는 원인 또한 볼 수 있게 될 거요. 그래서 우리들 각자를 진정 우리 되게 하는 것이 무엇인지를 이해함에 따라, 미움으로 치닫는 우리의 기질 또한 돌이킬 수가 있게 될 것이오.」

마일너의 목소리에는 갈수록 힘이 더해졌고, 나머지 두 사람도 점점 그의 이야기에 빠져들었다. 마일너는 방금 크리스토퍼가 읽었던 성서를 탁자 위에서 집어 들었다.

「사도 바울은 그것을 고린도전서에서 아름답게 표현한 바 있소.」

우리가 아는 것도 불완전하고 말씀을 받아 전하는 것도 불완전하지만, 완전한 것이 오면 불완전한 것은 사라집니다. 내가 어렸을 때에는 말하는 것이 어린아이와 같고, 깨닫는 것이 어린아이와 같고, 판단하는 것이 어린아이와 같았습니다. 그러나 어른이 되어서는 어렸을 때의 것들을 버렸습니다. 우리가 지금은 거울에 비추어 보듯이 희미하게 보지만 그 때에 가서는 얼굴을 맞대고 볼 것입니다. 지금은 내가 불완전하게 알 뿐이지만 그 때에 가서는 하나님께서 나를 아시듯이 나도 완전하게 알게 될 것입니다.[3]

마일너는 성서를 내려놓고 말을 이었다.

「우리의 깊은 생각을 다른 사람들에게 속속들이 들켰을 때의 당혹감은 우리가 생각할 수 있는 이상일 겁니다. 하지만 그건 일시적인 현상에 지나지 않을 거요. 우리 모두가 기만과 가면을 속속들이 벗겨내게 될 때, 우리는 곧 주변의 모든 사람들이 자신과 다르지 않다는 것을 알아차리기 시작할 거요. 똑같은 희망과 두려움을, 똑같은 욕구와 갈망을 갖고 있다는 것을 이해하기 시작할 겁니다. 그것을 알아차릴 때, 우리는 다른 사람들을 이해한다는 것이 누군가가 자신의 마음을 알아주었을 때와 마찬가지로 커다란 축복이라는 것을 깨닫게 될 겁니다. 가슴으로 말하고 가슴으로 듣는 법을 배움에 따라 사람들 사이에는 진정한 협력이 싹트게 될 겁니다. 우리가 진정으로 협력할 때 우리가 할 수 있는 일에는 한계가 없습니다! 하지만 이것조차도 단지 시작에 불과할 겁니다! 이 모두가 수십 년 안에 실현될 거예요. 이는 단지 영광스러운 뉴에이지의 여명에 불과합니다!」

마일너는 열정이 넘쳐 자기도 모르게 자리에서 일어났다.

「동이 트고 날이 밝아오면 우린 육체의 경계를 넘어서게 될 것입니다. 우리는 지금 물질과 육체라는 한계 안에서 살아가지만, 그때가 되면 존재의 방식과 양태가 달라집니다. 그런 양상을 〈영〉이라고 부르는 것은 적절치 않을 거예요. 우리가 지금 상상할 수 있는 의미로는 그것의 진정한 의미를 다 담아낼 수가 없기 때문입니다. 우리의 상상을 넘어서는 현실이 전개될 거예요. 태양계와 은하계, 우주 자체가 우리의 무대가 될 겁니다! 시간과 공간의 여행은 물론이고,

---

3) 고린도전서 13:9~12.

지금은 상상이 불가능한 차원들 또한 넘나들게 될 거예요! 미래의 가능성에는 진실로 끝이 없습니다!」

데커의 눈이 점점 커지고, 눈썹이 활처럼 휘었다. 한 번도 상상해 본 적이 없는 위대한 새로운 시대의 약속이었다. 그 짧은 순간에 데 커는 그것의 성취를 스스로에게 다짐하고 맹세했다.

「하지만 이 모든 것은 우리 자신에게 달려 있어요.」

마일너가 계속했다.

「다음 5,6년 안에 우리가 과연 뉴에이지의 영광스러운 빛 속으로 진입할 것이냐, 아니면 두려움과 증오의 어둠 속으로 후퇴할 것이냐 가 결정될 것이오. 후자의 길이 선택된다면, 우리는 분명코 한 종으 로서의 죽음을 경험하기 시작할 것이오. 그 과정이 1백 년이 걸릴 수도 있고, 2백 년이 걸릴 수도 있겠지만, 인간은 자기 자신과 함께 지구를 파멸로 몰고 갈 거요.」

「인간에게는 진화, 아니면 파멸의 길이 있을 뿐이다.」

크리스토퍼가 깊이 생각에 잠긴 채 말했다.

「사막에서 나의 아버지께서 말씀하셨던 내용입니다. 〈인간에게는 진화, 아니면 파멸의 길이 있을 뿐이다.〉」

마일너가 고개를 끄덕이곤 이야기를 이었다.

「뉴에이지가 약속하는 새로운 시대의 도래를 보게 된다고 할지라 도, 우리는 무시무시하고 섬뜩한 위협의 망령들 또한 만나게 됩니 다. 역사란 흔히 말해지듯이, 인간에 대한 인간의 비인간성의 기록 이오. 대재난 이후의 우리 역사는 거기에 대해 냉엄한 증언을 하고 있소. 러시아의 파괴, 중국-인도-파키스탄의 전쟁이 바로 그것이 오. 전쟁이 없는 곳에서도 개인적인 잔혹의 역사는 이어졌소. 대재난 이후로 폭력 범죄가 엄청 증가하고 있어요. 17년 전 대재난의 시기에는 세계 인구의 거의 5분의 1이 갑작스러운 죽음을 맞았소.」

「대재난이 이 모든 것과 어떤 관계가 있나요?」

대재난 얘기가 나오자 데커가 끼어들었다.

「아뇨, 전혀. 단지 참고삼아 말씀드린 것뿐이오. 내가 말하려는 것은, 뉴에이지가 다가옴에 따라 낡은 시대는 물러가지 않으려고 안간힘을 다해 버티고 있다는 점이오. 시대 자체가 어떤 힘을 본래 지니고 있는 것은 아니오. 하지만 인류는 새로운 미지의 것이 다가오고 있다는 것을 감지하면서도, 한편으로는 자신이 알고 있는 것만을 고수하려고 하지요. 그것이 얼마나 자기 파괴적인 짓인지는 헤아리지도 못해요. 낡은 과거에 집착하는 것은, 불과 몇 발자국밖에 떨어져 있지 않은 구명보트를 향해 헤엄을 칠 생각은 하지 않고 침몰하는 배의 돛대만을 붙들고 늘어지는 것과도 같아요. 바로 그 미지의 것에 대한 인간의 두려움을 이용하여, 존과 코헨은 KDP 신자들의 역할을 악역 쪽으로 비틀어놓았소.」

「요한과 코헨에 의해 KDP가 잘못 인도된다면, 그것은 인류의 미래에 대한 위협이 될 수도 있겠네요.」

데커가 물었다. 그러고는 크리스토퍼 쪽을 향해 말했다.

「네가 알베르 포레에게 한 것처럼 할 순 없을까? 그자들이 정말로 파괴를 불러올 거라면, 그런 대접을 받아야 마땅하지. 아직은 그럴 만하지 않더라도 우리가 예방 차원의 행동을 할 순 없을까?」

마일너가 크리스토퍼를 대신하여 대답했다.

「불행히도, 그렇게 단순한 문제가 아니오.」

「단순할 거라고 생각진 않았습니다. 하지만 왜 안 되는지, 저를 좀 납득시켜주시겠습니까?」

데커는 체념의 한숨을 내쉬었다.

「뉴에이지로의 진입은 의식적인 선택이어야만 해요  어느 누구도 강제로 끌고 갈 수는 없는 일이오. 바로 이런 방식으로 인해, 진화 과정에서의 이번 단계는 앞선 단계들과는 전적으로 달라요. 세계가 오늘날까지 경험해온 진화는 〈물질적인 진화〉였소. 다시 말하자면, 진화의 힘이 물질적인 변화를 야기하여 피조물들은 저마다 다양한 제 갈 길을 걸어왔던 거요. 여기에는 어떠한 선택도 개입된 적이 없었소. 적응하여 진화한 종(種)들만이 살아남았거든요. 적응하고 진화하지 않으면 멸종되었소. 인류가 밟아온 물질적 진화로 인해 인류는 물질적인 문화를 꽃피웠소.

이제 다가올 최후의 진화는 물질적인 진화가 아니라 영적인 진화예요. 하나의 선택이어야만 하는 이유가 바로 거기에 있소. 선택은 그러한 변화가 시작되기를 허락하는 촉매이자 추진력이오. 뉴에이지로 진입할 것이냐, 아니면 과거에 머물러 있을 것이냐? 우리 스스로 선택하지 않으면 안 되오. 요한과 코헨을 제거한다고 해서 올바른 결단을 촉진시키진 않을 거요. 그것은 단지 선택의 가능성을 제거하는 것에 지나지 않소. 역설처럼 들릴지 모르지만 현 단계에 머물러 있겠다는 무리가 없다면, 뉴에이지로 진입하려는 선택도 불가능해요.」

「결과적으로, 요한과 코헨은 〈필요악〉인 존재인 건가요?」

마일너가 고개를 끄덕였다.

「간명하게 핵심을 찔렀소. 요한과 코헨이 존재하지 않는다 할지라도 다른 누군가가 있었을 것이오. 〈악〉은 〈선〉이 출현하기 위해 어쩔 수 없이 필요한 존재니까.」

「하지만 선택이 요구된다고 한다면, KDP는 어떻게 되는 거죠? 그들은 요한과 코헨을 따름으로써 그른 선택을 했음이 명백한데도 이미 뉴에이지로 들어서지 않았습니까.」

「그렇지 않소, 데커. 어느 누구도 다른 모두와 별도로 뉴에이지에 진입할 수 없어요. 문지방을 넘는 것은 종(種) 전체로서이지 개인으로서가 아니오. 그들은 다가올 시대의 현시(顯示)일 뿐이오. 동이 트기 전에 밤하늘이 밝아지듯이, 우리도 KDP를 통해 뉴에이지의 도래에 대한 징조를 보고 있는 거요. 하지만 동이 트기 전에 하늘이 좀 밝아졌다고 해서 낮이 시작된 것은 아니오. 태양이 얼굴을 내밀어야 해요.」

마일너가 계속했다.

「KDP 안에 그러한 현시가 이루어졌다는 이유만으로 그들이 뉴에이지에 진입했다는 것을 뜻하진 않소. 새로운 날로 진입하느냐 아니면 어둠으로 돌아가느냐의 선택은 여전히 그들 자신의 몫으로 남아 있소. 그것은 곧 요한과 코헨을 계속 따를 것이냐, 아니면 크리스토퍼를 따를 것이냐의 선택이기도 해요. 세상의 다른 모든 사람들에게도 똑같은 선택의 기회가 주어질 것이오.」

「하지만 그들은 그 선택을 어떻게 하게 될까요? 그들은 언제 그것을 알게 될까요?」

데커가 물었다.

「정확한 시간은 나도 몰라요. 세상이 결정을 내릴 준비가 될 때만 선택의 기회가 주어질 것이오. 그 이전에, 요한과 코헨에게 자신들이 원하는 바대로의 활동을 충분히 펼칠 수 있는 기간이 주어져야만 해요.」

「그들이 악행을 저지르는데도 앉아서 지켜보기만 해야 한다는 말씀인가요?」

「나도 그 점이 우려되오. 하지만 그런 방식을 통해서만이 인류는 요구되는 결단력의 단계에 대비할 수 있을 거요.」

마일너가 신중하게 대답했다.

「그러니까 총장님이 말씀하시는 것은, 그들이 많은 피를 흘려서 스스로 멈추고자 하기 전에는 크리스토퍼가 그들의 머리를 벽에다 짓찧음으로써 세상의 선택을 좌지우지할 수는 없단 뜻인가요?」

「다시 한 번 말씀드리지만, 문제의 핵심을 찌르는 데는 일가견이 있으시군.」

마일너가 미소를 지었다.

「좋습니다. 한 가지만 더 묻겠습니다. 어, 그러니까… 이 모든 것을 어떻게 아시게 된 거죠?」

「그건 얘기가 길어요. 요한과 코헨의 예언자적 능력에도 불구하고, 또 자신들이 예언한 것을 실현시킬 수 있는 능력에도 불구하고, 그 기사에는 명백히 잘못된 것이 있소. 사울 코헨은 예언자 엘리야의 권능과 능력으로 온 것이 아니오. …그건 바로 나니까.」

「무슨 뜻이죠?」

「앨리스 번레이에게 듀얼리 카임 스승님, 혹은 단순히 〈티벳인〉이라고 불렸던 〈영혼의 안내자〉가 있었다는 것을 기억하실지 모르겠소.」

데커가 고개를 끄덕였다.

「앨리스가 하늘나라로 갔을 때, 듀얼리 카임 스승님이 내게로 오셨소. 당신과 크리스토퍼가 오기 전에, 나는 이스라엘에서 16개월 동안 듀얼리 카임의 지도 아래 수련 기간을 거쳤소. 그 기간의 막바지에, 설명하기가 좀 곤란하지만, 나는 엘리야의 영을 받아들였소. 엘리야는 지금 내 안에 있소.」

데커는 놀라서 눈을 깜박였다.

「유대의 예언에서는 이런 것이 있습니다. 아마도 유대의 예언자들 중에서 가장 위대한 예언자인 엘리야는, 그의 후계자인 엘리사에 따르면, 살아 있는 상태에서 하늘나라로 들려 올라갔으며[4] 다시 돌아올 것이라고 말입니다. 바로 거기에 근거하여 사울 코헨이 엘리야의 영과 권능이 자신에게 임했다고 말하는 것이오. 하지만 그것은 불가능한 일이오. 엘리야의 영은 여기 내 안에 있기 때문이오. 우리는 하나요. 나는 그의 입술이며, 그는 나의 눈이오.」

「그래서 일어나게 될 일들을 아시게 된 겁니까?」

데커가 물었다.

「앎은 우리의 내면에 있소.」

마일너가 자기 자신과 자신을 소유하고 있는 존재를 복수로 지칭했다.

「하지만 미래를 모두 다 볼 수 있는 것은 아니오. 금지된 베일이 있어서, 그 이상은 나도 볼 수가 없소. 만약 그 선을 넘는다면 많은 고통을 당할 것입니다. 그 때문에 엘리야는 그걸 보지 못하게 하고 나를 보호하려고 해요. 때가 되면 베일이 걷히겠지만.」

「그럼 우린 여기에서 어디로 가야 하는 거죠? 요한과 코헨이 지구

---

4) 열왕기하 2:11.

를 황폐화시키는 것을 그냥 주저앉아서 지켜보기만 해야 한단 말인 가요?」

데커가 답답해하며 물었다.

「전혀 그렇지 않소.」

「그러면 무엇을 해야 하는 거죠? 크리스토퍼가 누구인지를 드러내서 뉴에이지라는 종교를 〈빠른 궤도〉 위에 올려놓아야 하나요?」

데커가 마일너에게 다시 물었다.

「안 돼요!」

크리스토퍼가 갑자기 외쳤다. 질책하는 듯한 어조였다. 그는 곧 목소리를 낮춰 얘기했다.

「죄송합니다. 아저씨를 향해서 그럴 의도는 아니었어요. 마일너 총장님의 설명에도 불구하고, 불분명한 점들이 너무 많이 남아 있어요. 우리 앞에 어떤 일이 기다리고 있느냐를 말하는 것과, 일어나는 일에 책임을 진다는 것은 전적으로 다릅니다. 제가 아버지와 함께했던 시간은 너무나 짧았습니다. 아직도 제가 모르는 것들이 너무 많아요. 하지만 한 가지 의심의 여지가 없는 것은 뉴에이지가 다른 종교들을 대신하는 무엇은 결코 아니라는 것입니다. 사실은 오히려 그 반대이지요. 뉴에이지는 인류가 자기 스스로를, 우리 모두의 내면에 존재하는 신을 믿는 것과 관련됩니다.」

크리스토퍼는 잠깐 망설이는 듯하더니 얘기를 계속했다.

「칼 마르크스는 종교를 인민의 아편이라고 했지만, 그건 틀렸어요. 종교는 아편이 아니라 인민을 선동하는 도구입니다! 종교의 이름으로 행해지는 악을 보십시오! 종교의 독선이 행한 잔혹함을 보십시오! 한 사람이 다른 사람을 착취하고 살해하면서 종교라는 편리한 구실을 붙여온 사례들을 보십시오! 종교는 더 많은 전쟁, 더 많은 성전(聖戰), 더 많은 종교재판, 더 많은 차별, 더 많은 불평등, 더 많은 편견, 더 많은 범법 행위, 더 많은 박해, 더 많은 광신, 더 많은 편협함, 더 많은 부정을 야기해온 원인이었습니다. 역사를 통틀어놓고 보아도 종교보다 더 심한 폐해는 찾아볼 수 없습니다. 힌두교인들은 무슬림들을 죽였고, 무슬림들은 유대교인들을 죽였고, 가톨릭은 개신교도들을 죽였고, 불교도들은 힌두교인들을 죽였습니다… 거기에는 끝이 없습니다.」

데커는 한동안 깊은 생각에 잠겨, 그런 것들에 대해서는 한 번도 생각이 미치지 못했다는 것을 깨달았다. 모든 것이 명백해 보였다. 인도와 파키스탄을 전쟁으로 몰아넣은 경계선에도, 중국이 파키스탄을 지원한 배경에도, 그 핵심에는 결국 종교가 있었던 것이다.

「데커, 먼저 행해져야 할 것은 종교적인 일이 아니라, 정치적인 일이라고 할 수 있소.」

마일녀가 불쑥 끼어들었다.

「정치적이라는 말이 주는 부정적인 인상 때문에 그 단어를 쓰기가 망설여지지만. 첫 단계는 크리스토퍼가 유럽 대표가 되는 일이오. 그 목표를 위해서 이미 많은 물밑 작업을 행해왔소. 우리는 유럽 지역 15개국 중에서 8개국의 표를 얻어야 해요. 나는, 그 정도 표는 이미 획득했다고 믿소.」

「대단하군요! 그런데 어떻게 그런 확신을 하실 수 있는 거죠?」

데커가 물었다.

「이스라엘에서 돌아온 이후 지난 사흘 동안, 나는 여러 유럽 회원들을 만나왔소. 그들은 크리스토퍼가 포레와 관련된 상황을 처리한 것에 대해 깊은 인상을 받고 있더군. 그들은 포레의 자백이 견딜 수 없는 죄책감의 결과이며, 크리스토퍼는 단지 그러한 죄책감을 깨우치게 한 것일 뿐이라고 믿고 있었소. 크리스토퍼가 포레의 죽음에 직접 연루되어 있다고는 아무도 생각하지 않았소. 그보다 더 중요한 것은, 크리스토퍼가 UN의 대표로서 너무도 훌륭하게 처신해주었다는 점이오. 안전보장이사회의 회의를 텔레비전으로 중계할 당시 세계의 눈이 크리스토퍼에게 쏠렸소. 지각없는 전쟁의 뒤끝인 지금, 세계는 한 사람의 영웅을 필요로 하고 있고 크리스토퍼야말로 그 역할에 제격이라 할 수 있소.」

데커는 그 기분을 너무 잘 알았지만, 마일너가 말하는 것을 잠자코 듣고 있었다.

「사실 나는 그가 만장일치로 추대되어도 조금도 놀라지 않을 것이오. …적절한 시기에.」

마일너는 그렇게 덧붙이고는 얘기를 계속했다.

「두번째 단계는 크리스토퍼가 사무총장으로 선출되는 것이오. 나와 루시어스 트러스트에 의해 토대는 이미 상당 부분 마련되었소. 우리는 이미 총회 회원국의 3분의 1 이상과 안전보장이사회의 이사국 중 최소한 네 표를 확보했다고 믿소.」

「그 사람들 모두가 크리스토퍼에 대해서 알고 있다는 말씀인가요?」

「그렇진 않소. 물론 그건 아니오. 이 방에 있는 사람을 빼면 아주 적은 수의 사람만이, 내가 전적으로 신뢰하는 몇몇 사람만이 그에 관해 알고 있소. 나머지는 모두 뉴에이지에 대해 막연한 상상을 할 뿐이고, 다가오는 시대의 강력한 지도자에 대해서도 막연하게 알고

있을 뿐이오. 지구를 사랑과 자비로써 통치하게 될 운명을 지닌 분
이라는 것 정도로 말이오.」

# 2
## 다가오는 소행성

**2021년 3월 30일  뉴욕**

UN 근처의 2번가에 있는 한 중국 음식점에서, 웨이터가 계산서와 함께 네 개의 행운의 쿠키를 가져왔다. 늘 그래왔듯이 데커는 마지막 것을 집었다. 그렇게 하면 자신이 집은 점괘가 맞을 확률이 더 높아지기라도 하는 것처럼.

「그대는 이제 곧 머나먼 여행길에 오르리라?」

잭키 한센이 자신의 점괘를 읽었다.

「내 것도 똑같은데요.」

비서진 중 한 명인 조디 맥아더가 말했다.

「오! 그럼 우리 어디로 가요?」

잭키가 말했다.

「당신들 두 사람이 여행을 떠나 있는 동안, 난 여기 남아서 복권이나 사서 맞춰봐야겠군.」

데커의 행정 수석인 데비 마츠가 말했다.

「뭐라고요? 점괘가 어떻게 나왔는데 그래요?」

조디가 물었다.

「작은 투자가 큰 결실을 맺는다! 천궁도를 봐도 오늘은 모험을 하기에 좋은 날이거든. 이런 날이야말로 복권을 사야 할 것 같은데.」

「나도 같이 가지 뭐. 내가 옆에서 당신 숫자를 커닝해도 상관없겠지?」

데커가 말했다.

「뭐라고요? 행운을 나누자구요? 죄송합니다, 국장님. 국장님께는 국장님의 길이 있는 겁니다.」

「국장님의 점괘는 뭔데요?」

잭키가 물었다.

「당신은 중국 음식을 좋아한다.」

「뭐라구요? 설마!」

잭키가 웃음을 터뜨렸다. 데커가 쪽지를 그녀에게 넘겨주자 그녀는 읽고 나서 좌중을 향해 말했다.

「그 말씀이 맞네요.」

「중국집을 선택한 것은 국장님이었어요.」

데비 마츠가 생각난 듯이 손뼉을 치며 말했다.

중국집을 나서자 3월의 청명한 날씨가 그들을 맞아주었다. 햇살이 따스했고, 새들이 보도 위에 내려앉아 빵 부스러기를 쪼아 먹고 있었다. 거리의 노점상들은 선글라스와 넥타이, 향수, 뉴욕 시 기념품, 꽃 등을 팔고 있었다. 데커로서는 오늘이 요한과 코헨이 사건이 일어날 것이라고 예언한 바로 그날이라고 상상하기가 어려웠다. 그는 동료들과 나란히 걸으면서 생각을 기울였다. 크리스토퍼가 안전보장이사회의 유럽 대표로 선출된 이후 여러 날 동안, 데커는 계속되는 악몽 때문에 잠을 이루기가 어려웠다. 이제 두 달이 지났고, 세계적인 대참사도 이제 어느 정도 진정이 된 것 같았다. 그는 설혹 오늘 또 다른 참상이 터진다 해도 그건 국부적인 것에 지나지 않을 것이라고 스스로를 위로했다.

지구는 큰 별이었다. 참사가 일어난다고 해도 여기가 아닌 어딘가 다른 곳일 것이다. 세상일은 아주 사소한 거리도 큰 차이를 만들어 낼 수 있었다. 인도-중국-파키스탄 전쟁도 심각한 상황이긴 했지만, 이곳 뉴욕에까지 영향을 미치지는 못했다. 확실히 UN이 해야 할 일은 산더미 같았다. 타격이 큰 나라들을 재건하고, 병자들을 돕고, 방사능 피폭(被曝)으로 인한 질병으로 고통받는 사람들을 위해 사업을 펼쳐야 했다. 하지만 고통받는 사람들의 기사와 사진을 들여다보고 토론을 하는 것은 최고로 안락한 방 안에서 이루어졌다. 전쟁으로 직접 피해를 입은 사람들을 걱정하지 않는 것은 아니지만, 이렇게 햇살이 좋은 봄날, 그 모든 것이 데커에게는 현실과 너무나 동떨어진 이야기인 것만 같았다. 지금 여기에는 온 누리 가득 봄이 있을 뿐이었다.

생각이 길어질 때면 늘 그렇듯이, 데커의 생각은 결국 엘리자베스와 두 딸에게로 미쳤다. 그들이 세상을 뜬 지 여러 해가 흘렀건만 그리움은 갈수록 짙어져만 갔다. 엘리자베스는 봄을 좋아했다. 그들은 어느 봄날, 데커가 탐 도나핀과 만났던 바로 그 커피 하우스에서 만났다. 데커 자신이 쓴 기타 곡을 노래하려고 하는데 그녀가 걸어 들어왔다. 그 순간 데커는 예전에는 아주 멋지다고 생각한 자신의 곡이 아주 엉망인 것처럼 느껴졌고, 기타 연주도 거의 최악이라고 느껴졌다. 그게 벌써 44년 전의 일인데, 마치 방금 일어난 일인 듯 감정이 생생하게 되살아났다.

그때 보도 바로 앞에서, 수염을 기른 한 남자 주변에 모여든 군중으로 인해 작은 소란이 일어났다. 잭키와 조디, 데비의 걸음걸이가 모두 느려졌다. 데커 역시 회상에 잠기느라 걸음이 느려져 있었다. 데커가 무슨 일이 일어났는지를 알아차렸을 때, 수염을 기른 그 남자가 돌아서서는 데커를 똑바로 바라보았다. 남자의 이마는 핏자국으로 덮여 있는 것 같았다. 데커는 그 마크를 알아보았다.

「종교는 악의 원인이 아니에요, 호손 씨!」

그 남자가 큰 소리로 외쳤다.

「악을 행하는 사람들의 편리한 변명거리일 뿐이지요! 주님께서는 사악한 자의 죽음을 달가워하시지 않습니다. 그보다는 그들을 돌이키셔서 살게 하실 것입니다!」

「계속해서 걸으시오!」

수염을 기른 남자가 다가옴에 따라, 주위로 병아리가 모여들 듯 군중이 모이기 시작하자 데커가 동료들에게 말했다.

UN 앞의 보도 위에서 그들은 KDP를 두 명 더 보았다. 그들 주위에도 역시 사람들이 모여들어 있었다.

데커는 얼마 지나지 않아, 수천 명의 KDP들이 이스라엘을 떠나세계 전역으로 흩어졌다는 말을 들었다. 그들의 1차적인 목표는 유대인들이 많이 사는 도시로 향하는 것이었고, 뉴욕은 유대인들이 몰려 사는 곳 중의 하나였다.

## 2021년 6월 1일 오후 10시 30분  매사추세츠 스미소니언 센터

　미시시피 대학의 대학원생인 메리 루드포드는 눈을 비비고는 미적지근한 커피를 한 모금 더 들이켰다. 그 커피잔은 11년 전 그녀와 엄마를 버린 아빠가 남긴 유일한 물건이었다. 살림이 어려워지자 그녀와 엄마는 아빠가 소유했던 모든 것을 다 내다팔았고, 팔 수 없는 것은 태워버리거나 분쇄해버리거나 쓰레기로 처분해버렸다. 하지만 그녀는 그 컵만은 계속해서 사용했고, 그녀의 엄마는 그녀가 왜 그 컵을 계속 사용하는지 이해할 수 없었다. 사실 메리 스스로도 자신이 왜 그러는지 알 수 없었다. 그 컵은 아빠가 그녀와 엄마를 버리고 떠나기 전의 어느 어버이날에 그녀가 아빠를 위해 샀던 물건이었다. 컵의 표면에는 아빠가 좋아했던 〈캘빈과 홉스〉라는 만화 컷과 함께 그녀 자신의 사진도 들어 있었다. 메이커가 있는 비싼 컵은 아니었지만, 아빠에 대한 사랑이 꽤나 배어 있는 물건인 셈이었다. 한 가지만은 확실했다. 커피 속의 카페인이 아니더라도, 그 컵이 보유한 기억의 쓴맛은 곧잘 잠을 달아나게 한다는 것이다. 하지만 그렇다고 해서 지금까지도 그녀가 아버지에 대한 증오심을 마음에 담아두고 있는 것은 아니었다.

　그녀는 여러 시간 동안이나 컴퓨터 앞에 앉아 지구로부터 멀리 떨어진 은하계의 어떤 부분에 대한 사진을 해상도를 최고도로 높여가며 검토하는 중이었다. 광자 하나라도 다 기록할 정도로 민감한 전자 검파기가 포착한 그 이미지는, 캘리포니아의 윌슨 산에 있는 천문관측소의 1백20인치 전파망원경이 잡은 것이었다. 그녀는 논문의 한 부분으로서, 지구로부터 떨어진 비율을 계산하기 위해 은하계의 각각에 기록된 적색이동(redshift, 천체의 스펙트럼이 고유의 파장보다 긴 적색 파장대역으로 이동하는 것 - 역주)의 양을 분석하고 있었다. 천문학자 에드윈 허블에 의해 발견된 적색이동 효과는, 우주가 팽창하고 다른 은하들이 지구가 속한 은하로부터 상대적으로 후퇴하고 있기 때문에 생기는 현상으로, 이들 은하계의 빛이 지구로부터의 거리에 따라 적색 파장대역으로 이동하기 때문에 나타난 결과였다. 그 결과 적색이동의 양은 지구로부터 멀어져가는 거리와 속도를 결정하기 위한 일종의 우주적 측량자로서 쓰였다.

메리는 〈양치기자리〉에서 맨눈으로 알아볼 수 있는 빈 공간의 가장자리에 있는 작은 지역으로 연구를 국한시켰다. 다음 사진으로 옮겨간 그녀는 예기치 않았던 뭔가를 발견했다. 세 개의 빛나는 점이 지구로부터 멀어지는 것이 아니라 오히려 가깝게 다가오고 있는 것으로 나타난 것이다. 그녀는 같은 지역의 처음 사진으로부터 두 시간 이후의 것에서 네 시간 이후의 사진으로 잽싸게 건너뛰며 살펴보았다. 두 사진 모두에 동일한 세 개의 빛나는 점이 있었다. 논리적으로 가능한 설명은 오직 하나뿐이었다. 그녀는 최신판 천문지도를 살펴보았지만 그 지역을 지나갈 것으로 기대되는 소행성은 나타나 있지 않았다.

그녀는 시계를 들여다보고는 이쯤 해서 장비를 거둬들이는 것이 좋겠다고 생각했다. 그녀는 내일 아침에 논문 지도교수에게 자신의 발견을 보고할 참이었다. 지금으로서는 피자 한 조각으로 자신의 발견을 축하할 수밖에 없었다. 새로운 소행성을 발견하는 것은 그리 대단한 일은 아니었지만 메리에게는 처음이었다. 과학계에서 아무도 알아주지 않는다 할지라도 발견의 기쁨은 따르게 마련이었다.

*

　다음날 아침, 메리 루드포드가 그 사진을 지도교수인 정시구 박사에게 보여주자, 그는 아직 명명되지 않은 소행성일 가능성이 높다는 점에 동의했다.

　「내 전공은 아니지만, 그것들은 꽤 큰 것들인 것 같군. 언제 만들어진 사진이지?」

　그녀는 이미 알고 있었음에도 일지를 다시 한 번 체크했다.

　「2주일 전입니다.」

　「좋아, 발견에 대한 보고서를 작성해서 복사본을 MPC에 가져다주게. 전화를 걸어서 자네가 갈 것이라고 말해두지.」

　MPC란 국제 천문 연합의 소행성 센터를 지칭했다.

　「알겠습니다. 보고서를 좀 고쳐야 할 것 같습니다.」

　「윌슨 산의 월터스 박사에게도 전화를 걸어서, 추가적인 촬영을 언제쯤 할 수 있을지 알아보겠네.」

　「운이 좋아야 할 텐데요. 제가 알기엔 꽤 많이 붐비더군요.」

　「붐비지 않는다면 그게 오히려 이상하지. 그건 그렇고, 논문 진행은 어떤가?」

　정 박사가 화제를 돌렸다.

　「줄기차게 하고 있어요. 일주일 이내에 중간 보고서를 올릴게요. 윌슨 산에서 무엇을 알아냈는지에 대해서도 함께.」

　떠날 채비를 하면서 그녀가 말했다. 정 박사는 고개를 끄덕였다.

　「물론 그래야지. 그런데, 메리?」

　정 박사가 자기 일로 돌아가려다가 문을 나서기 직전에 그녀를 불러 세웠다.

「소행성에 붙일 이름에 대해서는 생각해봤나?」

처음 소행성이 목격되면 거기에는 목격된 해와 달의 코드가 할당되는데, 이번의 경우는 2021년 6월 첫주를 나타내는 2021 K가 주어지게 된다. 그런 연후엔 그녀가 붙인 이름에 의해 공식적으로 알려지게 된다. 소행성에 붙여지는 이름은 발견자의 상상력에 많은 것이 좌우된다. 그리스와 로마 신의 이름을 딴 것도 있고, 과학자나 정치가, 시인, 철학자의 이름을 딴 것도 있다. 도시의 이름을 딴 것도 있다. 1990년대 초에 발견된 네 개의 소행성에는 존, 파울, 조지, 링고라는 이름이 붙었다.

「캘빈, 홉스, 웜우드(Wormwood, 쑥)라는 이름이 좋을 것 같아요.」

그녀가 미소를 지으며 말했다.

정 박사는 그 아이디어를 선뜻 이해할 수가 없었다.

「캘빈과 홉스는 이해하겠어. 오래 된 코믹 만화에 나오는 인물들이니까. 하지만 웜우드는? 햄릿에 나오는 그 웜우드인가?」

셰익스피어의 희곡 중 한 대목을 가리켰다.[5]

「아니에요. 미스 웜우드. 캘빈의 1학년 때 선생님이었죠.」

「묻지 않아도 될 사소한 질문을 한 것 같군.」

「바보 같은 생각일지도 몰라요. 그 코믹 만화에 나오는 작은 소녀의 이름을 생각해내려 했는데, 캘빈의 선생님 이름만 떠오르지 뭐예요.」

---

5) 《햄릿》, 3막 2장.

## 2021년 6월 21일

메리 루드포드가 발견한 세 개의 소행성 사진이 윌슨 산의 관측소에서 다시 촬영된 것은 그로부터 2주일 후였다. 사진에 나타난 것을 본 관측소 측은 정 박사에게 직접 전화를 걸지 않을 수가 없었다. 전화가 왔을 때, 메리 루드포드가 정 박사와 함께 있었던 것은 정말 우연한 행운이었다. 윌슨 관측소의 제임스 워터스 박사의 요청에 따라 전화는 정 박사의 연구실 벽면에 붙은 모니터로 연결되었다. 잠시 후에 거대한 평면 모니터가 깜박거리더니 워터스 박사가 그들 앞에 3차원의 실물 크기로 나타났다. 사진이 워낙 선명하여 통유리로 나누어진 바로 옆방에 그가 서 있는 것 같았다.

정시구 박사가 워터스 박사에게 메리를 소개했다. 악수를 할 수 없다는 것을 제외하면 실제로 만나는 것과 다를 바가 없었다.

「안녕하시오, 메리. 당신을 이렇게 만나게 되어 정말 기뻐요.」

「반갑습니다, 워터스 박사님.」

워터스 박사와 메리 사이에 인사가 오갔다.

「솔직히 말해서, 메리, 당신이 발견한 것은 여기 있는 우리 모두를 놀라 자빠지게 했답니다.」

워터스가 키보드의 기능키들 중 하나를 누르자, 정 박사의 벽면 디스플레이는 워터스 박사의 클로즈업 사진을 상단 위쪽으로 몰고 나머지 화면 전체를 메리가 발견한 이미지들 중 하나로 가득 채웠다.

「이것이 최초의 사진이오. 지난달 5월 20일에 찍힌 것들 중의 하나지요. 여기, 여기, 여기 세 곳에 무언가가 나타나 있지요.」

그는 말하면서 세 개의 빛나는 점들을 마우스로 가리켰다. 곧이어 사진이 바뀌었다.

　　「두번째 사진은 어젯밤에 찍힌 것입니다. 그것들이 지구로 가까이 다가옴에 따라, 대상이 되는 점들의 알베도(달·행성이 반사하는 태양 광선의 비율 – 역주)가 현저하게 증가된 것을 볼 수 있습니다.」

　　「미안하지만, 짐, 당신은 계속해서 〈대상이 되는 점들〉이라고 표현하시는데, 그것들은 소행성이 아닌가요?」

　　정시구 박사가 물었다.

　　「지금 시점에서 제가 할 수 있는 최선의 답변은 그럴 거라는 추측일 뿐입니다. 그것들의 궤도는 소행성이라기보다는 혜성 쪽에 더 가깝습니다. 원일점은 해왕성의 궤도를 훨씬 지난 곳에 있고, 근일점은 수성과 금성 사이의 어딘가에 있습니다. 우리가 놀란 것은 그것들이 어디에서 왔으며, 왜 예전에는 그것들이 발견된 적이 없느냐하는 점 때문입니다. 그것들의 코스와 스피드를 기준으로 앞으로의 진행 궤도를 그려보았는데 지구 쪽을 지나치게 될 것이 거의 틀림없습니다. 그런 다음엔 아폴로급 소행성들이 될 것입니다. 하지만 어떠한 전례도 없기 때문에 정확히 규명할 수는 없습니다.」

　　「다른 이론은 없나요?」

　　정 박사가 물었다.

　　「우리가 계산한 바에 따르면, 그것들의 궤도는 15년 주기인 목성의 궤도 안에서는 불과 2년 반 동안만 머물 것입니다. 하지만 솔직히 말씀드려서, 아폴로급 소행성들에만 초점이 모아지다 보니 이만한 크기의 소행성들을 놓쳤던 것 같습니다. 우리는 즉시 자료들을 더 조사하려고 합니다. 또 다른 가능성은, 우리의 태양계 바깥을 혜

매던 소행성들로서 최근에야 태양의 중력에 이끌린 것들이 아닌가 하는 것입니다. 지구와 근접한 두 개의 소행성은 2021 KD와 2021 KE로서 당신이 캘빈과 홉스라고 명명한 것들입니다.」

자신이 붙인 별 이름이 나오자 메리는 미소를 지으며 고개를 끄덕였다.

「둘 사이의 거리는 35만 킬로미터로서, 비교적 가까운 편에 속합니다. 당신이 웜우드라고 명명한 2021 KF가 가장 큰 것으로서 대략 6천7백만 킬로미터 후방에 뒤처져서 따라오고 있습니다. 이미 말씀 드렸듯이, 세 개 모두 아폴로급 소행성치고는 꽤 큰 편에 속합니다. 첫번째 것인 2021 KD는 거친 콩팥 모양을 하고 있고, 평균 직경이 대략 20킬로미터 정도입니다. 두번째 것인 2021 KE는 구체 모양으로 직경이 3킬로미터 정도입니다. 2021 KF는 직경이 거의 50킬로미터에 달하는 괴물로서, 지구 궤도와 교차하는 소행성 중에서는 가장 큰 것이 될 것입니다. 이는 화성 궤도 안쪽에서 발견된 직경 24킬로미터인 에로스 소행성을 난쟁이로 만들어버릴 정도지요.」

「지구와는 어느 정도로 근접해서 지나갈 것 같소?」

정 박사가 물었다.

「그것이 바로 제가 전화를 건 이유입니다.」

워터스 박사는 다른 키보드 키를 눌렀다. 화면은 컴퓨터가 합성해서 만든 최근의 사진들에서 소행성들이 위치한 것으로 나타난 태양과 화성의 궤도 너머의 한 지점 사이를 보여주었다. 화면의 상단 중앙에 나타난 세 개의 소행성들은, 태양계의 극히 작은 한 부분 속에서도 반짝이는 반점 정도로밖에 나타나지 않았다.

「그 소행성이 가는 길 위에 컴퓨터를 통해 자료를 대입시켜 시뮬레이션을 작동시켜보았소.」

워터스가 시뮬레이션을 작동시키자 천체가 움직이기 시작했고, 화면 위에 궤도가 흔적으로 남았다. 소행성들은 가파른 활 모양으로 움직여가면서, 하단 왼쪽을 향해 시계 반대 방향으로 내려갔다. 화면 상단 왼쪽 구석에는 시뮬레이션의 진행에 따른 날짜가 나타나 있었다. 화면 아래쪽에서는 지구가 태양을 거의 원형에 가까운 궤도로 돌고 있었다.

시뮬레이션이 진척됨에 따라 정시구 박사는 점점 초조해져갔다. 메리 루드포드는 입술을 벌렸다가 아플 정도로 꽉 깨물었다. 날짜가 깜박이면서 바뀌고, 앞선 두 개의 소행성들은 지구로 점점 더 가까이 다가왔다. 도저히 피할 수 없는 놀라운 결과가 윤곽을 드러내기 시작했다. 충돌의 시간이 급박해지자, 화면의 사진은 근접 촬영으로 확대된 모습을 보여주었다. 처음의 두 소행성은 지구를 가까스로 지나쳤다.

「이미 보신 것처럼 두 개의 소행성은 아주 가까이에서 지나쳤습니다.」

워터스 박사가 간신히 충돌을 피한 것을 두고 말했다. 워터스는 방금 그들이 본 것을 상세히 설명하기 위해 잠시 시뮬레이션을 멈추었다. 시뮬레이션의 달력은 7월 3일에 멈추어 있었다.

「2021 KD는 지구와 8백 킬로미터 정도 떨어져서 지나가는 것으로 나타났고, 2021 KE는 그보다 훨씬 가까운 5백 킬로미터 이내일 것 같습니다. 그것은 대기권의 가장 바깥쪽과 짧은 접촉이 이루어질 수 있다는 뜻입니다. 궤도에 근거해보면, 그것은 마치 물 위에 수제비를 뜨는 것과도 같지요. 2021 KD과 2021 KE 모두 일생에 단 한 번밖에 없는 흥분된 구경거리를 제공해줄 것입니다. 2021 KD는 달보다 더 큰 크기로 하늘에 두 차례 이상 나타날 것입니다. 2021 KE가 대기권을 스쳐 지나간다면 훨씬 더 환상적인 불꽃놀이를 보여줄 거구요.」

「대단하군요, 짐. 하지만 걱정이 되는 것 또한 어쩔 수 없군요.」

정시구 박사가 말했다.

「그건 어찌됐든 멋진 뉴스거리였습니다.」

「그게 무슨 뜻이죠?」

정시구 박사가 물었다.

「문제는 2021 KF입니다. 세 소행성 모두 황도대와 비슷한 기울기를 가졌는데, 2021 KD와 2021 KE는 황도대에 41도 정도, 2021 KF는 38도 미만입니다. 하지만 2021 KD와 2021 KE가 태양을 도는 궤도가 거의 일치하는 데 비해 2021 KF의 궤도는 훨씬 더 큽니다. 지금은 세 개가 매우 가깝게 있지만, 그것은 단지 우연의 일치일 뿐입니다. 그들의 길은 태양에 가까워짐에 따라 점점 더 벌어질 것입니다. 우리가 나머지 시뮬레이션을 작동할 때 아시게 되겠지만, 2021 KD는 7월 3일 A지점에서 지구 궤도와 교차하고, 세 시간도 못 되어 2021 KE가 뒤따르게 될 것입니다.」

처음의 두 소행성이 지구를 지나칠 때의 한 지점에 〈A〉라는 문자가 하얗게 나타났다.

「2021 KF의 궤도는 B지점에서 그보다 43일 후에 지구와 교차하게 됩니다.」

〈B〉라는 대문자가 〈A〉라는 대문자의 왼쪽 아래에 나타났다.

「그들의 궤도가 서로 엇비슷하다면, 2021 KF는 A지점 가까이의 어딘가에서 교차하게 될 것이고, 거기에 당도할 무렵이면 지구는 그 궤도에서 1억 킬로미터를 벗어나 있게 됩니다. 전혀 위험한 상황이 아니지요. 하지만 우리의 예측이 들어맞는다면, 그것은 8월 15일에 B지점에서 지구 궤도와 교차하게 될 것입니다.」

워터스는 시뮬레이션을 다시 작동시키기 위해 키를 눌렀다. 세번째 가장 큰 소행성은 클로즈업 된 범위 바깥에 있어 잠시 화면 밖으로 사라지더니, 화면 상단 왼쪽에 다시 나타났다. 그 장면은 자못 흥미로웠다. 워터스 박사는 시뮬레이션을 진행하면서 모두의 헐떡이는 숨소리를 들을 수 있었다.

「충돌?」

전문가로서의 침착성을 유지하려고 애쓰며 정 박사가 물었다. 워터스 박사가 대답할 필요도 없었다. 다음 순간, 날짜가 8월 15일로 바뀌었고, 그 소행성은 지구와 부딪혔다. 시뮬레이션에서 직경이 1만3천 킬로미터에 달하는 지구는 그보다 훨씬 더 작은 물체 하나를 흡수하고는 자기 궤도를 계속했다. 우주 공간에서의 광경은 그럴지 모르지만 지구에서 바라본 풍경은 훨씬 더 드라마틱할 게 분명했다.

「이 시뮬레이션은 제한된 자료에 근거한 것이라서 내 계산이 틀렸을 수도 있습니다.」

워터스가 말했다.

「오늘밤 그 소행성들에 대한 사진 촬영을 몇 장 추가한 다음 이것과 결합할 생각입니다. 하지만 지구와 직접 충돌할 가능성이 농후한 것 같습니다.」

길고 불편한 침묵이 이어졌다. 정시구 박사가 결국 입을 열었다.

「얼마나 많은 피해를 입게 될까요?」

「제1결과와 제2결과를 합하면, 지구상의 거의 모두가, 모든 생명 있는 것들이 다 사라진다고 보아야 할 것입니다.」

워터스 박사가 대답했다.

# 3

## 지구 방어 작전

**2021년 6월 17일　UN 안전보장이사회**

　안전보장이사회의 의장 자리를 맡은, 서아프리카를 대표하는 차드의 제레미아 니고르돈 대사는 특별회의의 소집을 선포했다. 모임은 UN 우주과학재단의 사무엘 존슨 박사와, 크리스토퍼가 유럽 대표가 됨으로써 공석이 된 부대표 자리를 차지한 독일의 헬라 윙클러 대사에 의해 요청되었다. 윙클러는 크리스토퍼의 뒤를 이어받아 세계평화기구(WPO)의 의장이기도 하여, 존슨 박사와 함께 회의를 요청한 것이었다.

　참석한 여덟 명의 과학자들과 세 명의 WPO 장군들 가운데서도 안전보장이사회의 질문에 답변해줄 인사는 윌슨 관측소의 제임스 워터스 박사와 하버드 스미소니언 천체물리학 센터의 정시구 박사였다. 소행성을 발견한 메리 루드포드 역시 참석했지만 이사회에서 발언을 하기로 예정된 것은 아니었다.

　회의는 언론이나 대중에게 공개되지 않지만 오래도록 비밀로 할

의도는 없었다. 진실을 외부에 알리는 것보다 더 나쁜 것은 의도하지도 않았는데 새어나가는 것이었다. 가능하면 침착 냉정한 용어로 대중에게 알려지는 것이 중요했다. 위기는 분명 실재했지만 치료책이 없는 위기란 있을 수 없는 법이었다. 이 회의의 유일한 목적은 치유책이 있다는 것을 재확신하는 데에 있었다. 과학자들은 해결책을 찾았으며, 이제 세계 정부가 필요한 재정적인 지원을 제공하는 일만 남았다고 믿었다.

정보의 문지기 역할을 하게 된 데커 호손은 그 진행을 위해 오디오 비디오 기술자를 비롯한 임원진을 직접 가려 뽑았다. 기록물 중에서 일부를 가려 뽑아 언론에 배포할 예정이었다. 회의가 진행되자 데커는 펜을 들고, 대중들에게 쓸데없는 불안을 가중시키지 않을 진술이 있으면 언제든지 메모할 준비를 했다. 심각하게 걱정하는 태도는 분명 아니었지만, 데커는 자기 자신과 크리스토퍼보다 이 문제를 더 잘 인식하고 있는 사람은 그 방 안에 없다는 것을 실감했다. 어느 누구도 아직까지는 존과 코헨이 5개월 전에 예언한 것을 소행성의 출현과 연관시킨 사람은 없었다. 하긴 이 방 안에 있는 대다수는 존과 코헨이 누구인지조차 모르고 있었다. 알고 있는 사람들조차도 흔해빠진 괴짜 정도로 짐작할 뿐이었다. 그럼에도 그들의 추종자들인 KDP에 대해 최소한 들어 본 적조차 없는 사람은 아무도 없었다. KDP는 세계 거의 모든 나라에 존재했으며, 그 수는 대부분 수백 명 이상씩이었다.

UN 우주과학재단의 앨시 존슨 박사는 몇 마디 여는 말을 한 다음, 초청 인사를 소개하고, 마이크를 워터스 박사에게 넘겼다. 워터스 박사는 다가오는 위험에 대해 기본적인 설명을 한 다음, 이틀 전 정시구 박사와 메리 루드포드에게 보여주었던 시뮬레이션을 약간 개선한 최신판을 해설해주었다. 소행성의 진로를 정밀하게 계산한 결과 첫번째와 두번째 소행성인 2021 KD와 2021 KE는 지구를 사이에 두고 서로 반대편으로 지나갈 것으로 나타났다. 두 소행성 중 더 큰 첫번째 것은 지구로부터 약 6천4백 킬로미터 떨어져서 7월 3일 밤 남북 아메리카의 북서쪽에서 남동쪽 상공으로 지나갈 것이었다. 두번째 행성은 그보다 세 시간 후 1천6백 킬로미터 떨어져서 지구의 반대편, 즉 낮을 맞이하고 있을 북서 아시아와 동남 아시아, 필리핀과 뉴 기니아를 가로질러 북서쪽에서 남동쪽으로 지나갈 것이었다.

소행성이 지나가는 가장 생생한 모습은 미국에서 관측될 가능성이 높았다. 첫번째 소행성이 밤하늘을 가로지르는 모습이 여러 시간 동안 보일 것이다. 세계의 다른 쪽에서는 낮 동안 지나가게 되어 그 위치를 알기가 다소 어렵게 된다. 반짝이는 빛으로 보이는 것이 아니라 대낮의 달과 흡사하게 회색 반점으로 보이겠지만 그나마 어지간해서는 찾기가 쉽지 않을 것이다. 또한 지구 대기권과 마찰하는 모습을 목격하리라는 희망은 불행하게도 이루어지지 않을 것으로 나타났다.

실제로 위협이 되는 것은 세번째 소행성인 2021 KF로서, 직경이 50킬로미터에 달할 정도로 매우 큰 녀석이었다. 워터스 박사의 초기 계산에서 나타난 바와 마찬가지로, 2021 KF는 지구를 향해 직진하여, 그것을 멈춰 세우지 않는다면, 처음의 두 소행성들이 안전하게 스쳐지나간 43일 후, 즉 8월 15일에 들이닥칠 것이었다. 하지만 인류는 당하고만 있지는 않을 것이었다. 현대 과학은 그런 대격변을 방비할 준비가 되어 있었다. 서로의 생명을 위협하기 위해 만들었던 바로 그 장치를 이용하여.

유명한 천문학자인 엘리노어 헬린 밑에서 공부했고 이제는 소행성에 관해서라면 둘째가라면 서러운 전문가가 된 테리 홀 박사가 워터스 박사의 뒤를 이어 마이크를 잡았다.

「우리 태양계에는 수백만 개의 소행성들이 있습니다. 그중 1백만 개 가량은 직경이 1킬로미터 이상입니다. 가장 큰 소행성인 케레스는 직경이 1천33킬로미터에 달하지요. 대부분의 소행성은 화성과 목성 사이의 궤도를 돕니다. 다른 궤도를 가진 수만 개의 행성들은 대략 세 부류로 나눌 수 있습니다. 그 궤도가 지구 너머에서부터 화성 너머에 미치는 아텐 류(Atens), 궤도가 지구 궤도를 실제로 가로지르는 아폴로 류(Apollos), 지구와 금성 사이에 궤도가 있는 아모르 류(Amors)입니다.

때로는 정상적인 궤도에 따라, 혹은 다른 천체의 중력에 방해를 받거나 소행성들끼리의 충돌 결과, 소행성이 지구 궤도와 교차하게 되는 경우가 있습니다. 물론 이건 매우 드문 경우입니다. 과거 수십 억 년 동안, 직경이 4백 미터가 넘는 소행성이 지구와 충돌했던 경우는 4백 번 정도 있었던 것으로 믿어집니다. 이는 2백50만 년 만에 한 번 꼴로 그런 일이 발생했다는 것을 뜻합니다. 물론 지구 표면의 4분의 3이 물로 덮여 있기 때문에, 이 숫자는 육지의 분화구 숫자와 대양에 떨어진 소행성에 관한 제한된 증거를 바탕으로 산출될 수 있을 뿐입니다. 지구에는 소행성의 충돌로 인한 분화구가 45개 정도 됩니다. 직경이 7.5킬로미터인 것에서부터 1백40킬로미터인 것까지 있습니다. 가장 크고 오래 된 것들로는 남아프리카의 브레데포트와 온타리오의 서드베리 분화구를 들 수 있습니다. 둘 다 직경이 1백35

킬로미터 정도이고, 직경이 10킬로미터 정도인 소행성과의 충돌로 인해 생겼습니다. 브레데포트는 19억7천만 년 전에 생긴 것이고, 온타리오의 분화구는 18억4천만 년 전에 생긴 것입니다. 10억 년 이상 된 그보다 작은 다른 분화구들은 침식 작용으로 형체가 사라진 것으로 추정됩니다.

가장 잘 알려진 소행성과의 충돌 사건은 6천5백만 년 전 멕시코의 유카탄 반도 해안에 떨어진 직경 10킬로미터 가량의 소행성입니다. 그 충돌로 인해 공룡이 멸종되었다고 믿어집니다. 더 최근의 사건으로는 2백50만 년 전 직경 6백 미터 가량의 소행성이 남아메리카의 남단 서쪽의 남태평양에 충돌한 것입니다. 줄잡아 2만5천 메가톤의 충격이 가해진 것으로 여겨지며, 이는 세계가 보유한 핵무기를 모두 합한 것의 2.5배에 달하는 위력입니다. 물론 방사능 누출은 없지만요.

대기권에 진입한 소행성 모두가 지표와 충돌하는 것은 아닙니다. 지난 세기 초반인 1908년 6월 30일 오후 7시, 하나의 소행성, 아니 어쩌면 혜성(어느 누구도 확신할 수 없습니다)이 시베리아의 스토니 통구스카 강 유역 상공의 대기권으로 진입했었습니다. 그 물체는 지구 상공 11킬로미터 부근에서 폭발했지요. 그러한 충돌의 많은 부분이 미스터리로 남아 있습니다만, 그 소행성 혹은 혜성은 초속 32킬로미터로 돌진 중이었던 것 같습니다. 그로 인해 지구 대기는 엄청난 압력을 받게 되었고, 그 압력으로 말미암아 소행성이 산산이 부서져버린 것으로 보입니다.

그 물체가 지표면에 닿지 않았음에도 불구하고, 그 물체가 폭발할 당시 압력의 세기는 12메가톤의 폭탄에 상응하는 것이었습니다. 그로 인해 2천 평방킬로미터에 달하는 숲이 뭉개져버렸고, 70킬로미터나 떨어져 있는 사람들이 불에 구워졌습니다. 수백 킬로미터 떨어진 곳에서도 섬광이 보였고, 그 소리는 1천 킬로미터 떨어진 곳에까지 들렸습니다. 더 희귀한 또 다른 사례는 1972년 미국 서부의 와이오밍 주 상공에서 포착된 것입니다.」

홀 박사는 파란 하늘과 구름들로 가득한 화면을 가리켰다. 멀리서 제트기가 지나가는 것 같은 우르릉거리는 소리가 스피커에서 쏟아졌다. 화면 중앙에 있는 구름에서부터 하얀 연기에 싸인 반짝이는 구체가 나타났고, 그 뒤로는 하얀 수증기 자국 같은 것이 이어졌다. 홀이 계속했다.

「이 경우는 직경이 대략 60미터에 무게가 1천 톤에 달하는 거대한 운석으로, 대기권에 진입하여 지구 표면에서 55킬로미터 이내까지 접근했습니다. 운석은 지구 표면을 따라 2분 정도 1천5백 킬로미터 가까이 여행했습니다. 대기권을 떠나기 전까지, 유타 주 북쪽에서부터 캐나다의 앨버타 주까지를 시속 5만 킬로미터의 속도로 달렸던 것입니다. 시속 4만 킬로미터 이하가 되면 추락하기 때문에 그 이상의 속도를 유지했다고 보아야 합니다. 그렇게 대기권을 뚫고 지구 중력권을 벗어나서 자기 길을 계속 갈 수 있었습니다.

현재 지구를 향하고 있는 소행성들은 알베도, 즉 태양광선의 반사율에 근거하여 볼 때 세 개 모두가 M급인 것으로 보입니다. 구성 요소는 90퍼센트 가량이 금속이고, 나머지 10퍼센트 가량이 바위를 이루는 물질들입니다. 금속 성분 중에는 95퍼센트 가량이 철이고, 4퍼센트가 니켈, 나머지 1퍼센트는 다른 금속들일 것입니다. 그것들의 기원을 보자면, 황도대에 대한 기울기로 보아 헝가리 타입의 행성들이라 여겨집니다. 원래는 목성과 화성 사이의 소행성 벨트에 있다가 무슨 이유에선가 자기 궤도를 이탈한 것입니다. 이 소행성들의 정밀 사진은 푸에르토리코의 직경 3백 미터짜리 전파 망원경으로 촬영된 것입니다. 최근에는 그 시스템이 업그레이드되어 해상도가 더 좋아졌습니다.」

홀 박사가 자기 직원들에게 고개를 끄덕여, 테이블 주변에 앉아 있는 안전보장이사회의 대표, 부대표 들을 위해 준비한 세 개의 거대한 디스플레이 스크린을 작동하도록 지시했다. 직원이 기능키를 누르자 세 개의 소행성이 스크린에 분할되어 나타났다.

정시구 박사가 뒤를 이어 브리핑에 나섰다.

「저 소행성들이 자신의 궤도를 이탈하지 않으면 안 되었던 까닭에 대해서 우리는 아직 아무런 확실한 증거도 가지고 있지 않습니다. 어떤 이례적인 중력의 변화가 궤도로부터의 이탈을 야기했을 것이라고 생각할 수밖에 없습니다. 목성이 소행성 벨트에 있는 소행성들의 궤도를 크게 변경시킬 수도 있지만, 이 경우에 목성은 그 원인자에서 제외되어야 합니다. 우리가 계산한 바에 따르면, 이 소행성들이 정상 궤도를 이탈한 때가 목성이 태양의 반대쪽에 수억 킬로미터 떨어져 있을 당시였기 때문입니다. 물론 다른 이론들이 있습니다.

우리의 관측과 계산에 따르면, 가장 그럴듯한 이론은 태양계를 지나치는, 으리가 주의하지 않을 정도로 작은 어떤 천체에 의해 정상 궤도에서 이탈하도록 인력을 받았다는 것입니다. 이만한 크기의 소행성들을 궤도에서 이탈시킬 만큼 잡아당기려면 그 천체는 그 크기에 비해 엄청나게 강력한 중력을 갖고 있어야만 합니다. 여기에 적합한 천체에는 두 타입이 있습니다. 수백만 년 전 두 백색왜성의 충돌로 인해 떨어져 나간 백색왜성의 조각이거나 매우 작은 규모의 블랙홀이 그것입니다. 백색왜성은 질량이 크고 부피가 작아 평균밀도가 물의 1백만 배나 되는 고밀도로 압축된 천체입니다. 백색왜성의 단계가 되면 우리 태양의 크기에 해당하는 별이 직경 20킬로미터의 별로 압축된다고 할 수 있습니다. 그러한 두 개의 별이 충돌하면, 그 별의 조각들은 엄청난 속도로 튕겨져 나갑니다. 또한 그 작은 크기 때문에 백색왜성 조각은 아무도 알아차리지 못하는 사이에 우리의 태양계를 통과해 지나갈 수 있습니다. 그런 것이 어떤 소행성 가까이 지나간다면 그 궤도를 충분히 바꿔버릴 수 있습니다. 이 세 소행성에 포함된 철의 함량이 많은 것은 바로 이러한 가설에 신빙성을 부여해준다 하겠습니다. 어떤 백색왜성—예를 들면 별 1031+234—은 이론상 최고의 강도인 7억 가우스의 자장을 가진 것으로 알려져 있습니다.

블랙홀은 엄청난 밀도를 가진 물체들로 산산이 부서질 수 있다는 점에서 이론상 백색왜성과 분명 유사점을 지닙니다. 블랙홀을 구성하는 초고밀도의 중력장은 빛 자체를 가둬둘 만큼 강력합니다. 블랙홀은 대개 태양만큼 크거나 그 이상인 것으로 언급되는데, 별들이 진화의 마지막 단계에서 블랙홀이 되는 것으로 알려져 있기 때문입니다. 하지만 부피가 더 작은 블랙홀 역시 가능합니다. 이론상, 작은 달만한 덩어리가 몇 개의 원자를 합해 놓은 것만한 크기로 압축된 블랙홀이 가능합니다. 블랙홀은 검은 부위로만 나타나기 때문에 작은 블랙홀은 아무도 알아차리지 못하는 사이에 태양계를 쉽게 통과해갈 수도 있습니다. 그리고 아무리 극소의 블랙홀이라 할지라도, 소행성을 궤도에서 이탈시킬 정도의 중력장은 갖고 있다고 할 수 있습니다.」

초청된 인사들은 마치 수업을 진행하듯이 이론을 제시하고, 차트와 시뮬레이션을 보여주고, 역사적인 사례를 제시했다. 마침내 카카시아의 유리 크루츠케긴 대사가 짧은 휴식 시간을 이용하여 모두의 마음속을 대변이나 하듯 질문을 던졌다.

「당신들이 말하고 또 제시한 기록들로 미루어보아, 당신들은 결국 제3의 소행성을 파괴하기 위해 핵무기를 사용하는 안을 추천하려 한다고 결론을 내려도 될까요?」

「그렇습니다, 대사님.」

존슨 박사가 대답했다. 앨시 존슨은 거의 날마다 정치가들을 상대하는 사람이었다. 정치가들은 말이 많은 종족들인 것이 분명했지만, 그럼에도 그들 중에는 누구보다 앞서서 핵심을 짚을 줄 아는 사람이 있곤 했다. 이제는 문제의 핵심으로 들어서야 할 시간이었고, 크루츠케긴의 질문은 그 기회를 제공해준 셈이었다.

「그러자면 어떤 일들이 요구되는 건가요?」

크루츠케긴이 연이어 물었다.

「많은 것을 각오해야 합니다. 많은 사람이 죽을 수도 있지만, 그 모든 것을 무릅쓰고 행해야 합니다.」

존슨이 대답했다.

「이 지구 위의 어느 누구도 거기에 동의하지 않을 사람은 없을 것입니다.」

안전보장이사회의 다른 멤버들 중 한 사람이 불쑥 끼어들었다.

「핵무기는 전혀 부족하지 않습니다. 허나 불행히도, 핵탄두를 장착하고 목표물에 도달할 수 있을 만한 사거리 발사 장치가 충분하다고 할 수는 없습니다. 세번째 소행성이 지구에서 안전거리에 있을 때에 핵탄두가 지구 중력을 벗어나도록 쏘아 올리려면, 로켓 본체의 속도가 시속 4만 킬로미터 정도는 되어야 합니다. 이상적으로는, 그 소행성의 바로 앞에서 몇 개를 연속적으로 폭발시켜 속도를 줄이거나 궤도를 약간 변경시키는 것이 최상일 것입니다. 시간이 충분하다면, 궤도를 1도 정도만 변경시키거나 초속 3센티미터 정도만 속도를 늦추어도 충돌을 피하기에 충분합니다. 불행히도 이 시점에서 우리에게는 시간도 없고 그런 것을 시도할 만한 장비도 없습니다. 지구의 안전을 위한 유일한 선택 사항은 가능하면 최대한 빨리 소행성을 완전하게 파괴하는 것뿐입니다.」

존슨 박사는 캘리포니아 모펫 필드의 무기연구센터에 있는 제임스 스튜어트 박사에게 브리핑 순서를 넘겼다. 스튜어트 박사는 직원을 향해 고개를 끄덕여 디스플레이 스크린을 작동하게 했다.

시뮬레이션이 시작되자 스튜어트 박사는 작전을 해설했다.

「소행성이 우리의 미사일에 격추되면 그것은 사방팔방으로 흩어질 것이고, 몇 조각은 지구를 향해서 날아들 것입니다. 하지만 지구에서 멀리 떨어진 곳에서 파괴될 것이기 때문에 대부분의 덩어리들은 지구 대기권 밖으로 흩어질 것입니다.

소행성 조각이 유난히 크다면 여전히 위협이 될 수도 있지요. 우리의 목표는 소행성을 작은 조각으로 부수는 것이 아니라 아주 콩가루로 만드는 데에 있습니다. 더 정밀하게 계산하고 있습니다만, 우리가 계산한 바에 따르면, 지구 쪽을 향하고 있는 소행성의 표면 상공 위에 평균 20메가톤의 핵탄두를 40두 가량 퍼부어야 할 것 같습니다. 핵탄두 모두가 목표물에 도달되어야 하고 동시다발적으로 폭발되어야 합니다. 이는 다핵탄두(MIRV, 수개의 핵탄두를 1기(基)의 미사일에 장착해 여러 목표물을 공격할 수 있도록 한 것 – 역주)에 의해서만 가능한 일입니다. 이런 발사 장치는 미국의 미니트맨 3(Minuteman III)과 러시아의 SS-11 세고(Sego)로 한정됩니다. 문제가 더 복잡해지는 것은, 이것들은 모두 꽤 오래된 시스템들이고, 로켓을 궤도에 쏘아 올리기 위한 장치로 전환되거나 협정에 따라 파괴되어 왔다는 점입니다. 게다가 두 장치 모두 이 임무를 하려면 상당한 개조가 요구됩니다.

이런 상황 하에서 우리의 계획은, 세 번에 걸친 미사일 파상 공격을 준비하는 것입니다. 그렇게 해서, 만일 첫번째의 일련의 폭발이 그 소행성을 완전히 파괴하지 못한다 할지라도 제2, 제3의 공격을 통해 그 일을 끝마칠 수 있도록 말입니다.」

제2, 제3의 파상 공격이 그 행성의 남은 부분을 파괴하거나 방향을 전환토록 하는 시뮬레이션을 보여주면서, 스튜어트 박사는 활용되는 기술의 모두가 입증된 것은 아니며, 따라서 그 계획이 완벽하게 이루어질 수 있다고 장담할 수는 없다고 결론을 맺었다.

스튜어트 박사가 브리핑을 끝내자 오크리지 국립연구소의 존 제퍼슨 박사가 이어받았다.

「스튜어트 박사가 진술한 대로, 지구에 떨어지는 파편의 양을 줄이기 위해서는 조기에 그 행성을 파괴하는 것이 중요합니다. 조기 파괴가 절박한 데에는 또 하나의 이유가 있습니다. 늦어지면 늦어질수록 방사능 오염이 우려되기 때문입니다.」

방 안이 갑자기 술렁거리기 시작했다. 핵폭발 뒤에는 방사능 오염이 뒤따른다는 것이 너무도 명백했기 때문이었다. 제퍼슨이 말을 이었다.

「핵폭발로 인한 낙진과 마찬가지 수준의 방사능이 시간이 지남에 따라 낙하할 것입니다. 소행성이 파괴된 후 그 파편이 도착하기까지의 시간 간격이 클수록 방사능 오염은 상대적으로 적어지게 됩니다.」

「방사능 오염을 안전한 수준으로 줄이려면 미사일을 얼마나 빠른 시간 내에 발사시켜야 하죠?」

니고르돈 대사가 물었다.

「소행성의 구성 요소나 지구에 당도할 파편의 성질을 알지 않고서는 확실하게 대답하기가 불가능합니다. 하지만 소행성의 물질에 대한 홀 박사님의 예측에 근거하자면, 적어도 파편이 지구에 당도하기 14일 전에 파괴되어야만 합니다. 그보다 많이 늦어진다면 방사능 오염이 심각해서, 어떤 경우에는 치명적일 수도 있습니다. 여기에다가 오염 물질의 양이 대기 속에 퍼지는 시간을 계산하면 이틀이 더 추가되어야 할 것으로 추정됩니다.」

「얼마나 빨리 발진시켜야 할까요?」

니고르돈이 다시 물었다.

「26일, 즉 앞으로 9일 안에 발사되었으면 합니다. 대사님. 그날까지 발사될 수 있다면, 미사일은 34일 후인 7월 31일에 지구에서 3천 7백만 킬로미터 떨어진 지점에서 소행성에 닿을 것입니다. 이것은 소행성의 먼지가 지구가 당도하는 데에 15일이 소요되는 거리입니다. 요구되는 최소치보다 하루 더 여유가 있는 셈이지요.」

존슨 박사가 대답했다.

「그게 가능할까요?」

「그렇습니다, 대사님. 하지만 UN의 충분한 지원이 있어야 하고, 특히 미사일 발사대를 보유한 나라의 절대적인 협력이 요구됩니다.」

「의장님, 미국 국민은 UN의 이러한 노력에 전폭적인 지지를 보낼 것이라고 믿어도 좋습니다. 대통령을 대신하여 말씀드리건대, 우리는 가능한 한 많은 미니트맨 미사일을 제공할 것입니다. 또한 미국의 과학자들과 엔지니어들은 기술적인 지원과 장비, 인력을 제공하기 위해 24시간 동안 쉬지 않고 애쓸 것임을 약속합니다.」

미국의 잭슨 클라크 대사가 안전보장이사회 의장인 니고르돈 대사를 향해 말했다.

크루츠케긴도 한때 소련 연방공화국을 구성했던 나라들을 대신하여 비슷한 발언을 했다. 이스라엘에 대한 공격의 결과 러시아에 떨어진 핵폭탄으로 인한 황폐화가 가져온 아이러니의 하나는, 수백 기의 미사일들이 아무런 상처 없이 지하격납고에 고스란히 보관되어 있다는 점이었다.

의견이 정리되자 클라크 대사는 존슨 박사에게 주의를 돌렸다.

「우리의 전략방어시스템은 어떻습니까? 그것들이 여기에 쓰일 수 있나요?」

「불행히도 그럴 수가 없습니다. 레이저와 소립자 빔 형태의 다양한 에너지 무기는 목표물에 충분히 닿을 순 있습니다만, 그런 무기를 모두 합한다고 해도 이런 크기의 천체에는 크게 영향을 주지 못합니다. 운동 에너지 무기들은 일차적으로는 지상을 기본으로 하며, 지대공 요격기들은 파괴력이 충분하지만 목표물에 이를 수가 없습니다.」

존슨 박사가 대답했다.

클라크 대사는 이해의 표시로 고개를 끄덕였다.

회의가 좀더 계속되어 모든 최선책이 강구되었을 때, 지금껏 침묵을 지키고 있었던 크리스토퍼가 자리에서 일어나 존슨 박사에게 물었다.

「다른 두 소행성에 대한 것입니다만, 당신은 그것들이 아무런 위협도 없다고 확신할 수 있습니까?」

「그렇습니다. 시뮬레이션에 나타난 것처럼 처음의 두 소행성은 큰 소행성치고는 가장 가깝게 접근하게 되지만, 아무런 위협도 되지 않습니다.」

「처음 두 소행성의 진로 계산이 잘못될 가능성은 없나요? 단도직입적인 질문인 것 같습니다만.」

「염려하시는 건 알겠습니다만, 계산은 14곳의 관측소와 대학에서 각기 독립적으로 산출한 것입니다. 이중 삼중으로 체크된 셈이지요. 어떠한 경우에도 오차의 범위가 1백 킬로미터 이내일 것입니다.」

크리스토퍼는 한숨을 쉬고는 자기 앞의 테이블을 펜으로 가볍게 두드리며 자신이 원했던 대답이 나오게 하려면 어떻게 해야 할지 궁리했다.

「하지만 나중에는 어떻게 되지요? 당신이 말한 바에 따르면 소행성들의 새로운 궤도는 정상적이라면 지구 궤도와 겹치게 된다고 하지 않았나요? 그것들이 나중에 위협이 될 가능성은 없나요? 지금 그것들을 파괴하는 것이 낫지 않겠어요?」

「대사님, 지구 궤도에는 엄청난 우주 공간이 포함되어 있다는 것을 기억할 필요가 있습니다. 하나의 소행성이 지구 궤도와 만난다고 해서 반드시 위협이 되는 것은 아닙니다. 앞서 지적한 것처럼 수천 개에 달하는 소행성들이 지구 궤도와 만납니다. 그것들의 궤도를 그림으로써 그런 소행성들 중의 어떤 것이 다음 수백만 년 안의 어느 때에 지구에 위협이 될 것이라고 예언하는 것은 물론 가능한 일입니다. 2021 KD나 2021 KF는 이번에 지나가고 나면 다음 3백50만 년 동안엔 지구와 1백50만 킬로미터 이내로 접근하는 경우가 없습니다. 물론, 다른 아폴로 급이나 아모르 급 소행성들의 궤도를 예의 주시하고 있는 것과 마찬가지로, 우리는 만일의 경우에 대비하여 그것들 또한 예의 주시해야 할 것입니다.」

크리스토퍼는 기대했던 대답이 아니어서 너무나 실망하는 눈치였다. 데커는 그것이 왜 절망의 원인이 되는지 알 수가 없었다. 마일너와 크리스토퍼는, 적어도 현재로서는 요한과 코헨에 의해 예언된 대파괴를 멈출 길이 없다고 단언했다. 데커는 납득이 안 되었지만, 그렇다고 해서 예언과 인류의 운명에 대해서 논할 수 있는 준비가 되어 있는 것도 아니었다. 하지만 데커가 지켜보고 들어온 바에 의하면, 크리스토퍼는 처음의 두 소행성이 지구에 도달하기 전에 그것들을 파괴시켜야 할 모종의 이유가 있다고 생각하고 있는 것이 분명했다. 과학은 2021 KD와 2021 KE가 지구에 아무런 위협이 되지 않는다고 보았다. 그런 마당에, 크리스토퍼가 두 종교적 미치광이들이 말한 것에 근거하여 UN이 그 소행성들을 파괴해야 한다고 주장한다면 웃음거리가 될 것이 너무도 뻔했다. 하지만 요한과 코헨은 끔찍한 파괴를 예언했었고, 그들이 만약 소행성들의 궤도를 지구 쪽으로 바꿀 만큼 막강한 파워를 가지고 있다면 시뮬레이션의 결과가 어떻든, 그들이 절호의 기회를 놓칠 것 같지는 않았다. 결국 그들이 예언한 대참사의 많은 부분이 실현되기 전에는 어느 누구도 요한과 코헨을 멈춰 세울 수가 없단 말인가. 크리스토퍼는 어느 누구보다도 자신의 그런 시도가 헛될 뿐이라는 것을 깨닫고 있었다. 자신의 그런 노력이 아무런 성과를 거두지 못하는데도 그토록 애쓰는 크리스토퍼의 모습은 데커에게 또 다른 감동을 안겨 주었다. 크리스토퍼가 계속 주장했다.

「처음의 두 소행성들을 세번째 소행성을 성공적으로 파괴하기 위한 실험 도구로 쓰는 것은 어떨까요? 세번째 소행성에 대해 쓰기로 계획한 이론과 기술을 처음의 두 소행성에… 미리 실험을 해본다면 더 확실하지 않을까요?」

안전보장이사회의 다른 대표들과 부대표들 중 많은 이들이 크리스토퍼의 제안에 동감하면서 고개를 끄덕였다. 데커는 가슴이 답답해졌다. 저렇게 순진한 이성만으로 요한과 코헨의 시커먼 의도를 어떻게 이길 수 있단 말인가?

존슨 박사가 대답했다.

「대사님, 논리적으로는 일리가 있습니다만, 그렇게 할 수 없는 데에는 세 가지 이유가 있습니다. 첫째, 우리가 처음의 두 소행성들 중 하나를 공격할 때 조금만 계산이 빗나가도 목표물인 소행성을 파괴하는 대신, 그 궤도가 수정되어 지구를 향해 똑바로 돌진하게 될 위험성이 없다고 할 수가 없습니다. 둘째, 우리가 2021 KD나 2021 KE를 파괴한다면, 세번째 소행성의 파괴를 보여주는 시뮬레이션이 나타내는 바와 마찬가지로, 소행성의 조각들이 사방팔방으로 흩어지게 됩니다. 그런데 지금부터 9일 후에 미사일을 발사한다고 해도, 미사일들은 그 소행성들이 지구로부터 겨우 이틀 반의 거리에 있을 때에야 소행성에 닿게 됩니다. 그 폭발로 지구에 날아올 파편들은 방사능 함량이 매우 높을 것입니다. 수천 명이 죽음에 이를 수 있습니다. 그리고 마지막으로는, 물자의 문제입니다. 모든 가능한 물자가, 시간까지도 포함하여, 위협이 되는 세번째 소행성에 투입되어야 합니다.」

반박의 여지가 없었다. 더 이상 논의해보았자 국물도 챙기지 못할게 뻔했다. 처음의 두 소행성에는 아무런 위협이 없다는 것이 과학의 견해였고, 어느 누구도 반박하는 사람이 없었다.

# 4

## 파괴 전야

**2021년 7월 2일 오후 11시 36분(GMT 오전 6시 36분)   남부 뉴멕시코**

메리 루드포드는 눈물을 훔쳐내며 욕실로 달려가 거울을 보았다. 눈이 충혈되어 있었다. 수면 부족 때문일 것이다. 지난 18일 동안은 이른 아침부터 밤늦게까지 강행군의 연속이었다. 그녀 스스로도 자신이 그렇게까지 주목을 받을 만한 자격이 있는지 의문이었지만, 소행성에 관한 뉴스가 보도되기 시작한 이래 매스컴은 그녀를 세계적인 영웅으로 만들었고, 그녀는 스타를 요구하는 세상에 응하느라 적절한 휴식을 취할 수가 없었다. 지금으로선 그것이 편리한 변명거리가 되어줄 터였다. 눈이 충혈된 것이 울어서가 아니라 지나친 피로 때문이라고 둘러댈 수가 있는 것이다.

소행성을 발견한 것이 영웅적인 행위는 분명 아니었음에도 불구하고, 그녀는 결국 지구로 하여금 방어에 필요한 시간을 벌어준 셈이었다. 게다가 미디어는 속성상 그런 복잡한 주제를 대중적으로 다룰 만한 인물을 필요로 했다. 메리 루드포드는 《뉴스위크》와 《타임》,

《뉴스월드》의 표지 모델이 되었고, 뉴스와 토크쇼에 나갔으며, 텔레비전과 라디오에 특별 손님으로 초대받은 것은 부지기수였다. 미사일이 2021 KF를 파괴하기 위해 성공적으로 발사되었을 때에도 그녀의 논평과 함께 보도될 정도였다. 미사일 발사는 아무런 문제가 없었다. 미사일은 연속적으로 발사되었고, 지구 궤도를 돈 다음, 1억2천만 킬로미터 떨어진 위협적인 물체를 향해 속도를 높여 날아갔다. 성공은 분명해 보였다. 매스컴은 전문가들에게 묻고, 〈거리의 사람들〉을 인터뷰하고, 세상의 걱정과 혼란을 방송한 다음, 메리 루드포드에게로 다시 관심을 돌렸다.

이미 정해진 것이나 다름이 없는 세번째 소행성의 파괴와 더불어, 메리 루드포드는 엄청난 박수갈채를 받게 되어 있었다. 그녀는 이제 호화로운 호텔과 고급 레스토랑을 드나들면서 유명 인사를 상대하며 황홀한 시간을 갖게 될 것이었다. 하지만 스포트라이트를 받게 된 처음부터 그녀를 사로잡은 고민거리가 있었다. 아빠가 만약 그녀를 텔레비전에서 본다면 어떻게 될까? 그녀에게 전화를 걸려고 하지 않을까? 처음에는 아빠가 전화를 걸어올까 봐 걱정이 되었다. 만약 전화를 걸어온다면 무슨 말을 해야 하나? 자신과 엄마를 버린 데 대한 분노 때문에 말이나 제대로 할 수 있을까? 그녀는 결국 아빠가 전화를 걸어오면 말도 못 붙이게 하고 전화를 끊어버리겠다고 결심했다. 마음속으로 할말을 연습하고 실제로 전화를 탁 내려놓는 실습까지 해보았다. 하지만 나중에는 전화기 앞에서 서성대면서 아빠가 전화를 걸어오지 않을까 봐 오히려 더 걱정이었다. 그래서 그녀는 생각했다. 아빠가 전화를 걸어온다면 어떻게든 대화를 할 수 있으리라. 아빠는 자신이 왜 떠나지 않으면 안 되었는지 말해줄지도 모른다. 충분한 이유가 되진 않겠지만 그래도 이해를 할 수 있게 될 것이다. 그리고 아빠를 용서할 수 있게 되리라.

하지만 시간이 지나자, 그녀는 자신이 바보였다는 것을 깨달았다. 그녀가 전 세계의 텔레비전에 처음으로 모습을 나타낸 지 벌써 2주가 지났는데도, 그녀의 아버지는 아직까지 감감무소식이었다. 아빠가 텔레비전이나 잡지나 신문에서 그녀를 보지 못했을 리는 없었다. 그녀는 얼마나 어리석었던가. 자신의 존재 여부를 알려 하지조차 않는 사람 때문에 눈물을 흘리기까지 했지 않은가. 그녀는 다시 한 번 다짐했다. 그 작자가 전화를 걸어온다고 해도 말을 붙이지도 못하게 하고는 끊어버리겠노라고. 그렇게 그 작자에 대해서는 더 이상 생각도 하지 말아야겠다고 다짐하면서도, 그녀는 자신이 다람쥐 쳇바퀴 돌듯 원점으로 돌아와 있다는 것에는 생각이 미치지 않았다. 사실을 말하자면 그녀는 희망을 포기할 수가 없었다.

이제는 남 앞에 나서도 괜찮다는 자신감과, 더 이상 아버지에 대해서 번민하지 않겠다는 자기 기만적인 결심을 안은 채, 메리 루드포드는 화장실에서 나와 과학자들과 뉴스 매체의 기자들이 모여 있을 메인 빌딩의 회의실로 향했다. 과학자들은 거기에서 마지막 점검을 한 다음 세 개로 나누어진 기지로 끼리끼리 흩어져서 밤샘 작업을 하게 될 것이었다. 그녀가 도착했을 때 회의는 이미 끝난 뒤여서 방은 썰렁하게 비어 있었다.

메리는 북서쪽 길을 따라 천천히 걸어갔다. 보도 차량들을 지나쳐서 언덕 꼭대기에 있는 돔 건물로 향했다. 천문대에서 숙식을 해결하면서 일하는 사람들은 희박한 대기에 익숙해져 있겠지만, 그렇지 못한 사람들에게는 해발 3천 미터의 고지대에서 활달한 걸음걸이로 걷는 일이 쉬운 일은 아니었다. 그녀의 뒤쪽으로는 곡물 저장 창고처럼 보이는 돔이 어색하게 서 있었다. 새크라멘토 정상의 첫 천문대였던 그 건물은 사실 곡식 저장 창고를 개조하여 만든 것이었다. 더 뒤쪽으로는 가장 연구소 냄새를 풍기는 건물인 존 에반스 태양 연구소가 있었다. 태양의 광구(光球)와 주변의 붉은 가스층, 코로나 등을 연구하는 곳이었다. 그녀의 왼쪽으로는 새크라멘토 천문대에서 가장 눈에 띄는 진주 빛 〈망원경 탑〉이 밤하늘을 찌를 듯한 기세로 서 있었다. 그 탑 안의 망원경은 태양을 관측하는 데에는 놀라운 장비였지만, 소행성을 추적하고 관찰하는 데에는 적절치가 않았다. 새크라멘토 정상에 있는 네 관측소 중에서는 그것만이 오늘밤 활약을 할 수가 없게 된 셈이었다.

70년 동안 거의 태양 관측만을 위해 기능했던 새크라멘토 천문대만이 본래의 기능에서 벗어나 이번 일에 동참한 것은 아니었다. 세계 도처에 있는 2백 군데 이상의 천문대들이 이 일을 위해 참여하고 있었지만, 다수가 천문학 중에서도 특화된 분야만을 위한 것이어서 소행성 연구에는 참여한 경험이 없었다.

희박한 대기에도 불구하고 메리는 힐탑 돔을 넘어, 그 돔에서 〈망원경 탑〉에 이르는 길 사이에 있는 전망이 좋은 곳으로 갔다. 밤하늘은 맑았고, 툴라로사 사막 너머로 산아드레아스와 남서쪽의 오르간 산맥이 내려다보였다. 남쪽에는 텍사스 주 엘파소의 불빛이 반짝였다. 그녀는 북쪽 하늘로 눈을 돌려 은하수 사이에서 튀어나온 듯한 두 개의 물체를 바라보았다. 두 소행성은 지난 이틀에 걸쳐 맨눈으로도 잘 보였다. 이제는 정 북쪽의 지평선 바로 위에서 밝게 빛나고 있었다. 현재 위치에서는 두번째의 더 작은 소행성(2021 KE)이 첫번째(2021 KD) 것보다 더 높은 곳에 있었다. 하지만 지구가 움직여감에 따라 2021 KE는 첫번째 것보다 아래쪽으로 내려가는 것처럼 보일 것이다. 세 시간 후 2021 KD는 서반구의 하늘을 가로질러 달려갈 것이고, 2021 KE는 지평선 아래로 떨어져서 동반구의 하늘을 지나가게 될 것이다.

메리는 언덕 꼭대기의 돔으로 다시 돌아와서 안으로 들어갔다. 기지 안에 설치된 거대한 벽면 모니터에서는 망원경이 잡아낸 소행성들의 모습이 비치고 있었다. 수많은 테스트와 전망, 검사의 과정을 거친 뒤, 소행성이 지나가는 길과 가까운 곳에 위치한 천문대들을 서로 연결, 세계 전역의 텔레비전과 다른 천문대들에게 위성사진을 제공하게 되어 있었다. 허블 망원경은 소행성의 북쪽을 가장 잘 잡아내도록 배치되었다. 처음에는 망원경에 두 소행성 모두가 포착되었지만, 더 가까이 접근해옴에 따라 한 번에 하나씩만 포착할 수 있게 되었다. 이제 몇 시간 남지 않은 동안, 허블 망원경은 첫 소행성이 지구를 지나치기 전에 그것에만 초점을 맞출 것이었다. 그런 다음 두번째 소행성에로 재빨리 초점을 옮겨야 할 것이었다.

두 개의 위성이 전송하는, 소행성들이 접근해오는 모습이 텔레비전과 인터넷을 통해 생중계되고 있었다. 얼마 전까지만 해도 화면은 까만 스크린 위에 반짝이는 두 점이 나타나 있는 정도에 지나지 않아 별다른 인상을 주지 못했다. 흥미로운 것은 화면 오른쪽 아래에서 깜박이며 지구와 소행성과의 거리를 나타내주는 디지털 계수기였다. 대부분의 시청자들에게는 시속 10만5천 킬로미터라고 하면 얼른 감이 오지 않았지만, 숙달된 전문가들은 계수기가 깜박거리는 것을 보고는 그것이 초속 28킬로미터를 의미한다는 것을 계산해냈다.

소행성에 관한 특집 프로그램을 방영하면서 그것들이 다가오는 모습을 보여주는 텔레비전 방송국들이 많았다. 그럼에도 많은 이들이 소행성을 직접 보기를 원하여, 아마추어용 망원경과 배율이 높은 쌍안경이 동이 났다. 지나치게 흥분한 아마추어 천문가들은 지구를 향해 다가오고 있는 다른 소행성들이 또 있다고 하여 소동을 빚기도 했다. UN과 세계의 과학자들이 몇 번이고 안심시키는 발언을 되풀이하는데도 불구하고, 대중들 중에는 그 사건이 세상의 종말을 의미한다고 주장하는 이들이 적지 않았다. 그 중에는 어차피 끝장날 세상인데 술이나 마시자면서 알코올에 빠져 지내는 이들도 있었다.

망원경과 쌍안경이 불티나게 팔려나간 것에 비례하여 〈사생활 훔쳐보기〉에 대한 시비가 가파르게 상승한 것은 물론, 노출증 환자들의 자기 과시욕 또한 만만치가 않았다. 강도, 강간, 살인 등의 범죄 또한 가파르게 상승하여 경찰은 어지간한 위반에는 눈을 감을 수밖에 없었다.

낮 동안에 방영되는 텔레비전 드라마에는 이야기 줄거리에 소행성에 관한 것이 끼어들었고, 컴퓨터가 만들어낸 소행성 사진과 회전하는 지구를 시작 부분에 끼워 넣는 프로그램이 적지 않았다.

다가오는 운명에 대한 절망과 두려움으로 신음하는 이들도 있었다. 인생 상담소는 고객이 넘쳐나서 예약 없이는 상담을 받기가 불가능했다. 진단과 치료를 받아야 함에도 제때에 받을 수 없는 사람이 부지기수였다. 여기저기 문을 두드려보다가 제풀에 지쳐 자기 목숨을 끊는 극단적인 선택을 하는 경우도 없지 않았다.

## 2021년 7월 3일 오전 1시 49분(GMT 오전 6시 49분)  뉴욕

크리스토퍼 굿맨은 로버트 마일너, 데커 호손과 함께 텔레비전을 보고 있었다. 첫 소행성이 서반구의 하늘을 가로지르기 직전인지라 뉴스 해설자와 프로듀서들은 몹시 바쁜 시간을 보내고 있는 것 같았다. 동원 가능한 모든 인사들이 거듭 인터뷰에 응한 터였고, 상상 가능한 모든 곁가지 이야기들이 몇 번이고 전파를 탔다.

채널을 돌리던 데커는 세계 도처에서 기도하는 소그룹의 사람들을 보여주는 화면에서 멈추었다. 함께 모여서 다가오는 소행성으로부터 지구를 보호하는 〈상상의 막〉을 만들고 찬송가를 부르는 모임이었다. 데커가 고개를 저으며 크리스토퍼를 향해 말했다.

「넌 이런 사람들을 믿을 수 있니?」

「저 사람들이 하고 있는 것은, 요한과 코헨이 재난을 야기하기 위해 행했던 것과 다를 바가 없는 것이에요.」

크리스토퍼가 대답했다.

「저 사람들이 재난을 방지할 수 있다는 거니?」

예기치 않았던 희망의 발언에 고무된 데커가 찬송을 부르는 사람들을 가리키며 말했다.

크리스토퍼는 고개를 가로저었다.

「그럴 순 없어요. 요한과 코헨이 너무 강하거든요. 거기에 비하면 우리의 찬송하는 친구들은 너무나 기가 약해요. 하지만 그렇게 애를 쓴다는 것 자체가 중요해요. 그들은 지금 어린아이들과 같지만, 청년의 지혜로 자신들이 해야 할 바를 알고 있는 거예요. 그것을 실천할 힘은 부족하지만 어쨌든 시도하고 있는 거죠. 새로운 시대는 바로 저렇게 해서 오게 된다고 봐요.」

*

30분이 또 지나갔다. 천문대에서 혹은 텔레비전을 통해 지켜보고 있던 사람들은 첫 소행성의 모습을 더욱 분명하게 볼 수 있었다. 이제는 6만7천 킬로미터 정도밖에 떨어져 있지 않은 상태여서 소행성의 표면에 작은 분화구에 의한 마마자국이 나 있는 것까지 볼 수 있을 정도였다. 특이한 것은, 다소 구부러진 시가 모양에 폭이 20킬로미터 정도로, 크기나 모양이 에로스 소행성과 매우 흡사하다는 것이었다. 그것은 한쪽 끝에서부터 3분의 1에 해당하는 지점을 축으로 돌아가고 있어서 회전하고 있다기보다는 천천히 구르고 있는 듯한 인상을 주었다. 이제 달만큼의 거리가 된 두번째 소행성은 훨씬 더 구체에 가까웠고 직경이 2.5킬로미터 정도였다.

텔레비전 화면은 이쪽 소행성에서 저쪽 소행성으로 시시때때로 그림이 바뀌었고, 때로는 화면을 두 개로 분할하여 두 소행성을 나란히 보여주기도 했다. 이제 소행성들은 지구와 아주 가까워져서 우주 방문자들의 초상을 극적으로 드러내주고 있었다.

새크라멘토 천문대의 천문학자들은 자신들의 실험과 관측을 위해 최종 점검을 하고 있었다. 35명의 과학자들과 22명의 조교들 중에서 8명만이 언덕 꼭대기의 돔에서 일하기로 되어 있었고, 메리 루드포드는 거기에서 그 모든 것을 지켜보고 있었다. 보도진들은 역사적인 사건의 매 순간을 기록으로 남기기 위해 다른 여러 천문대로 흩어져갔다. 메리는 그런 일에 참여하는 것이 좋았지만, 새크라멘토 산의 장비에 충분히 익숙한 상태는 아니었다. 게다가 언론은 그녀가 실제로 그런 작업에 임하도록 내버려두지도 않았다.

지금도 한 기자와 카메라맨이 그녀 옆에 붙어 있었다. 지금 이 순간 메리가 뭔가 뉴스의 가치가 있는 것을 말할 것 같진 않았기 때문에 그 기자의 질문은 자기들 주변에서 진행되고 있는 일들에 초점이 맞추어졌다. 그녀는 새크라멘토 산에 있는 장비를 사용해본 적이 없었지만 보통 사람들의 궁금증을 풀어줄 정도는 되었다.

질문을 마친 기자는 소행성이 다가오는 모습을 거대한 모니터로 지켜보기 위해 의자에 앉았다. 5분쯤 지나 그가 다시 질문을 했다.

「사진이 왜 움직이고 있는 거죠?」

그가 두 소행성을 나란히 보여주고 있는 화면을 가리키며 물었다.

메리는 스크린을 보았다. 하지만 어떠한 움직임도 감지할 수가 없었다.

「무슨 말이죠?」

「화면의 왼쪽에 있는 첫번째 소행성 사진 말입니다. 오른쪽을 향해 천천히 움직이고 있어요.」

메리는 잠시 화면을 가까이에서 지켜보았다. 그녀 역시 그런 움직임을 본 것 같았지만 너무 경미하여 확신할 수가 없었다.

「소행성의 자전 때문에 움직이고 있는 것처럼 보이는 걸 거예요.」

「아니에요. 몇 분 전에는 화면의 훨씬 왼쪽에 있었거든요. 그런데 오른쪽으로 움직여갔어요. 분명해요.」

메리는 어떻게 달라졌는지 기억하려고 애썼다. 전에는 지금보다 화면의 중앙에 있었던 것 같았다는 생각이 들긴 했다.

「우리가 몇 분 전에 본 사진은 다른 천문대에서 잡은 것일 수도 있어요. 지금 사진을 전송하고 있는 천문대의 망원경이 소행성을 중심에서 잡고 있지 않는 것이지요.」

「아니에요. 그럴 리 없어요. 제가 계속 지켜보고 있었어요. 위성사진은 계속해서 캐나다의 도미니언 천문대에서 오고 있어요.」

그는 자기 노트를 보면서 자신이 메모한 대목을 가리켜 보였다.

「그건 20분 동안 내내 바뀌지 않았어요.」

메리는 모니터를 보았다. 거기에는 위성사진의 출처가 표시되어 있었다. 확신할 수 없었지만 기자의 말이 옳을지도 모른다는 생각이 들었다. 하지만 이제 와서 누가 옳은지는 중요하지 않았다. 첫번째 소행성이 이제껏 오른쪽으로 서서히 움직이고 있었다는 것이 더욱 명확해졌다는 것이 중요한 것이다.

「알아봐야겠네요.」

그녀가 말했다.

메리는 새크라멘토 천문대의 존 에반스 태양 기지에서 고참 과학자인 앨빈 테일러에게로 갔다. 테일러 박사는 과학자 중의 한 명과 이제 막 대화를 끝낸 참이었다. 그 과학자는 옆에서 전화번호를 누르고 있었다.

「방금 2021 KD의 사진을 봤는데요, 웬일인지 그 사진이 화면 오른쪽으로 서서히 움직이고 있는 것처럼 보입니다.」

「우리도 알고 있소. 레인 박사가 무슨 일인지 알아보려고 도미니온 천문대에 전화를 걸고 있소.」

메리의 말에 테일러가 전화를 걸고 있는 과학자를 가리켜 보이며 말했다.

그들은 모두 자리에 서서 전화 내용에 귀를 기울였다. 하지만 녀무 짧게 끝나고 말아서 어떤 내용인지 알아들을 수가 없었다.

「아, 예, 그럼, 행운을 빕니다.」

레인 박사는 그렇게 말하고는 전화를 끊었다.

「그들도 문제를 알고 있어요.」

전화를 내려놓으며 레인 박사가 테일러 박사에게 말했다.

「그들은 나누어진 시스템을 합산하는 과정에서 에러가 누적되어 생긴 결과라고 생각한답니다. 지금 바로잡으려고 하고 있다는군요.」

브리티시 콜롬비아에 있는 밴쿠버의 남쪽 끝, 숲속 언덕에 자리한 도미니온 천문대는 케페우스형 변광성에 대한 연구로 잘 알려진 곳이었다. 소행성은 전공 분야가 아니었지만, 다른 천문대들과 마찬가지로 그들 또한 자신들의 연구 일정을 뒤로 미루고 1백만 년에 한 번 정도 있는 이번 이벤트에 참여하기로 한 것이다. 도미니온은 북쪽에 위치하고 또 최근에는 7.5미터짜리 반사망원경(SMT)을 도입했기 때문에 일차적인 천문대로서 역할을 하게 된 것이다. 한때 이름을 날렸던 팔로마 산의 2백 인치짜리 망원경보다 빛을 모으는 양이 2.25배에 달하고, 직경이 1.5배에 달하는 도미니온의 SMT는 하나로 된 거울에 가깝게 기능하는 6변형 거울 조각들의 모자이크를 사용했다. 각 조각은 모자이크를 이루는 다른 거울 조각들과 상응하여 자기 역할을 계속적으로 맡아야 했다. 그래서 다른 조각들과 상응하여 공통의 초점을 유지할 수 있도록 포지션 센서와 지시기가 달려 있었는데, 바로 이것들이 문제를 야기한 것 같았다.

「그걸 고칠 수가 없다면 다른 천문대의 사진으로 교체할 거래요.」

레인 박사가 말했다. 레인은 클립보드 위에서 스케줄을 확인하며 말을 이었다.

「제 생각엔, 키트피크가 될 것 같네요.」


**2021년 7월 3일 오전 12시 21분(GMT 오전 7시 21분)  애리조나**

　스튜어드 천문대는 인디언 보호구역 위쪽인 키트피크 산의 화강암 바위들과 절벽 사이에 마치 하얀 양송이버섯처럼 자리하고 있었다. 훌륭한 광학 장비와 일급의 천문학자들을 갖추고 있는 키트피크 천문대는 이번에 캐나다의 도미니온 천문대를 후원하기로 되어 있었다. 그것은 키트피크의 과학자들에게 어떤 역할을 하라는 것이 아니라, 문제가 생겼을 경우에 도미니온 천문대와 손발을 맞추어 장비를 제공하라는 것이었다.

　하지만 전화가 온 순간, 키트피크의 채프먼 박사는 자기들의 문제로 몹시 바빴다. 그와 그의 동료들은 도미니온이 보내온 사진에 어떤 문제가 있는지조차 알아차리지 못하고 있었다.

　「채프먼 박사님, 저는 캐나다의 도미니온 천문대 왓슨 박사입니다. 우리가 보유한 7.7미터짜리 망원경에 문제가 생겼어요. 우리가 문제점을 보완할 때까지는 만일의 경우에 대비하여 당신들이 우리를 대신해주었으면 합니다만.」

　「미안합니다만, 우리의 11미터짜리 SMT에도 문제가 좀 있는 것 같습니다. 딱히 꼬집어 원인을 알 순 없지만, 나누어진 망원경들의 위치 선정에서 에러가 누적되어 나타나는 문제인 것 같군요. 2021 KD 소행성이 진로를 바꾼 것처럼 나타나거든요.」

　꽤 오랜 동안 침묵이 이어졌다.

「여보세요?」

채프먼은 전화가 끊긴 게 아닌지 확인했다.

「예, 듣고 있어요. 언제부터 그렇지요?」

「10분 전에 처음으로 알아차렸어요.」

다시 침묵이 이어졌다.

「우리의 사진을 살펴보았나요?」

잠시 후 도미니온의 왓슨 박사가 물었다.

「지난 몇 분 동안은 보지 못했어요. 말씀드린 것처럼 우리 장비 문제로 몹시 바쁘거든요. 왜, 무슨 문제가 있나요?」

「한번 살펴보셨으면 합니다.」

채프먼 박사는 의자 뒤로 몸을 젖히고는 고개를 돌려 두 개의 소행성을 비추고 있는 거대한 모니터를 바라보았다. 잠시 후 그는 소행성의 움직임을 알아차릴 수 있었다. 그는 자신이 본 것을 믿을 수가 없었다. 그는 의자에서 벌떡 일어나, 더 자세히 보기 위해 전화기를 든 채 스크린 쪽으로 다가갔다. 그렇다고 해서 달라질 것은 아무것도 없었다. 채프먼 박사가 무슨 일이 벌어지고 있는 것인지 알아차리는 데에는 몇 초밖에 걸리지 않았다. 이건 우연의 소산일 수가 없었다. 도저히 일어날 수 없는 일이 벌어지고 있는 것이었다.

전화선의 다른 쪽에서, 왓슨 박사는 채프먼이 외치는 소리를 들었다.

「탐! 프랭크! 이것 좀 봐요!」

그는 모니터를 가리키며 동료들을 소리쳐 불렀다.

채프먼의 두 동료는 모니터를 보고는 다시 자신들의 망원경의 이미지를 들여다보았다. 그러고는 눈으로 채프먼을 바라보면서 똑같은 질문을 하고 있었다. 모니터에 나타난 이미지가 그들의 망원경이 포착한 것인가? 채프먼은 고개를 저었다. 두 사람 중에서 키가 더 큰 남자는 사진의 원천이 되는 작은 모니터를 들여다보았고, 다른 남자는 큰 모니터의 사진을 다시 바라보고 있었다.

「있을 수 없는 일이야!」

전화선의 저쪽에서 외치는 소리를 왓슨 박사는 들을 수 있었다. 가장 두려워했던 일이 벌어지고 있음을 확증시켜주는 말이었다.

「달리는 설명할 길이 없지 않소? 허블이 포착한 건 어때요?」

채프먼이 왓슨에게 다급하게 말했다.

「끊지 말고 기다려요. 우리가 당장 알아볼게요.」

왓슨이 대답했다. 사실 그건 불필요한 일이었다. 무슨 일이 일어났는지를 입증하기 위해서라면 키트피크의 장비만으로도 충분했기 때문이다. 하지만 다음 45초 동안 전화를 들고 있으면서 채프먼은 전화선 저쪽에서 일어난 소동을 충분히 감지할 수 있었다. 그는 왓슨이 다시 전화로 돌아오기를 기다리지도 않은 채 전화기를 내려놓고는 자리에 주저앉았다.

기자들은 과학자들의 업무 방해를 방지하기 위한 경계선을 무너뜨리고 몰려와서, 무슨 일이 벌어지고 있는지를 물어왔다. 다른 두 명의 천문학자들은 다른 천문대들에 전화를 걸어 자신들이 혹시 잘못된 점이 없는지를 확인했지만, 결국 아무 잘못이 없다는 것만 되풀이 확인되었다. 모든 것이 너무나 분명했다. 2021 KD가 설명할 수 없는 이유로 진로를 바꾸었고, 지구와의 충돌 위험이 훨씬 높아진 것이다. 지구의 어느 부분에 충돌할지는 알 수가 없었다. 시뮬레이션을 만들어볼 시간조차 없었다. 소행성은 이제 겨우 1만3천8백 킬로미터 떨어져 있었고, 8분도 못 되어 지구의 대기권 외곽으로 진입할 것이었다.

# 5

## 고난의 서곡

**2021년 7월 3일**

그리니치 천문대 시각으로 2021년 7월 3일 오전 7시 33분 22초, 2021 KD는 북부 시베리아에 있는 레나 강 삼각주 가까이의 티크시 마을 상공 5백7킬로미터 지점에 있었다. 그것은 초속 28킬로미터의 속도로 지구의 전리층 외곽에 접근 중이었다. 떨어지는 각도가 다소 완만하여 고도가 1킬로미터 낮아질 때마다 수평적으로는 지구 표면을 7킬로디터 이상 스치고 있었다. 대기의 밀도는 상대적으로 완만하게 증가했고, 그 결과 소행성의 표면 온도가 1초에 섭씨 12도 정도 올라가는 데에 그쳤다. 소행성의 불규칙한 모습에 대한, 완만하긴 하지만 꾸준히 증가하는 공기 저항이 유별난 회전축(한쪽 끝으로부터 3분의 1 지점에 있는)에 작용하여 소행성을 뒹굴면서 회전하게 만들고 있었다.

전리층에 도달한 지 81초 후엔, 고도가 1백73킬로미터에 이르렀고, 공기 마찰로 인해 가열된 소행성의 표면은 빨갛게 타올랐다. 16

초 후에는 성층권의 외곽을 관통하여 지구 표면에서 96킬로미터까지 접근했다. 소행성의 표면 온도는 섭씨 1천5백27도에 이르렀다. 이는 거칠게 뒹굴고 있는 소행성의 구성 성분 중 많은 부분을 차지하는 니켈과 철 성분이 녹아들 온도였다. 20킬로미터 폭이었던 소행성에서 껍질이 벗겨져 나가듯이 수백만의 조각들이 사방으로 튀기 시작했다.

더 구형이었다면, 소행성은 대기권에 진입할 때에도 똑같은 궤도를 유지했을 것이다. 그래서 북부 캐나다 상공 47킬로미터 이내에 들어왔다가는 실제로 지구와 충돌하는 일이 없이, 6분 30초 동안 머물다가 다시 우주로 돌아갔을 것이다. 1972년 8월, 미국과 캐나다의 서부 상공을 지나쳤던 거대한 소행성의 경우가 바로 그러했다. 하지만 이번의 경우는 소행성의 변칙적인 모습 때문에 상황이 달라졌다. 소행성이 점점 더 밀도가 높은 대기와 충돌함에 따라, 관성과 인력이라는 두 힘이 서로 반발하면서 극대화되었다. 소행성의 이상한 모양새는 비행기 날개가 비행기를 들어올리도록 디자인된 것과 반대로 지구 아래쪽으로 향하게 하는 힘을 증가시켰다. 어느 지점까지는 관성이 인력을 이기는 듯했다. 하지만 어느 정도 시간이 지나자 인력으로 인해 소행성은 수 킬로미터를 더 하강했고, 아래로 내려갈수록 공기는 점점 더 밀도가 높아져서 인력을 증가시켰다.

소행성이 추락하고 있다고 표현하는 것은 잘못일 것이다. 지구의 중력은 소행성의 진로에 거의 아무런 구실도 하지 못했다. 대기권을 진입했을 당시의 속도가 지구 중력권을 벗어나는 데에 필요한 속도의 2.5배 이상이었기 때문이다. 속도가 초속 1킬로미터 정도 느려지긴 했지만 그건 아무런 의미도 없었다. 하지만 지구 표면과 관계되는 다른 요인들이 소행성의 진로에 영향을 미쳤다. 지구의 공전 궤도, 지구의 곡률, 시속 1천6백 킬로미터라는 지구의 느린 자전 속도 등이 그런 요소들이었다. 이런 여러 요소들이 결합하여, 소행성의 진로를 마치 투수가 던지는 커브 볼처럼 변화시켰다. 남쪽으로 직행했을 코스가 동쪽으로 약간 휘게 된 것이다.

수초 후, 캐나다의 북서쪽 매킨지 만 북쪽의 보퍼트 해 상공에서 소행성은 결정적인 시기를 맞았다. 공기 역학 때문에 60킬로미터 상공에서 발생된 소리는 밀도가 더 높은 아래쪽 공기에 차단되어 위쪽으로만 발산되고, 그 결과 지상에는 전달되지 않게 마련이다. 그럼에도 대기권에 진입한 지 1백11초 후 소행성이 60킬로미터 아래쪽으로 떨어지자, 마치 강력한 지진이 발생한 것처럼 엄청난 굉음이 시뻘겋게 타오르는 하늘을 뚫고 울려 퍼졌다.

*

허셜 섬 남쪽 키포인트 근처에서는, 보트에 탄 여섯 명의 에스키모인들이 손에 작살과 라이플총을 들고 흰고래가 수면 위로 떠오르기를 끈길기게 기다리고 있었다. 현지 시각으로는 오후 11시 35분이었지만, 북극 지방인 이곳에서는 지금이 1년 중 〈해가 지지 않는 백야〉의 시기였다. 12일 전인 6월 21일 해가 떴고, 15일 후인 7월 18일까지는 해가 지지 않을 것이었다. 몇 백 미터 떨어진 해변에서는 그 남자들의 가족들이 텐트에서 자고 있었다. 그때 갑자기 모든 눈들이 하늘로 향했고, 놀라움에 사로잡혔다. 그들의 눈길을 사로잡았던 것은 불과 몇 초 만에 남쪽 지평선 너머로 사라져버렸다.

소행성이 지나가고 난 후, 남자들은 한동안 침묵 속에 얼어붙어버렸다. 그러고는 갑자기 엄청난 흥분에 휩싸여 서로를 향해 뭐라고 소리를 질렀다. 바로 그 순간 20미터 떨어진 곳에서 흰고래 한 쌍이 떠올랐지만 그것도 모르는 채. 그러다가 누군가가 고래들을 보고는 외쳤다. 고래 가까이의 남자들은 소행성을 얼른 마음에서 지워버리고는 보트를 출발시켜 흰고래 가까이로 접근시켰다. 서 있는 두 사람 중 한 사람은 로프가 달린 작살을 움켜쥐고 있었고, 다른 한 사람은 작살이 날아간 직후 일을 마무리하려고 라이플을 꽉 쥐고 있었다.

초속 3백30미터 속도로 날아가는 소행성의 엄청난 굉음이 아래쪽의 보트에까지 닿는 데에는 족히 3분이 걸렸다. 그 소리는 마치 담벼락이 무너져 내리듯 파이버글래스로 된 보트 선체를 산산이 부숴버렸다. 그 남자들과 가족들은 산산조각이 나서 순식간에 형체 없는 쓰레기더미가 되고 말았다.

*

소행성이 지나가는 아래쪽으로는 거대한 진공이 형성되어 주변의 공기가 그리로 돌진했다. 그러자 북극해 상공에는 과도하게 팽창된 공기 꼬리가 형성되어 보트의 엔진 뒤쪽으로 생겨나는 거대한 소용돌이처럼 초특급 회오리바람이 꼬리에 꼬리를 물고 이어졌다.

알래스카의 카크토빅에 사는 사람들은 2백 킬로미터 서쪽 하늘에서 타오르는 큰 별을 보았다. 하지만 그것은 첫번째 광풍이 당도하기 전인 8분 30초 동안이었을 뿐이다. 회오리바람이 불어 닥친 지 2

분도 못 되어 도시 전체가 날려가서, 살아 있는 사람이라고는 씨도 찾아볼 수가 없게 되었다. 키포인트 부근에 있었던, 소행성 바로 아래쪽의 불운한 사람들에게는 한밤중에 갑자기 태양이 폭발한 것 같았다. 12초 후, 남쪽으로 3백20킬로미터 떨어진 포트맥퍼슨 주민들은 불과 42킬로미터 상공으로 줄을 긋고 지나가는 소행성을 보았고, 그것은 마치 하늘 자체가 불타고 있는 것만 같았다.

포트맥퍼슨의 어느 누구도 무슨 일이 일어났는지 알지 못했다. 행성의 진로 변경에 관한 뉴스가 이제 막 텔레비전과 라디오에 방송되고 있는 중이었고, 컴퓨터 시뮬레이션을 작동할 시간도 없어서 어느 누구도 소행성의 진로가 어떻게 될지, 만약 지구와 충돌한다면 언제 어디에서 그렇게 될지 알 수 없었다. 포트맥퍼슨에서는 부모들이 하늘을 가리켜 보이고 그것을 본 아이들은 박수를 치며 환호했다. 소행성을 지켜보기에는 너무 늦은 시각이었음에도 남녀노소 구분 없이 거의 모두가 깨어 있는 상태였다. 그들은 하늘을 빠르게 가로질러가는 밝고 큰 별 같은 빛을 보게 될 것이라고 들었다. 그런데 그들이 본 것은 맨해탄 섬만한 크기의 불타는 섬이 믿을 수 없이 빠른 속도로 불붙은 꼬리를 끌며 질주하는 모습이었다. 그들이 본 것은 믿을 수 없을 정도로 놀라운 광경이었지만, 그것을 소화할 만한 시간도 주어지지 않았다. 4초 후, 소행성은 이미 남쪽으로 1백5킬로미터를 더 지나간 뒤였지만, 맥퍼슨 주민들은 그 엄청난 크기 때문에 아직도 선명히 볼 수가 있었다. 하지만 그들은 곧 핵폭탄에서 생기는 열 같은 것에 삼켜져버리고 말았다.

피할 수 있는 기회는 전혀 주어지지 않았다. 순식간에 죽음이 덮쳐왔다. 포트맥퍼슨의 동쪽과 서쪽으로 24킬로미터 안에 있는 모든 사람과 물건은 불에 타서 재로 변해버렸다. 불과 몇 초도 걸리지 않았다. 불에 타지 않은 것은 녹아버렸다. 소행성의 거대한 궤적 안에 있는 모든 것이 깨끗이 쓸려가서 학교며 집은 흔적도 남지 않았다. 거기에 살고 있던 7백20명의 주민들도 물론 마찬가지였다.

*

북극해와 필 강, 채널 강에서 습기를 머금은 허리케인 급의 소행성 궤적은 불과 몇 분 만에 동서로 수백 킬로미터의 크기로 번져나가, 수천 평방킬로미터에 달하는 캐나다의 원시림을 뿌리째 뽑아내어 평탄하게 만들어버렸고, 지나가는 길 위에 있는 마을이나 소읍들 모두를 폐허로 만들었다. 불타는 대기와 소행성의 용해된 금속들이 거대한 불덩이가 되어 지옥의 불길처럼 쏟아지면서 수백 년 된 숲을 불과 몇 분 만에 시커먼 숯으로 변하게 했다. 호수와 강은 격렬하게 끓어올랐고, 바람의 막강한 힘에 딸려 올라가 엄청난 파도가 일었다. 그 안의 모든 생명체는 일시에 죽어버렸다. 용해된 소행성의 작은 입자들이 먼지나 다른 부스러기들과 함께 수증기와 섞여 비가 되었다. 얼마간은 지상에 떨어졌고, 얼마간은 엄청난 바람에 의해 상부 대기층으로 쓸려 올라가 우박으로 변한 다음 떨어져 내렸다. 어떤 것은 12킬로그램에 이르는 것도 있었다. 그것들이 떨어져 내릴 때는 프라이팬에 버터를 녹일 때처럼 지지직거리는 소리가 대지를 흔들었다.

소행성 바로 아래쪽에서는 지상의 수많은 파편들, 심지어는 수 톤에 이르는 물체들까지, 시속 수천 킬로미터에 이르는 바람에 말려 올라갔다. 자동차, 트럭, 트레일러, 보트, 이동주택, 항공기, 석판 등등이 예전의 형체를 짐작할 수 없을 정도로 비틀리고 뭉개져서 수백 킬로미터를 끌려가다가 내동댕이쳐졌다.

포트맥퍼슨의 수백 킬로미터 남쪽, 북위 66도 지점에서 소행성은 최초로 밤을 맞았다. 63초 후, 맥퍼슨 항구의 1천9백 킬로미터 남쪽에서 앨버타 주의 에드먼턴 서쪽 상공 30킬로미터를 지나치면서, 소행성은 처음으로 인구가 많은 지역을 만났다. 그 도시와 주변의 모든 구조물들이 불과 몇 초 만에 불길에 휩싸였다. 인구의 대다수가 최초의 화염과 용해된 철의 소나기에 의해 사망했고, 나머지는 소행성의 궤적에 의해 삼켜져서 불벼락을 맞았다. 거리의 아스팔트는 녹아서 찐득찐득한 강물처럼 되어 지대가 낮은 곳을 찾아 흘러내렸다. 부서진 빌딩의 유리창들도 고열에 녹아내렸다.

다음 17초 동안 소행성은 래드디어, 캘거리, 메디신햇 근처를 지나면서 비슷한 결과를 불러왔다. 캘거리의 서쪽 끝에 있는 일부 건물은 무너지지 않았지만 불과 몇 초 후에 이어진 굉음에 의해 모래성처럼 날아가버렸다. 8초도 못 되어 소행성은 굉음을 내지르며 미국 국경을 넘었고, 14초 후에는 상공 24킬로미터 이내를 지나며 몬태나 주의 셸비, 해버, 그레이트폴스, 루이스턴, 마운드업을 폐허로 만들고는 빌링스에 이르렀다.

소행성의 꼬리는 5백 킬로미터 이상 뻗어 있어 아이의 연 꼬리처럼 주위에 있는 모든 것을 휘저었다. 인간이든 아니든 예전에 살아 숨쉬던 모든 것들이 작은 조각들로 부서져서 소용돌이가 되었고, 열에 의해 탈 만큼 가까이에 있지 않은 것들은 말려 올려져 갈기갈기 찢겨졌다. 다 닳은 헝겊 인형처럼 된 생명 잃은 것들은 상상할 수 없는 압력으로 완전한 진공 상태 가까이로 쓸려 들어가서, 포도처럼 으깨어져서 분노에 불타는 외계의 돌 위에 포도주처럼 붉은 피를 뿌렸다. 사슴, 엘크, 순록, 곰, 양 떼와 소 떼, 닭, 집에서 기르는 동물들과 도시나 마을에 사는 사람들 모두가 들려 올려져서 수백 킬로미터를 단 수 초 만에 돌파한 다음, 쏟아지는 비와 우박에 그들의 피를 섞어야 했다. 최근 몇 주 안에 죽은 시체들도 새로 단장된 무덤에서 들려 올려져서 소행성의 긴 꼬리에 먼지가 되어 달라붙었다.

소행성이 가는 길 아래쪽 수백 킬로미터 안에 있는 사람이나 동물에게는 아무 의미도 없었지만, 소행성의 속도는 지구 공기의 저항 때문에 조금씩 저하되고 있었다. 빌링스에 도착했을 당시 소행성의 속도는 초속 25킬로미터 정도로 떨어졌다. 31초 후, 1백만 이상의 인간이 죽고 난 다음, 콜로라도 주의 포트콜린스, 볼더, 덴버, 오로라 상공 19킬로미터를 지나치면서 소행성의 속도는 초속 0.4킬로미터 정도 더 떨어졌다. 로키 산맥은 바람과 열이 지나가는 데에 아무런 장애가 되지 못했다. 그랜드정크션, 몬트로스, 코르테스, 듀랑고가 파괴되었고, 그보다 더 북쪽에 있는 숲과 호수, 도시 들도 폐허가 되었다.


\*


소행성은 자신이 가는 길의 좌우 3백20킬로미터 폭 안에 있는 모든 것들을 파괴하는 무자비한 행로를 계속했다. 콜로라도 주의 콜로라도 스프링스, 푸에블로, 트리니대드, 뉴멕시코 주의 란튼과 투컴카리, 텍사스 주의 애머릴로, 러벅, 오데사, 애빌린, 샌앤젤로, 그리고 그 동서쪽에 있는 수천의 소읍들이 완전히 사라지거나 형체를 알아볼 수 없는 파편더미가 되었다.

소행성이 지구 대기권에 진입한 후 텍사스 주의 오스틴에 이를 때까지 소요된 시간은 단 5분 7초에 불과했다. 속도는 초속 23.7킬로미터로 느려졌고, 해발고도는 12킬로미터였다. 얼마나 많은 피해가 났고 얼마나 많은 사람이 죽었는지 집계조차 되지 않았다. .

24초 후 샌안토니오와 코퍼스크리스티를 황폐화시킨 다음, 소행성은 텍사스 주의 브라운즈빌과 멕시코의 마타모로스를 지나, 남동쪽을 향하며 멕시코 만을 건넜다. 고도는 이제 겨우 8.3킬로미터였고, 속도는 초속 23.3킬로미터로 떨어져 있었다. 다시 한 번 바다를 건너면서 많은 습기를 머금게 된 소행성은 자신이 지나가는 길 위에 엄청난 폭풍우를 유발시켰다.

대륙을 떠나고 몇 초 후 고도가 6킬로미터 정도로 낮아졌을 때, 과학자들에게 자못 흥미로운 사건이 발생했지만 이런 상황에서는 거기에 주의를 기울일 만한 경황이 없었다. 대기권에 진입한 순간부터 소행성은 공기와의 마찰로 정전기를 만들기 시작했다. 지표면으로부터 6킬로미터 이내에서 소행성이 뒹굴게 됨으로써, 그것은 엄청난 볼트의 번개를 발생시켰고, 부딪히는 모든 것들의 수분을 완전히 증발시켜 직경 5백40미터에 깊이가 80미터에 달하는 거대한 분화구를 순식간에 만들어냈다.

9백30킬로미터에 달하는 멕시코 만을 건너는 데에 불과 42초밖에 걸리지 않았다. 멕시코의 파라이소 서쪽 28킬로미터 지점에서 소행성의 고도는 불과 2킬로미터에 지나지 않았다. 소행성의 고도는 한 바퀴 회전하는 동안의 최저 해발고도와 최고 해발고도의 평균이라고 해야 할 것이었다. 하지만 이제 그러한 평균은 더 이상 적절치 않게 되었다. 이상한 모양의 소행성이 굴러감으로써, 8.5초 만에 1회 전하는 동안 소행성의 어느 부분이 아래쪽을 향하는가에 따라 소행성과 지구와의 거리가 1.5킬로미터 이상의 편차를 나타냈기 때문이다. 소행성은 이제 지구와 너무 가까워서, 문제가 되는 것은 해발고도의 평균이 아니라 특정한 한 순간의 소행성과 지구의 거리였다.

또 다른 문제가 돌출되었다. 소행성이 멕시코 남부를 가로질러 시에라 마드레 델 슈 산맥의 기슭을 향해 다가감에 따라, 소행성과 만나는 지대가 갑작스럽게 높아진 것이다. 소행성이 지표면으로 끌려감에 따라, 지구와의 거리를 벌려놓았던 강력한 정전기가 더 이상 요구되지 않았고, 방전이 되면서 연달아 번개가 치고, 남은 조각들을 폭발시키기 시작했다. 지표면과 가까워질수록 번개의 간격은 더욱 좁혀져서 정전기가 생기자마자 곧 방전되었다. 살아 있는 목격자가 있었다면, 18킬로미터의 너비를 지닌 딱딱한 번개의 판이 거대한 신처럼 자신 앞의 모든 것을 말살시키면서 지나가는 모습을 보았을 것이다.

멕시코의 치아파스 북서쪽 15킬로미터쯤에 있는 이름 없는 연봉들에 접근했을 때, 소행성은 최초로 만난 산의 표면을 솔질하듯이 스치면서 20미터 깊이에 3킬로미터 폭을 깎아먹었다. 이 접촉으로 소행성은 조금 속도가 느려졌지만 기상위성에서도 그 차이를 인식할 수 없을 정도였다.

하지만 두번째 산봉우리는 달랐다. 침략자 앞에 도전적인 자세로 묵묵히 서 있는 이 산은 소행성의 가장 낮은 지점보다 8백 미터 이상 더 높았다. 소행성을 멈추게 할 만큼 큰 것은 아니었지만 속도는 현저하게 떨어뜨렸다. 소행성은 산 정상과 충돌하면서 수백만 톤의 바위들과 소행성 조각들을 1천9백 킬로미터 높이로 날려 보냈고, 이는 전 세계의 지진계에서 탐지되었다. 1천 분의 1초 후에는 소행성이 구르면서 그 돌출부가 다소 낮은 산등성이를 찍어 누르면서, 부서진 바위 파편의 소나기를 골짜기 아래로 쏟아져 내리게 했다. 산기슭에서부터 골짜기에 이르기까지 살고 있던 3백 가구의 마을은 바위 파편과 진흙더미에 묻혀버렸다. 이웃하는 산들이 흔들리면서 45킬로미터 떨어진 곳에까지 산사태가 났다. 훗날 과학자들은 이 충돌의 위력이 TNT 5메가톤 혹은 히로시마에 떨어진 원자폭탄의 2백50배에 달한다고 평했다.

비교적 낮은 산과 부딪힌 충격의 반발로 소행성은 하늘 쪽으로 튀어 올라 거대한 산맥의 바로 위쪽을 지나가는 결과를 낳았고, 방향을 약간 동쪽으로 틀었다. 얼른 알아차리기는 힘들었지만 중요한 사실 한 가지는, 충격으로 인해 소행성의 회전에 변화가 왔다는 점이었다. 변화는 미미했지만 관성이 인력보다 더 위력을 발휘하게 되었다. 그 결과 소행성은 지표면을 향해 가차 없이 다가가는 대신 거의 일직선에 가까운 여행자가 되었다. 지구가 둥그렇게 휘어져 있다는 점과 소행성의 속도가 아직도 지구의 중력을 이기기에 충분하다는 점 때문에, 소행성은 지표면 위로 솟아오르기 시작했다. 소행성의 상승은 1킬로미터당 7미터 정도로 매우 미미했지만, 남쪽으로 3백30킬로미터를 더 날아가 과테말라 시에 당도했을 때는, 2.3킬로미터가 올라가서 평균 고도가 3킬로미터에 이르렀고, 이는 소행성이 가는 길의 어느 산보다도 충분히 높았다.

소행성은 자신이 지구상의 어디에 위치하는지에 전혀 상관없이

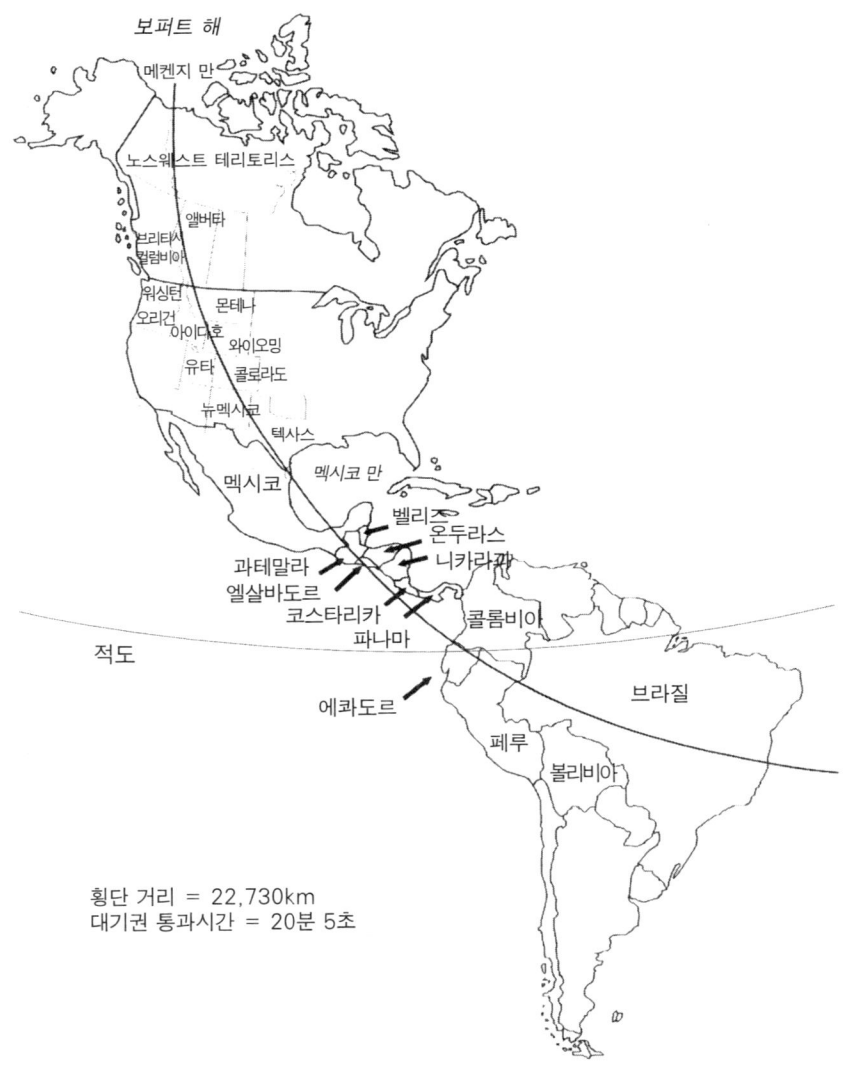

보퍼트 해

메켄지 만

노스웨스트 테리토리스

앨버타

브리티시
컬럼비아

워싱턴

몬테나

오리건

아이다호

와이오밍

유타

콜로라도

뉴멕시코

텍사스

멕시코

멕시코 만

벨리즈

온두라스

니카라과

과테말라

엘살바도르

코스타리카

콜롬비아

파나마

적도

에콰도르

브라질

페루

볼리비아

횡단 거리 = 22,730km
대기권 통과시간 = 20분 5초

파괴력을 발휘하는 데에 주저함이 없었다. 과테말라 시의 주민 역시 소행성이 가는 길 위에 있었다는 죄목으로 다른 도시들과 똑같은 운명을 맞아야 했다.

과테말라를 지나 엘살바도르로 진입하기까지 불과 13.5초밖에 걸리지 않았다. 이제 소행성은 엘살바도르의 태평양 해안선을 향하고 있었다. 태평양 상공에서 소행성은 중앙아메리카의 해안선에서 2백 60킬로미터 정도 떨어진 지점을 지났지만, 해안선이 북쪽으로 꺾인 파나마의 푼타라이라토는 거치고 지나갔다. 대양을 통과할 때도 계속 상승하여 콜롬비아 해안에 당도했을 때는 고도가 17킬로미터에 이르렀다. 7초 후에는 초속 18.2킬로미터로 콜롬비아의 포파얀 상공을 통과했다.

소행성의 아래쪽, 콜롬비아 열대우림 지역과 그보다 동쪽의 아마존 대삼림 지대는 소행성이 몰고 온 바람과 불길 앞에서 부싯깃이 되었다. 수백만 에이커가 즉각 불길에 휩싸였고, 남아메리카의 정글에만 있는 수백 종에 달하는 식물군과 동물군이 일격에 소멸되었다.

4분 28초 후 고도 50.5킬로미터 상태에서, 브라질의 이타부나와 이예우스를 파괴한 소행성은 대서양에 당도했다. 남아메리카 대륙을 가로지르는 데에 불과 6분 8초밖에 걸리지 않았다. 70초 후에는 초속 15.4킬로미터로 대서양에 있는 트리니다드와 마틴 바스 제도 상공을 통과했다. 소행성의 고도가 높아지고 공기가 희박해짐에 따라 저항력이 급격하게 떨어져서 정상 궤도를 찾은 소행성은 이제 지표면과의 각도가 그만큼 커지게 되었고, 따라서 대기권을 탈출하는 데에 요구되는 시간도 줄어들었다.

GMT 오전 7시 53분 27초, 나미비아의 베타니에 상공 4백95킬로미터에서, 소행성 2021 KD는 우주로 돌아갔다. 지구 대기권을 통과한 시간은 불과 20분 남짓이었고, 거리는 2만2천7백30킬로미터였다. 15개의 시간대를 통과했고, 핵전쟁이 일어나기 이전의 모든 전쟁을 합해놓은 것보다 더 큰 파괴를 야기했다. 대기권에 진입했을 당시 소행성은 초속 28킬로미터였는데, 떠날 때는 초속 13.5킬로미터(시속 4만8천5백80킬로미터)에 지나지 않았다. 하지만 그 속도 또한 지구의 중력을 뿌리치기에는 충분했고, 지구와 만난 결과 소행성의 진로는 새롭게 바뀌어 태양을 향해 돌진하게 되었다. 우주의 진공 속에서, 또 태양의 막대한 중력에 사로잡혀서, 소행성은 계속적으로 속도를 더해갈 것이다. 그리하여 지구를 떠난 지 6일 후에는 초속 5백76킬로미터(시속 2백7만3천6백 킬로미터)의 믿을 수 없는 속력으로 수성의 궤도 안쪽을 지나쳐갈 것이다. 그 2분 후에는 태양의 고열에 녹기 시작할 것이고, 몇 분이 더 지나면 가스 상태의 구름이 될 것이고, 마침내는 태양에 흡수되고 말 것이다.

*

과학자들은 뉴멕시코 주의 새크라멘토 산 정상에 있는 태양 관측소에서 전례가 없는 절호의 관측 기회를 붙잡은 셈이었지만 물거품으로 돌아가고 말았다. 새크라멘토 산 정상의 관측소가 더 이상 존재하지 않게 되었기 때문이었다. 남아 있는 것이라고는 벌거벗은 민둥산과 할퀴고 찢긴 식물들과 건물의 잔해뿐이었다. 망원경 탑 건물은 쓸려나가서, 폭 70미터의 구덩이만이 남아 그것이 있었던 자리임을 나타내주었다.

소행성이 지구를 떠나고 난 이후에도 파괴의 여파는 아직 끝난 것이 아니었다. 나중에 조사된 바에 따르면 소행성이 지나간 길의 동서쪽으로 각각 2백56킬로미터 안에서는 어느 누구도 살아남지 못했다. 그 거리를 훨씬 벗어난 9백60킬로미터 떨어진 곳에서는 초기의 돌풍과 불길에서 살아남은 소수가 있긴 했지만, 초음속의 굉음에 의해 고막이 파열되어 귀머거리가 되어버렸다. 소리는 1천3백 킬로미터 떨어진 곳의 벽까지도 흔들어 무너뜨렸다. 2천9백 킬로미터 떨어진 곳에서도 굉음을 들었다는 보고가 있었다. 초기의 폭풍과 불길은 남북 아메리카 대륙을 1천3백~2천2백 킬로미터의 폭으로 휩쓸고 지나가며 베어내버렸고, 그 불길은 앞으로도 노염을 멈추지 않으며 여러 달 동안 계속될 것이 분명하여, 지구 전체 숲의 3분의 1을 잿더미로 만들어버릴 것이었다.

소행성이 지나간 지 여러 시간이 흘러 바람이 잠잠해지자, 수억 톤에 달하는 파편들이 비와 우박, 피와 함께 땅으로 떨어져 내렸다. 구겨진 자동차 조각들, 나무 뿌리, 가지와 몸통, 갖가지 종류의 건물 잔해, 깨진 유리 조각, 한데 섞여서 구별할 수 없는 잡동사니들의 혼합체, 바위 조각, 물고기 등등이었다. 옷이 갈가리 찢겨나간 시신들과 수족이 잘려 나간 끔찍한 시신들도 하늘에서 떨어져 내렸다.

*

소행성의 진로에서 9백 킬로미터 가량 떨어진 애리조나 주의 길라 벤드에서는, 가이와 마키 알렉산더 부부와 두 딸이 폭풍을 견디고 살아남았지만 지하실에서 나와 보니 집이 온데간데없었다. 2층

욕조만이 배수관에 매달려 있었다. 불과 두 시간 전까지만 해도 어엿하게 서 있었던 것들의 자취를 찾을 길이 없었다. 도대체 무슨 일이 일어난 것인지 이해하지 못한 가족들은 쏟아지는 빗줄기 속에 서서 울부짖었다. 차를 세워놓곤 하던 도로 위에는 머리가 피범벅이 된 벌거벗은 여인의 시체가 뒹굴고 있었다. 가이 알렉산더는 아내와 딸들에게 고개를 돌리게 하고는, 덮을 것을 찾아 시신을 가려주었다. 토악질이 나오려는 것을 애써 참으면서 누구인지 신원을 확인하려고 얼굴을 살펴보았지만, 얼굴의 뼈가 으깨어져서 알아볼 수가 없었다. 그는 막연하게 이웃 중의 한 사람일 거라고만 생각했다. 그로서는 6백 킬로미터나 떨어진 곳에서 폭풍에 날아온 시신이라고는 짐작조차 할 수 없었을 것이다.

*

나중에 산정된 바에 의하면 2021 KD로 인한 직접적인 사망자는 1억7천5백만에 달했다. 하지만 거기에 수반된 또 한바탕의 부작용은 2주일 동안은 표면으로 떠오르지 않았다. 2021 KD가 대기권으로 진입하면서, 그것은 지구의 오존층을 광범위하게 붕괴했다. 지구를 떠날 때도 수백만 입방킬로미터의 대기를 끌고 가다가 놓아주었다. 이러한 오존층의 파괴는 지구 전체에 광범위한 영향을 끼쳤다. 불과 몇 주일이면 오존층은 다시 형성되어 지구 표면을 담요처럼 덮어줄 것이었지만, 그동안에 여과 없이 통과할 자외선은 지구 전체의 식물들에게 치명적인 해를 입힐 것이 분명했다.

길고 가느다란 잎을 가진 옥수수, 밀, 귀리, 호밀, 보리, 사탕수수처럼 아미노산의 합성 작용이 크게 중요한 식물은, 제초제나 자외선에 의해서 효소의 길이 막히게 되면 즉각 성장을 멈추게 된다. 10일 정도가 지나서 저장된 아미노산이 고갈되면 그 식물은 불그스레한 색깔로 변했다가 마침내는 갈색으로 변해서 3주일쯤 되면 완전히 죽어버린다. 따라서 지구의 식물들이 자외선에 의해 말라 죽을 시점은 소행성이 지나간 지 3주 후가 될 것이었다. 어떤 지역에서는 한 해 농사를 포기하고 다음 해를 기다려야 할 것이고, 그로 인한 기근은 수백만의 생명을 위협할 것이다.

즉각적인 영향권이 아닌 지역에서는 지구를 덮친 엄청난 파괴의 현장을 지켜보았다. 소행성이 지나간 길에 있었던 위성 비디오가 다시 꿰어 맞추어져서, 학살과 파괴의 길을 완전하게 보여주었다.

거기에서 벗어날 수 있는 사람은 아무도 없었다. 피해 지역에 친구나 친척들을 갖지 않은 사람이라도 또 다른 근심거리가 있었다. 지구를 향하고 있는 소행성이 두 개나 더 남아 있는 것이다. 과학자들과 정부 관료들은 첫번째 소행성이 진로를 바꾼 것은 지극히 이례적인 일이며, 따라서 두번째 소행성에 대해서는 두려워할 필요가 없다고 사람들을 안심시키려고 애썼다. 어떤 이는 첫번째 소행성이 어떻게 진로를 바꾸었는지를 설명함으로써 언론매체를 사로잡기도 했다. 작은 몸집의 블랙홀이나 백색왜성의 작은 토막이 이들 세 소행성을 본래의 궤도에서 이탈하도록 잡아당겼으며, 첫번째 소행성이 지구에 가까이 왔을 때 이와 비슷한 현상이 생겼다는 것이다. 정상 궤도를 이탈하게 했던 바로 그 블랙홀이나 백성왜성이 이번에도 작용했으리라는 것이다. 하지만 그러한 설명은 대중들에게 더 많은 의문을 야기했을 뿐이었다. 그것은 아직 거기 있는가? 두번째 소행성에 대해서도 비슷한 영향을 미치지 않을까? 그 물체 자체가 지구에 위협이 되진 않을까? 가장 두려운 것은, 그것으로 인해 미사일이 세 번째의 가장 큰 소행성을 쏘아 맞히지 못할지도 모른다는 점이었다. (과학자들은 그 소행성이 지구의 모든 생명체를 파괴할 수도 있다고 말했다.)

마지막 질문에 대한 대답은 비교적 확실했다. 이제 5일째 거의 5백만 킬로미터를 여행한 미사일들은 첫번째 소행성이 지구를 향해 방향을 바꿨던 그 거리를 이미 지나쳐갔으며, 정확하게 제 갈 길을 가고 있는 중이었다. 소형의 블랙홀이나 백색왜성에서 떨어져 나온 것이 아직도 거기 있어서 그것이 지구에 위협이 될 가능성은 거의 없다는 것이었다. 인터뷰에 응한 한 과학자는 말했다.

「우주 공간에 있는 물체들은 항구적으로 운동 상태에 있습니다. 두번째 소행성이 지구를 향해서 진로를 바꿈으로써 비슷한 상황이 또다시 발생할 수 있는 가능성은 너무나 천문학적인 확률에 지나지 않아서, 상상할 수도 없습니다.」


## 2021년 7월 3일 오전 4시 25분(GMT 오전 9시 25분)  뉴욕 UN

안전보장이사회의 긴급회의가 열렸다. 소행성이 가져온 대재난에서 살아남은 생존자들을 돕기 위한 것이었지만, 크리스토퍼 굿맨 대사의 시선은 허공을 맴돌고 있을 뿐이었다. 소행성이 지구를 떠난 지 두 시간도 미처 지나지 않은 시각이었다. 현지 상황을 파악하기 위한 팀이 파견되어 권장 사항을 보고하기로 되어 있었다. 하지만 그 모든 것을 초월하여 어떻게 도울 것인가를 우선 토론하기로 했다.

그것은 쉬운 일이 아닐 것이다. UN은 중국-인도-파키스탄 전쟁에서 살아남은 자들을 위한 원조에도 고군분투하고 있는 중이었는데, 이제 원조를 했던 국가들이 당장 원조를 필요로 하게 된 것이다. 당장은 이런 사실이 언급되지 않았지만 전쟁으로 파괴된 국가의 대표들은 모르고 있을 리 없었다. 이제 남북 아메리카의 여러 나라들은 당장 자기 자신들에게 신경을 써야 할 것이며, 따라서 동방에 대한 원조를 아예 끊거나 급격하게 줄이지 않을 수 없을 것이다.

동방 국가들의 유일한 희망은 서부 유럽과 북아시아로부터의 원조가 증대되는 것뿐이었다. 하지만 지금은 중국과 인도에 대한 원조 문제를 거론할 시기가 아니었다. 남북 아메리카가 몹시 고통을 받고 있고 아직 연기가 사라지지도 않았는데, 다른 회원국들이 자기들의 문제에만 지나치게 초점을 맞춘다는 것은 온당한 처사가 아닐 것이다. 이런 문제는 기다렸다가 북아시아와 유럽 대표에게 은밀하게 이야기하는 편이 나을 것이다. 게다가 유럽 대표인 크리스토퍼 굿맨은 지금 이 순간 뭔가 다른 생각에 골몰하고 있었다.

중국과 인도 대사가 크리스토퍼가 알고 있는 것을 알았더라면, 그들은 자신들의 국가 문제가 훨씬 더 악화되리라는 것을 미리 알 수 있었을 것이다. 요한과 코헨은 자신들이 경고한 위험을 실천함으로써 능력을 입증해 보였다. 첫번째 예언이 문자 그대로 이루어진 것이다. 남은 예언들이 그대로 이루어진다면 고난은 이제 겨우 서곡에 불과했다.

# 6
## 해일 열차

**오후 6시 35분(GMT 오전 9시 35분)   일본 기소 산**

동경 서쪽 2백 킬로미터 지점에 있는 동경 천문 관측소의 천문학자들은 두번째 소행성이 다가오는 것을 살피면서도 한편으로는 첫번째 소행성으로 인해 야기된 남북 아메리카의 참상을 텔레비전으로 지켜보고 있었다.

과학자들인 그들로서는 소행성 2021 KD에 생긴 일이 또다시 되풀이될 가능성은 확률상 거의 제로에 가깝다는 사실을 잘 알고 있었다. 그렇다고 해도 세계의 다른 지역 사람들과 마찬가지로 두번째 행성의 진로마저도 혹시 변경되지는 않을지 면밀하게 지켜보고 있었다. 처음에 그것의 진로 이탈은 아주 감도가 좋은 장비만이 탐지할 수 있는 정도였다. 하지만 감도가 좋은 장비란 그만큼 에러가 나기도 쉬운 법이었다. 게다가 두번째 소행성마저도 자기 진로를 벗어났다는 것은 도저히 있을 법한 일 같지가 않았고, 따라서 소소한 컴퓨터상의 잘못일 수도 있는 것을 발설함으로써 모두에게 공포를 조장하고 싶은 사람은 없었다. 하지만 시간이 지남에 따라 진로 이탈은 점점 더 심해졌고, 이젠 결코 관측상의 에러가 아니라는 것이 분명해졌다. 소행성의 행로가 분명히 변하고 있었다. 풋내기가 보더라도 그것은 명백한 사실이었다.

기소 천문대 소장인 요시 히야카나 박사는 텔레비전 보도진을 바라보며 수석기자를 향해 손짓을 보냈다.

「소행성의 진로에서 약간의 이탈이 탐지되었소.」

기자는 잠자코 다음 말을 기다렸지만 더 이상 설명은 이어지지 않았다.

「우리를 향하고 있단 말인가요?」

기자가 믿을 수 없다는 듯 되물었다.

「현재의 코스대로라면 아직까진 지구를 지나치도록 되어 있소. 하지만 이탈의 각도가 조금만 더 벌어진다면, 그럴 가능성이 있습니다.」

「그렇게 되면 어느 지점과 부딪히게 됩니까?」

「이미 말씀드렸듯이 지금으로서는 그것이 과연 지구와 부딪히게 될지조차 알 수 없습니다. 그 행로에 설명할 수 없는 이탈이 진행되고 있다는 것만 말씀드릴 수 있을 뿐입니다.」

「공적으로는 어떻게 말해야 하죠?」

기자의 물음에 히야카나 박사는 고개를 흔들었다.

「나도 모르겠소. 나는 그저 정보를 제공했을 뿐이오. 그걸 어떻게 요리할지는 당신에게 달렸소.」

히야카나는 사람들을 공포의 도가니로 몰아넣고 싶지도 않았지만, 정보를 알려주지 않았다는 책임을 뒤집어쓰고 싶지도 않았다.

결정을 언론에 맡기고 자신은 손을 떼는 편이 안전한 방법이었다.

소행성이 지구와 부딪힐 것인지 말 것인지를 아는 데에는 거의 30분이 걸렸다. 그것이 지구의 어느 부분을 칠 것인지를 아는 데에는 몇 분이 더 소요되었다. 소행성 2021 KE는 태평양 상의 필리핀 만 부근을 직접 치게 되어 있었다. 거주민들에게는 쓰나미(해저 지진)와 지진에 대비하여 즉각 고지대로 피신하라는 특보가 방송되기 시작했다.

*

그리니치 천문대 시각으로 오전 10시 47분 18초, 소행성 2021 KE는 지구 대기권을 관통했다. 앞선 것과는 달리 두번째 소행성은 지구와 충돌할 것이 거의 확실시되었다. 대기권에 진입한 지 12초 후, 시속 10만7천6백 킬로미터로 여행하는 소행성의 표면 온도는 철이 녹는 온도인 섭씨 1천5백25도 이상이 되었다. 철이 녹아 벗겨지면서 열을 빼앗아감으로써 방패막이 형성되어 소행성의 핵은 차갑게 유지될 수 있었다. 빨갛게 달아오른 액체 상태의 철로 인해 소행성은 타오르는 거대한 산처럼 보였다.

대기권에 진입한 지 불과 18초 후, 가까운 곳에 있는 바닷새들은 소행성이 방출하는 엄청난 열로 인해 구어지고 말았고, 불에 탄 날개들은 대기를 악취로 가득 채웠으며, 소행성은 해수면에 이르렀다. 시코쿠 만 남단에 있는 교키의 남쪽 7백50킬로미터에서 소행성 2021 KE는 태평양에 떨어졌다. 바다 표면에 부딪힘으로써 생긴 파도의 물마루는 지상 67킬로미터 높이에 이르렀다.

물의 엄청난 저항에도 불구하고 소행성이 5.8킬로미터 깊이의 해저에 닿는 데에는 3분의 1초밖에 걸리지 않았다. 그렇게 빨리 해저에 닿았기 때문에 소행성으로 인해 생겨난 공간을 주변의 바닷물이 메울 틈도 없어서 3킬로미터 너비의 빈 굴뚝 같은 것이 생겨났다. 충돌 지점에서 1.5킬로미터도 채 떨어져 있지 않았던 유조선의 선원들에게는 소행성이 그들의 배와 직접 충돌할 것처럼 여겨졌지만, 배는 텅 빈 심연의 허공 속으로 끌려 들어갔고, 그것이 바로 그들의 죽음의 원인이었다.

소행성이 해저에 부딪혔을 때 생긴 폭발력은 TNT 9만 메가톤에 해당했으며, 이는 냉전이 최고조로 달했을 때 세계가 보유한 핵무기 파괴력의 9배였고, 히로시마에 떨어진 원자폭탄의 4백50만 배에 달하는 것이었다. 태양의 표면 온도보다 3배가 더 뜨거운 충돌의 중심부에서는 소행성이 가는 길에 놓인 바위와 모래를 증발시켜버렸고, 주위 22킬로미터 이내의 바다를 격렬하게 끓어오르게 했다. 주변의 공기를 타는 듯한 증기로 채웠고, 일본의 해군 프리깃함에 탄 1백57명을 포트 안의 바다가재처럼 구워버렸다.

소행성은 부드러운 해초를 총알처럼 뚫고 들어가면서 직경 35킬로미터, 깊이 19킬로미터에 이르는 거대한 분화구를 만들었다. 소행성이 마른 땅이나 더 얕은 물과 부딪혔더라면, 충돌로 인한 파편은 대기 중으로 날아가서 지구 전체를 덮는 검은 먼지 담요를 형성했을 것이다. 그래서 수 주일 이내에 지구상의 모든 생명체를, 혹은 거의 모든 생명체를 소멸시켰을 것이다. 하지만 깊이가 5.8킬로미터 이상인 대양의 깊은 곳에서 충돌했기 때문에, 파편의 2퍼센트, 즉 9백60억 톤만이 대양의 표면 위로 분출되었다. 그 물질은 대부분 초음속으로 날아오는 동안 마찰에 의해 생겨난 거대한 텍타이트(물방울이나 단추 모양의 천연 유리 - 역주) 덩어리로, 반경 2천5백 킬로미터 위로 높이 솟구쳤다가 지구로 다시 떨어졌다. 그 물질 중 높은 곳에서 머물 수 있을 만큼 미세한 입자들은 아주 적은 양에 불과했다.

물의 저항이 작은 파편들의 대부분을 물의 표면 아래에 잡아두어서 대기가 먼지로 가득 차는 것을 피할 수 있긴 했다. 하지만 바다 자체는 3조8천억 톤 이상의 파편더미를 감당하지 않으면 안 되어서 대양의 조수가 일시 정지될 정도였다. 7천2백 톤의 철 입자들이 포함된 파편더미는 충격의 여파로 생겨난 거대한 파도에 의해 대양 전체로 퍼져나갔다.

해저에서는 초기의 충격으로 인한 맨틀의 분열로 엄청난 지진이 발생하여, 환태평양 벨트와 유라시아, 필리핀, 피지에 이르는 지각판 전체를 뒤흔들었다. 바다에서는 지진으로 인한 수백 킬로미터의 해일이 일어났고, 육지에선 건물들이 붕괴되어 수십만 명이 죽어갔다.

중국 해안에서 멀리 떨어진 태평양에서 지진에 의해 발생한 첫번째 해일은 2분도 안 되어 아시아의 해변에 그 징후를 알렸다. 실제적인 충격의 파문인 해일은 대륙붕에까지 도달하려면 두 시간이 걸릴 것이었다.

중국의 상하이 남쪽에 위치한 위판 만에서는 태평양의 물결이 갑자기 예고도 없이, 믿을 수 없는 속력으로 뒤로 밀려나기 시작하여, 안전하게 묶여 있지 않았던 모든 떠 있는 것들을 싣고 달아났다. 5분도 채 안 되어, 우쑹 강 입구까지 물이 쉿쉿 거리는 소리와 함께 빠져나가는 바람에, 수억 에이커에 달하는 바다 바닥이 갑자기 드러났다. 위판 만 위에 떠 있던 닻을 잘 내린 갖가지 크기의 배들은 갑작스럽게 땅바닥에 주저앉은 꼴이 되었다. 대개는 배가 한쪽으로 기울어져서, 선원들은 퇴각하는 바닷물로 인해 뒤에 남겨지고 만 바다 생물들 사이로 기어 나와야 했다. 주변의 해안에서는 자연이 베푼 갑작스러운 혜택을 놓치지 않으려고 사람들이 몰려나와 난파선의 전리품과 고기들을 포획하기에 바빴다. 그것이 결코 자연의 은혜가 아니라 자연이 포기한 것이라는 사실은 까맣게 모르고 있었다.

만의 입구에서는 바다 쪽으로 끌려 나간 배의 선원들이 갑판에 매달려 두려움에 가득한 눈으로 자신들이 탄 배가 부글거리는 산처럼 다가오고 있는 파도 아래 죽음의 구덩이로 빨려 들어가는 것을 속절없이 바라보고 있었다.

아시아의 해변을 따라 나 있는 모든 만과 모든 강 입구에서 똑같은 일이 벌어졌다. 태평양의 물은 중국의 해안을 3킬로미터 안쪽까지 덮쳤다. 양쯔 강을 따라 나 있는 난징까지 홍수가 날 정도였다.

타이완의 해변 지역과 도시들에서는 4백만이 죽었고, 경제적 손실은 말할 나위가 없었다.

하지만 첫번째 파도는 다가오는 파도의 희미한 전주곡에 지나지 않았다. 첫번째 소행성의 충돌 지점에서부터 파도 열차가 시속 7백20킬로미터 이상의 속도로 연이어 들이닥쳤다. 류큐 열도, 오키나와, 필리핀, 말레이시아, 인도네시아, 마리아나 제도, 괌, 선다 제도, 파라우 제도, 미크로네시아 제도, 캐롤라인, 솔로몬, 마샬, 산타 크루즈, 길버트, 피닉스 제도, 뉴질랜드, 쿡 섬 등 수백에 달하는 섬들이 거대한 죽음의 파도에 삼켜졌다.

지진을 견뎌낸 시베리아, 한국, 중국, 베트남에서는 이 지진으로 인한 최초의 해일이 거세게 육지를 덮쳤다. 초기의 파도에 침몰되지 않은 항구의 배들은 선원들을 긴급 소집하여 파고가 더 높아지기 전에 심해로 나아갔지만, 허사로 끝나고 말았다. 파도가 아시아의 대륙붕에 이르기 시작했을 때는, 파도 열차의 맨 앞부분의 파고만도 이미 55미터에 이르러 있었다. 심해가 더 안전할 것이라는 희망을 품고 항구를 떠났던 배들은 어떠한 속력으로도 뛰어넘을 수 없는 거대한 물의 벽에 가로막혀, 죽음 속으로 항해해왔다는 것을 깨달아야 했다. 크고 작은 모든 배들이 거대한 바다짐승 같은 파도에 마치 장난감처럼 내던져지고 삼켜졌다.

일본, 중국, 태평양 연안의 다른 나라들과 섬들로 향하거나 거기에서 나오는 수천 척의 화물선들, 오일을 가득 실었거나 빈 채로 귀환 중인 백 척 이상의 유조선들, 셀 수 없이 많은 고기잡이배들, 소규모 선박과 선원들은 모두 이 가차 없는 해일의 먹이가 되고 말았다.

하와이에서는 8시간 전에 대피령이 내려져서 대부분의 섬 주민들이 차와 트레일러, 트럭, 수레 등에 몸을 싣고 안전한 지대로 피할 수가 있었다. 또한 대륙의 주변에서와 같은 〈대륙붕〉이 없어서, 아시아의 해변에서처럼 엄청난 높이의 파도가 덮친 것도 아니었다. 그래도 안전한 산으로 대피한 주민들은 시속 6백50킬로미터의 속도로 연속적으로 밀려오는 1백 미터 높이의 물의 벽이 섬들을 벌거벗은 바위처럼 까발리는 광경을 지켜보았다.

하와이 화산 관측소의 과학자들은 킬라우에아 분화구 주변에서 다른 일로 몹시 분주했다. 지진 관측 데이터와 위성 원격측정 기록이 쇄도하는 가운데 줄스 루이스가 이끄는 팀은 소행성 2021 KE에 의한 지구 맨틀의 심각한 파손과 그로 인한 엄청난 결과를 지켜보고 있었다. 〈쿨의 링(the Ring of Fire)〉이라 불리는 환태평양 조산대인 일본, 필리핀, 인도네시아, 뉴질랜드, 칠레, 볼리비아, 중앙아메리카, 멕시코, 미국의 서부 해안, 캐나다, 알래스카에서는 화산 활동이 점증하고 있는 것으로 나타났다. 당장은 아니더라도 몇 주나 몇 달 이내에는 10~20개에 달하는 화산이 폭발할 것이 거의 틀림없었다.

태평양의 다른 쪽인 남북 아메리카의 서부 해안에서는 대비하는 데에 훨씬 많은 시간이 있었다. 연쇄적인 해일 열차는 캘리포니아 주의 멘도키노 만에 이르는 1만2백 킬로미터를 여행하는 데에 16시간이 걸렸다. 칠레의 이키케에 도달하는 데에는 이보다 9시간이 더 소요되었다. 해일이 닥쳐온다는 경보를 받은 주민들은 충분한 시간을 갖고 고지대로 대피할 수 있었고, 선박들도 대부분은 더 깊은 바다로 피할 수 있었다. 수리하거나 청소하려고 드라이 독에 넣어두었던 배들과 소형 선박들은 포기되었다.

어느 나라에서나 약탈자들이 판을 쳤다. 그들은 해일이 오는 것에도 아랑곳하지 않고 최대한 시간을 벌면서 해일이 닥치기 직전까지 약탈물을 챙기느라 바빴다. 이들 중 소수는 경찰이나 주인의 총에 맞기도 했지만, 대부분은 살아남았다. 약탈의 기회를 노리며 빌딩의 옥상에서 기다리던 일부는 물벼락을 맞고는 건물과 함께 죽음의 사자에게 불려갔다.

*

그리하여 요한과 코헨의 두번째 예언은 첫번째와 마찬가지로, 여지없이 실현되었다. 하지만 아직도 두 가지 예언이 더 남아 있었다.

# 7
## 쓴 물

**2021년 7월 31일 오전 7시 27분**

태양으로부터 1억8천5백만 킬로미터 떨어진 우주 공간에서는 세 다발의 핵탄두가 시속 4천 킬로미터 이상의 속력으로 관성에 의해 날아가고 있었다. 그것들은 2021 KF를 향하고 있었다. 3천6백만 킬로미터 떨어진 지구에서는 겁에 질린 사람들이 또 다른 재난을 불러올지도 모를 위협적인 존재에 대한 파괴 작전 결과를 초조하게 기다리고 있었다. 그것의 실패란 지구상에 남아 있는 생명체가 거의 전멸한다는 것을 의미했다.

그리니치 시각으로 오전 2시 27분 32초, 첫번째 다발에 속하는 40개에 달하는 20메가톤급 핵탄두들이 예정된 대로 분산되기 시작하면서, 시속 10만 킬로미터의 속도로 지구를 향해 달려오고 있는 50킬로미터 너비의 그 소행성의 진로를 차단할 채비에 들어갔다. 거기까지는 모든 것이 계획대로 진행되고 있는 셈이었고, 드디어 중요한 고비가 닥쳐왔다. 핵탄두들은 10분 이내에 소행성의 1백 미터 가까이로 접근, 목표물을 파괴시키기 위한 첫 폭발을 시도하게 될 것이었다. 시속 14만 킬로미터 이상의 속도로 1백 미터 이내에서 정면충돌을 할 수 있는 기회는 0.002초도 미처 되지 않았다.

지상에서는 인류 전체가 기다리고 있었다. 이제 지구와 화성의 거리 절반쯤에 접근한 소행성은 아주 큰 별처럼 밤하늘에 빛나고 있었다. 완전히, 혹은 부분적으로 실패하게 되면, 35분의 간격을 두고 두번째와 세번째 다발의 핵탄두가 두 번 더 시도를 할 것이었다. 두번째와 세번째 핵탄두가 일제히 폭발할 때는 적외선 감지장치가 작동, 지구를 향해 날아올 남아 있는 소행성의 거대 조각 위에서 목표물에 대한 정보를 보내오도록 되어 있었다.

소행성에 대한 첫번째 시도가 행해진 이후 지구에 신호가 전해진 것은 그 거리 때문에 2분 4초가 걸렸다. 이것은 폭발의 섬광이 지구에 도착하는 데에 걸리는 시간과 동일했다. 한 순간이 지나자, 사람들은 눈을 비비면서 그 위협적인 별을 찾아 헤매었다. 놀랍게도 완전 성공이었다. 가장 낙관적인 예상을 훨씬 뛰어넘는 대성공이었다. 소행성은 몇 입방미터 정도의 덩어리로 산산이 부서졌고, 그보다 더 큰 조각들이라도 지구를 향하고 있는 것은 없었다.

소행성의 진로가 저지되었다는 자세한 소식이 전해짐에 따라, 아직도 지구를 향하고 있는 남은 조각들을 더 분쇄하는 데에 두번째와 세번째 다발의 핵탄두를 사용할 것인지의 여부가 잠시 고려되었다. 하지만 신중하게 분석한 결과, 남아 있는 조각들은 별로 위협이 되지 못하며, 핵탄두의 폭발은 방사성 물질의 증가만을 야기한다는 결론을 내리게 되었다. 지구를 향하고 있는 남은 조각들은 너무 작아서, 대기권에 들어오면 불타버리거나 아주 작은 먼지가 되어 흩어져버릴 것이었다.

　핵탄두 다발들을 없애버리기로 결정되었고, 그것들은 소행성의 남은 파편더미를 완전히 벗어났을 때 폭발되었다. 첫번째의 일제 사격이 예기치 않은 대성공을 거둔 것은, 소행성을 이루고 있는 성분들의 이례적인 면모 때문이라는 것이 과학자들의 일치된 견해였다. 소행성의 성분은 철보다도 훨씬 더 부서지기 쉬운 금속이나 돌과 함께 결합되어 벌집 모양을 이루고 있었던 것이다.

*

　그날, 세번째 소행성의 성공적인 파괴를 축하하는 모임들이 열렸다. 다른 행성에서 온 방문자에게는 실로 기괴한 잔치였다. 세계의 주민들이 술잔을 치켜들면서 기뻐하고 있는 동안에도 두 개의 대륙을 가로지르는 성난 산불이 기세를 누그러뜨리지 않고 있었고, 지구의 가장 큰 대양이 황폐화된 채 초죽음이 되어 있었으며, 화산은 이산화탄소와 유황 가스, 화산재를 검은 연기와 함께 대기 중에 내뿜고 있었기 때문이다.

## 2021년 8월 15일

　성층권까지 화산재와 연기로 점점 더 뒤덮이고 있는데도 불구하고, 대기권으로 뛰어든 세번째 소행성의 먼지와 파편들로 인해 하늘은 때 아닌 불꽃놀이를 화려하게 벌이고 있었다. 핵탄두들은 너무나 자신들의 임무를 잘 수행하여, 대기권을 거쳐 지구에 도달한 파편들은 거의 알아보기조차 힘든 작은 조각들뿐이었다. 소행성의 작은 조각들은 성층권에 도착하자마자 마치 유성(流星)처럼 녹아내리면서, 어두운 밤하늘에 짧은 궤적을 그렸다.

### 2021년 8월 17일  아르헨티나 빌라 발레리아

아직 동이 트기 전, 후안 페레즈는 차가운 밤공기를 뚫고 호수를 향해 할아버지와 함께 걸으면서 가슴이 벅찼다. 그의 손에는 새로 산 낚싯대가 들려 있었다. 오늘은 후안의 여섯번째 생일이었다. 그래서 할아버지의 손을 잡고 첫 낚시 여행을 떠나온 것이었다. 어마어마하게 큰 놈을 잡고 말 테야. 집에 도착하여 고기를 보였을 때 놀라 쓰러질 엄마의 모습이 떠올랐다.

그들 우로는 화산재의 구름이 덮여 별빛은 거의 보이지 않았다. 달은 두텁고 검은 안개 속에 숨어 있는 것 같았다. 할아버지는 플래시를 비추고 있었다. 호숫가에 당도하려면 이제 20미터 정도밖에 남지 않았다. 후안은 고기가 놀라서 달아나지 않도록 해야 한다는 할아버지의 훈계에 따라 발끝으로 걷고 있었다.

산들바람이 불어오자 이상한 냄새가 코를 찔렀다. 그것은 분명 고기가 썩는 악취였다. 후안은 코를 움켜쥐었다. 그 바람에 들고 있던 낚싯대로 할아버지의 눈을 찌를 뻔했다. 손자의 낚싯대를 피하기 위해 얼른 몸을 움츠리던 후안의 할아버지는, 코를 움켜쥐고 있는 후안을 뒤에 남겨둔 채 호수를 향해 걸어갔다. 이제 곧 시작될 모험에 가슴이 설레던 후안은, 낚시가 생각만큼 즐겁지 않을 수도 있으리라는 불길한 예감이 들었다.

후안의 할아버지가 호수 표면을 플래시로 비추자 악취를 풍기는 것이 무엇이었는지가 한눈에 드러났다. 몸뚱이가 부푼 고기들이 시야가 닿는 데까지 호수 표면을 온통 뒤덮고 있었다.


## 펜실베이니아 그레트나 산

알람시계가 울리자 베티 오버홀트는 손을 뻗어 끄고는, 베개에 얼굴을 파묻은 채 손을 더듬거려 전등 스위치를 올렸다. 새벽 4시 15분이었다. 그녀는 천천히 베개에서 얼굴을 들고, 불빛에 적응하느라 눈을 껌벅거렸다. 커피 냄새와 베이컨 굽는 냄새가 코를 찔렀다. 여느 때와 마찬가지로 남편인 폴이 먼저 일어나서 아침을 먹고 있었다. 그녀는 알람시계의 도움도 받지 않고 한결같이 부지런을 떠는 남편이 부러웠다. 아마도 그런 피를 타고난 모양이라고 그녀는 생각했다. 아들과 손자와 증손자가 모두 젖소에 매달려 지내는 형편이니 달리 무슨 재주가 있겠는가. 고교 시절의 폴 오버홀트는 변호사를 꿈꾸었지만, 열일곱 살 때의 어느 날 그의 부모와 두 형들이 대재난으로 인해 세상을 떠나는 바람에, 그가 고스란히 농장을 떠맡아야 했다.

베티는 부엌으로 갔다. 한 가지만 빼놓으면 다른 때와 다름없는 아침식사였다. 농장 암탉이 낳은 달걀 세 개를 버터와 함께 휘저어 익힌 것, 지난달 도축한 돼지로 만든 베이컨 여섯 줄, 지난 밤 암소에게서 짜낸 우유 한 컵, 그리고 보통보다 용량이 두 배인 커피 한 잔. 평상시와 달리 네 조각의 토스트가 빠져 있었다. 농작물의 줄기나 잎이 갑자기 시들어 말라 죽는 마름병이 유행하여 밀과 호밀, 옥수수 가격이 치솟은 탓이었다. 베티는 양이 남편보다 훨씬 적었고, 커피는 마시지 않았다. 유황이 검출된 우물물을 마신다는 것이 께름칙했기 때문이었다.

폴은 집을 나서서 축사로 나가고, 베티는 식탁을 치우고 접시를 접시닦이 기계에 넣었다. 동이 트려면 아직 한 시간이 남아 있었지만, 폴 오버홀트는 자주 다니는 길이라 플래시를 비출 필요도 느끼지 않았다. 게다가 축사에는 불이 켜져 있었다. 집을 떠나면서 현관에서 스위치를 올려두었던 것이다. 지난달부터는 서쪽에서 발생한 화재로 인한 연기와 대기권 상층부의 화산재가 뒤섞여 밤하늘을 어둡게 하여, 베티는 불을 갖고 다니라고 말하곤 했다. 날씨가 꽤 추웠다. 지난 2주 동안 내내 그랬다. 텔레비전 뉴스에서는 화산재가 덮이는 바람에 기온이 10도 정도 내려갔다고 했다.

사실 그렇게 일찍부터 우유를 짤 필요는 없었다. 지난해에 거둔 건초가 적어서 소의 3분의 1 가량을 줄인 터였기 때문이다. 하지만 늘 해오던 습관이었고, 암소들도 거기에 익숙해져 있었다. 폴과 마찬가지로, 암소들 역시 알람시계가 없이도 젖을 짜는 시각을 알고 있었다. 그 시각이 되면 암소들도 그가 도착하기를 기다렸다.

폴은 운이 좋았다. 지난 겨울은 따뜻했고, 오버홀트 농장의 저장 창고는 옥수수로 가득 찼으며, 축사는 건초를 가득 채울 수 있었다. 폴의 목초지에 난 클로버는 마름병을 타지 않았다. 암소를 그만큼이나 키우면서 젖짜기를 계속할 수 있는 것은 그 덕분이었다. 지상의 모든 불운한 여건에도 불구하고 (사실은 그러한 여건으로 인해) 오버홀트 집안으로서는 행운의 해였다. 우유 가격은 엄청나게 뛰어올랐다. 또 농부들이 사육하는 동물의 마릿수를 줄이려는 바람에 고기값은 내려갔지만, 후반기가 되면 달라질 것이 틀림없었다.

축사로 발걸음을 옮기던 폴은 뭔가가 잘못되었다는 것을 알아차렸다. 젖소들이 너무 조용했다. 시끄러운 동물은 아니었지만, 축사 외곽의 여물통에서는 60여 마리의 젖소들이 여기저기에서 음메 소리를 내게 마련이었고, 오줌 누는 소리도 거의 그칠 새가 없었다. 축사에 더 가까이 다가갔다. 이상하게도 폴을 기다리고 있는 젖소가 한 마리도 없었다.

젖소 몇 마리가 보이지 않는 것은 물론 그럴 수 있는 일이었다. 때로는 한 마리도 나와 있지 않을 때도 있었다. 하지만 그건 매우 드문 일이었다. 폴 오버홀트는 입 주변으로 손을 가져가 손나팔을 불었다.

「음메에, 음메에.」

그의 아버지와 할아버지도 늘 그런 식으로 손나팔을 불었었다. 그가 아는 농부들은 모두가 그런 식으로 젖소들을 불렀다. 젖소는 이제 곧 그리로 모여들 것이다. 그는 젖소들이 올 동안 시설을 점검해 보기로 했다. 냉장고가 있는 방으로 걸어가서, 1천5백 갤런(1갤런은 3.78리터 ─ 역주)의 스테인리스 스틸 냉장고를 점검하여 모든 것이 제대로 작동되고 있다는 것을 확인했다. 지난밤 짜져서 냉장고에 보관된 우유는 정확히 섭씨 4도였다. 다음으로는 어떠한 균도 죽일 수 있는 강한 염소 살균액을 관에 넣었다. 일을 마무리한 폴은 이젠 적어도 몇 마리 정도는 그의 손길을 기다리고 있으리라고 생각했다. 그때 아내가 안으로 들어오며 물었다.

「젖소들은 어디 있죠?」

「아직도 거기에 없는 거요?」

「한 마리도 안 보이는데요.」

「손나팔까지 불었는데.」

「알아요. 나도 들었어요.」

「모를 일이군. 어젯밤 문을 닫아둔 채로 놔둔 모양이야. 아닌데, 그럴 리가 없어. 내가 가서 보고 올 테니, 구유에다가 사료를 좀 채워주구려.」

폴은 축사를 떠나 개울 옆에 있는 들판으로 걸어 내려갔다. 암만해도 문을 닫은 기억이 없었지만, 딴생각에 빠져 무심코 문을 닫았을 수도 있었다. 그래, 맞아. 어젯밤에도 대재난 이전에 형들과 나누었던 대화를 떠올리면서 회상에 잠겼었지…….

폴 오버홀트는 비틀대면서 땅바닥에 넘어졌다. 뭔가에 걸려 넘어진 것이다. 한 마리의 젖소였다. 젖소는 꼼짝도 하지 않았다. 잠이 들어 있는 것은 분명 아니었다. 폴은 플래시를 가져올 걸 그랬다고 생각했다. 그는 가까이 들여다보았다. 어둠 속에서도 젖소가 죽었다는 것은 금방 알 수 있었다. 젖소는 퉁퉁 불어 있었다. 죽은 지 여러 시간이 지난 것이 틀림없었다. 그는 얼른 축사로 가서 플래시를 집어 들고는 죽은 암소를 비춰보았다. 핏자국은 어디에도 보이지 않았다. 그러니 못된 사냥꾼의 짓거리는 분명 아니었다. 복부가 변색되지 않은 걸로 보면 번개를 맞은 것도 아니었다. 이제 막 젖을 짜기 시작한 새내기도 아니니, 젖몸살로 인한 것도 아니었다. 그는 무엇이 젖소를 죽게 했는지 더 자세히 조사해보고 나서 수의사를 불러야겠다고 생각했다. 전염병이라도 돌고 있다면 큰일이었다. 어찌 됐든 지난밤에 짠 우유는 모조리 버려야 할 것 같았다.

그런데 풀어야 할 또 다른 수수께끼가 곧 등장했다. 닫아둔 줄 알았던 문이 활짝 열려 있는 것이었다. 그는 다시 손나팔을 하고는 젖소들을 불렀다. 그때 길 위에 누워 있는 뭔가가 불빛에 드러났다. 다른 젖소였다. 역시 퉁퉁 불어 죽어 있었다. 도대체 무슨 일이 일어난 것일까. 그는 들판 끝에 있는 개울 쪽으로 뛰어갔다. 다른 암소가 또 죽어 있었다. 그리고 다른 놈도. 또 다른 놈도. 폴은 마음이 얼어붙는 것 같았다. 그는 플래시를 들어 자기 앞의 들판 위로 불빛을 향했다. 주변 전체가, 특히 개울가 부근에, 죽어 자빠진 젖소들 천지였다.


## 폴란드 그다인스크

알렉산더 치렌스키 박사는 다섯 살짜리 딸애인 안나를 팔에 안고는 스탠실라바 병원 응급실로 내달렸다. 딸애는 초저녁부터 배가 아프다고 하더니 증상이 좋아지기는커녕 오히려 심해졌다. 그는 스스로 진단을 해보려고 했지만, 딸애가 구토와 설사를 하는 바람에 두 손 들고 병원으로 달려온 것이다. 여느 때와는 달리 주차장이 만원이었다. 그는 하는 수 없이 빙 돌아서 의사 주차장의 자기 자리에 주차를 했다. 응급실로 들어서니 왜 주차장이 만원인지 이유를 알 수 있었다. 대기 중인 남자들과 여자들과 아이들이 넘쳐나고 있었다. 일부는 마루바닥에 누운 채로 가족의 간호를 받고 있었다. 토사물로 인한 악취가 진동했다.

치렌스키 박사는 그들의 얼굴을 살펴보았다. 마치 영양실조에 걸린 사람들처럼 안색이 말이 아니었다. 그때 뒤쪽에서 익숙한 목소리가 들려 왔다.

「알렉산더, 마침 잘 왔네. 도움의 손이 간절히 필요하거든.」

돌아보니 동료인 요셉 마케비츠 박사였다. 마케비츠 박사는 알렉산더의 팔에 안겨 있는 안나를 발견하고는 말했다.

「쯧쯧, 안나도 당했나보군.」

「뭐지?」

치렌스키가 물었다.

「아직은 확실하지 않아.」

마케비츠가 대꾸하면서, 치렌스키를 빈 사무실로 이끌었다.

「증상을 보니까 콜레라 같아. 하지만 더 시험을 해봐야 할 것 같아. 처음에는 위와 목구멍이 타들어가듯이 아프고, 심한 구토와 설사가 이어지네. 그리고 처음에는 덩어리 똥이 좀 나오다가 나중에는 쌀뜨물 같은 설사가 이어지고, 피가 섞여 나오게 되네. 환자는 탈수 증상으로 고생하지만 물을 마셔도 얼마 안 되어 토하고 마네. 심하면 실신에 이르기도 하지. 피부가 푸르죽죽해지고, 경련을 일으키면서 고통스러워하기도 해. 맥박도 약해지면서 불규칙해지고, 호흡이 갈수록 가빠져. 그리고 죽은……」

「사망자가 있었다고!」

치렌스키가 말을 가로챘다. 그는 본능적으로 딸애를 더욱 세게 끌어안았다.

「지금까지 여기에서만 세 명이야. 바르샤바에서는 열 명 이상의 사망자가 나온 것 같아.」

「이해할 수 없군. 콜레라가 어떻게 해서 그렇게 빠른 속도로 광범

위한 지역에 퍼질 수가 있단 말인가?」

마케비츠가 고개를 설레설레 저었다.

「어찌 됐든 안나를 먼저 치료해야겠네.」

치렌스키가 다급하게 말했다.

「얼른 수속을 밟게. 많이 토했으니 즉시 IV 주사를 놓아야 할 걸세.」

그때 문이 열리고 야콥 노바크 박사가 들어섰다.

「간호사가 말해주더군. 자네들이 여기 있다고.」

「딸애에게 IV를 맞게 해야겠어. 여기서 기다리겠나?」

치렌스키가 물었다.

「몇 분 동안은 기다리지. 그런데 우리가 틀렸어. 이건 콜레라가 아니야.」

노바크가 말했다.

「그럼 뭐야?」

치렌스키가 성급하게 물었다.

「이 사람들 모두가 독극물에 노출되었어. 비소야.」

노바크가 말했다. 그는 치렌스키가 뭐라고 끼어들기도 전에 말을 이었다.

「폴란드 전역이 그래.」

「하지만 어떻게 그런 일이?」

치렌스키가 믿을 수 없다는 듯이 반문했다.

「물을 통해서 번진 거야.」

# 8
## 예언자들

**2021년 8월 18일  미국 뉴욕**

「우리는 세계 전역으로부터 수천 건에 이르는 비소 중독 사고를 보고받았습니다.」

UN 안전보장이사회의 긴급회의에 참석한 세계보건기구의 서미트 파레크 박사가 말했다.

「계속 확산되면서 악화되고 있는 화산재 구름을 보고, 우리는 비소가 그 재에서 나온 것이라고 생각했습니다. 하지만 세계 곳곳의 다양한 그도에서 보내진 대기 샘플에서는 주목할 만한 비소의 함유량을 찾을 수 없었습니다. 독이 그렇게 퍼질 만한 요인은 분명 아니었습니다. 그래서 우리는 세번째 소행성의 먼지를 연관시켜보았습니다.」

「당신은 지금 그 소행성이 비소로 이루어졌다고 말하고 있는 거요?」

북아메리카를 대표하는 클라크 대사였다.

「아닙니다. 전체가 그렇지는 않아요. 하지만 문제를 야기할 정도로는 충분합니다. 그 소행성은 이례적으로 비소를 함유하고 있습니다. 우리가 경험하고 있는 것을 야기할 정도로는 충분한 수준이지요. 실험된 운석의 대부분에서는 비소가 구성성분의 0.1퍼센트 미만에 불과합니다.」[6]

「이 이론에 대해서는 검증해보았소?」

중동을 대표하는 라쉬드 대사였다.

「예, 지구에 날아든 그 소행성 조각들 대부분은 소프트볼보다 더 크지 않습니다. 발견된 조각들의 일부는 박물관이나 대학에 보내졌지만, 대부분은 그것을 발견한 사람들이 기념으로 간직하고 있는 형편입니다. 아이오와 주의 데코라에 있는 루터 대학에서는 1백30킬로그램이 나가는 비교적 큰 놈을 갖고 있습니다. 대학에서 작업한 결과 우리는 그 가설을 확증하게 되었습니다. 소행성 파편에는 부서지기 쉬운 잿빛의 암맥이 있고, 그 결을 따라 쪼개보니 윤기 있는 주석 빛깔이 났습니다. 시험을 더 진전시킨 결과 분명해졌습니다. 벌집 모양을 한 세번째 소행성은 분명 비소를 함유하고 있습니다. 미사일의 첫번째 공격으로 완전히 부서지게 된 원인도 바로 거기에 있다고 보입니다. 지구에 날아든 그 소행성의 먼지가 스며들어 강과 호수와 저수지를 오염시켰고, 그 물을 마신 사람들이 중독 현상을 보인 것입니다.」

파레크 박사가 대답했다.

「하지만 분포가 고르지 않은 것 같소. 어떤 도시는 건너뛰기도 하

---

6) N. J. 라웨이, The Merck Index, 9판, Merck&Co., Inc., 1976, p.107, item 820.

니까 말이오.」

클라크 대사가 문제를 제기했다.

「날씨를 비롯한 수많은 요인이 있다고 생각합니다. 강우량이 아주 많은 지역이 있는가 하면, 비소를 품은 먼지바람이 거의 불지 않는 지역도 있습니다. 비소를 머금은 비가 내리면 얕은 강과 저수지가 훨씬 많은 영향을 받습니다. 물이 적어서 비소의 함유 비율이 치명적으로 높아지기 때문입니다. 깊은 강이나 저수지는 상대적으로 비율이 떨어져 독성이 약한 편입니다. 대부분의 우물은 오염되지 않아서 지하수를 먹는 사람들은 훨씬 안전합니다. 물과 기온, pH(수소이온 농도를 나타내는 기호 - 역주) 같은 다른 요인들이 비소를 물에 용해시키는 데에 결정적인 영향을 미칩니다. 비소는 무색무취인데다가 아무 맛도 없어서 물이 오염되었는지를 알 수 있는 간단한 방법은 없습니다. 일일이 식수원을 검사해보아야만 합니다.」

「식수원을 정화시킬 방법은 없소?」

파레크는 고개를 저었다.

「계절과 온도, pH, 비소의 침전 등으로 6개월 이내에는 대부분의 식수원이 다시 마시기에 적당한 물이 될 것 같습니다. 하지만 그때까지는 오염된 지역에 물을 공급해주어야 합니다.」


### 2022년 5월 9일  예루살렘

그들이 도착한 것을 본 사람은 아무도 없었다. 첫번째 소행성이 논란이 된 어느 시점 이후로는 그들을 본 사람이 아무도 없었다. 그런데 갑자기 그들이 돌아왔다. 그들이 전하는 메시지만큼이나 달갑지 않은 미치광이 같은 예언자들이. 그들은 다분히 의도적으로 예루살렘 거리를 천천히 거닐면서, 히브리어로 반복해서 외치고 있었다.

「슬프도다! 슬프도다! 땅 위에 사는 사람들에게 화 있을진저! 세 천사가 불어야 할 나팔 소리가 아직 남아 있기 때문이다!」[7]

예루살렘의 하늘은 그들이 몸에 걸치고 있는 재로 뒤덮인 삼베옷만큼이나 잿빛이었다. 하지만 비구름은 보이지 않았다. 키브츠의 농장은 2년 반째 가뭄이 계속되어 황무지가 되다시피 했다. 이스라엘의 담수 공장에서 물을 제공받는 경작지만이 소출을 조금 거둘 뿐이었다. 하늘을 뒤덮은 잿빛은 서서히 옅어져가고 있었지만, 화산재와 연기의 장막은 여전했다. 다섯 달 전에 있었던 화산 폭발이 가장 최근의 것이었지만, 아직도 장막은 여전했다. 햇빛이나 달빛, 별빛이 예전의 3분의 1 정도에 지나지 않았다.

예언했던 것들이 모두 이루어진 마당에 또다시 예언의 당사자인 두 사람이 돌아온 것이다. 세상은 아직도 이들 두 사람과 최근에 일어난 일들을 연관시키지 못하고 있었지만, 예루살렘 사람들은 알고 있었다.

지방 언론에서는 그들이 예언하는 내용을 보도하기 위해 사람을 붙여놓은 터였다. 하지만 그들은 같은 말을 반복할 뿐이었다.

「슬프도다! 슬프도다! 땅 위에 사는 사람들에게 화 있을진저! 세 천사가 불어야 할 나팔 소리가 아직 남아 있기 때문이다!」

두 사람 주변에는 이상한 기운이 감돌고 있어서 주위에 있는 사람

---

7) 요한계시록 8:13.

들을 공포에 떨게 만드는 것 같았다. 감히 두 사람에게 다가가는 사람은 아무도 없었다. 경찰이 왔지만 그들도 멀리서 지켜보기만 할 뿐이었다

상황은 여러 시간 동안 바뀌지 않은 채 계속되었다. 예언자들은 거리를 거닐며 같은 메시지를 되풀이했다. 경찰은 멀리서 그들을 에워쌌고, 카메라와 보도 기자들이 뒤를 따랐다. 그러나 상황이 바뀌었다. 그들이 템플 마운트 쪽으로 움직이기 시작한 것이다.


## 미국 뉴욕


데커가 크리스토퍼 굿맨의 사무실에 도착했을 때는, 로버트 마일너가 이미 와 있었다. 텔레비전이 켜져 있는 것으로 보아 그들은 이미 예루살렘 소식을 들은 것이 분명했다. 크리스토퍼는 말없이 자기 옆자리를 가리켜 보이며 앉으라는 시늉을 했다. 데커는 텔레비전 화면의 무대가 어디인지를 즉각 알 수 있었다. 예루살렘 구시가지, 템플 마운트가 가까운 거리였다. 영국인 기자가 해설했다.

「두 사람은 예루살렘 성전으로 가겠다는 뜻을 경찰에게 밝혔습니다. 유대교에서 가장 신성시하는 이곳은 이스라엘을 여행하는 사람들에게도 가장 인기 있는 관광 명소입니다. 두 사람이 예배를 하는 사람들과 방문객들을 혼란시킬 것을 우려한 경찰은 두 사람에게 멈추라고 명령했지만, 두 사람은 아랑곳하지 않았습니다. 그러자 경찰 분대가 그들을 체포하기 위해 이동했습니다. 12명의 경찰이 다가오자 두 사람은 되풀이 반복했던 메시지를 멈추고는, 여러분이 보시는

바와 같이 경찰들에게 물러서 있으라고 경고를 했습니다. 〈물러서시오, 그렇지 않으면 하나님의 분노가 임할 것이오.〉 경찰은 그들의 말을 따르지 않고 다가갔고, 그때…….」

데커와 크리스토퍼, 마일너가 텔레비전 화면을 지켜보고 있는 가운데, 이스라엘 경찰들이 갑자기 경련을 일으키면서 고통을 호소하기 시작했다. 그러곤 모두 불길에 휩싸이는 것이었다. 제복에 불이 났다기보다는 그들의 육체 내부의 어딘가에서 불이 솟아나서 살갗을 둘러싸고 있는 옷을 불태우고 있다는 느낌이 들었다. 끔찍한 광경이었지만 카메라는 여과 없이 보여주고 있었다. 삼베옷을 입은 두 사람은 비명 소리와 함께 살이 타는 장면을 지켜보면서 서 있었다. 화염에 가려서 선명하게 본 것도 아니었고 비명이 난무하여 확신할 길은 없었지만, 데커는 두 사람이 울고 있다고 생각했다.

「불이 붙은 사람들을 향해 다른 경찰이 뛰어들었지만, 그 역시 참변을 당하고 말았습니다. 경찰이 총을 쏘았지만 총알은 그들에게 미치지 않았던 것 같습니다. 총을 쏜 경찰은 앞서의 다른 동료들과 마찬가지로 불이 붙어서 한 줌의 재로 변하고 말았습니다.」

소름 끼치는 장면이 끝나자, 기자가 계속했다.

「이미 사망하거나 죽어가고 있는 경찰을 대체하는 새로운 경찰 병력 증강에도 불구하고, 누구도 이들을 저지할 엄두조차 내지 못하고 있습니다. 그들은 검게 탄 시신을 지나 성전을 향해 침묵 속에 걸어가고 있습니다.」

잠시 동안의 필름을 잘라내고 편집한 듯 장면이 바뀌었다. 삼베옷을 입은 요한과 코헨은 이제 성전으로 오르는 돌계단 앞에 서 있었다. 총을 든 성전 경찰은 뒤쪽에 서 있었다. 어느 누구도 감히 접근은 하지 못했지만, 그래도 신자들과 여행자들에게 혹 생길지 모른 위험에 대비하려는 자세는 갖추고 있는 셈이었다. 돌계단 중간쯤에는 품이 넓고 긴 예복을 차려 입은 수염을 기른 남자가 자기 뒤쪽에 몇 명의 수행원만을 거느린 채 기다리고 있었다. 기자가 말을 이었다.

「그들이 성전 계단에 도착하자 대제사장인 카임 레빈이 계단 중간쯤에서 기다리고 있었습니다. 카메라에 찍힌 적이 거의 없는 대제사장으로서는 지극히 예외적이라 하겠습니다. 소동을 지켜보기 위해서였는지, 아니면 두 사람에게 맞서기 위해서인지는 분명하지 않습니다. 그런데 대제사장에 대한 공경심이나 두려움 때문이었는지 혹은 대제사장의 주의를 끌기 위해서였는지는 알 수 없지만, 두 사람은 더 이상 나아가지 않았습니다. 그들은 모두가 들을 수 있도록 자기들의 메시지를 단순히 되풀이하고는, 첫번째 재앙이 곧 닥칠 것이라고 말했습니다. 그리고는 돌아서서 그곳을 떠났습니다. 그들이 성전을 떠남에 따라 우리의 카메라도 두 사람의 뒤를 따랐습니다. 경찰들과 더담한 몇몇 구경꾼들도 뒤를 따르고 있었습니다.」

장면이 다시 바뀌었다. 요한과 코헨은 이제 신시가지의 북쪽 변두리에 있었다.

「시 외곽에서는 이스라엘 군대가 두 사람이 도착하기를 기다리고 있었습니다. 경찰들과 똑같은 운명을 당하지나 않을까 불안한 표정이 역력했습니다. 하지만 도시의 변두리에서 두 사람은, 여러분이 보시는 바와 같이, 수백 명의 사람들과 우리의 카메라가 똑똑히 지켜보고 있는 가운데 홀연히 사라져버리고 말았습니다.」

리포터가 말을 하고 있는 동안 화면 속의 요한과 코헨은 경찰과 기자들, 군인들을 그 자리에 남겨놓은 채 사라져버렸다. 너무나 놀란 사람들은 믿을 수 없다는 듯이 서로를 멍하니 바라볼 뿐이었다.

보도가 시작된 이래 처음으로 리포터가 모습을 드러냈다.

「요한과 코헨으로 알려진 이 사람들이 비상한 능력을 지니고 있다는 것은 이제 부인할 수 없습니다. 많은 이스라엘 사람들은 이 지역의 오랜 가뭄을 이 사람들 탓으로 돌리면서, 지난 1월 그들이 예언한 내용과 세 소행성이 야기한 참화 사이의 엄청난 유사성을 지적합니다. 이 사람들과 그들의 추종자들이 소행성으로 하여금 궤도를 벗어나 지구로 향하게 했다고 믿는 이스라엘 사람들도 있습니다.」

리포터는 곧이어 결론 부분으로 들어갔다.

「그들이 누구든 오늘 그들이 한 행적을 고려해볼 때 우리는 묻지 않을 수 없습니다. 그들은 자신들이 주장하듯이 신을 대변하고 있는가? 그들은 현대의 예언자들인가? 그렇지 않다면 그들의 초능력은 어디에서 비롯된 것인가? 그들이 만약 신을 대변한다면, 다음과 같은 질문이 더 제기되는 것이 타당할 듯싶습니다. 그렇다면 신은 엄청난 분노에 휩싸여 있단 말인가?」

마일너가 손을 뻗어 텔레비전을 껐다.

「너라면 그들을 저지할 수도 있는 것 아니냐?」

데커가 말했다.

크리스토퍼는 고개를 가로저었다.

「아직은 때가 아니에요. 세상은 아직 진리를 받아들일 준비가 안 되었어요.」

「정말 그렇게 확신할 수 있어?」

데커가 고집을 부렸다.

「이스라엘의 사막에 있었을 때, 아버지께서는 제게 말씀하셨어요. 세상 사람들에게 말하고자 하는 바를 제가 완전하게 이해했을 때만이, 제가 저 자신에 대해 충분히 이해할 수 있을 때만이, 적절한 시기라고요.」

「그러고는?」

데커가 재촉했다.

크리스토퍼는 명백한 좌절의 뜻으로 고개를 떨구었다.

「하지만 그냥 놔둘 수는 없는 일이야. 넌 할 수 있잖아. 누군가는 그들을 저지해야만 해!」

크리스토퍼는 머리가 아파서 참을 수가 없다는 듯 관자놀이를 눌러댔다. 그는 분명 괴로워하고 있었다. 데커는 크리스토퍼의 이런 모습을 본 적이 있었다.

「데커, 그가 할 수 있는 일은 없어요.」

마일너가 끼어들었다.

그래, 할 수 있는 일이었다면 진즉에 했겠지. 데커는 생각했다. 절망과 괴로움과 분노가 한데 밀려들었다. 세계는 붕괴되고 있었다. 수억의 사람들이 죽었다. 세상 사람들의 절반은 생존에 필요한 식량을 확보하느라 고투하고 있었다. 그런데도 그들이 할 수 있는 일은 없었다. 데커는 크리스토퍼의 어깨에 손을 얹었다.

「미안하다, 크리스토퍼야. 너도 마음이 아픈 줄은 알아. 하지만 이건 너무나 견디기가 어려워!」

「나도 알아요, 아저씨.」

크리스토퍼가 고개도 들지 않고 나직하게 말했다.

「우린 지금을 위해서 기다려온 게 아니니?」

데커가 물었다.

「적어도 그들은 이제 지구에는 더 이상 해를 끼치지 않을 거예요.」

크리스토퍼는 천천히 고개를 들었다.

「이제부터는 사람들을 다치게 하는 데에 주력할 거예요.」

위로가 되는 말은 결코 아니었다.

# 9
# 메뚜기 떼

**2022년 7월 1일　예루살렘**

요한과 코헨이 다시 모습을 나타낸 것은 그로부터 거의 두 달이 지나서였다. 그 사이 경찰에게는 그들이 공공의 안전이나 정부에 현저한 위협을 가하지 않는 한 그들을 방해하거나 체포할 시도를 하지 말라는 명령이 내려져 있었다. 그들은 또다시 예루살렘 거리를 걸어가며 메시지를 선포했고, 또다시 성전 계단으로 갔다. 이번에는 메시지가 훨씬 더 길었다. 다음날 신문에 보도된 메시지의 내용은 다음과 같았다.

들어라, 세계의 민족들이여, 하늘과 땅을 만드신 이스라엘의 하나님이 말한다. 「마음이 주로부터 돌아서서 자신의 육신을 믿는 자들은 저주를 받으리라. 그들은 메뚜기 떼가 휩쓸고 지나간 논밭과 같으리라.」 들어라! 다섯번째 천사가 나팔 소리를 울리면, 하늘에서 지상으로 떨어진 별 하나가 지옥의 심연이 여는 신호가 되리라. 그것이 지옥을 열면,

거대한 용광로에서처럼 연기가 솟아나리라. 태양과 하늘은 연기로 어두워지리라. 그 연기에서부터 메뚜기 떼가 지상으로 내려와서 마치 전갈 떼나 되듯이 힘을 쓰리라. 풀이나 나무나 식물을 해치지는 않겠지만, 이마에 하나님의 인을 치지 아니한 사람들만은 예외가 되리라. 그들을 죽이는 것은 금지되었지만, 다섯 달 동안 괴롭히고 고문을 가할 수 있는 힘은 부여되었다. 그들은 고통이 너무 커서 죽고 싶은 마음이 하늘까지 닿겠지만, 그럴 수도 없으리라.

요한과 코헨은 예전과 마찬가지로, 성전 앞에서 메시지를 전달하고는 그곳을 떠나서 예루살렘 북단을 향해 걸어갔다. 그러고는 생방송을 내보내고 있는 세계 각지의 보도 기자와 카메라가 지켜보는 가운데, 다시 한 번 홀연히 자취를 감춰버렸다. 이번에는 희생자가 한 명도 없었다. 그만큼 텔레비전 뉴스가 따분해진 감도 없지 않아서, 방송국들은 그들이 예전에 나타났을 당시의 불길에 휩싸인 죽음의 장면을 되풀이해 틀어주었다.


## 2022년 7월 11일  뉴욕

데커 호손은 운전사에게 팁을 건네고는 택시에서 내렸다. UN 사무국 앞이었다. 여느 날처럼 안개가 긴 것처럼 음산한 날씨였지만, 그래도 한결 나아진 감이 없지 않았다. 화산재는 대부분 가라앉았고, 기온은 정상보다 3도 정도밖에 낮지 않았다. 태양이 선명하게 모습을 드러낸 것도 보기 드문 일이었다. 풀들은 고맙게도 다시 자라고 있었다. 태양빛이 줄어들어 풀이 잘 자랄 수가 없다면, 곡식이든 과일이든 거둘 것이 그만큼 줄어들 것이 틀림없었다.

사무국의 회전문 쪽으로 다가가던 데커는 헬리콥터가 다가오는 것 같은 소리를 듣고는 고개를 쳐들었다. 하지만 그건 헬리콥터가 아니었다. 화산재의 두터운 층이 갑자기 잿빛의 액체로 변하여 천천히 지상으로 떨어져 내리고 있었다. 그는 더 잘 보려고 실눈을 해보았으나 아무 소용이 없었다. 어둠이 내려오면서 소리가 더 커져갔다. 데커는 빌딩 앞의 처마로 뛰어가서는 다시 하늘을 올려다보았다. 이번에는 하늘을 가득 메우는 듯한 우르릉거리는 소리가 났다. 어둠의 몸체는 지상 위로 수백 피트에 달하여 주변 빌딩들과 나무들의 꼭대기 위를 뒤덮고 있었고, 그 일부는 걸쭉한 액체 방울이 되어 떨어져 내리고 있었다. 갑자기 어디에선가 날카로운 비명이 들렸다. 데커는 그것이 무엇인지를 더 선명하게 볼 수 있었다. 한 번도 본 적이 없는 모양의 곤충 떼였다. 곤충이라고는 해도 작은 새만큼이나 컸고, 수백만 마리는 되는 것 같았다.

데커는 문을 향해 내달렸지만 10여 마리가 이미 그에게로 내려앉았다. 그는 재빨리 빌딩 안으로 들어섰고, 그 바람에 1백여 마리 이상이 함께 날아들었다. 곤충들은 대부분 옷에 달라붙었지만, 그중 한 마리는 칼라를 타고 목으로 기어 올라왔다. 손바닥으로 때려 날려 보내려 했지만 때는 이미 늦었다. 벌레가 꼬리 속의 침으로 부드러운 살갗을 찌르고는 피를 빨아대자 갑작스러운 고통에 걸음을 더 옮길 수가 없었다. 로비에서는 사람들이 소리를 지르면서 노출된 피부를 물어뜯는 곤충들을 향해 손바닥을 날렸지만 번번이 허사로 돌아가고 있었다.

고통을 견디기 어려웠지만, 데커는 벌레를 으깨어 죽일 수 있을지도 모른다는 희망을 품고 다시 한 번 손을 날렸다. 벌레는 생각보다 훨씬 커서 손바닥을 거의 채울 정도였다. 으깰 수가 없다고 생각한 데커는 그것을 목에서 떼어내어 마루바닥에 내동이친 다음 발로 밟았다. 몸무게 전체를 싣자 그것은 마침내 창자와 피를 토했다. 데커에게도 피가 조금 튀었다.

바깥 거리에서는 사람들이 벌레를 피하거나 열린 문을 향해 뛰어다니고 있었다. 안에서는 사람들과 함께 곤충이 딸려 들어오는 것을 막기 위해 문을 닫아걸었다. 예언된 바와 같이, 〈이마에 인을 찍은 사람들〉, 즉 이마에 붉은 글씨로 KDP 멤버임을 알리는 표지판을 달고 다니는 사람들만이 변을 피했다. 데커가 UN에 도착했을 때에도 길 건너편에서는 두 사람이 짝을 이룬 KDP 멤버가 벌레들에게 아무런 피해도 입지 않은 채 그 모든 광경을 지켜보고 있었다.

사무국 앞의 쇼핑센터에서 사람들이 몰려나와 회전문 안으로 들어섬에 따라 데커 주위에는 비명 소리가 점점 높아졌다. 회전문이 한 번씩 열릴 때마다 곤충들도 몇 마리씩 더 들어왔다. 번민에 휩싸인 데커는 자기 옷자락에 곤충이 다시 달라붙었다는 것조차 알아차리지 못하고 있었다. 갑자기 발 위쪽의 왼편 정강이가 따끔거렸다. 그 다음에는 왼편 넓적다리께를, 그 다음에는 또 오른쪽 무릎 뒤쪽의 장딴지를 쏘였다. 그것들은 데커를 덮쳐서 이빨과 가시 돋친 발로 옷을 물어뜯고 침으로 살갗을 쏘아댔다. 침에 쏘이고 나면 데커는 그것을 잡아서 마루에 내동댕이쳤지만, 그것을 발로 으깨는 짓은 차마 할 수가 없었다. 그것들은 딱딱한 바닥에 내동댕이쳐지면 잠시 기절했다가는 다시 살아나서, 다른 희생자를 향해 날아가거나 데커에게 다시 달려들었다. 두 마리가 옷 속으로 파고들어 셔츠를 찢기 시작하자 테커는 고통에 몸부림치며 결국 마루 위에 쓰러지고 말았다. 이제는 싸울 기력조차 없었지만 그는 온힘을 다해서 몸을 구르기 시작했다. 그렇게 해서라도 그것들을 으깨기 위해서였다. 하지만 그럴수록 침이 더 날카롭게 파고들 뿐이었다.

너도나도 로비에서 벗어나고자 안간힘을 다했다. 사람들은 서로 밀고 밀치며 넘어진 사람을 타고 넘어갔다. 문이 열린 사무실이 눈에 띄면 막무가내로 진입해서는 다른 사람들이 들어오지 못하도록 문을 걸어 잠갔다.

쓰러져 누운 채로 움직이질 않자, 다른 놈이 테커의 얼굴 위에 내려앉았다. 그놈이 막 찌르려는 찰나, 테커는 의식을 잃고 말았다. 그러자 그놈은 공격할 흥미를 잃었는지 다른 데로 날아가 버렸다. 그의 위에 내려앉았던 다른 놈들도 마찬가지였다. 그의 등 밑에 깔린 두 마리는 어떻게든지 빠져 나가려고 안간힘을 다했다. 나중에 곤충학자들이 알아낸 것처럼, 그놈들은 침을 맞고 혼절 상태에 빠진 희생자는 공격하지 않았다.

바깥에서는 안에 있는 사람들을 보고는 두꺼운 판유리를 향해 돌진하는 곤충이 수천 마리였다. 유리벽에 충돌한 벌레들은 잠시 정신을 잃고 비틀대다가 다시 방향 감각을 찾으면 날아가 버렸다.

곤충들의 최대 약점은 인내심의 결여였다. 그들은 희생자를 찾으면 흡족할 만큼 피를 빨아먹을 때까지, 혹은 그 사람이 의식을 잃고 쓰러질 때까지 공격을 멈추지 않았다. 그렇게 집요하게 공격해대긴 했지만, 한편으로는 자기들 스스로도 그만큼 〈손쉬운 공격 목표〉가 되도록 만들기도 했다. 빌딩 전체의 안전요원들이 로비로 속속 도착했을 무렵엔, 건물 안에 들어와 있던 곤충들이 목표물들을 집요하게 공격하고 있었다. 물론 이미 의식을 잃은 사람에게는 들러붙어 있지 않았다. 따라서 안전요원들이 제지하여 곤충들이 들러붙지 못하도록 할 여지는 남아 있지 않았다. 안전요원들은 곤충들이 더 이상 문 안으로 들어오지 않도록 조처했고, 다른 한편으로는 희생자들을 도우려고 애썼다. 안전요원들은 달라붙어 있는 곤충을 잡아떼어 딱딱한 바닥에 내팽개침과 동시에 온몸을 던져 짓밟는 것이 곤충들을 죽일 수 있는 최선의 방법임을 알아냈다.

곧이어 UN 의료팀이 도착하여 희생자들에게 손을 쓰기 시작했다. 스무 명 정도는 의식을 잃은 채 바닥에 쓰러져 있었다. 침으로 찔린 자국이 부풀어 오르고 아파서 비명을 질러대는 사람들이 적지 않았다. 한 안전요원은 살아 있는 곤충의 딱딱한 등 껍데기를 양손에 하나씩 붙들고 있었다. 그놈들은 침으로 찔러댈 살갗을 찾는 한편 그의 손아귀에서 벗어나려고 헛되이 몸부림치고 있었다. 그 안전요원은 거의 의식을 잃어가고 있는 한 부인의 얼굴과 다리에 달라붙어 피를 빨아먹고 있는 녀석들을 잡아 떼어냈던 참이었다. 그는 괴이쩍은 이 녀석들을 어떻게든 잘 살펴보고자 그놈들을 집어넣을 만한 상자 같은 것이 없는지 두리번거리는 것이 분명했다.

바깥에서는 갑자기 수백만 마리의 곤충들이 날아가는 소리가 진동했다. 그러더니 그놈들은 30초도 안 되는 사이에 모두 자취를 감춰버렸다. 신선한 먹이감을 찾아 그 도시의 다른 지역을 향해 날아가 버린 것이다. 거리와 보도 여기저기에는 의식을 잃고 쓰러진 사람들이 부지기수였다.

            *

　이놈들은 과연 어떤 녀석들인가? 도대체 어디에 속하는 곤충인
가? 곤충학자들은 기본적인 합의점조차 찾을 수가 없었다. 아무튼
학계에는 한 번도 보고된 바가 없는 돌연변이임에 틀림없었다. 곤충
은 길이가 6~7센티미터에, 등의 너비가 1센티미터였고, 몸통의 굵
기는 그보다 얇았다. 길이가 15센티미터 정도 되는 날개는 투명하고
질겼다. 몸 전체가 딱딱하고 잿빛이어서 무거운 갑옷을 입고 있는
것 같은 인상을 주었다. 쉽사리 으깨어지지가 않는 것은 바로 갑옷
같은 몸통 때문이기도 했다. 위에서 내려다보면 곤충은 빛나는 황금
색으로 가시가 많았고, 꽁무니에는 인간의 머리칼과 너무도 흡사 부
드러운 실이 달려 있었다. 곤충의 얼굴은 괴이하게도 인간의 얼굴과
비슷했지만 더 납작했다. 인간의 얼굴에 비하면 상대적으로 입이 두
배 가량 넓은 셈이었다. 옷을 파고들며 먹잇감을 물어뜯어 독을 주
입하는 엄니가 흉측하게 드러나 보였다.
　곤충들은 사방 25킬로미터 정도를 뒤덮으면서 떼를 이루며 이동
했다. 희생자들의 피를 빨아먹고는 곧 다른 곳으로 이동했다. UN
플라자에 내려앉은 놈들은 이제 북동쪽으로 이동하고 있었다. 하지
만 그것은 세계 도처에 갑작스레 출현한 수백에 달하는 곤충 떼들의
하나에 지나지 않았다. 콘크리트와 강철, 유리보다 약한 자재로 지
어진 건축물이 대부분인 지역에서는 뉴욕에서보다 훨씬 더 많은 희
생자가 났다.
　실험실의 해부 결과는 곤충학자들을 더욱더 어리둥절하게 만들었
다. 생식 기관을 전혀 지니고 있지 않다는 것이 밝혀진 것이다.

다섯 시간 후, 데커는 의식을 회복했다. 팔에는 탈수 현상을 막기 위한 정맥 주사가 꽂혀 있었다. 주변에는 다른 희생자들도 많았고, UN 의료팀이 부산하게 움직이고 있었다. 의식이 깨어난 사람도 있었고, 아직 깨어나지 못하는 사람도 있었다. 하지만 데커처럼 의식을 찾은 사람들은 차라리 깨어나지 않았더라면 더 좋았을 것이라고 생각했다. 여기저기에서 끙끙거리는 신음 소리가 났다. 탈진해서 외칠 기력조차 남아 있지 않은데 그런 소리나마 새어나온다는 것이 신기했다. UN 의료팀은 어떻게든지 가까운 병원으로 환자들을 이송시키려 했지만, 뉴욕의 병원들 모두가 다른 희생자들로 초만원이어서 어쩔 수가 없었다. 그들을 받아줄 병원은 어디에도 없었다.

데커의 주변에서는 신음 소리와 흐느끼는 소리가 난무했다. 어떤 사람은 차라리 목숨을 끊어달라고 하소연하고 있었다. 데커는 자신에게 닥친 고통도 감당하기 어려운 처지인지라 다른 사람을 돌아볼 여유가 없었다. 직경이 15~20센티미터인 열여섯 군데의 거대한 상처 자국이 목에서부터 발목에 이르기까지 몸 전체를 덮고 있었다. 그의 몸이 독과 싸우는 동안 체온은 40도까지 올랐다. 그는 일찍이 그런 고통을 겪어본 적이 없었다. 흐느낌이 새어나오고 눈물이 볼을 타고 흘러내렸지만 그는 그것을 의식하지도 못했다. 의사들이 진통제를 최대한 투약해주었지만 아무 도움이 되지 못했다. 매 순간이 영원처럼 길었다. 시간이 멈춘 듯했고, 고문을 당하는 듯한 고통만이 그가 아는 전부였다.

그의 침대 옆에 낯익은 얼굴 하나가 그를 내려다보고 있었지만,

데커는 그를 알아보지도 못했다. 주변을 둘러보고 의사나 간호사가 가까이에 없다는 것을 확인한 크리스토퍼 굿맨은 데커에게로 다가가서는 이마 위에 손을 짚었다. 그의 손이 가 닿자마자 데커의 몸 전체는 즉각 안정을 찾기 시작했다. 기력이 이미 소진된 상태이긴 했지만, 고통과 열이 완전히 물러난 것은 분명했다.

「아저씨, 좀 어떠세요?」

크리스토퍼가 미소를 띠며 물었다.

데커는 이제 안도의 눈물을 흘렸다.

「고맙구나.」

그는 울면서 손을 뻗어 크리스토퍼의 팔을 어루만졌다.

「사실을 알자마자 달려온 거예요.」

크리스토퍼가 말했다.

데커는 주변 사람들을 둘러보고는 크리스토퍼를 쳐다보았다. 크리스토퍼는 고개를 끄덕이고는 다른 환자들 쪽으로 갔다. 그는 환자 한 사람씩을 어루만지면서 가만히 속삭였다.

「이제 곧 잠이 들 거예요.」

그런 다음 그들이 깊은 잠에 빠져들면, 그는 그들이 알아차리지 못하는 사이에 선물을 안겨주었다.

데커는 눈을 뜬 채로 그 모든 것을 지켜보려고 애썼다. 크리스토퍼가 다른 환자들을 돌보려고 그 방을 뜨자 그는 곧 깊은 잠에 빠져들었다.

# 10
## 너는 치유되었다

데커가 깨어보니 UN 의료진이 자신의 상처 자국들을 검사하고 있었다. 그의 상처 자국은 깨끗이 사라지고 없었고 의사들은 그것을 이해할 수 없었다. 곤충들이 처음으로 공격한 날의 희생자들은 아직도 세계 도처에서 고통을 받고 있었다. 곤충들의 독을 검사한 결과, 고통이 가라앉으려면 5일에서 일주일 정도가 소요된다는 것이 밝혀졌다. 하지만 이곳 UN 건물의 환자들에게는 그것이 이상하게도 적용되지 않았다. 그들은 더 이상 고통을 당하고 있지 않을 뿐만 아니라 완전히 회복되어 있었다. 몇몇 사람들은 과거보다 오히려 더 건강해진 것 같다고 말할 정도였다.

데커는 자리에 일어나 앉았다. 환자들의 일부는 이미 퇴원하고 없었다.

「제가 여기에 온 것이 얼마나 되었죠?」

그가 담당 의사에게 물었다.

「이틀 되었습니다.」

「그러니까, 어…….」

데커는 더듬거렸다. 자신을 공격한 곤충을 무어라고 불러야 할지 몰라서였다.

「메뚜기 떼 말입니까?」

여의사가 말했다.

데커는 그녀가 선택한 용어에 조금 놀라며 고개를 주억거렸다.

「그놈들은 아직도 사라지지 않았어요.」

옷장을 열어보니 구두와 옷이 있었다. 그는 옷을 입기 시작했다. 새로 산 옷이었는데, 곤충들의 습격으로 구멍이 난 것을 보자 울화가 치밀어 올랐다. 그는 옷을 입고 거울을 들여다보았다. 이틀 동안 수염이 자라서 덥수룩했다. 하지만 목욕을 하고 옷을 갈아입는 것이 급한 게 아니었다. 크리스토퍼를 만나는 일이 시급했다.

*

「정말 다행이군요!」

이탈리아 대사관실에 도착하자 잭키 한센이 달려와서 데커를 껴안았다.

「당신을 뵈러 의무실에 갔었어요. 당신은 너무 고통스러워하셨어요. 절 알아보지도 못하시는 것 같았어요.」

「아무것도 생각나지 않아요. 고통스럽다는 생각밖엔 없었으니까요. 크리스토퍼는 안에 있습니까?」

「방금 나가셨어요. 금방 돌아오실 거예요. 방에 들어가서서 기다리세요.」

「고마워요.」

「마일너 총장님도 기다리고 계세요.」

「아, 그렇군요.」

데커는 대꾸하고는 크리스토퍼의 방 쪽으로 몸을 돌렸다.

「그런데, 옷이 참 멋지군요.」

잭키가 미소와 함께 덧붙이면서, 메뚜기 떼가 남긴 구멍들 중의 하나에 새끼손가락을 집어넣었다. 데커는 눈을 부라려주었다.

데커가 들어서니, 마일너는 크리스토퍼의 책상에 앉아 전화를 받고 있었다. 마일너는 그를 올려다보고는 믿을 수 없다는 표정을 지었다. 옷에 난 구멍이나 이틀 동안 면도를 하지 못한 얼굴 때문은 아닌 듯했다.

데커는 마일너의 이상한 반응이 무엇 때문인지 알 수 없었지만, 어쨌든 미소로 인사를 건네고는 창가로 가서 밖을 내다보았다. 거리는 텅 비어 있다시피 했다. 오가는 차량은 10여 대도 안 되었고, 행인 두 사람이 종종걸음을 치고 있었다. 잠시 후 크리스토퍼가 들어왔다.

「아저씨, 괜찮으세요?」

크리스토퍼는 몹시 반기며 그에게 안부를 물었다.

「괜찮다마다. 정말 고맙다. 솔직히 말하자면, 난 네게 그런 능력이 있는 줄 몰랐단다.」

「저도 몰랐는걸요. 그땐 그렇게 하는 것이 자연스러운 일인 것 같았어요.」

크리스토퍼가 대답했다.

로버트 마일너가 전화를 끊고는 대화에 끼어들려고 하자 크리스토퍼가 먼저 입을 열었다.

「스페인에 계시는 걸로 생각했는데 언제 오셨죠?」

「UN 의료팀에게 소식을 듣고 달려왔지.」

마일너가 대답했다.

「무슨 일이 일어났는지, 사람들이 알고 있단 말인가요?」

데커가 끼어들었다.

「아니에요. 곧이곧대로 아는 건 아니에요. 사람들은 UN 의무실에 있었던 사람들이 뭔가 알 수 없는 이유로 회복이 놀라울 만큼 빠르다는 것만 알고 있지요.」

크리스토퍼가 나직하게 대답했다.

「크리스토퍼, 사람들이 이걸 우연으로 받아들일 리가 없어. 누군가가 널 보았다면 어떻게 될까?」

마일너의 목소리가 걱정 때문에 높아졌다. 역정 때문은 아니었다.

「데커 아저씨가 찔렸다는 말을 듣고는 그 자리를 그냥 뜰 수가 없었어요.」

마일너가 데커를 넘겨다보면서 고개를 저으며 이맛살을 찌푸렸다.

「물론 자리를 뜰 수가 없었겠지. 하지만 다른 사람들까지 모두 치료할 필요가 있었을까? 한 사람에게 기적이 일어났다면 의사들은 간과하고 말았을 거야. 하지만 의무실에 있었던 모두가 기적적인 회복을 보였으니 문제 삼지 않을 수 있겠니?」

「너무 고통을 당하고 있어서 어떻게든 해주지 않으면 안 되었어요.」

크리스토퍼가 대답했다.

「크리스토퍼, 고통당하고 있는 사람들은 세계 도처에 깔려 있어. 중국-인도-파키스탄 전쟁으로 4억 이상이 죽었고, 소행성으로 인해 수억 이상이 죽었어. 중국의 해안가에서는 해일 뒤에 남은 소금기로 인해 수백만 에이커의 농토가 못 쓰게 되어 굶어 죽어가고 있지. 남북 아메리카의 서부 해안은 황무지가 되어버렸고, 일본, 필리핀, 말레이시아, 그리고 태평양에서 어업에 종사하던 모든 나라는 식량을 배급해야 할 형편이야. 게다가 세계의 모든 나라의 작황이 말이 아니다…….」

마일너는 더 계속할 수도 있었지만 더 이상 말을 잇지 못했다.

「하지만 너도 잘 알다시피 이건 진행되는 과정의 일부일 뿐이야. 산고(産苦)와도 같은 거지. 새 세상의 탄생을 위한 진통인 셈이지. 네가 변화의 메커니즘을 뒤엎어버린다면 작은 고통은 치유할 수 있을지도 몰라. 하지만 그건 탄생의 과정 자체를 무너뜨릴 위험도 있는 거야.」

「로버트, 극히 소수의 사람들에 지나지 않아요.」

크리스토퍼가 대꾸했다.

「내가 들은 바로는 백 명이 넘어.」

「하지만 그 정도로는 전체 계획에 아무런 차이도 가져올 수 없어요.」

「하지만 누군가 널 보았다면 차질이 생길 수도 있어.」

「전 매우 조심했어요.」

마일너는 한숨을 내쉬었다.

「그래, 좋아. 어쨌든 지금으로선 거기에 관해 우리가 할 수 있는 일은 아무것도 없는 것 같구나.」

「맞아요.」

크리스토퍼가 말했다.

「하지만 이런 일이 다시 일어나서는 안 될 거야. 사람들이 고통스러워하는 모습을 가까이에서 지켜본다면 너로서는 그냥 있기가 어려울 거다. 하지만 가슴이 아무리 아프더라도 냉정하게 정신을 차려야 해.」

「알았어요, 로버트. 알았다구요. 여기까지 오셔서 일깨워주셔서 고마워요.」

「아무도 널 보지 않은 게 확실하지?」

「매우 조심하긴 했어요.」

잠시 동안은 아무런 대화가 오가지 않았다. 데커는 마음속의 의문을 풀어놓을 기회를 잡았다.

「의무실의 의사는 그 곤충들을 〈메뚜기 떼〉라고 부르던데. 그건 단지 우연의 일치일까? 아니면 이 모든 일의 근저에는 요한과 코헨이 있다는 것을 사람들이 알아챈 걸까? 요한과 코헨이 예언을 하면서 〈메뚜기 떼〉라고 한 것 같아서 하는 말이야.」

로버트 마일너는 자기 가방에서 《뉴욕 타임스》 한 부를 꺼냈다. 1면의 거의 전부가 〈메뚜기 떼〉에 관한 기사로 채워져 있었다. 그놈들이 어디를 공격했는가? 얼마나 많은 사람들이 찔렸는가? 집이나 다른 건물에서 그놈들을 들어오지 못하게 하는 방어수단은 무엇인가? 그리고 국제적인 여론조사에 따르면, 66퍼센트의 사람들이 요한과 코헨에게 메뚜기 떼의 출현에 대한 책임이 있다고 생각한다는 기사도 있었다.

마일너는 〈이스라엘에서는 예언자들의 행방을 계속 쫓고 있다〉는 제목의 기사를 가리켜 보였다.

「물론 찾아내진 못할 거요.」

마일너가 말했다.

데커는 자리에 앉아 그 기사를 재빨리 훑어보았다. 메뚜기 떼는 북반구와 적도 지방 전체를 습격했다. 피해를 입지 않은 지역이라고는 늦겨울인 남반구뿐이었다. 메뚜기들은 추운 기후를 좋아하지 않는 것이 분명했다. 메뚜기 떼는 워낙 거대한 집단을 이루고 있어서 위성과 레이더로 쉽게 추적이 가능했고, 따라서 세계기상기구는 메뚜기 떼가 다가오는 도시의 주민들에게 사전 경보를 내릴 수 있었다. 하지만 외곽 지역이라고 해서 안전한 것만은 아니었다. 거대 집단에서 떨어져 나온 소규모의 낙오자 무리들은 추적이 불가능했고, 따라서 예고도 할 수 없었기 때문이다. UN에 의해 사용이 승인된 농약은 그 곤충들에게는 아무런 효과도 발휘하지 못했다.

메뚜기 떼는 희생자를 극도의 고통으로 몰아넣었을 뿐만 아니라, 그 독으로 희생자의 간과 신장을 혹사시켰다. 그로써 해독 작용이 거의 이루어지지 못했을 뿐만 아니라, 진통제를 쓸모없게 만들었다. 희생자들은 고통을 참고 견디느니 삶을 마감하고 싶은 마음이 굴뚝같았지만, 그러기 위해서 합법적으로 쓸 수 있는 약은 없었다.

「네 시간 30분 후엔 바르셀로나에서 회의가 있소. 케네디 공항에서 다음 비행기를 타야 해요.」

마일너가 가방을 닫으면서 말했다.

데커는 신문에서 고개를 들었다.

「차 탈 때 조심하십시오.」

「운전사가 정문에서 기다리고 있소. 바깥에 머무는 시간을 될수록 줄여야 할 거요. 메뚜기 떼가 다가오면 소리가 들린다니 그나마 다행이오.」

「아, 맞아요. 집단으로 몰려다니는 놈들은 소리도 굉장해요.」

데커가 말했다.

「차를 집어타는 데는 몇 초도 걸리지 않아요. 그 정도는 괜찮을 거요.」

「그럴 거예요. 하지만 조심해요, 그놈들에게 찔리지 않으려면 말입니다.」

데커가 다시 주의를 주었다.

「명심하겠소.」

크리스토퍼는 마일너와 함께 밖으로 나갔고, 데커는 다시 신문을 읽기 시작했다. 크리스토퍼가 돌아오자 데커가 말했다.

「난 네가 한 행동을 이해할 수 있어. 그리고 너무나 고마워하고 있고.」

「그분은 최선을 다해주기를 바라고 있을 뿐이에요. 그분은 큰 그림을 보고 있거든요.」

「물론이지. 하지만 너로서도 다른 사람의 고통을 지켜보고만 있을 순 없었던 것 아니냐? 그분이 왜 그걸 이해하지 못하는지 알 수가 없어.」

크리스토퍼는 어깨를 으쓱했다. 그 문제에 대해서라면 더 이상 할 말이 없었다.

「아저씨는 앞으로 어쩔 셈이세요?」

「집에 돌아가서 목욕을 하고 옷을 갈아입어야지. 하지만 바깥에

나가기가 겁이 나는구나. 거리를 가로질러 이리로 뛰어오는 것도 너무 힘들었어.」

UN에서 이탈리아 대사관으로 오는 길을 가리키는 말이었다.

「세 블록을 달려 집으로 오르는 긴 계단을 오를 생각을 하니 마음이 그리 편치가 않구나.」

데커의 아파트는 UN에서 매우 가까워서 차를 탈 필요가 없었다. 택시를 타면 더 낫겠지만, 위험을 무릅쓰고 운행을 하는 택시가 거의 없는 형편이었다.

크리스토퍼의 전화벨이 울렸다. 잭키 한센으로부터의 인터컴이었다.

「대사님, 다나카 대사님이 오셨습니다.」

그녀가 안전보장이사회에서 태평양 연안 국가를 대표하는 일본 대사를 언급했다.

「누구도 만날 생각이 없어요.」

그렇게 말하긴 했지만, 그건 아무래도 예의가 아니었다.

「안으로 들여보내세요.」

잠시 후 그가 말했다. 다나카 대사는 왜소한 체구로, 70대 중반이었다. 그는 7년 동안 대표로서 활약해왔고, 그 이전에는 2년 동안 부대표를 맡았었다.

「대사님, 이렇게 불쑥 찾아온 걸 사죄드립니다. 하지만 전…….」

다나카가 입을 열었다.

「괜찮습니다, 대사님. 그런데 무슨 일이시죠?」

일본 대사는 심기가 불편해 보였다. 어떻게 입을 열어야 할지 알 수 없는 것 같았다. 그렇지 않으면, 그가 말하려고 했던 것이 기대했던 것보다 훨씬 더 어렵거나 적절치 못하다는 것을 알게 된 것인지도 몰랐다. 크리스토퍼는 기다렸다.

「대사님, 당신도 아시다시피 저는 오랜 동안 로버트 마일너 총장님과 루시어스 트러스트가 하는 훌륭한 사업에 지지를 표명해왔습니다. 마일너 총장님은 여러 해 전부터 뉴에이지의 통치자로서 〈크리슈나무리티〉 님이 도래하실 것에 대해 말씀해왔습니다.」

다나카 대사는 그런 식의 발언을 하게 된 것이 몹시 불편해 보였지만, 어떤 식으로든 말을 하지 않을 수 없는 입장인 것이 역력했다.

「트러스트 사람들 사이에서는 마일너 총장님과 앨리스 번레이가 죽기 전에 크리슈나무리티를 만나곤 했다는 말이 나돌았었습니다.」

다나카는 잠시 멈추었다가 계속했다.

「번레이 이사님은 돌아가셨습니다.」

다나카 대사는 말을 멈추고는 바닥을 내려다보았다. 데커는 천장을 쳐다보며 아랫입술을 깨물었다. 다나카의 말이 어디로 흘러갈지 이젠 분명했다.

「나의 손녀가 메뚜기 떼에게 공격을 당했습니다. 그 애는 사경을 헤매고 있습니다. 그 애는 일본에서 이리로 와서…….」

「대사님, 실제로 메뚜기에게 물려서 죽은 사람은 아무도 없습니다.」

크리스토퍼가 말했지만, 다나카는 아랑곳하지 않았다.

「굿맨 대사님, 당신이 바로 뉴에이지의 통치자이신 크리슈나무리티 님이 아니신가요?」

데커는 고개를 숙이고는 두 손으로 감쌌다. 다나카가 자신을 보고 있지 않다는 것이 감사했다. 그의 얼굴에는 진실이 무엇인지를 말해주는 표정이 어떻게든 나타나 있으리라. 그는 손가락 사이로 두 사람을 엿보면서, 크리스토퍼의 침착한 대구에 안도했다.

「다나카 대사님, 마일너 총장님이 예언된 통치자에 대해서 말씀하긴 하셨습니다만, 제가 두려워하는 것은……」

「전 당신이 UN 의무실에 있는 사람들을 낫게 했다는 것을 알고 있습니다.」

다나카가 말을 가로챘다.

크리스토퍼는 입을 다물었다. 다나카가 계속했다.

「러브 양이 제게 말해주더군요. 환자가 치유된 직후에 당신이 떠나는 모습을 본 사람이 있다고 말입니다.」

러브 양이란, 앨리스 번레이의 죽음 이후 루시어스 트러스트의 지도자가 된 가이아 러브를 지칭하는 말이었다.

「당신이 크리슈나무리티 님이라면, 제 손녀도 치유해주셔야 합니다. 그 애는 이제 겨우 여덟 살인데 열한 군데를 메뚜기에게 물렸어요.」

그 순간 문이 열렸다. 데커와 크리스토퍼는 잭키 한센이 30대 초반의 일본인 남자를 제지하는 것을 보았다. 그의 팔 안에는 대사의 손녀로 보이는 어린 소녀가 안겨 있었다. 고열 때문인지 두터운 담요로 덮여 있었다.

「이것 보세요, 그렇게 막무가내로 들어가시면 안 됩니다.」

「괜찮습니다. 그를 안으로 들여보내세요.」

잠시 후 크리스토퍼가 말했다.

잭키는 그 남자를 들여보내고 뒤쪽에서 문을 닫았다.

「이 아이는 제 아들인 야수시이고, 이쪽은 손녀인 게이코입니다.」

다나카가 담요를 젖히며 손녀의 얼굴을 보여주었다.

크리스토퍼는 잠시 소녀를 보다가 눈길을 창밖으로 돌렸다.

「죄송하지만, 제가 할 수 있는 일은 아무것도 없습니다. 그 애를 병원으로 보내십시오.」

「의사들은 자신들이 할 수 있는 일이 아무것도 없다고 합니다. 하지만 당신은 이 애를 낫게 할 수 있습니다.」

다나카가 고집했다.

「죄송합니다.」

크리스토퍼의 마지막 말에 다나카의 얼굴에 나타났던 희망의 표정은 서서히 좌절의 그것으로 바뀌어갔다. 크리스토퍼가 창밖으로 시선을 주고 있는 동안 다나카는 잠시 동안 거기에 잠자코 서 있었다. 그러더니 결국 아들 쪽을 바라보고 고개를 떨구었다.

「괴롭혀 드려서 죄송합니다, 대사님.」

다나카는 그렇게 말하고는 자기 아들에게 출구 쪽을 가리켜 보였다. 크리스토퍼는 다나카와 그의 아들, 손녀가 떠나고 문이 닫힐 때까지 계속 시선을 딴 데다 돌리고 있었다.

크리스토퍼는 돌아서서 문 쪽을 보고는 데커에게로 시선을 주었다. 그러다 갑자기 문 쪽으로 뛰어가서 문을 열었다.

「대사님, 다나카 대사님. 돌아오세요.」

그가 그들을 불렀다.

다나카는 급히 사무실로 돌아왔고, 아들과 손녀도 뒤를 따랐다. 크리스토퍼는 문 옆에 서 있다가 그들이 들어오자 문을 닫았다.

「대사님, 당신은 절 매우 난처하게 만드시는군요.」

「그러니까 당신은 이 애를 치료해줄 수가 있는 거죠?」

다나카가 크리스토퍼를 향해 다짐하듯 물었다.

「제가 치료해드리지요. 하지만 이 사실이 밖으로 새어나가서는 절대로 안 됩니다. 누구에게도 발설해서는 안 되요. 마일너 총장님이나 러브 양에게도 말입니다.」

그가 소리를 죽이면서 덧붙였다.

「물론이지요. 절대로요.」

다나카가 말하고는 자기 아들에게로 고개를 돌렸고, 그 역시 고개를 주억거리며 동의했다.

크리스토퍼는 소녀에게로 걸어가서 조심스레 담요를 벗기고는 아이의 얼굴을 들여다보았다. 오른쪽 이마 위의 상처 하나가 부풀대로 부풀어 올라 얼굴을 흉하게 일그러뜨리고 있었다. 메뚜기에게 물린 자국을 쓰다듬으면서, 그가 일본어로 속삭였다.

「나오리마시타.」

그 말은 〈너는 치유되었다〉라는 뜻이었다. 그러자 부푼 자국이 금방 가라앉았다. 데커는 크리스토퍼의 얼굴 표정이 시시각각으로 변하는 것을 보고는 놀라지 않을 수 없었다. 예전에는 한 번도 볼 수 없었던 모습이었다.

다나카 대사는 다시 담요를 젖히고 손녀를 살펴보았다. 상처 자국은 깨끗이 사라지고 없었고, 체온도 정상으로 돌아와 있었다. 다나카는 놀라는 표정이 역력했다. 크리스토퍼에게 기적을 보여달라고 청하긴 했지만 완전히 믿었던 것은 아니었다. 그는 무릎을 꿇고는 크리스토퍼의 발에 대고 고개를 숙여 연거푸 절을 했다.

크리스토퍼는 허리를 숙이고는 그를 붙잡아 일으켰다.

「대사님, 이러실 필요가 없습니다. 약속하신 것만 지켜주시면 됩

니다. 그리고 이 애를 보고 다른 사람들이 의아해하지 않도록 몇 주
동안만 외딴 곳으로 보내주시겠어요?」

「알겠습니다. 물론이지요. 말씀하시는 대로 하겠습니다.」

크리스토퍼는 데커를 향해 돌아섰다.

「아저씨, 잭키에게 부탁해서 이분들을 모셔갈 준비를 하게 해주실
래요? 이분들이 들어온 것을 본 사람들이 있을지도 모르니까 아무
에게도 들키지 않게요.」

데커가 바깥으로 나가서 준비를 하고 돌아왔다. 다나카 일행이 떠
나려고 하자 크리스토퍼가 멈춰 세웠다.

「대사님, 한 가지 질문이 있습니다.」

「말씀하십시오.」

다나카가 대꾸했다.

「환자들이 치유된 직후에 제가 UN 의무실을 떠난 것을 본 사람이
누구인지 아세요?」

「한센 양이라고 알고 있습니다.」

다나카가 대답했다.

「흠. 고맙습니다. 다음 주 목요일에 있을 안전보장이사회의 회의
때 만나겠군요.」

「예.」

다나카가 대답하고는 크리스토퍼를 향해 고개를 깊이 숙여 절을
했다. 일본 바깥에서는 좀처럼 해본 적이 없는 절이었다.

다나카 일행을 보내고 데커가 사무실로 돌아왔을 때, 크리스토퍼
는 잭키와 함께 있었다. 데커가 그들이 무사히 떠났다고 전하고 자
리에 앉자, 잭키가 설명을 계속했다.

「데커를 만나려고 의무실에 갔었어요. 30분 정도 거기 있다가 화장실에 가려고 그곳을 떠났어요. 돌아왔을 때, 저는 대사님이 떠나는 것을 보았고, 데커를 만나기 위해서 온 걸 거라고 짐작했지요. 그런데 제가 데커의 침상으로 가보니 그가 완전히 나아 있더군요. 뿐만 아니라 근처의 다른 환자들도 전부 상처 자국이며 열이 사라진 것을 보고는 어떻게 생각해야 할지 모르겠더군요. 해독이 되려면 일주일은 걸릴 거라는 이야기를 들었거든요. 대사님께 여쭤보려고 했지만 무어라고 말해야 할지 알 수가 없었어요. 그래서 미루기만 하고 있었죠. 그러다 어제였어요. 늘 그렇듯이 점심시간에 명상을 하기 위해 루시어스 트러스트에 갔다가 가이아 러브를 만났지요. 그녀가 제게 묻더군요. 무슨 걱정되는 일이 있느냐고요. 그래서 그녀에게 제가 본 것을 말했지요. 얼버무리려고 애썼지만 그녀는 알아차린 것 같았어요. 제가 큰 물의를 일으킨 건 아닌지 모르겠군요.」

그녀는 걱정하는 기색이 역력했다.

크리스토퍼가 고개를 저었다.

「아니오, 걱정하지 마세요. 하지만 다른 누구에게도 말하지 말아요. 그리고 마음속에 의문이 생기거든 먼저 나에게 물어보시고요.」

잭키가 고개를 끄덕이고는 나가려고 하다가 망설이면서 발걸음을 멈추었다.

「묻고 싶은 게 있습니다만… UN 의무실에 있는 사람들을 치유한 것이 대사님이십니까?」

「그렇소.」

크리스토퍼가 곧이곧대로 대답했다.

「다나카 대사의 손녀도요?」

크리스토퍼는 말없이 고개를 끄덕였다.

「그렇다면… 당신이 뉴에이지의 메시아이신 크리슈나무리티?」

잭키는 자기도 모르게 손으로 자기 입을 막았다.

「저는 그걸 알고 있었어요! 저는 그걸 알고 있었어요!」

「잭키, 누구에게도 이 말을 퍼뜨려서는 안 됩니다.」

크리스토퍼가 다짐을 시켰다.

「그럼요. 각하, 절대 안 그럴 거예요.」

그녀가 약속했다. 잭키는 공중 앞에서가 아니면 한 번도 사용한 적이 없는 〈각하〉라는 존칭을 사용하고 있었다.

「고마워요, 잭키. 그럼 당신이 모든 것을 없었던 일처럼 돌려놓아 주세요. 당신은 그럴 수 있을 거예요.」

「예, 각하.」

데커는 잭키가 떠날 때까지 기다렸다. 문이 닫히자 데커가 말했다.

「일이 잘 되어야 할 텐데.」

「다른 선택의 여지가 없었어요. 그렇잖아도 조만간 그녀에게 알리지 않으면 안 된다고 생각했거든요. 조금만 더 일찍 알렸더라도 이런 일은 일어나지 않았을 텐데.」

크리스토퍼가 대답했다.

데커는 걱정이 되는 다른 문제로 넘어갔다.

「네가 괘사의 손녀를 치료할 때 말이다. 네 얼굴 표정이 이상하게 변하더라. 뭔가 널 놀라게 한 게 있었던 것 같았어.」

「아, 그러니까… 그건 별거 아니에요. 그건 단지… 제가 유체이탈을 해서 여행을 떠났을 때 이상한 느낌이 들었다고 했던 말 기억하세요?」

「들판을 가로질러 걷고 있는 것 같다고 했었지. 주변의 모든 것이 평화롭게 여겨지긴 했지만, 가까운 어디쯤에서는 전투가 계속되고 있는 것 같다고 했어.」

「바로 그거예요. 어찌 됐든 저를 놓고 전투가 일어나고 있는 것 같아요. 유체이탈을 할 때마다 그 전투에 대해 들을 수도 없고 볼 수도 없지만, 점점 더 가까워지고, 점점 더 치열해지는 것 같은 느낌이에요. 누군가가, 무엇인가가 저에게 닿으려고 시도하고 있는 것 같아요. 다른 한편의 것은 그것을 막으려고 애쓰고요.」

크리스토퍼는 어깨를 으쓱하고는 고개를 흔들었다.

「도대체 모르겠어요.」

「그 아이를 치유할 때도 같은 느낌이었니?」

데커의 물음에 크리스토퍼는 고개를 끄덕이곤 덧붙였다.

「UN 의무실에서 사람들을 치유할 때도요.」

「전에도 네 얼굴에서 그런 표정을 본 적이 있어. 입원해 있는 마일너 총장을 만나러 갔을 때.」

「유체이탈을 통해서 경험한 이래로 그때가 처음이었어요.」

「뭔가 초월적인 경험을 하게 될 때의 느낌이 아닌가 싶구나.」

크리스토퍼는 아주 잠깐 생각하다가 데커의 분석에 동의했다.

「하지만 그게 무슨 의미가 있을까요?」

데커는 잠시 생각하다가 고개를 흔들었다.

「참, 가이아 러브에 대해서도 생각해봐야겠구나.」

「그 문제에 대해서라면 마일너 총장님께 전화를 걸어 요청해야 할 것 같아요.」

그는 전화기를 향해 손을 뻗었다.

「그녀는 총장님 말이라면 무엇이든 다 들을 거예요. 아직 공항에 도착하기 전이겠네요. 비행기에서 그녀에게 전화를 거시라고 해야겠네요.」

「다나카의 손녀에 대해서도 말하려고?」

「아니에요. 그 문제로 걱정을 더해줄 이유가 어디 있겠어요.」

크리스토퍼는 다이얼을 누르면서 말을 이었다.

「게다가 다나카를 걱정하고 있을 때가 아니에요. 깜박 잊고 말하지 않았지만, UN 의무실에서 내가 치유한 사람들 중에는 안전보장 이사회의 회원 아내가 두 사람이나 있다구요.」

# 11
# 힘의 근원

**2022년 8월 23일   뉴욕 이탈리아 대사관저**

크리스토퍼 굿맨 UN 이탈리아 대사는 얼음을 채운 아마레토(아몬드 향이 나는 혼성주 – 역주)를 홀짝이며 뉴스를 보고 있었다. 메뚜기 떼가 여전히 주요 뉴스거리였다. 메뚜기 떼의 공격에 대한 보도로 뒤덮다가 기상 예보가 이어졌다. 보도에 따르면 컴퓨터 시뮬레이션을 실시한 결과, 뉴욕이 이틀 안에 또다시 메뚜기 떼의 습격을 받을 확률이 90퍼센트에 달했다. 이것에 대비하여 뉴욕 시는 이미 사람들을 집 안에 묶어두기 위한 긴급 작전에 들어갔고, 대부분의 시설이나 상점은 문을 닫을 계획이었다.

벨이 울려서 크리스토퍼는 텔레비전을 현관 모니터로 전환시켰다. 집사가 이미 와 있었다. 안전보장이사회에서 남아메리카를 대표하는 칠레의 토레오스 대사였다. 사전에 약속도 없이, 더구나 9시가 넘은 시각에 혼자서 불쑥 찾아온 것은 분명 이례적인 일이었다.

크리스토퍼는 텔레비전을 끄고는 그를 맞으러 나갔다.

「반갑습니다, 대사님. 어서 오십시오.」

「안녕하십니까.」

약간은 불편한 기색을 내비치며 토레오스가 대꾸했다. 사전 약속도 없이 방문한다는 것이 예의가 아니라는 것은 그도 잘 알고 있는 터였다. 하지만 그는 당장 크리스토퍼에게 하지 않으면 안 될 말이 되었다.

「서재로 들어오시지요.」

크리스토퍼가 정중하게 안쪽으로 안내했다.

「전 방금 아마레토를 한 잔 했습니다만, 뭘 좀 드시겠습니까?」

「예, 고맙습니다.」

「뭘 드시겠습니까?」

「어… 저도 아마레토가 좋겠군요.」

크리스토퍼는 집사 칼을 향해 아메레토 한 잔을 부탁하고는, 토레오스 대사를 향했다.

「대사님, 절 따라오시지요.」

두 사람은 서재로 가서 자리를 잡고 앉았다.

「대사님, 하실 말씀이 무엇인지요?」

토레오스가 대답을 하기 전에 집사가 와서는 마실 것을 놓고 갔다.

집사가 육중한 이중문을 닫고 떠나자 토레오스가 입을 열었다.

「솔직히 말씀드려도 될까요?」

「그럼요, 대사님.」

크리스토퍼는 그렇게 말하고는 앞질러서 말했다.

「대사님 지역의 재조림(再造林) 프로젝트에 대해서라면 힘 닿는 데까지 기꺼이 도와드릴 것입니다.」

첫번째 소행성으로 인해 파괴된 5백76만 평방킬로미터에 달하는 남아메리카의 열대우림을 재조림하는 장기 프로젝트를 가리키는 말이었다. 남아메리카로서는 중요한 프로젝트였지만 다른 지역보다 특별히 우선권을 갖고 있는 것은 아니었고, 그것이 그들의 문제였다. 현재로서는 그 프로젝트를 놓고 할 수 있는 일이 거의 없었다. 남반구는 한겨울이었고, 뒤덮였던 재가 씻겨 내려가 나무를 심을 정도가 되었다고는 해도 봄이 되면 메뚜기 떼가 기승을 부릴 터이니 문제가 아닐 수 없었다.

「대사님, 그렇게 말씀해주시니 감사합니다. 하지만 제가 찾아온 것은 개인적인 문제 때문이랍니다.」

크리스토퍼는 고개를 갸웃하면서 눈썹을 치켜떴다.

「그렇다면… 제가 뭐 도와드릴 일이라도?」

크리스토퍼는 알 수 없다는 듯이 물었다.

「저, 대사님. …제 아내가 뇌종양이라는 진단을 받았습니다. 수술이 불가능하답니다. 의사들은 몇 개월 안에 죽을 거라고 하더군요. 대사님, 저는 종교인은 아닙니다만, 요 근래에 일어나는 일들을 보면 뭔가 위대한 힘이 존재한다는 것을 누가 감히 부정할 수 있겠습니까?」

토레오스 대사는 말을 멈추고는 길게 한숨을 쉬었다. 크리스토퍼는 잠자코 지켜보았다.

「대사님께서는 치유의 능력이 있다고 하더군요. 메뚜기 떼에게 처음 습격을 받았을 때 UN 의무실에 있었던 환자들이 기적적으로 나았던 것은 당신의 능력 덕분이었다는 말을 들었습니다. 다나카 대사님의 손녀딸을 치유하셨다는 이야기도 들었구요.」

크리스토퍼는 자기도 모르게 신음 소리를 냈다. 소녀를 고쳐준 사실이 새어나간 것이 틀림없었다.

「그런 능력을 가지셨다면, 부디… 제 아내를 좀 고쳐주십시오. 제 아내는 훌륭한 여자입니다. 아내가 없인 전 살 수가 없습니다. 대사님께 능력이 있으시다면, 그녀를 제발 죽게 내버려두지 마십시오.」

토레오스 대사는 말을 멈추고는 대답을 기다렸다. 1분은 족히 지난 것 같았다. 크리스토퍼는 뭔가 대답을 하지 않으면 안 되었다.

「대사님께서는 저에게 무슨 일을 하라고 말씀하시는 겁니까? 지금 부인은 어디 계십니까?」

크리스토퍼가 마침내 대꾸했다.

「아내는 산티아고의 집에 있습니다.」

「여행을 할 수가 있나요?」

「아닙니다, 대사님.」

크리스토퍼는 눈살을 찌푸리고는 한숨을 쉬었다.

「너무 먼 거리군요. 언제쯤이나 되어야 제가 시간을 낼 수 있을지 모르겠군요. 스케줄을 체크해봐야겠습니다.」

「대사님, 어찌 염치없이 칠레까지 같이 가달라고 할 수 있겠습니까.」

크리스토퍼는 이해할 수 없다는 표정을 지었다. 토레오스가 말을 이었다.

「대사님이 치유 능력이 있으시다면 나을 거라고 한마디만 해주십시오. 그러면 나을 수 있지 않겠습니까.」

크리스토퍼는 의자 뒤로 천천히 몸을 젖히고는 팔짱을 끼며 미소를 지었다. 토레오스를 향한 미소라기보다는 자기 자신을 향한 것이었다.

「맞는 말씀이십니다, 대사님.」

그는 한참이 지난 뒤에야 말을 이었다.

「위대한 힘이 존재하는 건 사실입니다. 어떤 지역을 넘어선다고 해도 그 힘이 작용하지 않는 것도 아닙니다. 대사님은 종교인이 아니라고 하셨습니다만, 말씀드리건대 이런 힘은 종교적인 주술 같은 것이 아닙니다. 이 힘의 원천은 우리들 각자의 내면에 존재하고 있습니다. 수천 킬로미터 떨어져 있는데도 당신 아내가 치유될 수 있으리라고 믿고 계시니 그것으로 충분합니다. 아내에게로 가보십시오. 건강한 모습으로 당신을 기다리고 있을 것입니다.」


## 2022년 10월 3일

저녁을 함께하면서 기도를 하자는 것이 그 모임의 표면상의 목적이었다. 하지만 동아프리카의 대표인 예레미야 니고든이 중동 출신의 새로운 대표인 예멘의 압둘 라시드 대사를 자기 집으로 초대한 데에는 다른 이유가 있었다. 그는 이튿날 안전보장이사회에 상정될 〈통합 원조 프로그램〉에 대해 라시드가 찬성표를 던질 것인지의 여부를 알고 싶었다. 라시드는 안전보장이사회에서 가장 신참인 대표로서, 한 달 전 중동 출신의 파드 대사가 건강상의 이유로 사임하자 그 뒤를 이은 터였다. 라시드가 결정적으로 지지하겠다는 선언을 한 적은 없었지만, 그는 라시드가 찬성표를 던져줄 거라고 계산에 넣고 있었다.

〈통합 원조 프로그램〉이란 소행성으로 타격을 입은 지역뿐만 아니라 중국-인도-파키스탄 전쟁으로 피해를 입은 지역을 적극적으로 돕기 위한 자금 조달 프로젝트였다. 크리스토퍼 굿맨을 의장으로 한 세 명의 대표로 이루어진 위원회에 의해 초안이 작성된 이 프로그램은 과거에 있었던 두 개의 원조 계획을 통합하고 각 지역이 담당할 기부금을 조정하기 위한 것이었다. 〈아시아-인도 구제 프로그램〉으로 알려진 첫번째 원조 프로그램은 중국-인도-파키스탄 전쟁으로 피해를 입은 지역만을 위한 것이었다. 전쟁의 상처가 그만큼 컸기 때문에 그 지역만을 별도로 도울 필요가 있었던 것이다. 그런데 소행성이 날아와 전 지구적인 타격을 주었고, 이에 UN은 〈자연재해 원조 프로그램〉으로 알려진 계획을 추가하게 되었다. 그런데 두번째 원조 프로그램이 통과된 지 얼마 되지도 않아 또다시 세번째 소행성이 세계의 물 3분의 1을 오염시키는 재앙을 불러왔다. 재로 뒤덮였던 하늘이 맑아지기 시작할 무렵, 이번에는 메뚜기 떼가 덮쳐서 야외 노동을 필요로 하는 모든 농삿일을 불가능하게 만들어버렸다. 그러자 원즈 프로그램들에 찬성표를 던졌던 나라와 지역들 사이에는 이의가 제기되었다. 상대적으로 적은 피해를 입은 지역이 많은 피해를 입은 지역을 도와야 하지만, 그런 지역 구분을 어떻게 하느냐의 문제였다. 각 지역은 자신들의 돈과 노동력과 식량을 가급적이면 내주려 하지 않았다. 더구나 각 지역에 할당될 분담금을 각 나라들이 또 어떻게 쪼개어 분담할 것인가도 문제를 더욱 어렵게 만들었다. 원조의 많은 부분을 제공해야 할 중동과 서부 유럽 사이의 타협안을 성사시키기 위해서는 고도의 외교적 수완이 요구되었다.

니고든 대사와 라시드 대사는 구운 양고기와 밥, 치킨, 빵, 치즈, 요구르트로 이루어진 전통적인 중동식 식사를 함께 하고 있었다. 소소한 대화가 오간 후 니고든 대사가 운을 떼었다.

「내일 상정될 통합 원조 프로그램에 대해서는 결정하셨는지요?」

「찬성표를 던지기로 했습니다.」

라시드의 대답이었다. 니고든은 라시드의 결정이 만족스럽다는 듯 고개를 끄덕이면서 미소를 지었다. 그로써 원조 프로그램이 채택되는 데에 필요한 지지자는 확보된 셈이었다. 라시드가 말을 이었다.

「다만 한 가지 덧붙이자면, 대중들의 견해는 저희 지역의 나라들 사이에서도 분열되어 있다는 점입니다. 솔직히 말씀드리자면 저 자신도 주저되는 부분이 있습니다만.」

니고든의 표정은 주저하는 이유가 무엇이냐고 재촉하고 있었다.

「통합 원조 프로그램을 지지해야 할 여러 가지 이유가 있는 것은 이해합니다. 굿맨 대사님은 지난 몇 주 동안 그 프로그램이 장기적으로는 중동에도 유익하다는 점에 대해서 충분히 설명하셨습니다. 저 자신 또한 그 원조 프로그램에 반대한다는 것이 아닙니다. 그럴 리가 없지요. 하지만 이 프로그램이 채택되도록 굿맨 대사님이 그토록 열심을 부린다는 것이 좀 이상하지 않은가요? 결국 그분의 지역은 원조액의 많은 부분을 감당하게 될 것입니다. 그런데도 그분이 그 프로그램을 반드시 성사시켜야만 하는 이유가 뭔지 궁금하지 않으십니까?」

라시드는 콜라를 한 모금 더 마시고는 덧붙였다.

「자기 지역의 이익을 그런 식으로 포기하는 대사는 여태껏 본 적이 없습니다.」

「하지만 굿맨 대사님은 지지하시겠다고 말씀하셨는데요? 그리고 그 계획에 따르자면 당신의 지역도 서부 유럽만큼이나 많은 기부금을 내야 할 텐데요. 그러니 결국 자기 지역의 이익을 포기하는 일에 그토록 열심을 부리시는 굿맨 대사님의 입장과 다를 것도 없지 않습니까?」

니고든은 반박했다.

「중요한 차이가 한 가지 있습니다. 다른 지역이 회복되는 것이 중동 지역에도 이익이라는 점입니다. 세계는 오일을 저희 지역에 의존하고 있고, 우리는 상품과 서비스를 그들에게 의존하고 있습니다. 물론…… .」

그는 주저하면서도 결국 속에 든 말을 꺼내놓았다.

「세계가 고통을 당하면 오일 가격도 고통을 당합니다. 하지만 굿맨 대사님의 이익은 무엇인가요? 유럽의 번영을 위해서 인도나 중국이나 아메리카가 필요한 것은 아니지 않습니까? 서부 유럽은 자신들이 필요로 하는 거의 모든 것을 다 보유하고 있습니다. 자연 자원, 산업, 농업, 숙련된 노동력, 생산된 것을 팔 수 있는 시장 등을 다 갖추고 있습니다. 그리고 오일 가격이 떨어짐으로써 생기는 이익의 대부분은 그들이 챙기게끔 되어 있습니다. 훨씬 더 싼 가격으로 그들이 필요로 하는 것을 구입할 수 있을 테니까요. 그렇게 되면 서부 유럽은 세계의 기술력과 경제력을 더욱더 장악할 수 있을 것입니다. 그런게 안전보장이사회에서 그들을 대표한다는 분이 그러한 힘을 거부하고 있는 셈이고, 나아가서는 그것을 포기하기 위해서 최선을 다하고 있는 것 같으니 하는 소립니다.」

압둘 라시드는 양고기를 한입 베어 물고는 결론을 지었다.

「저는 그런 분을 이해할 수 없고 신뢰할 수도 없습니다.」

「이해합니다. 하지만 전 당신이 크리스토퍼 굿맨을 다시 보게 되리라고 믿습니다. 그분은 겉과 속이 다른 사람이 아닙니다. 그분은 자기 지역의 이익에 앞서서 모두의 유익을 추구하는, UN 내에서도 보기 드문 분이십니다.」

「두고 봐야겠지요.」

라시드 대사가 두 손을 활짝 펴 보이고는, 기회는 이 때라는 듯이 다른 문제를 꺼냈다.

「그런데 굿맨 대사님에 관해 이상한 소문이 들리더군요. 그분에게 치유 능력이 있다는 기이한 소문 말입니다.」

「소문일 뿐입니다.」

니고든이 일축했다. 다분히 권위적인 자세였다.

「저는 크리스토퍼 굿맨을 스무 살 때부터 알고 지내왔습니다. 정상에서 벗어난 일을 하는 것을 본 적이 없습니다. 그런 이야기가 어떻게 퍼지게 되었는지, 참. 저는 그냥 무시하고 지나칩니다.」

니고든은 시계를 보았다. 6시 10분 전이었다. 이제 12분이 지나면 해가 지기 시작할 것이고, 메카를 향해 하루 다섯 번 행하는 예배 의식을 행해야 할 것이다. 니고든과 라시드는 식탁을 떠나서 손을 씻었다. 니고든은 아파트의 동쪽 면에 있는 방으로 손님을 이끌었다. 그 방에 딸린 발코니에서는 센트럴 파크가 내려다보였다. 바깥 기온은 4도 정도였다. 남반구의 따뜻한 지역에서는 메뚜기 떼의 습격으로 홍역을 치르고 있었지만, 상대적으로 추운 날씨의 뉴욕은 거의 2주 동안 곤충들의 습격을 면하고 있는 상태였다. 그런 형편이었기 때문에 니고든 대사는 메카를 향하고 있는 발코니의 이중문을 열어 두어도 좋을 것이라고 확신했다. 두 사람은 무릎을 꿇은 채 서녘 하늘에서 저녁노을이 사라질 때까지 약 15분 가량 기도를 했다.

바로 그때였다. 50여 마리의 메뚜기 떼가 열린 문을 통해 날아 들어온 것은. 두 사람은 기도의 말을 웅얼거리느라 전혀 알아차리지 못하고 있었다.


## 2022년 10월 4일 오전 9시

크리스토퍼 굿맨 대사는 사무실로 들어섰다. 데커 호손과 아침식사를 함께 하느라 조금 늦은 시각이었다.

「니고든 대사에게 전화를 좀 연결해주세요.」

방으로 들어섬과 동시에 그는 잭키 한센에게 부탁했다.

「니고든 대사와 라시드 대사는 어젯밤 메뚜기 떼에게 습격을 당했습니다.」

잭키의 보고에 크리스토퍼는 경악했다.

「상태가 어떻다고 합니까?」

「아직 소식을 못 들었습니다.」

「될수록 빨리 알아봐주세요. 아차, 그들이 어디에 입원해 있는지도 알아보세요.」

「알겠습니다. 그리고 마일너 총장님이 세 번이나 전화를 거셨습니다. 전화를 해달라고 하시더군요. 급하다고 하셨습니다.」

「알았어요. 연결해주세요.」

크리스토퍼는 사무실로 들어가서는 문을 닫았다.

잭키가 전화를 연결하자 크리스토퍼가 말했다.

「안녕하세요, 로버트. 웬일이세요?」

「아, 크리스토퍼.」

마일너의 목소리에는 근심과 걱정이 가득했다.

「니고든 대사와 라시드 대사에게 무슨 일이 일어났는지 이미 들었으리라고 믿네.」

「방금 잭키한테서 들었어요.」

「통합 원조 프로그램이 통과되는 데 지장이 없겠나?」

마일너가 단도직입적으로 물었다.

「저도 그게 걱정이에요. 칼리드 대사와 카튼 대사는 둘 다 그 프로그램에 반대하고 있는 것이 분명하거든요.」

니고든과 라시드를 대신하게 될 중동과 동아프리카의 부대표를 두고 하는 말이었다.

「니고든과 라시드가 돌아올 때까지 투표를 연기할 순 없겠나?」

「안 돼요. 오늘 오후 회기 중에 처리하는 것으로 되어 있거든요.」

「손을 쓰지 않으면 안 되겠군. 통합 원조 프로그램은 꼭 통과시키지 않으면 안 되네.」

마일너가 말했다.

「물론이에요. 하지만 투표는 연기될 수 없어요.」

10초 정도 침묵이 흐른 후, 마일너가 다시 입을 열었다.

「니고든과 라시드는 어디에 있지? 입원해 있는 건가?」

「저도 아직 모르겠어요. 잭키에게 알아봐달라고 했습니다만.」

「자네가 그들에게 가봐야 할 것 같아.」

이해할 수 없다는 듯 크리스토퍼가 반문했다.

「뭐라구요? …왜?」

「그들은 투표에 참석해야만 하네.」

「하지만……」

「예전에 내가 뭐라고 했는지는 나도 알고 있어. 하지만 이번만은 예외로 하지 않으면 안 될 것 같네.」

\*

네 시간 후, 안전보장이사회의 개회가 선언되었다. 서부 유럽에서는 이탈리아의 크리스토퍼 대사가 참석하지 않고, 부대표인 독일의 헬라 빙클러 대사가 참석했다. 크리스토퍼가 불참하리라고는 아무도 예기치 못한 일이었다. 하지만 의사 진행 규칙은 너무나 분명했다. 대표가 참석하지 않으면 대표가 돌아오거나 새로운 대표가 선출될 때까지는 부대표가 대신하도록 되어 있었다. 규칙에 따라 오늘의 투표는 세 명의 부대표가 하게 되었다. 빙클러를 위시하여 니고든 대사를 대신해서는 우간다 대사가, 라시드 대사를 대신해서는 시리아 대사가 투표권을 행사하게 된 것이다.

개회가 선언된 지 불과 몇 분이 지나지 않아 크리스토퍼가 조용히 방으로 들어섰다. 그가 들어오는 것을 보지 못한 빙클러는 크리스토퍼가 옆에 서서 어깨 위에 손을 얹을 때까지는 자리를 뜰 생각을 하지 않았다. 크리스토퍼가 자기를 향해 미소를 짓고 있는 것을 보고서야 그녀는 비로소 자리에서 일어났다.

「자리가 따뜻할 거예요.」

그녀가 그에게 속삭였다.

「고맙소.」

크리스토퍼도 미소로 답했다.

15분 후, 안전보장이사회가 농업 생산에 대한 약식 보고를 듣고 있을 때, 니고든 대사와 라시드 대사가 함께 방으로 들어섰다. 그들의 입장은 크리스토퍼가 입장했을 때와는 달리 사람들의 주의를 끌었다. 자리를 대신했던 부대표들은 아쉬운 듯 미적거렸지만 곧 자리를 뜨지 않으면 안 되었다. 니고든과 라시드가 착석함으로써 통합 원조 프로그램은 통과가 보장된 셈이었다. 두 사람이 들어섰을 때 크리스토퍼에게로 향하는 눈길이 있었지만, 그는 아무런 내색도 하지 않았다. 니고든과 라시드 또한 자기들이 거기에 참석하게 된 것이 크리스토퍼 덕분이라는 어떠한 표현도 하지 않았다. 크리스토퍼의 능력은 비밀로 감추어두기가 점점 어려워져가고 있었지만, 기이하게 떠도는 소문에 대해 공개적으로 묻는 사람도 아직은 없었다.

# 12
## 푸파르댕의 음모


2022년 12월 11일   워싱턴의 UN 세계기상기구


「이것 좀 보십시오.」

에드 리프킨은 장비를 다시 한 번 체크하고는 상관을 불렀다.

「뭔데 그래?」

리프킨의 상관인 제프 버케가 물었다.

「확실히는 모르겠습니다. 방금 전에 전 북아메리카 상공을 나는 메뚜기 떼 2백37a를 추적하고 있었습니다. 그런데 갑자기 그것들이 사라져버렸습니다. 갑자기 땅으로 추락하기라도 한 것처럼 말입니다.」

「먹고 있는 중인 모양이지.」

버케가 아무렇지도 않게 대꾸했다.

「그렇지 않습니다, 부장님. 전 그렇게 생각하지 않습니다. 먹이감을 사냥하러 하강하는 모습은 숱하게 보았으니까요. 이번 경우는 좀 다릅니다.」

「아르헨티나의 마르 델 플라타 상공에서도 같은 일이 일어났습니다.」

다른 직원이 말했다.

「오스트레일리아의 시드니 상공에서도 같은 일이 일어났습니다.」

또 다른 직원이었다.

「마이애미에서도 이하 동문입니다.」

여기저기에서 10여 건의 보고가 잇따랐다.

「무슨 일이 일어나고 있는지, 아무리 소규모라도 추적 가능한 모든 메뚜기 떼를 체크하시오. 도대체 지금 무슨 일이 일어나고 있는지 알아야겠소!」

세계 전역에서 메뚜기 떼가 하늘에서 죽어서 추락하고 있었다. 그것이 진상이었다. 오스트레일리아의 시드니 상공에서 떨어진 메뚜기들은 워낙 숫자가 많아서 수만 마리의 갈매기들과 다른 새들이 달려들었는데도 치워지는 데 2주일이나 걸렸다. 다른 지역도 다를 것이 없었고, 죽은 메뚜기들이 도시의 하수구를 가로막아 문제를 일으키기 일쑤였다. 하지만 이제 재앙은 신속하게 사라지고 있었다. 다섯 달 전에 찾아왔을 때와 마찬가지로 급작스럽게 막을 내렸다. 축하해야 할 만한 일이었다. 하지만 그 축복은 오래가지 못했다.


## 2023년 2월 2일 　예루살렘

그들이 돌아왔다는 소식이 들려왔다. 어느 누구에게도 달갑지 않은 소식이었다. 그들은 또다시 지상에 사는 사람들에 대한 분노의 메시지를 풀어놓았다. 예전과 마찬가지로 메시지를 외치면서 예루살렘 거리를 걸었고, 성전에 이르렀다. 성전 계단 앞에 선 요한과 코헨은 새르운 예언을 선포했다.

> 여섯째 천사가 나팔을 불매, 나는 하나님 앞에 있는 금제단의 네 뿔에서 울려나오는 음성을 들었느니라. 그것은 나팔을 가진 여섯째 천사에게 「큰 강 유프라테스에 매여 있는 네 천사를 놓아주어라」 하는 음성이었노라. 네 천사가 놓였으니, 그들은 사람의 3분의 1을 죽이기로 그해, 그 달, 그 날, 그 때를 위하여 예비된 자들이노라. 나는 그들이 거느린 마병대의 수가 2억이나 된다고 들었느니라.[8]

요한과 코헨이 성전을 떠나자 경찰과 보도진, 그리고 호기심 많은 구경꾼들이 뒤를 따랐다. 일행이 도시의 변두리에 다가갔을 때 경찰은 군중들을 제지했다. 거기에는 병사들이 대기하고 있었다. 병사들은 거리의 통행을 막았을 뿐만 아니라, 앞서 두 차례나 두 사람이 사라졌던 지점의 주변에 있는 건물들에 몰래 병사들을 위치시켰다. 그들은 두 사람을 사로잡거나 사살하는 데에 필요한 모든 조치를 취해놓고 있었다.

요한과 코헨은 어떠한 제지도 아랑곳없다는 듯 똑바로 걸어 나갔다. 그들 앞에 거리를 가로질러 거대한 나일론 그물이 처져 있었는데 그것도 보지 못한 것처럼 행진을 계속했다. 그들이 그물 몇 미터 앞에 이르자 그물은 흔적도 없이 사라져버렸고, 그들은 계속해서 걸

---

8) 요한계시록 9:13~16.

음을 옮겨놓았다. 하늘에서 1평방미터의 철창을 매단 헬리콥터가 하강하기 시작했다. 요한과 코헨은 위에서 철창이 내려오고 있는데도, 자신들의 앞길을 가로막을 것은 아무것도 없다는 듯 걸음을 멈추지 않았다. 잠시 후 거리를 향해 내려지던 철창은 간단히 구겨져버렸고, 예언자들은 기세등등하게 갈 길을 재촉했다. 갑자기 무게를 잃어버린 헬리콥터는 굉음을 내며 가까운 빌딩과 충돌하더니 다른 두 빌딩을 더 들이받고 추락했다. 빌딩은 화염에 휩싸였고 11명이 사망했다.

땅 위에서는 병사들이 두 사람을 향해 거리를 좁혀들었다. 네 개 분대의 병사들이 두 사람을 향해 일제 사격을 가했다. 하지만 총알은 아무런 효과도 발휘하지 못했다. 일곱 달 전과 마찬가지로 병사들은 즉각 불길에 휩싸였다. 두 사람은 이미 죽은 사람들과 죽어가는 사람들을 뒤에 남겨둔 채 또다시 홀연히 사라져버렸다.


### 2023년 2월 22일 오후 5시 58분   뉴욕 UN


기나긴 하루였다. 안전보장이사회 회의도 거의 끝나가고 있었다. 순번에 의해 의장을 맡은 크리스토퍼 굿맨이 휴회를 선언하려고 하는데, 북아시아를 대표하는 유리 크루츠케긴 대사가 발언을 요청했다. 크루츠케긴은 구 러시아 연맹 시절 이후로 UN에서 봉사해온 존경받는 원로 중의 한 사람이었다. 크루츠케긴이 입을 열었다.

「의장님, 올해로 창설된 지 77년을 맞는 UN의 요즈음 실정을 돌이켜보면서, 본래의 취지와는 달리 4년 이상 동안이나 제 기능을 하지 못하고 있음을 가슴 아프게 생각합니다. 특히 지난 52개월 동안은 사무총장이 공백 상태였습니다. 존 한센의 죽음 이후, 이 기구는 후임 사무총장을 선출하려고 여러 차례 시도했지만 성공하지 못했습니다. 의견이 너무 분분하여 지명에 이르는 합의점을 도출하지 못한 것입니다.

그때 이후로 우리는 안전보장이사회의 의장직을 순번제로 하고 있고, 그로 하여금 사무총장 역할의 대부분을 담당토록 하고 있습니다. 의장 각하, 저는 이 기구와 UN이 한 몸으로서 보다 효율적이고 생산적이 되려면 5년 임기의 단독적인 사무총장이 자기 책임을 수행해야 한다고 생각합니다. 안전보장이사회의 한 멤버가 돌아가면서 사무총장직을 수행함으로써 중요한 사안들이 연기되거나 간극이 벌어지는 일이 곧잘 발생해왔습니다.

저는 최근의 전 세계적인 비극이, 아직도 계속되고 있다고 봅니다만, 안전보장이사회의 멤버들을 하나가 되게 함으로써 이 기구를 더 응집력 있는 단체로 만들어주고 있다고 생각합니다. 의장 각하, 저는 이 기구가 상호 신뢰와 협동의 미덕을 발휘함으로써 사무총장을 선출하는 일을 다시 한 번 해야 할 때가 되었다고 믿습니다.

주지하시다시피, 사무총장이라는 직책을 수행하려면 매우 비범한 인물이라야 합니다. 다른 지역의 이익을 고려치 않은 채 자기 지역만의 이익을 구하는 인물이어서는 안 될 것입니다. 존 한센은 거기에 합당한 인물이었습니다. 저는 이 기구의 리더로서 그와 비길 만한 또 다른 인물이 출현했음을 믿어 의심치 않습니다.

의장 각하, 그리고 안전보장이사회의 동료 여러분, 따라서 저는 UN과 지구촌 주민들에게 사심 없이 봉사하는 모습을 지금껏 보여준 한 인물이 사무총장으로 지명되기를 희구하고 있습니다. 그는 통합 원조 프로그램의 수행에 필요한 재정적이고 기술적인 지원의 많은 부분을 자기 지역 국가들이 분담하도록 합의점을 도출하였을 뿐만 아니라, 안전보장이사회의 다른 멤버들과 협력하여 그 프로그램을 통과시키고 모든 지역이 골고루 혜택을 받도록 한 바 있습니다. 그는 또 알베르 포레의 악의적인 시도를 밝혀냄으로써 세계가 또다시 아돌프 히틀러나 스탈린 같은 독재자의 손에 넘어가지 않도록 현명한 판단력과 선견지명을 발휘한 바 있습니다.

의장 각하, 저는 이탈리아 대사로서 자기 지역뿐만 아니라 세계를 위해서 봉사해온 크리스토퍼 굿맨 대사를 사무총장직에 추천하는 바입니다.」

남아메리카 대표인 칠레의 토레오스 대사가 즉각 동의했다. 크리스토퍼에게 간청하여 자기 아내를 낫게 했던 바로 그 사람이었다. 니고든 대사 또한 재청함으로써, 토론도 없이, 크리스토퍼가 한마디 말도 하기 전에 표결에 부쳐지게 될 참이었다. 결국 의사진행 절차에 딱히 부합되는 것은 아니었지만, 크리스토퍼가 발언할 기회를 얻었다.

「뭐라고 말해야 할지 모르겠습니다. 이렇게 지지해주시니 감사합니다만, 제가 받아들여야 할지에 대해서는 아직 확신할 수가 없습니다. 잠깐 동안 휴회를 하여 저에게 생각할 시간 여유를 좀 주실 수 있을까요?」

안전보장이사회는 30분의 휴식을 결정했고, 크리스토퍼는 전화를 걸기 위해 재빨리 자기 사무실로 갔다. 안전보장이사회의 자기 자리에서 전화를 걸 수도 있었지만, 은밀하게 상의하고 싶은 것들이 있었다. 안전보장이사회의 모임은 폐쇄회로 텔레비전을 통해 생중계되고 있어서, 지명에 관한 뉴스는 이미 UN 전체에 알려져 있었다. UN 빌딩을 벗어나서 이탈리아 대사관을 향해 거리를 건너는 데에도 연신 축하의 인사가 날아왔다. 그가 사무실에 들어서자 잭키 한센이 박수를 치며 환호성을 질렀다.

「아니 잭키까지 그럴 줄은 몰랐는데요.」

「죄송해요, 총장님. 전 그만 주체할 수가 없어서……」

「아직은 〈총장님〉이라고 부르지 마세요. 받아들여야 할지조차 결정하지 않았으니까.」

「하지단 거부하실 수 없어요. 대사님에게 딱 맞춤한 자리니까요. 그건 대사님의 의무이고 운명이에요.」

크리스토퍼는 고개를 가로저었다.

「모르겠어요. 타이밍이 맞는지 확신할 수가 없어요. 데커 아저씨와 마일너 총장님을 즉시 연결해줘요.」

크리스토퍼가 지명되었을 때 데커 호손은 회의 중이었는데, 참모진 중 한 명에게 그 소식을 들었다. 그는 즉각 양해를 구하고는 폐쇄회로 TV로 진행 과정을 지켜보았다. 휴식이 선언되자 크리스토퍼는 안전보장이사회를 떴고, 데커는 그가 자기 사무실로 가리라고 짐작할 수 있었다. 데커는 크리스토퍼와 잭키가 대화를 나누고 있을 때 사무실에 도착했다.

「아저씨, 와주셔서 감사해요. 지명에 관한 소식은 들으셨지요?」

「내 사무실에서 모니터로 지켜봤다!」

데커는 크리스토퍼를 껴안고는 등을 두드렸다.

「네가 정말 자랑스럽구나!」

「정말 고마워요. 하지만 아직 결심이 서지 않았어요. 마일너 총장님이 제게 말씀하신 바에 따르면, 이런 일은 적어도 몇 달이 지난 후에 일어나기로 되어 있거든요.」

크리스토퍼와 데커는 방으로 들어가서 문을 닫아걸었고, 잭키는 마일너의 위치를 파악하기 위해 여기저기 전화를 걸었다.

「아저씨, 이 문제에 대해 말씀 좀 해주세요. 제가 어떻게 해야 할까요?」

「나에게 물어주니 고맙구나. 하지만 나로서는 예언상의 시간표와 관련하여 네게 충고해줄 말이 없구나. 난 마일너 총장님 같은 분을 대신할 만한 처지가 못 돼.」

「안 그래요. 아저씨는 마일너 총장님이 갖고 계시지 않은 것을 갖고 계세요. 아저씨는 실제적인 삶의 견지에서 사물을 바라보시지만, 총장님은 안 그러시거든요. 저는 아저씨가 예언에 관해 어떤 생각을 갖고 계신지 모르겠어요. 아저씨의 본능적인 직감 같은 것을 알고 싶어요.」

데커는 길게 한숨을 쉬고는, 그렇게 하면 미래를 더 선명하게 내다볼 수 있기라도 한다는 듯 눈썹을 치켜떴다.

「난 네가 받아들여야만 한다고 생각한단다.」

그러고는 씨익 웃어 보였다.

「난 그자들의 마음이 변할까 봐 그게 걱정이야.」

크리스토퍼가 미소를 지었다.

「제가 지명될 거라는 보장도 없어요. 지명되려면 안전보장이사회가 만장일치로 찬성해야 하잖아요. 그러고 난 다음에도 총회의 인준을 받아야 하구요.」

「그 안건에 대해 토론이 없었다는 건 좋은 징조야. 반대 의사를 표명한 사람이 아무도 없었지 않니. 30분 휴식을 하는 데에도 만장일치였다는 사실 또한 긍정적인 징조고. 누군가 반대표를 던질 것 같았으면 진즉에 의사 표시를 했을 거다. 반대하는 데에 긴 말이 필요한 건 아니잖니. 네 말대로, 총회의 승인을 받는 문제가 남아 있긴 하다만 말이다.」

「그럼요, 거기에서 걸림돌을 만날지도 몰라요.」

전화벨이 울렸다. 잭키가 로버트 마일너와 연결을 시킨 것이다.

「로버트, 예기치 않았던 일이 일어났어요. 어떻게 해야 할지 지침을 좀 주세요.」

「무슨 일이지?」

「그러니까 어… 방금 사무총장직에 지명을 받았어요.」

크리스토퍼가 더듬거렸다. 전화선 저쪽에서는 잠시 아무 대꾸도 없었다.

「로버트, 듣고 계세요? 제가 어떻게 해야 하죠? 받아들여야 할까요?」

「스케줄보다 조금 빠르긴 하군.」

마침내 그가 말했다.

「하지만 좋아! 받아들이게! …오늘 같은 날 앨리스 번레이가 함께 있었더라면 얼마나 좋았을까.」

「저도 마찬가지 심정이에요, 로버트.」

크리스토퍼는 잠시 숙연해졌다.

「총장님은 언제 뉴욕에 돌아오시죠?」

「스케줄을 좀 변경해야 하지만, 가급적이면 빨리 가겠네.」

「네, 그럼 그때 뵙지요.」

크리스토퍼가 전화를 끊자마자 데커가 급히 물었다.

「그분은 뭐라고 그래?」

「받아들이라고 하시는군요.」

                        \*

크리스토퍼는 안전보장이사회로 돌아와서 회의가 다시 시작됨을 선언했다. 투표는 만장일치였다. 크리스토퍼와 동반했던 데커는 주변을 둘러보고는 어떠한 요인이 만장일치를 끌어내게 했는지 생각해보았다. 치유에 대한 이야기는 데커도 크리스토퍼에게 들어서 알고 있었다. 몇 표는 그것으로 설명되었다. 크리스토퍼의 오른쪽에 앉아 있는 니고든은 메뚜기에게 물린 바 있었고, 크리스토퍼에게 치유를 받았다. 니고든의 옆에 앉은 크루츠케긴은 지명 연설에서 표명했듯이, UN은 풀타임으로 일할 사무총장을 필요로 하고 있으며 크리스토퍼야말로 모두가 인정할 수 있는 적임자라는 생각을 갖고 있었다. 다른 두 명의 대표는 루시어스 트러스트와 가까운 관계에 있었고, 그것이 지지로 이어진 것이 분명했다. 라시드 대사는 니고든과 마찬가지로 크리스토퍼에 의해 치유를 받았고, 토레오스 대사와 다나카 대사는 각각 아내와 손녀가 치유를 받은 터였다. 최후로 두 사람이 남았지만, 크리스토퍼가 그들 각자와 함께 일한 경험이 있고 모두에게 존경을 받았다는 점을 제외하면 그들이 왜 찬성했는지 데커로서는 분명히 알 길이 없었다.

하지만 한 가지 요인이 더 있었다. 요한과 코헨에 의해 최근 선포

된 예언이었다. 두 사람을 포획, 제거하려는 시도가 물거품으로 돌아간 극적인 장면에 대해서는 어떠한 설명도 불가능했고, 예언의 내용이 가공할 만한 것이라는 점에 대해서도 부인할 사람이 없었다. 그들의 파워를 현실적으로 받아들이지 않을 수도 없었고, 그렇다고 공공연하게 인정하는 것 또한 곤란한 일이었다. 그 점은 UN 안전보장이사회 내에서도 마찬가지였다. 크리스토퍼를 지명하기로 결정된 것이 부분적으로는 두 이스라엘 광인들의 예언에 대한 두려움 때문이라는 것을 솔직히 인정할 사람은 없을 것이었다. 직면하고 있는 위험으로부터 세계를 구할 유일한 인물은 크리스토퍼뿐이라는 내면 깊은 곳에서의 막연한 느낌으로 인해 그런 결정을 내렸다고 인정할 사람 또한 있을 리 없었다. 하지만 적어도 이 시점까지는 예언이 모두 정확하게 맞아떨어졌으며, 아마 앞으로도 맞아떨어지리라는 예측을 감히 부인할 수 있는 사람은 없었다.

투표가 끝나고 회의가 진정되자 크리스토퍼가 입을 열었다.

「안전보장이사회의 동료 여러분, 지명 건에 대해서는, 총회에서 투표 결과가 나오기 전까지는 아무래도 발언을 보류하는 것이 나을 듯싶습니다.」

안전보장이사회 회원들과 보도진 사이에서 잠시 웃음이 터져 나왔다.

「그런 사실에 입각하여, 또 늦은 시각이기도 하니, 연설은 총회를 위해 아껴두지 않으면 안 될 것 같습니다. 그러니 최대한 간명하게 말씀드리겠습니다. 저는 지명을 수락합니다.」

**오후 7시 55분**

제라르 푸파르댕은 자기 아파트에 혼자 앉아서 분노 때문에 안절부절못하고 있었다. 그의 마음속에서는 크리스토퍼가 사무총장에 지명되었다는 텔레비전 뉴스가 조롱이라도 하듯 계속 메아리쳤다. 알베르 포레가 죽은 이후에도 푸파르댕은 새로운 프랑스 대사의 참모로 남아 있었다. 물론 예전 같진 않았다. 안전보장이사회의 한 일원으로서 봉사하는 것에도 매력을 잃은 지 오래였다. 2백 개가 넘는 회원국 중 하나에 지나지 않는 새로운 프랑스 대사는 포레에 비하면 거의 무능력한 인간 같았다.

중국-인도-파키스탄 전쟁이라는 비극으로 이어지는 사건들에 알베르 포레가 관여된 것을 조사하던 위원회는 제라르 푸파르댕이 연루되었다는 증거는 찾아내지 못했다. 사실 죽기 직전에 있었던 포레 자신의 자백을 제외하면, 포레가 연루되었다는 증거조차도 거의 나타나지 않았다. 그럼에도 새로운 프랑스 대사는 알베르 포레의 참모였던 푸파르댕을 계속 참모로 기용하는 데 대해 왠지 불편해하는 것 같았고, 푸파르댕은 그 사실이 어쩔 수 없이 고통스러웠다.

푸파르댕은 일자리에 대해서만큼은 걱정하지 않았다. 최소한 일자리를 잃을 염려는 없었다. 국제 노동법은 극단적인 무능력이나 과실의 증거가 없이는 어느 누구도 해고할 수 없도록 규정해놓고 있었다. 대신 새로운 프랑스 대사는 푸파르댕에게 집중되었던 힘을 여러 임원들에게 분산시켜놓았다. 이제 푸파르댕은 무늬만 참모장일 뿐이었다. 중요한 모든 결정은 대사 자신이나 참모진들의 회의를 통해 이루어졌다.

포레와 사적으로 나누었던 친밀감 또한 사라져버렸다. 포레가 근본적으로는 이성애자라는 것을 푸파르댕은 처음부터 알고 있었다. 처음에는 포레와의 관계가 자못 흥분되기까지 했었다. 이런 짜릿함은 어느 여성과도 결코 맛볼 수 없는 감정이라는 것을 포레가 느낄 수 있도록 해주고 싶었다. 푸파르댕은 포레가 그들 두 사람 사이의 섹스를 즐기고 있다는 걸 추호도 의심하지 않았었다. 하지만 시간이 지남에 따라 그는 더 많은 것을 요구하게 되었다. 포레의 사랑을 갈구했던 것이다. 그는 포레가 따뜻하게 껴안아주기를 원했고, 오래오래 애무해주기를 원했다. 하지만 포레는 그런 손길을 건네주지 않았다. 그는 오직 거칠고 강렬한 섹스로 남성을 과시하길 원했다. 푸파르댕은 포레에 대한 실망감을 드러내지 않으려고 애썼고, 될 수 있으면 자기 자신에게조차 모르는 척하고 싶었다. 때로는 포레가 자신의 충성심을 사기 위해서 관계를 이용하고 있다는 의심이 들기도 했다. 하지만 그런 의심을 감히 드러낼 수는 없는 일이었다.

포레가 죽음으로써 그런 혐의도 확인할 길이 없어지고 말았지만, 몇 달이 지나자 푸파르댕은 그것조차 완전히 잊어버렸다. 세월이 약이라고 했던가. 2년이 흐른 지금, 그는 포레가 자신을 깊이깊이 사랑했었다고 확신했다. 그런데 포레를 죽음에 이르게 한 크리스토퍼 굿맨이, 바로 그 작자가, 알베르 포레가 그토록 원했던 자리에 오르게 된 것이다. 푸파르댕은 너무도 배가 아팠고, 크리스토퍼가 죽이고 싶도록 미웠다.

푸파르댕은 엉뚱한 상상을 전개하기 시작했다. 아니 그것은 단순한 상상 이상이었다. 계획이라고 해도 좋을 정도였다. 그는 점점 더 세부적으로 생각을 전개시켜 나아갔다. 그는 포레가 사무총장 자리에 오른 날 밤에 벌였을 축하연을 떠올려보았다. 언제나 그러했듯이 푸파르댕은 문을 닫아건다. 하지만 이번에는 엄연히 UN 사무총장의 방이다. 그러고는… 세상에서 가장 막강한 힘을 가진 사내와 섹스를 하는 광경을 떠올렸다. 그는 매우 유혹적인 속옷을 입고 있을 것이고, 포레는 그것을 탐욕스러운 시선으로 바라볼 것이다. 그 대목은 확실했다. 이미 그 속옷을 사놓았으니까. 지금도 그것은 그의 옷장 속에 걸려 있었다.

그런데 포레 대신에, 포레를 죽음에 이르게 한 바로 그 사내가 그 사무실을 점령하려고 하고 있다.

제라르 푸파르댕은 자신이 무엇을 하지 않으면 안 되는지를 서서히 깨닫기 시작했다.

그래, 크리스토퍼 굿맨은 죽어야 마땅해.

# 13

# 복수의 대리인

**2023년 3월 3일  뉴욕**

　총회에서의 투표는 크리스토퍼가 지명된 2주일 후인 2023년 3월 8일로 예정되었다. 지명된 사람이 전 세계 10개 지역의 각 나라 대표들을 만날 수 있도록 충분한 시간을 주기 위해서였다. 크리스토퍼는 투표 직전에 뉴욕의 UN 본부에 있는 총회 홀에서 연설을 하기로 되어 있었다. 데커는 크리스토퍼의 요청에 따라 연설 준비를 도왔다. 크리스토퍼는 연설 원고를 직접 챙기는 편이었지만, 이번처럼 막중한 경우는 데커의 경험과 기술을 빌리는 것이 아무래도 도움이 될 것 같았다.

　새로운 사무총장을 선출하는 절차와 방법에 관한 언론의 질문이나, 크리스토퍼라는 인물에 대한 배경 정보는 데커의 참모진이 제공하기로 되어 있었다. 하지만 데커가 크리스토퍼를 열네 살 때부터 키웠기 따문에, 언론은 데커에게 직접 인터뷰를 요청하기 일쑤였다. 여러 해 동안 언론에서 일해 온 데커였지만, 이번 일은 그런 경험을 무색하게 만들어버렸다. 기자 회견을 숱하게 해봤지만 이번 경우는 달랐다. 그와 탐 도나핀이 레바논에서 탈출했던 때를 제외하면, 그는 일정한 주제를 놓고 항상 자신이 직접 글을 작성하고 말을 했다. 그런데 지금은 답변하는 위치에 있었다.

크리스토퍼가 겨드랑이에 서류 뭉치를 들고 찾아왔을 때, 데커는 이제 막 기자회견을 하나 해치우고 사무실로 돌아오는 길이었다.

「좋은 아침입니다, 사무총장님.」

「그렇게 부르지 마세요, 아저씨. 자칫하면 그렇게 부르신 데 대해 책임을 져야 할지도 모른다구요.」

「연습을 해본 것뿐이야.」

크리스토퍼는 눈알을 한번 굴리고는 넘어갔다.

「방금 연설 원고의 교정본을 받은 참이에요. 함께 봐줄 시간 있으세요?」

서류뭉치를 들어 보이며 크리스토퍼가 말했다.

처리해야 할 일이 산더미처럼 기다리고 있었지만, 데커는 물론이라고 답변했다.

「어디 한번 보자.」

함께 앉아서 막 원고 검토를 시작하려는데, 크리스토퍼가 하품을 했다.

「커피부터 한 잔 할까?」

「예, 그게 좋겠군요.」

데커는 문을 열고는 참모진 중 하나인 조디 맥아더에게 커피를 가져다 달라고 부탁했다. 다시 자리에 앉는데 크리스토퍼가 또 하품을 했다.

「잠은 충분히 자고 다니는 거야?」

크리스토퍼가 또다시 하품을 하는 통에 데커는 거기에 대한 답변을 잠시 기다려야 했다.

「계속해서 강행군이에요. 지명된 이래로 계속 진군한 셈이죠.」

「너무 몰아붙이지 마라. 넌 좀 쉬어야 할 것 같아.」

「저도 알아요. 하지만 그게 쉽지 않군요. 잠자리에 들어도 깊은 잠을 잘 수가 없어요.」

「신경과민인 거 아니니?」

데커가 걱정스레 물었다.

「모르겠어요. 어쩌면 그럴지도 모르지요.」

「그럴 필요 없어. 여론조사 결과는 압도적인 지지로 나타나고 있으니까 말이야.」

「선출되는 것을 걱정하는 건 아니에요.」

「그럼 뭐가 문제냐?」

「선출되고 난 후가 문제지요. 아저씨한테 말씀드렸잖아요. 이스라엘의 사막에 있을 때, 아버지께서 제게 말씀하신 내용 말이에요. 아버지께서는 제가 저 자신에 대한 진실을 모두 알았을 때에야 비로소 제가 세계를 다스릴 수 있다고 하셨거든요.」

크리스토퍼는 어깨를 한 번 들먹여서 알 수 없다는 시늉을 해 보였다.

「예전보다 더 많은 것을 알게 되었다고 할 순 없거든요. 너무 성급한지도 몰라요. 로버트가 잘못 짚었는지도 모를 일이죠. 지금이 시기라는 확신이 들 때까지는 지명을 받아들이지 말아야 했는지도 몰라요.」

데커는 생각해보았지만, 이런 상황에서는 어떻게 해야 힘이 되어줄 수 있을지 얼른 가늠이 서지 않았다.

「선거가 촉매가 되어서 네가 아직 이해하지 못하고 있는 것이 무엇인지를 알게 해줄지도 모르지.」

확신이 서서 한 이야기는 아니었지만, 해놓고 보니 그럴듯했다.

「어찌 됐든, 잠을 못 자고 고민한다고 해서 좋을 건 없잖니.」

「그건 그래요. 하지만 자꾸 꿈이 꿰지는 건 어떡할 수가 없어요.」

「무슨 소리냐?」

크리스토퍼가 길게 한숨을 내쉬었다.

「나무상자에 관한 요상한 꿈이에요. 아저씨는 기억하지 못할지도 몰라요. 러시아 상공에서 핵탄두가 폭발하던 날 밤에도 그런 꿈을 꾸었지요. 벌써 20년이나 지난 일이군요.」

데커가 머리를 흔들었다.

「그날 밤 네가 꿈 때문에 잠을 깬 건 기억이 난다. 하지만 자세한 내용까지는 모르겠구나.」

「어쨌든 이상한 꿈이에요. 느낌이 아주 기묘해요. 아주 아주 오래 전에, 제가 예수였던 시절에도 그런 꿈을 꾸었던 것 같아요. 그런데도 기억이 아주 선명하고 늘 새로워요. 저는 꿈속에서 사방이 금실 은실로 장식된 커튼이 처진 방 안에 있어요. 방바닥은 돌로 되어 있고, 방 한가운데에는 오래된 나무로 만든 상자가 테이블 위에 놓여 있어요. 무엇 때문인지는 모르겠지만, 꿈속에서 저는 그 상자를 열어봐야만 할 것 같은 느낌을 가져요. 하지만 그 안에는 아주 무서운 무엇인가가 들어 있다는 것 또한 알고 있어요. 상자 안을 보려고 몇 발자국 떨어진 곳에까지 다가가서 아래를 내려다보니까, 바닥이 사라져버려요. 저는 떨어지기 시작하지만 간신히 그 상자가 놓여 있는 테이블 모서리를 움켜쥐어요. 그런데 움켜쥐려고 하면 또 금방 손이 미끄러져 버리는 거예요. 그러고는 무섭고 끔찍한 웃음소리가 들려요.」

「그러니까 어젯밤에도 그런 꿈을 꿨단 말이지?」

데커가 물었다.

「지명된 이후로 매일 밤 똑같은 꿈이 반복돼요.」

침묵이 흘렀다. 데커는 그 꿈의 의미가 무엇인지, 뭐라고 위로해야 할지 헤아려보았지만 어느 것도 분명하게 떠오르지 않았다. 크리스토퍼가 덧붙였다.

「그리고 또 한 가지가 있어요. 너무 빨리 지명된 것이 아닌가 싶은 생각도 들지만, 한편으로는 너무 오래 기다리기만 한 건 아닌가 하는 생각도 들어요.」

크리스토퍼는 고개를 흔들며 괴로운 심사를 나타냈다.

「요한과 코헨이 다음번에 어떤 저주를 내릴지 알 순 없지만, 임박했다는 느낌이 들어요. 며칠 내로요. 그것이 무엇인지는 모르지만 그들이 지금까지 내렸던 어떠한 저주보다도 더 지독한 것일 거라는 점은 분명해요.」


### 2023년 3월 8일 수요일 오전 11시 39분  뉴욕 푸파르댕의 아파트

크리스토퍼 굿맨이 총회에서 연설하기로 되어 있는 날이었다. 제라르 푸파르댕은 병가를 신청했다. 담배 연기를 푹푹 내뿜으며 텔레비전의 뉴스 채널을 이리저리 돌렸지만, 크리스토퍼에 관한 이야기 뿐이었다. 늘 깔끔하게 정리해놓곤 하는 아파트 마루바닥 위에는 크리스토퍼에 관한 기사가 실린 신문과 잡지가 오려지거나 찢겨져서 흩어져 있었다. 푸파르댕은 어렵사리 몸을 움직여서, 거의 다 타들어간 담배꽁초를 재떨이 대용으로 쓰는 접시에 눌러 껐다. 요즈음에는 옛날 영화 속에서나 담배를 피우는 모습을 볼 수 있을 뿐이었고, 재떨이조차도 골동품 가게에서나 팔리는 물건이었다. 10대 때에 피워본 이후로는 담배를 피우지 않던 푸파르댕은 담배 한 갑이 26국제 달러나 한다는 사실을 알고는 놀라 쓰러질 지경이었다. 그래도 마음을 달래주는 것에 비하면 싼 가격이라고 할 수 있었다. 게다가 이제 머지않아 그는 돈을 쓸 일도 없을 것이다.

담배보다 더 강력하고, 더 싼 것을 구할 수도 있었을 것이다. 거의 모든 것이 의사의 허락 하에서만 구입할 수 있도록 되어 있었지만, 그에게는 외교 여권이 있어서 그런 것이 별 장애가 되지 않았다. 하지만 푸파르댕은 긴장을 놓치지 말아야 할 이유가 있었다. 자신과 포레를 위해 감행하기로 한 과업을 완수할 유일한 기회가 눈앞에 다가온 것이다.

푸파르댕은 담배 한 대를 다시 꺼내들었다. 마지막 개비였다. 계획은 이미 다 서 있었다. 담배 한 갑이 최소한 20분은 버텨주어야 하는데, 이제 마지막 한 개비가 남았고, 아직 20분은 더 시간을 보내야 했다. 그는 뜨거운 물로 천천히 샤워를 하고는 준비를 시작해야겠다고 마음먹었다. 나중을 위해서 마지막 개비는 남겨두어야 할 것 같았다. 그는 담배를 다시 곽 속에 집어넣고, 이틀 전에 구입한 38구경 권총이 놓여 있는 작은 탁자 위에 나란히 놓아두었다.

UN

데커는 사무실에 앉아서 크리스토퍼의 연설문을 다시 한 번 읽어 보았다. 초심자가 된 기분으로 단어 하나하나를 뜯어보고, 낡은 백과사전을 뒤적이고, 큰 소리를 내어 읽으면서 발음이 잘 되는지, 듣는 사람에게 진실성과 확신을 전달하는지를 가늠해보았다. 세 번이나 읽는 동안 한 구절도 고칠 데를 발견하지 못했지만, 마지막으로 한 번만 더 읽기로 했다.

연설문의 마지막 장인 18쪽을 읽기 시작하는데 인터컴이 울렸다.

「호손 씨.」하고 여자 목소리가 들렸다.

「말씀하세요.」

연설문에서 시선을 떼지 않은 채 데커가 대답했다.

「방해해서 죄송합니다.」

「괜찮아요, 조디. 무슨 일이죠?」

「방문객 로비에서 호출이 왔습니다. 한 남자가 국장님을 찾고 있답니다. 매우 바빠서 사전에 약속을 해야 한다고 말씀드렸습니다만, 그분은 국장님의 친구라면서 고집을 부리고 있습니다.」

「만나기로 되어 있는 사람은 아무도 없소. 이름은 뭐라고 합니까?」

「도나반 씨입니다.」

데커는 잠시 생각해봤지만 떠오르는 사람이 없었다.

「누군지 모르겠군요. 무슨 일 때문이라고 그래요?」

「친구 사이라면서 국장님을 만나고 싶다고만 합니다. 그분에게 안 된다고 할까요?」

「그러진 마시오. 파티나 공식 행사 때에 만났던 사람일 수도 있겠지. 나에게로 연결을 하라고 해요.」

그가 마지못해 대꾸했다.

「알겠습니다, 국장님.」

1초 후 전화벨이 울렸다.

「여보세요, 데커 호손입니다.」

「예, 국장님, 저는 방문객 로비의 안전요원인 존슨입니다. 탐 도나핀 씨가 국장님을 뵙겠다고 하십니다.」

데커는 갑자기 할말을 잃었다.

「국장님?」

대꾸가 없자 안전요원이 확인했다.

「도나핀이라고 했소?」

데커가 물었다. 비서는 〈도나반〉이라고 했었다.

「예, 국장님.」

안전요원이 대답했다.

「그분 이름의 철자를 말해줄 수 있소?」

데커가 안전요원에게 요청했고, 안전요원은 그 남자에게 이름 철자를 말해달라고 했다. 그 남자가 옆에서 한 자 한 자 그 철자를 발음하는 것을 듣는 순간 데커는 심장이 멎을 것만 같았다.

「D O N…….」

안전요원이 남자가 말한 철자를 되풀이했다.

「곧 그리로 가리다.」

데커는 전화를 끊고, 즉시 엘리베이터를 향해 달렸다. 엘리베이터를 기다리는 동안 그의 구두는 연신 초조하게 바닥을 두드리고 있었다. 어떻게 이런 일이 일어날 수 있을까. 도저히 그럴 리가 없다. 탐 도나핀은 죽었다! 아랍-이스라엘 전쟁이 일어난 첫날, 이스라엘에서 죽은 것이다. 도대체 무슨 일일가? 엘리베이터에 오르면서도 데커는 혼란에 휩싸여 골똘히 생각에 잠겼다.

38층으로부터 지상 1층에 닿기까지, 데커는 모든 가능성을 재빨리 헤아려보려 애썼다. 친척일 리도 없었다. 탐에게는 일가친척이 아무도 없었으니까. 동명이인일지도 모른다. 하지만 탐 도나핀이라는 이름을 가진 다른 누군가를 만난 적이 있다면 그걸 기억하지 못할 리도 없다. 또한 그것이 전화기 옆의 목소리를 설명해주지는 못한다. 데커는 누군가가 자신을 놀리고 있는 것만 같았다. 그렇지 않다면 이 모든 것이 꿈속에서 일어난 일이기라도 하단 말인가? 누가 그를 놀리고 있는 건가? 아냐, 그럴 리가 없다. 그가 알고 있는 사람 중에는 탐 도나핀을 알고 있는 사람이 아무도 없으니까. 게다가 그를 그렇게까지 심하게 놀려댈 사람도 없다. 모든 가능성을 다 탐색해보았지만 논리적으로는 설명할 길이 없었다. 다른 가능성이 전혀 없다면, 하고 그는 생각을 전환했다. 그렇다면 정말로 탐 도나핀이란 말인가? 데커는 탐이 죽게 된 상황을 다시 한 번 되짚어보았다. 탐이 탄 차는 빗나간 공대공 미사일에 맞았고, 생존자는 아무도 없었다. 차는 완전히 망가졌을 뿐만 아니라 불에 타서 한 줌의 재로 변해버렸으므로 부분적이나마 인간의 몸임을 알아볼 만한 시신 같은 것은 발견될 수가 없었다. …그렇다면 탐은 폭발의 현장에서 탈출할 수가 있었단 말인가?

엘리베이터가 1층에 닿아서 문이 열린 순간, 데커는 그동안 자신이 견지해왔던 사실 하나를 새삼 깨달았다. 탐이 만약 살아 있었다면 자신을 진즉 만났으리라는 것이었다. 결론은 명백했다. 방문객의 이름이 설령 탐이고, 탐의 목소리와 아무리 비슷하다고 해도 탐은 죽은 것이 분명하다는 것.

데커는 길게 한숨을 내쉬면서 엘리베이터에서 내렸다. 그는 잠시 거기 선 채로 어떻게 해야 할 것인지를 망설였다. 그러나 이내 다시 심장이 쿵쾅거렸다. 그래도 사실을 알아보긴 해야 할 것이었고, 그건 자못 흥미로운 일이 아닐 수 없었다. 게다가 안전요원인 존슨이 그를 기다리고 있을 것이었다.

사무국 빌딩에서 총회 건물로 이어지는 복도를 따라 걸어가면서, 데커는 어찌 됐든 이것이 단순한 시간 낭비만은 아니기를 바라고 있었다. 방문객들의 로비에 이르렀을 무렵, 그의 생각은 크리스토퍼의 연설 쪽으로 옮겨가 있었다. 더 강력하게 말해져야 할 것들이 두어 가지 있는 것 같았다. 그 문제는 그러니까… 그렇게 속생각을 하면서 데커는 경비실 책상 가까이에 있는 사람들의 면면을 훑어보았다. 존슨 외에는 아는 얼굴이 없었다.

존슨은 눈이 마주치자 말없이 고개를 돌리고는, 유리문을 통해 북쪽 정원을 바라보고 있는 한 남자를 가리켜 보였다. 데커가 다가가자 그 남자가 돌아섰다.

탐 도나핀이었다.

사무실에서 분명 전화를 받았고, 탐의 목소리를 전화로 들었다고 생각했음에도 불구하고, 살아 있는 옛 친구를 보자 감정이 북받쳐 올랐다. 이런 일이 있을 수 있을까. 황폐화된 거리 어딘가에서 불현듯 마주친 것만 같았다.

데커는 잠시 동안 멍하니 바라보고만 있었다. 탐은 돌아보면서,

자기 친구가 20여 년 동안 얼마나 변했는지를 살피면서 미소를 짓고 있었다. 주름살과 백발, 조금 불어난 몸, 그 모든 것에도 불구하고 친구는 분명 성공한 사람의 모습을 하고 있었다. 데커가 그를 그리워했던 것 이상으로 그 역시 데커를 그리워했었다. 데커에게 탐은 죽은 사람이나 마찬가지였지만 탐은 항상 데커의 소식을 알고 있었다. 단지 타국에서 외롭게 보냈던 것은 자기 스스로 그렇게 했던 것이고, 운명이라기보다는 의지의 문제였다. 그럼에도 지금은, 아무리 짧은 순간이라 할지라도, 그들은 이제 함께 있었다.

데커와 탐은 자신도 의식하지 못하는 사이에 서로에게 다가가서는 서로를 얼싸안으며 기쁨의 눈물을 흘렸다.

둘 사이에는 한참 동안이나 말이 없었다. 어떠한 말도 필요하지 않았고, 달이 없어도 너무나 좋았다.

두 사람은 눈물을 훔치지도 않았다. 포옹을 풀어야겠다는 생각도 나지 않았다.

「난 네가 죽었다고 생각했어.」

데커가 마침내 입을 열었다.

「미안허, 데커. 너무나 미안해.」

탐이 울먹였고, 두 사람은 다시 한 번 격하게 포옹했다.

「무슨 일이 있었던 거지? 어디에서 살고 있어? 몸은 괜찮은 거야?」

「미안혀, 데커. 정말 미안해.」

탐이 다시 말했다. 하지만 그는 아무런 설명도 하지 않았다.

주변에서는 사람들이 지켜보고 있었다. 두 사람이 얼싸안고 우는 모습을 이상한 시선으로 쳐다보는 사람들도 몇몇 있었다. 하지만 그게 무슨 상관이랴. 마침내 탐이 이야기를 주고받을 수 있도록 어딘가로 장소를 옮기자고 제안했다.

「암, 물론이지. 물론이고말고.」

데커는 대답을 하면서 그제야 눈물을 훔쳤고, 탐도 비슷한 동작을 했다. 데커는 안전요원인 존슨을 불러서 탐과 함께 있을 거라고 말하고는 자리를 떴다.

두 사람이 나란히 걷게 되었을 때, 데커가 간청하다시피 물었다.

「그동안 무슨 일이 있었는지 말 좀 해봐. 어디에서 살았던 거야? 왜 연락을 안 했어?」

「연락을 안 하긴. 연락을 했지만… 이봐, 그러니까 처음부터 이야기를 해야겠군.」

데커가 동의의 표시로 고개를 주억거렸다.

「이스라엘에서 전쟁이 시작되었을 때 난 텔아비브의 병원에 있었지. 전쟁이 심해지자 영국 대사관에서는 나를 태워오라고 운전사를 보내주었어. 아마 한센 대사님이 그렇게 하도록 시켰을 거야.」

데커는 자신이 나서서 주선했다는 것을 말하지 않고, 잠자코 고개를 끄덕이기만 했다.

「난 짐을 싸들고는 운전사와 함께 나갔어. 폴루츠키라는 젊은 친구였지.」

탐은 그 운전사의 이름도 잊지 않고 있었다.

「영국 대사관으로 가는 길에 빌딩으로 추락하는 제트기를 만났고, 나는 폴루츠키에게 멈춰달라고 하고는 차에서 내려서 사진을 몇 장 찍었어.」

데커는 그 당시의 일들이 떠올랐다. 탐은 언제 어디서든 카메라를 놓치지 않았었다. 데커는 엘리베이터 안으로 들어서면서 자신도 모르게 미소를 지었다. 탐이 계속했다.

「머리 위에서는 공중전이 벌어지고 있었어. 이스라엘기가 미사일을 발사했지만, 미그기가 슬쩍 피해버렸어. 차를 향해서 돌아가는데 그 미사일이 직통으로 차에 떨어졌어. 불쌍한 폴루츠키는 그 자리에서 죽었지. 그리고 눈앞이 번쩍 하더니, 나도 폭발의 파편에 맞고 말았어. 깨어나 보니 텔아비브에 있는 어느 의사의 아파트였어. 로다 펠스버그라는 여의사였지. 랍비 한 사람이 나를 발견하고는 그리로 옮겨놓았다는 거야. 그가 나를 발견해서 그녀에게로 데려가지 않았더라면 난 그때 죽고 말았겠지.」

데커는 친구의 사연에 가슴이 아프기도 하고 한편으론 놀랍기도 하여 잠자코 고개를 끄덕였다. 어느새 엘리베이터가 38층 도착을 알렸다. 데커는 탐을 자기 사무실로 안내하여 사무장인 조디 맥아더를 그에게 소개시켰다. 그들이 막 방 안으로 들어서려고 하는데 크리스토퍼가 도착했다.

크리스토퍼는 들어서자마자 데커를 향해 물었다.

「아저씨, 연설 원고에서 더 손본 데가 있어요?」

「없다. 네게 보낸 복사본이 최종본이야.」

「그렇군요. 그걸로 만족하신단 뜻인가요?」

「그래. 그 정도면 된 것 같다. 너도 알다시피, 난 백 퍼센트 만족이란 걸 모르는 사람이잖니.」

데커는 고개를 끄덕이며 대답했다.

「아저씨가 해내신 것 중에서도 최고인 것 같아요.」

크리스토퍼가 웃으며 말했다.

「새로 썼다기보다는 이것저것 짜 맞춘 거지 뭐.」

데커 역시 싫지 않은 웃음을 보이며 대답했다. 그러곤 친구를 소개시키기 위해 몸을 돌렸다.

「크리스토퍼, 너에게 소개시키고 싶은 사람이 있다. 나의 옛 친구야.」

「물론이죠, 아저씨. 하지만 조금 나중에 인사하면 안 될까요? 연설이 끝난 다음에요.」

「어… 그래… 지금은 바빠서 정신이 없겠구나.」

데커는 그렇게 대답하면서도 크리스토퍼의 반응에 약간은 놀랐다. 그들 바로 옆에 서 있는 탐을 무시하고 지나치는 것은 아무래도 결례인 것 같아서였다. 조디 맥아더 역시 놀랐지만, 탐은 개의치 않은 것 같았다.

「자, 그럼 저에게 행운을 빌어주셔야죠.」

자리를 뜨면서 크리스토퍼가 말했다.

「행운이 함께하길!」

데커와 조디가 한 목소리로 말했다.

크리스토퍼가 가자마자 데커는 탐에게로 돌아섰다.

「미안해, 탐. 저 아이가 너무 바빠서 말이야. 더구나 오늘은 큰일을 앞두고 있어서. 너도 알겠지만.」

「걱정 마, 데커. 난 괜찮아.」

탐이 대답했다.

데커의 방으로 들어가 자리를 잡자, 탐이 이야기를 계속했다.

「로다의 아파트로 옮겨진 이후에도 2주 동안이나 의식이 가물가물했던 것 같아. 그때 일은 아무것도 생각이 안 나. 제정신이 돌아온 것은 거의 한 달이 지나서였어. 자네에게 소식을 전하려고 몇 번 시도를 했지만, 얼마 후에는 러시아가 점령하는 바람에 미국으로의 국제전화가 거의 불가능해져버렸어. 운 좋게 연결이 돼도 집에 아무도 없더군. 점령이 끝나고 나서도 몇 번이나 자네 집으로 전화를 했지만 소득이 없었어.」

「그 무렵엔 이미 뉴욕으로 이사한 뒤였으니까. 하지만 편지를 쓸 순 있었잖아?」

탐은 잠시 뜸을 들이더니 목소리를 낮춰 대꾸했다.

「데커, 폴루츠키를 죽게 했던 그 폭발로 인해 난 눈이 멀고 말았어.」

데커는 자리에서 벌떡 일어났다. 눈썹을 치켜뜬 그는 몇 번이고 자기 머리를 쥐어박았다. 탐이 계속했다.

「폭발 때의 섬광으로 인해 각막이 타버린 거야. 날아온 유리에 얼굴과 눈을 다쳤어. 나를 치료한 안과 의사는 내가 밝은 빛을 인식할 수 있다는 것에 놀라더군.」

「하지만 자넨 지금 볼 수 있잖아?」

「데커, 하나님이 날 치료해주셨어… 기적적으로. 여섯 달 동안은 장님 상태였어. 그러다가 섬광과 유리 파편 때문에 순식간에 장님이 된 것과 마찬가지로 다시 순식간에 시력을 되찾았어. 사고 이전보다 오히려 더 잘 볼 수 있게 되었지.」

데커는 거의 반사적으로 탐이 한 말을 되새겨보았다. 탐이 이런 말을 하는 건 도무지 이해할 수 없었다. 그는 친구가 자신을 속이려고 그런 건지 표정을 살폈다. 하지만 그의 얼굴에서 그런 의도는 찾을 수 없었다. 오히려 자신이 말하는 것을 믿는다는 확신만이 분명해 보였다. 데커는 숨을 깊이 들이쉬고는 다시 의자 등받이에 몸을 기댔다.

「몇 년 전이었다면 난 자네가 미쳤다고 생각했을 거야. 하지만 아무래도 모르겠군.」

「믿어, 데커. 이건 정말이야. 여섯 달 동안 난 완전한 장님이었어. 자세히 들여다보면 아직도 남아 있는 상처를 볼 수 있을 거야.」

탐은 손가락으로 자기 눈을 가리켜 보였다. 그 순간 데커는 그의 손가락에 결혼반지가 끼워져 있는 것을 보았다.

「잠깐만! 잠깐만 기다려봐. 잠깐만!」

흥분한 그가 목소리를 점점 높여갔다.

「이게 뭐지?」

손을 뻗어 탐의 왼손을 움켜쥐며 그가 물었다.

「아, 이거.」

탐이 얼굴을 조금 붉혔다.

「이걸 끼게 되었어.」

「누구야? 언제지? 그 여자가 여기 뉴욕에 있어? 자네와 함께 있어?」

데커는 흥분을 감추지 못했다.

「아냐, 아니라구. 아직 이스라엘에 있어.」

탐이 마지막 질문에만 대답했다.

「오, 이런, 나중에라도 만날 순 있겠지?」

「그럼, 아내도 자넬 만나고 싶어할 거야.」

「탐, 이건 정말 대단한 사건이군 그래!」

탐의 미소 짓는 얼굴과 손가락의 결혼반지를 번갈아 바라보며 데커가 말했다.

「그래 어떤 사람이야? 이름이 뭐지? 어디서 만난 거야?」

「이름은 로다야.」

데커는 즉각 연관을 지었다.

「로다라고 그랬나? 자넬 돌보아주었다는 의사 말인가?」

「로다 펠스버그. 그래, 물론 지금은 로다 도나핀이 되었지.」

「정말 대단하군 그래! 너무 멋진 일이야. 그래, 결혼한 지는 얼마나 되었나?」

「19년.」

데커는 팔을 축 늘어뜨리더니 고개를 설레설레 저어댔다. 친구의 행운을 기뻐하면서도 한편으로는 그렇게 오랜 세월 동안 만나지 못했다는 회한을 표현하고 있었다.

「그러니까 그동안 내내 이스라엘에서 살았단 말인가?」

잠시 후 데커가 물었다.

「그래, 텔아비브 근교에서 살았다네. 불과 얼마 전에 팔았지만.」

「아이들은?」

「셋이야, 아들 둘에 딸 하나.」

데커의 입이 쩍 벌어졌다. 입가가 아플 정도로. 이런 소식을 듣다니 아무래도 실감이 나지 않았다. 탐은 잠자코 미소만 보내고 있었다. 그가 다시 연속극을 이어갔다.

「러시아 점령 기간이 끝나고 시력을 아직 회복하지 못했을 때였네. 난 두 번 다시 볼 수 없을 거라고 체념하고 있었지. 나는 사표를 내기 위해 《뉴스월스》와 접촉을 했고, 의료 보험비도 청구를 했지. 물론 보험금은 타내지 못했어. 자네도 알다시피 대재난 이후로 보험

회사들이 대부분 파산하지 않았는가. 내가 《뉴스월드》에 자네 소식을 묻자 웬일인지 모두가 시큰둥하더군.」

「기분 좋은 상태에서 그 회사를 그만둔 건 아니지. 그들을 탓할 생각은 없어. 내가 바보처럼 굴었으니까. 하지만 내가 UN에서 일하고 있다는 소식조차 말해주지 않았단 말인가?」

탐이 그렇다는 뜻으로 어깨를 으쓱해 보였다.

「하지만 자네가 시력을 회복하고 난 이후로는 어떻게든지 내 소식을 알 수도 있었을 텐데.」

탐은 대답하지 않았다. 레바논의 포로 상태에서 벗어나자마자 탐에게 밀어닥쳤던 시력 상실과 치유, 결혼은 탐으로 하여금 그 모든 과거를 잊고 싶게 했을지도 몰랐다. 당연히 그럴 수도 있는 일이었다. 하지만 그것이 전부는 아닌 것 같았다. 너무나 많은 것들을 함께 겪었던 두 사람이 아닌가. 데커는 속으로 짐작했다. 탐에게 뭔가 감추고 있는 것이 있는 것 같다고.


## 푸파르댕의 아파트

제라르 푸파르댕은 샤워를 한 후 몸을 말리면서, 자신을 사로잡고 있는 감정에 주목하기 시작했다. 그 생각을 하기만 하면 머리가 아파왔지만 그것을 떠날 수도 없었다. 그 감정은 무시하거나 멈추려고 할수록 더욱더 급격하게 자라났다.

크리스토퍼를 죽이고 싶다는 그 생각은 처음에는 단지 분노에 지나지 않았다. 하지만 그런 일이 이루어질 수도 있다고 상상하니, 가설에 지나지 않은데도 상당히 기분이 좋아졌다. 그는 상상을 펼치다가 생각하기 시작했고, 생각은 곧 숙고로 바뀌었다. 숙고를 거듭하던 그는 의도하고 계획하기 시작했다. 그리고 이제 그 계획은 행동 자체로 탈바꿈하기 직전에 와 있었다. 푸파르댕은 여러 단계를 거치면서, 원하기만 하면 언제라도 멈출 수 있으리라 믿었다. 하지만 마음속에서 하나의 단계를 통과하고 나면 다음 단계를 향해 더 나아가고 싶은 추진력이 생겨났고, 어느 정도 진행이 되고 나니 이제까지 진행시킨 것이 아까워서 그만둘 수가 없었다. 이제 그 앞에는 가장 큰 장애물이 놓여 있었지만, 거기에서 그만둘 수는 없는 노릇이었다.

한편으로는 그 모든 것을 다 잊고 싶었고, 그럴 수 있을 것도 같았다. 하지만 현재로서는 이미 시위를 떠난 화살이었다. 더 이상 거부할 수 없는 조류에 휩쓸린 그는 그리로 가는 길만이 원하는 방향이라고 자신에게 속삭였다.

더구나 당장 결정해야 할 필요가 없었다. 아직은 시간이 남아 있었다. 꼭 해야만 하는 것이 아니라, 얼마든지 선택사항으로 남겨둘 수 있는 일이었다. 시간이 점점 다가옴에 따라 마음이 바뀔 수도 있었다. 마음이 바뀌면 그때 가서 모든 것을 중단하면 될 일이었다. 누가 그걸 알겠는가. 마음의 결정이 설 때까지는 기다리는 것이 상책일 것 같았다. 생각할 시간은 충분했다. 확신이 서지 않는 일은 그 무엇도 행하고 싶지 않았지만, 그렇다고 해서 주어진 기회를 또다시 두려움 때문에 놓치고 싶지는 않았다.

하지만 더 신중하게 생각하기 위해 결정을 뒤로 미루겠다는 생각은 그의 마음을 더욱 옥죄었을 뿐이었다.

푸파르댕은 타월을 접어서 선반 위에 얹어놓은 다음 옷장으로 다가갔다. 셔츠와 바지, 양복이 걸려 있는 곳과는 조금 떨어져서 걸려 있는 것이 있었다. 알베르 포레가 사무총장이 되는 날 입으려고 장만해둔 바로 그 속옷이었다. 하지만 이제 그것을 입을 날은 결코 오지 않게 되어버렸다.

푸파르댕은 그것을 옷걸이에서 내린 다음 커버를 벗기고는, 손가락으로 하얀 레이스를 쓰다듬었다. 그의 마음은 해러즈 백화점에서 그것을 구입하던 날로 되돌아갔다. 점심시간을 이용하여 몇몇 친구들과 함께 속옷 패션쇼를 보러 갔다. 눈요기만 하려고 했었는데 그걸 입고 있는 모델의 모습을 보고는 그것을 가져야겠다고 결심했다. 상당히 비싼 가격이었지만 그는 그럴 만한 가치가 충분하다고 생각했다.

그땐 정말 기분 최고였지. 그는 생각했다. 확실히 그때의 경험은 꾀죄죄한 전당포에서 총을 구입할 때와는 기분이 달라도 한참 달랐다.

벌거벗은 몸 위로 스치는 실크 소재의 감촉을 느끼면서 푸파르댕은 포레와의 좋았던 시절을 떠올렸다. 거울을 들여다보고 있자니 정신이 산만해졌지만 그는 다시 마음을 다잡아먹었다. 거울에서 돌아선 푸파르댕은 목탄 색 양복을 골라잡고는 재빨리 옷을 걸치기 시작했다.


UN


데커는 더 이상 따지지 말기로 했다. 어째서 연락하지 않았느냐고 더 물어본다는 것은 탐으로 하여금 힘겨웠던 시절을 곱씹게 할 뿐일 것 같았다. 중요한 것은 탐이 살아 있었다는 것이고, 지금 함께 있다는 사실이었다. 그는 탐의 가족 사항이 궁금해졌다.

「텔아비브 근교의 집을 얼마 전에 팔았다고?」

「그래, 랍비 코헨이 말해주었어. 가진 것을 팔아서 현찰을 쥐고 있어야 할 때라고 말이야.」

코헨이라면 유대인에겐 흔한 이름이지만 데커는 묻지 않을 수 없었다.

「랍비 코헨이라면 그 예언자는 아니겠지? 사람들을 불길에 휩싸이게 해서 죽게 했던 그 예언자 말이야.」

데커는 거의 농담조로 묻고 있었다. 자신의 옛 친구가 그런 미치광이와 관계가 있을 리 없다고 확신했기 때문이었다. 그런데 놀랍게도 탐은 고개를 끄덕였다.

「날 발견하여 로다에게 데려다준 사람이 바로 랍비 사울 코헨이야. 그가 그렇게 하지 않았더라면 난 길거리에서 죽었을 거야. 하나님께서 내 시력을 돌려주신 것도 코헨의 손을 통해서였어. 로다와 결혼을 할 때는 의식을 집전해주기도 했는걸.」

다시 만났다는 기쁨이 순식간에 무색해졌다. 탐은 코헨에게 너무나 많은 것을 의존하고 있는 것이 분명했다. 두 사람의 우정을 금가게 했던 장본인이 바로 코헨이었을지도 모른다는 생각이 들었다.

「탐, 코헨은 기이한 능력을 가진 사람이라고 알고 있어. 하지만 문제는 이런 능력이 어디에서 기인하고 무엇을 위해서 쓰이느냐에 있어.」

「그의 능력의 근원은 하나님이야. 그리고 그와 요한은 하나님의 뜻을 실행에 옮기기 위해 자신들의 능력을 사용하고 있는 거고.」

탐이 당연하다는 듯이 대답했다.

그런 주장을 펴는 이가 옛 친구인 탐 도나핀이 아닌 다른 누구였다면, 데커는 틀림없이 목청을 높였을 것이다. 그는 탐의 이성을 되찾게 하려면 어떻게 해야 할지 골똘히 생각에 잠겼다.

「탐, 코헨과 요한이 자신들의 능력을 써서 세 소행성을 지구로 향하게 한 것도 하나님의 뜻이야? 수억의 사람들이 죽고 수천만이 다치거나 돌아갈 곳을 잃게 된 것도 하나님의 뜻이야? 탐, 첫번째 소행성은 1천9백 킬로미터를 달려서 남북 아메리카를 강타했어. 상상할 수 없을 정도로 황폐화되었지. 도시도, 숲도, 농장도 남아나질 못했어. 중앙아메리카 5개국과 에콰도르는 행성의 표면에서 씻겨나간 것처럼 되어버렸어! 지진과 해일, 화산 폭발! 태평양은 죽음의 시뻘건 배수관이 되었고. 대기는 47개에 달하는 주요 화산이 폭발하는 바람에 화산재와 연기로 가득했어. 2천만 이상이 물 부족과 비소 중독으로 죽었어. 지구의 신선한 물 공급원의 3분의 1이 독성을 품게된 것도 하나님의 뜻이야? 탐, 나는 매일같이 이런 정보들을 다루는 일을 해. 지난 2년 동안은 인류 역사상 최악의 기근이 계속되었어. 화산재로 인해서, 또 메뚜기 떼로 인해 밭에 나가서 일할 수도 없게 되는 바람에, 농작물의 작황은 전 세계적으로 65퍼센트가 감소했어. 세계 주민들이 굶어죽는 것도 하나님의 뜻이야? 요한과 코헨을 말리려고 드는 사람은 누구든지 불에 태워 죽이는 것이 하나님의 뜻이야?」

「그래, 데커, 그게 다 하나님의 뜻이야.」

탐이 자신만만하게 대꾸했다.

데커는 하마터면 의자에서 넘어질 뻔했다. 탐이 그렇게까지 나오리라고는 미처 예상하지 못한 것이다.

「어떻게 그런 식으로 대답할 수 있지?」

데커는 자신도 모르게 그렇게 내뱉고 말았다.

「데커, 네 입장에서는 이해할 수 없으리라는 것을 나도 알고 있어. 하지만 그건 《십계명》[9]에 나온 것과 비슷해.」

데커는 문득, 탐이 자기 생각을 밝히려 할 때면 즐겨 영화를 인용하곤 했다는 사실이 떠올랐다.

「생각나? 모세와 아론이 이집트에 어떤 방식으로 재앙을 야기했는지 말이야.」

「그래.」

탐은 자신의 생각이 옳다는 것을 확신하고 있는 것이 분명했다. 하지만 데커로서는 탐이 세뇌를 당한 것처럼 보였다.

「너도 보았겠지만, 랍비 코헨과 요한은 영락없이 모세와 아론 그대로야.」

얼마나 철두철미 세뇌를 당했는지를 확인한 데커는 충격을 받았다. 하지만 지금은 그런 것을 따질 만한 때도 아니고, 장소도 아니었다. 전문가에게 맡기는 것이 상책일 것이다. 크리스토퍼의 연설과 투표가 끝나자마자, 탐을 정신과 의사에게 데려가야겠다고 생각했다. 하지만 탐이 모르게 그런 일을 진행시켜야 하는 것이 걱정이었다. 탐이 알아챘다면 그는 데커를 떠날 것이다. 두 번 다시 그를 볼 수 없게 될지도 몰랐다. 그런 일이 있어서는 안 된다고 그는 생각했

---

9) 파라마운트, 1956.

다. 탐은 그의 친구였고, 도움을 필요로 하는 처지에 있었다. 필요하다면 제정신을 차릴 때까지 탐을 정신과 병동에 가두어둬야 할지도 모른다. 데커는 필요한 조치를 취할 만한 영향력을 갖고 있었다. 그것이 탐을 돕는 길이라면 무엇을 망설이랴. 탐이 그의 도움을 원하건 원하지 않건 간에 망설이지 말아야 할 것이다.

「어쨌든, 다른 친구들의 이마에서 볼 수 있는 것 같은 표지를 네게선 볼 수 없으니 그나마 다행이구나.」

데커는 자신의 속마음을 드러내지 않으려고 애쓰면서, 동시에 거기에 대해서는 더 이상 말하지 않으려고 작정하면서 입을 열었다.

「그 표시는 콤 담마 파타르만이 하는 거야. 사제로서 봉사하라고 하나님에 의해 간택된 동정남들 말이야.」

「널 잊어먹은 모양이군.」

데커는 대화의 방향을 좀더 긍정적인 데로 바꿀 때가 왔다고 생각했다.

「그래, 닥터 로다는 언제 만날 수 있는 거지?」

「네가 이스라엘에 간다면 볼 수 있겠지.」

데커는 고개를 주억거렸다.

「좋아, 기대하고 있을게. 그런데 넌 어디에 묵을 거야?」

「사실은, 아무 계획도 없어.」

「그럼 나와 같이 지내도 되겠구나.」

아니라고 대답할 수 없게끔 데커는 강요하다시피 했다. 사실 탐을 어디 딴 데로 보내고 싶진 않았다. 탐은 미소를 지으며 동의와 감사의 표시로 고개를 끄덕였다.

「난 지금 곧 총회로 가야 해. 매우 혼잡할 거야. 하지만 내 손님으로서 너도 함께 갔으면 싶다. 너한테 카메라가 없는 게 유감이지만.」

자리에서 일어서면서 데커는 덧붙였다.

「넌 바야흐로 역사의 현장을 목격하게 되는 거야.」

*

제라트 푸파르댕은 신경질적으로 주변을 둘러보면서 UN 사무국 3층에 있는 남성용 화장실로 들어갔다. 그는 겨드랑이 밑에 외교 행낭(行囊)을 끼고 있었다. 화장실은 비어 있었다. 칸막이가 쳐진 곳으로 들어선 그는 문을 잠그고는 행낭을 열고, 피스톨을 꺼내어 자기 주머니 속에 집어넣었다.

*

총회 홀은 초만원이었다. 2백26개국의 대표단이 참석했다. 역사의 현장에 참석함으로써 자신의 힘을 보여주려는 각국의 정상들이 자리다툼을 벌였고, 따라서 빈 좌석은 찾아볼 수 없었다. 방청석은 예고 없이 날아든 고관들과 UN 기관의 단체장들의 몫이어서 일반인에게는 접근이 허락되지 않았다. 언론실도 사전에 허락받지 않은 사람은 누구도 들어갈 수 없었다. 홀의 뒤쪽에는 UN 사무국 직원들이 빽빽이 늘어서서 복도에까지 넘쳐났다.

데커는 자신이 늘 앉곤 하는 자리 부근을 넘겨다보았지만, 그곳은 미국 대사의 친구들에 의해 이미 점령당해 있었다. 그들에게 자리를 좀 양보해달라고 요구할 수도 있겠으나, 그는 차마 그러기가 뭐했다.

「서 있을 수밖에 없네. 괜찮지?」

데커가 탐을 돌아보며 물었다.

「괜찮아. 염려하지 않아도 돼.」

탐이 대답했다.

「이리 와. 그래도 정면 가까이에서 보아야지.」

탐은 데커가 이끄는 대로 따라갔다.

*

뒷문으로 들어선 제라르 푸파르댕은 오른손을 주머니에 넣고는 권총의 불룩 튀어나온 부분을 감추려고 손바닥으로 감싸 쥐었다. 이제 곧 크리스토퍼가 단상에 오를 것이다. 애써 흥분을 다스리려고 하는데도 그의 이마에는 땀방울이 맺히기 시작했다.

*

데커와 탐이 홀의 정면 가까이로 다가가 자리를 잡는 데는 몇 분도 걸리지 않았다. 5분도 되지 않아 개회 선언이 있었다. 첫 순서는 안전보장이사회가 총회에 지명 사실을 알리는 것이었다. 크리스토퍼가 연설을 위해 자리에서 일어났다. 데커는 아버지로서의 긍지를 가지고 크리스토퍼가 연단을 향해 걸어 올라가는 것을 지켜보았다. 박수 소리가 우레와 같이 울려 퍼졌다. 크리스토퍼가 감사의 의미로 고개를 끄덕였으나 박수 소리는 몇 분 동안이나 계속되었다.

*

　홀의 뒤쪽에 있던 제라르 푸파르댕은 군중들을 헤치고 앞을 향해 나아갔다. 불과 몇 초만 더 나아가면 다시는 돌아올 수 없는 지점이었지만, 푸파르댕은 사건의 참여자라기보다는 구경꾼 같은 기분을 더 강하게 느끼고 있었다. 〈만약〉이라는 가정은 이제 더 이상 설 자리가 없었다. 〈언제〉냐는 선택만이 기다리고 있을 뿐이었다. 결정을 미룸으로써 얻어질 생각할 시간은 이제 더 이상 남아 있지 않았다. 그것은 여기까지 오는 동안에 한한 것일 뿐 여기서부터는 아니었다. 이제 그가 할 수 있는 일이라곤 계획한 일을 마치 꿈인 것처럼 따르는 것뿐이었다. 그는 자신도 모르게 주머니에 손을 찌르고 권총을 만지작거렸다. 무관심한 체념 상태로 총신을 움켜쥐고는 엄지로는 공이치기를 갖고 놀기 시작했다. 넋이 빠져 불과 몇 미터 떨어지지 않은 곳에 탐과 데커 호손이 서 있다는 것도 알아차리지 못했다.

*

　탐은 아무도 알아채지 못하게 자기 주머니에서 종이쪽지를 꺼내더니 데커의 양복 주머니 속에 슬그머니 밀어 넣었다.

*

　박수가 잦아들자 크리스토퍼는 마이크 가까이로 다가섰다.
「각국의 대표들과 세계 시민 여러분.」

드디어 그가 입을 열었다. 그것은 존 한센이 연설을 시작할 때 늘 사용하던 트레이드마크로, 데커가 그런 식으로 하자고 제안한 터였다. 크리스토퍼는 단상에서 데커가 서 있는 곳을 내려다보았다. 데커는 군중들 가운데에서 크리스토퍼를 그렇게 지켜보고 있다는 것이 놀라움이자 큰 기쁨이었다. 데커가 박수를 치면서 그에게 미소를 보냈지만, 크리스토퍼는 웬일인지 거기에 답하지 않았다. 대신, 크리스토퍼의 얼굴에는 뭔가 불길한 일을 예감할 때 짓는 어두운 표정이 나타나 있었다. 하지만 지금은 불길한 예감보다는 순전한 공포에 가까웠다.

그 순간 데커는 왼쪽 눈 모서리에서 번쩍이는 섬광을 느꼈다. 정면 앞의 단상에서는 크리스토퍼가 반사적으로 손을 들어올렸다. 데커에게는 얼굴을 가리려는 동작처럼 보였다. 그와 같은 찰나, 데커의 왼쪽 귓가에서 천둥 같은 소리가 머리를 찢을 듯이 뿜어져 나왔다. 그 소리가 방 전체에 울려 퍼짐과 동시에 데커는 크리스토퍼의 왼쪽 팔에서 붉은 피가 솟구치는 것을 보았다. 크리스토퍼는 연단 뒤로 넘어져 데커의 시야에서 사라졌다.

귓가에서 울리는 폭발음에 움칠한 데커는 소리나는 쪽으로 몸을 돌렸다. 그가… 서 있었다. 정면을 향해 내뻗은 그의 손에는 아직도 리볼버가 움켜져 있었다. 조각처럼 그렇게 서 있는 그의 손가락은 아직도 방아쇠를 당긴 채였다. 아무래도 믿을 수 없었다. 데커는 숨을 헐떡였다.

탐 도나핀이었다.

그가 팔을 내려뜨리면서 데커 쪽을 돌아보았다.

「도대체 왜?」

숨을 훌떡거리면서 데커가 물었다. 주위의 환호하던 소리는 비명과 외침으로 바뀌어 있었다.

「그는 나를 남겨두려고 했어…….」

탐이 입을 열었지만, 그 말은 곧 중단되고 말았다.

데커는 탐의 몸이 나무토막처럼 쓰러지는 것을 보았다. 일그러진 그의 머리에서 피가 분수처럼 솟구쳤다. 뇌는 산산조각이 났고, 가까운 곳에 서 있는 사람들 위로 살점이 튀었다. 한 순간이 흐른 뒤에야 총소리가 데커의 귀에 닿았다. 왼편으로 고개를 돌린 그는 제라르 푸파르댕이 방금 불을 뿜은 권총을 움켜쥐고 있는 것을 볼 수 있었다.

죽이겠다는 충동에 내몰린 푸파르댕은 그만 길을 잃고 말았다. 한 순간에 목표물을 잃어버린 그는 탐에게로 총구의 방향을 바꾸어서는 증오의 대리인을 향해 불을 뿜었다. 푸파르댕이 쏜 총알은 탐의 뇌를 관통했고, 어린 시절의 교통사고 이래로 그의 두뇌 속에 들어 있던 강철판에 부딪혔다. 총알은 강철판을 묶고 있던 나사를 풀리게 하고는 머릿속에 구멍을 내면서 지나갔다. 탐은 쓰러지기 이전에 이미 죽어 있었다.

피가 용솟음쳐서, 데커의 발치 주변에 홍건하게 고였다. 가까운 곳에 있는 사람들이 비명을 질렀다. 그때 세 발의 총성이 연이어 들렸다. 안전요원들이 제라르 푸파르댕을 향해 발사한 것이었다. 권총을 든 푸파르댕을 본 안전요원들이 크리스토퍼를 쏜 사람이 그인 줄로 오인한 것이었다.

홀의 정면에 있는 거대한 텔레비전 모니터는 마루 위에 쓰러져 있는 피범벅이 된 크리스토퍼 굿맨을 비추고 있었다. 그의 심장이 멈춘 것과 때를 같이하여 그의 오른쪽 눈에서 뿜어져 나오던 출혈이 마침내 멎었다. 총알이 관통한 왼쪽 팔과 오른쪽 눈에서 흘러내린 피가 바닥을 흥건히 적시고 있었다.

뒤쪽에서부터 밀어닥친 사람들의 물결이 데커를 바닥에 쓰러뜨렸다. 한순간에 수많은 발길이 데커를 밟고 지나갔다. 그는 갈비뼈가 부러지고 왼쪽 무릎의 인대가 파열되어 튀어나오는 부상을 당했다. 상실로 점철된 그의 한 생애도 끝나가는 듯싶었다.

하지만 그곳에 더 이상의 위험 요인은 없었다. 탐은 무시무시하고 설명할 길 없는 자신의 과업을 완수했던 것이다. 그는 도망가려고도, 자신을 방어하려고도 하지 않았다.

*

나중에, 혼자 슬픔에 잠겨 있던 데커는 자신의 양복 주머니에서 탐이 남긴 쪽지를 발견했다.

「나를 위해서 눈물을 흘리지 마라. 내가 한 행위를 두고 나를 비난하지 마라. 나는 복수의 대리인일 뿐이니까.」

# 14
## 어둠의 군단

**2023년 3월 9일 오전 6시 16분(GMT 오전 3시 16분)   이라크**

이라크의 아나와 히트라는 도시 사이에 있는 유프라테스 강의 저 깊은 밑바닥에서부터, 어둠의 무리들이 서로 앞장서겠다고 할퀴고 아귀다툼을 벌이면서 표면을 향해 열심히 기어오르고 있었다. 그들의 시간이 가까이 다가온 것이다. 그들은 그것을 알고 있었다. 인류 역사의 동이 트기 이전부터 고대해왔던 해였고, 달이었고, 날이었고, 시각이었다. 그들의 해방은 그리 오래 지속되진 않을 것이었다. 그러니 그들은 할 수 있는 한 최대한으로 그 시간을 이용하지 않으면 안 되었다. 그때 육신의 귀로는 들을 수 없지만, 나팔 소리가 났고, 천둥이 치더니, 사슬이 풀려서 땅에 떨어졌다. 요한과 코헨이 최근 예언한 것이 이 지상의 사람들에게 이제 막 이루어지기 시작한 참이었다.

마침내 때가 되었다. 땅은 토악질을 했고, 유프라테스의 물은 거품을 내며 격렬하게 끓어오르더니 기이한 짐승들의 분비물을 사람이 사는 세상에 풀어놓았다. 화산의 용암이나 종기의 고름을 연상시키는 어둠의 무리들이 지상의 사방팔방으로 흩어져갔다. 사람의 눈에는 보이지 않는 그들은 닥치는 대로 사람의 목숨을 취할 것이었다.

지독한 유황 냄새가 하늘로 솟구치더니 수천 킬로미터에 달하는 대기를 가득 채웠다. 송장을 먹어치우는 소름끼치는 마귀의 무리가 대열을 이루면서 지상에 모습을 드러냈다. 마귀들은 갑옷과 투구로 무장하고 있었다. 그놈들의 움직임은 말을 닮았지만, 갈기와 머리는 사자를 닮아 있었다. 꼬리는 마귀 자신의 움직임과는 별도로 움직이는 것 같았는데, 자세히 들여다보면 그것은 꼬리라기보다는 독사를 접붙여 놓은 것에 훨씬 가까웠다. 악의에 찬 수십 명의 마귀 무리가 땅 위로 솟구치며 날개를 펴자, 대기는 그들이 내지르는 끼긱거리는 기쁨의 함성 소리로 가득 채워졌다. 그들은 2억에 달하는 어둠의 군단의 앞머리에서 열심히 정찰 활동을 하기 시작했다. 저마다가 인간을 파멸시키는 일에 열심이었다.

아르라마디 시의 북동쪽에 있는 이라크의 작은 마을 마쉬 아랍은 유프라테스와 티그리스 강 주변의 늪지대로, 3월의 차가운 새벽 기운 속에 깊이 잠들어 있었다. 다가오는 위험에 대해서는 까맣게 모르는 채, 잠에서 깨어난 한 노인이 메카를 향해 드리는 아침 기도를 준비하기 위해 주섬주섬 옷을 주워 입고 있었다. 그의 집 바깥에서는 보이지 않는 군단이 이 작은 마을을 엄습하여 첫 피를 마시려는 열망을 품고, 믿을 수 없는 속도로 진격해 들어오고 있었다. 보이지도 들리지도 않는 마귀 기수들 중의 하나가 그 사람의 집 담벼락을 통과해 들어와서는, 첫번째 희생물이 될 자를 바라보면서 입가에 침을 흘렸다. 곧 보이지 않는 악령이 노인의 안으로 침입해 들어가서 그의 몸과 마음을 장악했다. 그 순간 노인은 유황이 타는 냄새를 희미하게 맡고는, 쓰디쓴 과일을 베어 문 것처럼 진저리를 쳤다.

그는 집 안의 다른 사람이 깨지 않도록 조심하면서 부엌으로 가서는, 큰 칼을 집어 들고 자기 침실로 갔다. 40년 동안 함께 살을 붙이고 살았던 아내가 곤히 잠들어 있었다. 그는 그녀가 깨어서 볼 수 있도록 그녀를 팔꿈치로 조금 밀치고는, 1초도 망설이지 않고 그녀의 심장에 깊숙이 칼을 박았다. 그녀의 눈이 너무나 큰 공포를 말해주고 있어서 그는 웃음소리가 다른 사람들을 깨우지 않도록 자신의 입을 한 손으로 틀어막지 않으면 안 되었다. 그러고는 두 아들과 며느리들, 손자 손녀 모두를 향해 같은 행동을 반복했다. 때로는 찔렀고, 때로는 난도질했다. 살육의 현장을 둘러보고 적이 만족한 그는 의자 하나를 발견하고는 거기에 앉아서 큰 소리로 마음껏 웃음을 터뜨렸다.

잠시 자신이 이룬 것을 바라보며 흡족해하던 노인은 집을 뛰쳐나가더니 함성을 지르며 내달렸다. 피 묻은 칼을 높이 쳐들어 휘두르며, 피에 굶주린 자신의 욕망을 채워줄 다른 대상을 찾아 헤맸다. 보이지 않는 군대가 작은 읍내를 헤집고 다니면서 희생자들을 찾았고, 모든 살아 있는 생물들은 자신을 내어주었다. 끼긱대며 웃는 소리가 대기를 가득 메웠다. 큰 칼을 든 노인은 자기 집 앞마당에서 놀고 있는 세 살 가량의 여자아이를 발견했다. 욕망에 가득한 눈을 희번덕거리면서 그는 여자아이를 향해 돌진했다. 여자아이는 이제 곧 거리에 피를 흩뿌리고 죽어갈 터였다.

아이는 본능적으로 공포에 찬 비명을 내질렀다. 그때 갑자기 총소리가 울리더니 노인이 쓰러졌다. 손에서는 칼이 떨어졌다. 소녀에게서 몇 발자국도 떨어지지 않은 곳이었다. 누가 자신을 쏘았는지를 올려다보는데, 악령이 노인에게서 빠져나갔다.

　소녀의 아버지는 자기 집 문 앞에서 두려움에 떨면서 장총을 내려놓고는, 공포에 질린 딸을 향해 달려갔다. 그때 갑자기 유황이 타는 냄새가 났다. 그는 먼저 자기가 쏜 노인을 보았고, 다음에는 울고 있는 아이를 보았다. 노인이 떨어뜨린 피 묻은 칼을 주워든 그는 아직도 비명을 지르며 서 있는 딸에게로 걸어가서는 두 손으로 감싸 안아 올렸다. 딸이 울음을 그치고 잠잠해지자, 그는 아이의 사랑스러운 갈색 눈을 깊숙이 들여다보면서 부드러운 배 가까이에 칼날을 들이댔다. 아이가 미소를 짓다가 그와 함께 웃기 시작했을 때, 그는 작은 육신 안으로 칼날을 쑤셔 넣었다. 한 번 더 깊숙이 찔러 넣자 칼날은 아이의 몸을 뚫고 등 쪽으로 삐져나올 정도가 되었다. 양손에 각각 손잡이와 칼끝을 움켜쥔 그는 꿰어진 딸애의 몸뚱이를 높이 쳐들고 승리의 트로피라도 되는 양 빙빙 돌리면서 탄성을 내질렀다. 아이에게서 흘러내린 피가 머리 위로 떨어져서 머리칼과 수염과 옷을 다 적시는데도 그는 아랑곳없이 덩실덩실 춤을 추고 있었다.

　가까운 어느 집에서는 한 젊은 부인이 아직 곤히 자고 있는 남편을 위해 아침을 준비하고 있었다. 그녀는 돌연 몸을 움찔하더니 요리하던 뒤집개를 바닥에 떨어뜨렸다. 그녀는 둘러보다가 커다란 프라이팬을 집어 들더니, 식사 준비를 내팽개치고는 곧장 침실로 달려갔다. 그녀는 침대 가에서 프라이팬을 높이 쳐들더니 있는 힘을 다해 자기 남편의 머리를 향해 내리쳤다. 남편은 충격에 눈을 뜨고는 경악에 사로잡혀 그녀를 바라보았다. 하지만 그것도 한 순간이었을 뿐이었다. 그녀는 웃으면서 프라이팬을 쳐들고는 다시 한 번 그를 향해 내리쳤다. 의식을 잃은 그를 향해 그의 아내는 몇 번이고 몇 번이고 내리쳐서 두개골을 부숴버렸고, 그의 뇌는 으깨어져서 침대 위에 나뒹굴었다.

입고 있는 옷 위로 피가 튀어 범벅이 되자 여인은 프라이팬을 떨어뜨리더니, 여전히 큰 소리로 웃으면서 아직도 가스불이 켜진 채로 있는 부엌으로 되돌아갔다. 그녀는 피범벅이 된 옷자락을 감아쥐더니 그것을 가스불 위로 가까이 가져갔다. 옷이 금세 불꽃에 휩싸이자, 그녀는 키킥대고 웃으면서 이쪽저쪽으로 몸을 흔들어대며, 불꽃이 그녀를 삼키기를 재촉하는 것이었다.

*

광기의 살인 사건이 농장과 마을과 소읍을 휩쓸고 지나갔다. 사람들은 자신들이 알아차리지도 못하는 사이에 뭔가 다른 것으로 변하여 충동적으로 끔찍한 살육을 저질렀다. 광기의 행진은 불과 일곱 시간 반 만에 페르시아 만에 위치한 다른 도시들에 당도했다. 수천 명의 사람들이 북유럽의 신화에 나오는 생쥐처럼 미쳐 날뛰며 바다에 뛰어들어 죽었다.

광기가 수도인 바그다드를 삼켜버렸을 때, 외부 세계로 통하는 통신은 완전 두절된 상태였다. 살아남은 사람이 아무도 없어서 그런 소식을 외부 세계에 전할 사람도 남아 있지 않았다. 모두가 죽었다. 죽음의 대행자들은 도살이 잔인할수록 더욱더 날뛰었다. 마침내 죽여야 할 사람이 아무도 남지 않게 되면, 최후에 남아 있는 사람은 자신의 목숨을 취할 것이었다.


## 2023년 3월 10일 오전 6시 3분  런던

스탠 맥케이는 피스타치오 껍질을 뱉어내고는 반쯤 씹은 알맹이는 청량음료를 들이켜서 삼켜버렸다. 젊은 저널리스트인 그는 아직 신참내기였지만, 자신 앞에서 깜박이는 전화기의 불빛에는 반응이 잽쌌다. 그는 수화기를 들고는 간명하게 「맥케이입니다」라고 말했다. 사실 그 이상의 자세한 대답은 필요치 않았다. 제대로 전화를 건 사람이라면 그곳이 《월드뉴스(World News Network)》 런던 지사라는 것쯤은 다 알 것이기 때문이었다.

「잭 워싱턴을 바꿔주실 수 있나요?」

목소리가 다급하게 요구했다.

「죄송합니다. 워싱턴 씨는 방금 사무실에서 나가셨는데요.」

「그럼 올리버 페이턴 씨를 부탁합니다.」

「안됐군요. 그도 워싱턴 씨와 함께 나갔습니다. 제가 도와드릴 일이 있을까요?」

목소리는 잠시 망설이는 듯했다.

「저는 제임스 폴슨이라고 합니다. 리야드 사무소에서 긴급 뉴스를 보내려고 합니다. 꼭 녹화를 해서 잭 워싱턴에게 보여주셔야 합니다. 그럴 수 있나요?」

「물론이지요.」

맥케이가 다짐하듯이 말했다.

「좋아요, 20초 후에 시작하겠습니다. 그 정도 여유면 받을 수 있나요?」

「아, 물론이지요. 받을 수 있을 겁니다……」

그가 조금 대답을 흐렸다.

「좋아요, 부탁드리겠습니다.」

맥케이가 장비를 점검하는 데에 30초 정도 걸렸다.

「이제 준비가 되었습니다.」

그가 다시 전화로 돌아와 말했다. 모니터 스위치를 켜자 전송된 화면이 흘러나왔다.

「사우디아라비아의 리야드에 있는 WNN 지사의 제임스 폴슨입니다.」

전화에서처럼 다급한 목소리였다. 스탠 맥케이는 카메라 앞에서의 실전 경험은 없었지만, 학교에서 배운 바에 의하면, 제임슨 폴슨은 지금 너무 빠른 어조로 말하고 있었다. 폴슨이 계속했다.

「우리 지사 사무실 바깥에는 혼란의 도가니가 펼쳐지고 있는 중입니다.」

카메라가 폴슨에게서 WNN 사무실 창문 쪽으로 이동했다. 카메라와 카메라를 다루는 사람의 그림자가 겹쳐 보이긴 했지만, 거리에는 분명 소름끼치는 장면이 벌어지고 있었다.

「바깥은 전쟁이 일어나고 있는 것이나 다름이 없습니다.」

그가 말했다. 그리고 그건 정말이었다. 사람들은 벽돌과 돌멩이, 다른 무거운 것들을 들고서 닥치는 대로 서로를 향해 던지고 있었다. 칼이나 다른 날카로운 도구를 든 사람들도 몇몇 보였다. 이미 쓰러진 사람들도 여럿이었다.

「무분별한 폭력이 자행되고 있는 것 같습니다. 가게 주인들이 손님들을 살해하는 것만이 아닙니다. 남자들과 여자들이 상상할 수도 없는 방법으로 서로를 살해하고 있습니다. 더욱이 이상한 것은 어느 누구도 자신을 보호하기 위한 행동을 하지 않는 것 같다는 점입니다. 누구를 쫓아가는 사람도 없고 숨는 사람도 없습니다. 감추려고도 하지 않은 채 서로가 서로를 폭행하고 죽이는 짓을 계속하고 있습니다.」

폴슨이 말할 때, 카메라는 한 앳된 소녀가 성인 여성을 반복적으로 찔러대는 장면에 초점을 맞추었다. 소녀는 필기도구로 보이는 짧고 날카로운 도구를 들고 자신의 엄마인 것으로 보이는 여자를 마구 난도질하고 있었다. 뭐가 뭔지 분명하지 않은 것은 두 사람이 모두 피범벅이기 때문이었다. 카메라가 뒤로 물러서면서, 인접한 건물의 8층에서 아스팔트 바닥을 향해 곤두박질치면서 떨어지는 한 남자의 모습을 비추었다.

둔기로 머리를 얻어맞은 듯한 충격에 폴슨은 잠시 말을 잃었다가, 자신을 추스르려 애쓰며 계속했다.

「난투가 시작된 것은 대략 10분에서 12분 정도 전이었던 것으로 보입니다. 닥치는 대로의 폭력을 보고하는 전화는 경찰서와 소방서, 병원 응급실에 걸려들기 시작했고, 사이렌 소리가 도시 전체에 메아리쳤습니다. 바로 그 뒤를 이어 총소리가 들리기 시작했고, 지금도 산발적으로 계속되고 있습니다. 여러분이 보시다시피 만행이 저질러지고 있는 도시에는 수백 군데에서 화재가 일어나 대기가 연기로 자욱합니다. WNN 지사 안에 있는 우리는 엘리베이터와 문을 폐쇄하는 등 우리 자신들을 그들로부터 봉쇄해놓고 있습니다……」

제임스 폴슨은 갑자기 말을 멈추고는 카메라가 잡히지 않는 다른 곳으로 시선을 돌렸다. 그의 오른쪽 눈썹이 염려와 불안으로 치켜올라갔다. 그의 눈은 방 여기저기를 헤매고 있었다. 사무실 안에 분명 무슨 일인가가 일어났지만, 폴슨은 도대체 그게 무슨 일인지 영문을 몰라 하고 있었다.

　런던에서 모니터를 들여다보던 스탠 맥케이는 자리에서 몸을 뒤틀었다. 그렇게 하면 카메라가 잡지 못한 곳을 볼 수 있기라도 하듯이. 폴슨의 얼굴 표정은 염려와 불안에서 완전한 공포로 바뀌어갔다. 그러그는 한순간 뒤, 그는 마치 바보처럼 이를 드러내고 씨익 웃어 보이는 것이었다. 카메라가 떨어뜨려지는 바람에 화면이 깜박이더니 백지 상태로 변해버렸다.


### 오후 2시 57분(GMT 오후 5시 57분)　사우디아라비아

　UN 헬리콥터는 프로펠러 돌아가는 소리를 요란하게 내며 80명에서 1백 명 정도의 베두인 족들이 장막을 치고 살아가는 마을의 수백 미터 상공을 날고 있었다. 목적지인 사우디아라비아의 아스무바라즈를 불과 몇 킬로미터 앞두고 있었다. 헬리콥터 안에서는 조종사와 부조종사를 합하여 네 명의 남자들과 두 명의 여자들이 아래쪽의 마을을 내려다보고 있었다. 카메라는 그 모든 장면들을 담아 위성을 통해 인도양에 있는 항공모함으로 전송했다. 위성 자료에 따르면, 이 근방 지역에 어떠한 인간 생명도 구경할 수가 없는 〈죽음의 원〉이 급격하게 커져가고 있었다. 이란의 야즈드에서부터 서쪽으로 1

천7백 킬로미터 떨어진 요르단의 마하타트 알카트라나에 이르기까지, 아제르바이잔스카야의 나히체반에서부터 남쪽으로 1천5백 킬로미터 떨어진 사우디아라비아의 알홀와에 이르기까지. 목적지인 아스무바라즈는 죽음의 원의 최남단에서 1백30킬로미터 아래쪽에 있었기 때문에 영향을 받지 않았을 것으로 예상되었고, 베두인 족의 장막은 그 원의 바깥에서 UN 팀이 최초로 만난 인간이 살고 있다는 징후였다.

죽음의 원은, 1백 퍼센트 악질의 생물학적이거나 화학적인 요인이 급속하게 전파되고 있다는 것을 역력히 보여주고 있었다. 하지만 두 가지 점이 그것을 확신할 수 없게 했다. 첫째로는, 죽음의 요인이 무엇이든 그것은 같은 속도로 사방팔방으로 전파되고 있어서, 대기의 흐름에 영향을 받지 않는 것으로 나타났다. 핵이나 생물학적 혹은 화학적 무기가 살포되었을 때와는 다른 것이다. 둘째로는, 리야드의 WNN 지사에서 보내온 끔찍한 비디오 기록이었다.

헬리콥터 승무원들과 연구팀 각자는 생물학적 화학적 오염으로부터 자신을 보호하기 위해 방어복을 단단히 입고 있었다. 0.005마이크론을 초과하는 것은 무엇이든 걸러냈다. 그들은 헬리콥터가 아스무바라즈의 반경 20킬로미터 이내로 들어갈 때까지는 가스 마스크를 쓰고 있다가, 거기서부터는 각자가 휴대하고 있는 압축공기탱크를 통해 호흡했다. 이런 보호 장비 때문에 팀 사이의 의사소통은 단파 무전기를 통해 이루어졌다. 팀의 한 멤버가 말하면 다른 모든 멤버가 들었고, 이는 다시 헬리콥터의 커뮤니케이션 장비에 의해 인도양의 항공모함으로 전달되었다.

헬리콥터가 도시의 남쪽 외곽에 다다를 때까지는 아무런 징후도 찾아볼 수 없었다. 도시 주민들은 자신들의 일상생활을 영위하고 있었다. 여섯 대의 카메라가 지상으로부터 45미터 상공에서 헬리콥터 아래쪽의 모든 장면을 샅샅이 훑고 지나갔다. 안에서는 팀원이 조금이라도 이상한 기미는 없는지 눈을 부릅뜨고 살피고 있었지만 아무런 징후도 보이지 않았다. 대장인 테리 크리스탈은 상체를 구부리고 조종실로 가서는, 조종사에게 북쪽으로 계속 나아가서 예정된 좌표 위에 당드하면 멈춰 서라고 신호를 보냈다.

헬리콥터는 일종의 〈날아다니는 연구소〉였다. 웬만한 자료는 현장에서 즉각 분석할 수 있도록 장비를 갖추고 다녔다. 더 자세한 분석은 콸타비슈나에 있는 그들의 기지로 돌아간 뒤에 이루어질 테지만. 도시 상공의 여러 지점에서 채취한 대기 샘플을 즉각 분석했지만 그때까지는 아무런 이상 징후도 보이지 않았다.

도시의 북쪽 끝에 다다른 헬리콥터는 팀원들이 같은 일을 반복하는 동안 속도를 늦춘 채 선회했다. 아무런 징후도 발견되지 않는다면, 그들은 죽음의 원 안에 들어 있는 것으로 알려진 알홀와로 가도록 일정이 잡혀 있었다. 위성이 잡은 스캐너는 알홀와에는 살아 있는 인간이 아무도 없다고 말하고 있었다. 북쪽 경계 지역에서 채취한 대기 샘플에도 아무런 오염 물질이 들어 있지 않았다. 육안으로는 어떠한 이상 징후도 보이지 않았다. 크리스탈 대장은 팀원들 각자에게 다시 한 번 체크를 하게 한 뒤, 조종사에게 계속 나아가라고 지시했다.

조종사가 크리스탈 대장의 지시에 따르려고 하는데, 부조종사가 무엇을 보았는지, 「저게 뭐죠?」 하고 물었다. 그는 지상의 무엇인가를 가리켜 보이고 있었다.

크리스탈 대장과 조종사는 부조종사가 가리키는 곳을 내려다보았다.

「여자가 세탁기를 돌리고 있나보군.」

크리스탈 대장이 무심하게 말했다.

「아니, 더 자세히 봐보세요.」

부조종사의 심상치 않은 말에 크리스탈 대장은 쌍안경을 집어 들었다.

「저게 뭐지?」

쌍안경에서 눈을 떼지 않은 채 대장이 헐떡거렸다. 그의 반응은 헬리콥터에 탄 팀원 전체의 주목을 끌기에 충분했다. 팀원들의 얼굴이 서서히 공포로 물들어갔다. 20대 중반의 여자가 아기의 발목을 붙잡고 거꾸로 든 채 세탁조의 물 속에 집어넣었다가 뺐다가 하고 있었다.

「저기도 봐요!」

누군가가 그 여자에게서 1백여 미터 떨어진 곳을 가리키며 말했다. 한 남자가 쇠갈퀴를 들고 다른 남자를 쫓아가더니 그것으로 가슴패기를 향해 사정없이 휘둘렀다.

「저 여자요! 빨리 좀 봐요!」

누군가가 도저히 이해할 수 없다는 듯이 외쳤다. 앞서의 그 광경에서는, 장총을 든 한 남자가 아직도 아기를 거꾸로 들고 서 있는 여자에게로 접근하고 있었다. 한순간이 지난 후, 남자는 여자의 가슴을 겨누고는 방아쇠를 당겼다. 죽은 아기의 몸이 세탁조 속으로 떨어졌고, 몇 차례 아래위로 움직이다가는 얼굴을 아래로 하고 물 위로 떠올랐다.

「속력을 높여서 소총의 사정거리에서 벗어나요!」

크리스탈 대장이 다급하게 명령을 내렸다.

「모두 꽉 붙잡아요!」

조종사는 그렇게 외치고는 가파르게 위로 상승했다가 왼쪽으로 방향을 틀어 높은 빌딩의 뒤편으로 피했다. 그동안에 장총을 든 남자는 몸을 틀더니 헬리콥터를 향해 총을 난사하기 시작했다.

「저기 봐요! 저기요!」

여성 대원 중의 한 명이 외쳤다.

「저기 봐요!」

다른 누군가도 외쳤다.

잔혹 행위 이상의 무슨 일인가가 벌어지고 있음에 틀림없었다. 굳이 말로 설명할 필요가 없었다. 몇 십 미터 떨어진 공중에서 보기에도 구역질이 날 정도의 살육이 저질러지고 있었다.

「카메라로 모두 잡고 있겠지?」

크리스탈 대장이 물었다.

「그럼요, 대장님.」

카메라를 지켜보고 있던 대원 중에서 대답이 돌아왔다.

「대기 샘플을 얻은 다음엔 이곳을 떠야겠어.」

크리스탈 대장은 그렇게 말하고 조종실로 다시 들어갔다. 조종실의 거대한 창문에서는 아래쪽 풍경이 훨씬 더 넓은 각도로 잘 보였다. 지상에서 벌어지고 있는 일에 대한 공포에도 불구하고 조종실에 있는 세 사람은 엄청난 광경에서 시선을 떼지 못하고 있었다. 도대체 무엇이 저런 만행을 가능하게 한 것일까. 잠시 동안은 어느 누구도 입을 열지 못했다.

한참 만에 조종사가 먼저 입을 열었다.

「대장님, 저 아래에서 도대체 무슨 일이 일어나고 있는지 모르겠습니다만, 대기 샘플을 채취했다면 빨리 이곳을 뜨는 것이 상책일 것 같습니다. 테스트가 더 필요하다면 상황이 진정된 이후에 다시 오지요. 지금은 피하는 것이 상책입니다. 아직까지는 우리를 무시해 왔습니다만…….」

조종사의 말은 계기판 위의 번쩍이는 불빛 때문에 잘려나가고 말았다. 그와 동시에 헬리콥터의 무게중심이 급격히 기울어졌다.

「누군가가 승객실과 조종실 사이의 문을 열었어요!」

그가 외쳤다.

크리스탈 대장은 크게 놀라서 기관실을 향해 돌진했다. 거기에서 그가 본 것은 논리적인 설명이 불가능했다. 조종사의 계기판이 알려주었던 것처럼 문이 열려 있었지만, 대원들은 모두 사라지고 없었다.

잠시 기다려보았지만 크리스탈 대장에게서 아무런 말도 들려오지 않자 조종사는 자기가 직접 돌아보기로 결심했다.

「잠깐 이걸 맡으시오. 무슨 일인지 보러 가봐야겠소.」

크리스탈 대장이 보았던 것과 똑같은 장면이 그를 기다리고 있었다. 문이 열려 있었지만 거기에는 아무도 없었다. 크리스탈 대장조차도.

「여기엔 아무도 없어요!」

그는 너무도 어이가 없다는 어조로 무전기를 통해 부조종사에게 말했다.

「그 사람들 모두가 뛰어내린 것 같소!」

지상의 사람들에게 영향을 미치고 있는 것이 무엇이든, 그것이 연구팀 또한 그냥 내버려두지 않았다는 것을 깨닫기까지는 그리 오랜 시간이 걸리지 않았다.

「여기를 뜹시다, 기장님!」

부조종사가 말했다.

「알았다, 내가 문을 닫고 오겠다. 그런 후에 즉시 출발하자!」

조종사는 후미 쪽으로 잽싸게 움직여서는 문을 닫고자 손을 내뻗었다. 그때 그의 뒤편에서 뭔가가 번쩍 하더니 장비 뒤에서부터 누군가가 돌진해왔다. 그 남자의 육중한 몸에 부딪힌 조종사는 공격자와 함께 헬리콥터의 열린 문을 통해 바깥으로 튕겨져 날아갔다. 공중에서 죽음을 향해 치닫고 있던 그는 자신을 덮쳤던 사람을 알아볼 수 있었다. 크리스탈 대장이었다.

「기지로 돌아가라!」

아직도 부조종사와의 무전 교신이 가능한 거리에 있기를 희망하면서 그가 힘껏 소리쳤다. 2초 후에 조종사와 크리스탈 대장은 사망했다.

헬리콥터 안에서 조종사의 마지막 명령을 들은 부조종사는 이미 기수를 돌려놓고 있었다. 그는 남쪽으로 방향을 틀어 왔던 길을 되밟아갔다. 아래쪽으로 내려다보이는 모든 곳에서는 놀라운 속도로 광기 어린 학살이 퍼져가고 있었다. 카메라는 여전히 돌아가면서 유혈의 현장을 세세하게 기록, 인도양에 있는 분석 팀에게 보내고 있었다. 그런데 바로 그때였다. 부조종사가 달걀 썩는 냄새 같은 것을 맡은 것은.

*

    유프라테스 강에서 나온 어둠의 군단은 도시 남쪽의 베두인 족이 사는 장막에는 아직 미치지 못하고 있었다. 10대의 한 베두인 소년은 낙타들에게 먹이를 주다가, 30분 전쯤에 머리 위로 지나갔던 헬리콥터가 되돌아오는 모습을 흥미롭게 지켜보았다. 헬리콥터는 그들을 향해 똑바로 날아오다가 그들의 장막 위쪽에 다다르자 거기에서 선회를 하여 동물들을 놀라게 했다. 동물이고 사람이고 할 것 없이 모두가 장막에서 뛰쳐나왔다. 잠시 동안은 아무 일도 없었다. 하지만 하늘에서 빗방울 같은 것이 떨어지더니 그들의 눈을 태워버렸다. 〈빗방울〉로 여겨졌던 것은 비가 아니라 천막을 향해 돌진한 헬리콥터의 연료통에서 나온 기름이었다. 연료통의 기름이 프로펠러에 의해 분사된 것이다. 많은 사람들이 장막 안으로 피신했지만 이미 그곳도 기름으로 흠뻑 젖어 있었다. 아직 4분의 1 정도의 기름이 남아 있었던 헬리콥터는 하늘을 향해 수직으로 치솟았다. 3백 미터 정도 높이로 치솟자 부조종사는 코스를 바꾸어 급강하시켰으나, 헬리콥터는 이미 폭발하고 있는 상태였다. 헬리콥터는 베두인 족의 장막 가운데로 돌진하여 그곳 전체를 불타는 지옥으로 만들어버렸다.

*

    둘째 날이 저물 무렵에는, 유프라테스 강 1천9백 킬로미터 내에서 살아남은 사람이 아무도 없었다. 그러고도 흉포한 광기가 계속 번져나가서, 서쪽으로는 리비아까지, 동쪽으로는 아프가니스탄까지, 북쪽으로는 러시아의 볼고그라드까지, 남쪽으로는 아덴 만에까지 이르렀다. 5억에 달하는 남자들과 여자들과 아이들이 이미 죽었지만, 살육과 광기는 줄어들 기미가 보이지 않았다. 다음날 밤이 되자 죽음의 원은 리비아의 티메사에 이르렀다. 서쪽으로는 이탈리아의 장화 발꿈치에 도달했고, 동쪽으로는 인도 서부에, 북쪽으로는 모스크바에, 남쪽으로는 에티오피아의 부르지에 이르렀다. 8억에 달하는 사람들이 짐승처럼 학살당했다. 이라크, 이란, 요르단, 사우디아라비아, 오만, 아프가니스탄, 파키스탄, 시리아, 이집트, 터키, 그리스, 불가리아 사람들이 모두 죽었고, 루마니아, 터키, 리비아, 에티오피아, 수단 사람들의 대부분이 죽었다. 하지만 예외가 있었다. 이스라엘 국경 내에 있는 사람은 한 사람도 죽지 않았던 것이다.

# 15

## 부활한 사나이

2023년 3월 11일   뉴욕 UN

바깥은 오후의 햇살이 한창이었지만, 두터운 커튼이 쳐진 방 안은 어두웠다. 희미한 조명이 비추는 방 안에서는 경호원들이 침묵에 잠긴 채 국기가 뒤덮인 관을 지키고 있었다. 데커는 장례식에 가장 먼저 도착한 축에 속했다. 암살 사건 당시 사람들에게 떠밀리는 바람에 입은 부상으로 아직 목발 신세였다. 비탄에 잠겨 관 옆에 서 있는 그의 눈에서는 쉴 새 없이 눈물이 흘러내렸다. 잠시 후 그는 자리를 떠나 단상 위에 있는 자리로 가서 앉았다. 크리스토퍼 굿맨을 기리는 조사를 하기로 되어 있었기 때문이다.

검은 정장 차림을 한 세계 각지의 정상들과 고관들이 속속 도착했다. 여러 해 동안 UN에서 일해온 데커는 이들 대사들과 고관들 대부분과 알고 지내는 사이였다. 하지만 로버트 마일너와 관계가 있는 많은 이들은 모르는 얼굴들이었다. 작가, 대학교수, 배우, 텔레비전과 영화계의 프로듀서, 종교 지도자, 그 밖에 삶의 여러 분야에서 영향력이 막강한 인사들이었다. 조문객 수가 불어나서 줄이 형성되더니, 곧 홀 바깥에까지 늘어섰다. 관을 지나치며 마지막 경의를 표하기 위해 기다리는 행렬이었다.

그래도 수십만의 인파가 몰렸던 존 한센의 장례식 때와는 달랐다. 크리스토퍼는 UN에서는 매우 알려진 인물이었지만, 이탈리아에서는 아니었고, 따라서 세계적인 인기에까지 미치지는 못했다. 안전보장이사회의 한 멤버로서 사무총장이 되었어야 할 인물이 그만 살해당하고 말았다는 데 대해 사람들은 슬픔보다는 충격을 느끼고 있었고, 그것은 개인적인 상실감이 따랐던 한센의 죽음 당시와는 많이 달랐다.

마일너 총장이 장례식의 모든 것을 주관했다. 그가 그렇게 나서준 것이 데커에게는 얼마나 큰 힘이 되는지 몰랐다. 그는 몰려드는 기자들의 숫자에 질려 하면서도 선선히 장례식을 맡아주겠다고 허락했다. 세계의 거의 모든 방송국과 기자들이 모여든 것 같았다. 중동에서의 엄청난 죽음과 세계의 나머지 지역으로 확산 일로에 있는 죽음의 원을 감안하면, 한 인간의 장례식에 이토록 지대한 관심이 쏠린 것은 이례적인 일이 아닐 수 없었다.

메이저급 뉴스 미디어는 뉴욕에 사무실이 있었고, 그래서인지 대부분이 장례식을 취재하기 위해 왔다. 물론 중동의 끔찍한 사건들을 대문짝만하게 다루고, 장례식은 그저 주변 기사 정도로 다룬 매체들도 있었다. 하지만 중동의 사건에 대해서는 아직 세밀한 조사가 이루어지지 못하고 있었다. 취재를 위해 접근했던 기자들은 물론이고 원인 파악을 위해 파견되었던 정찰 팀들도 모조리 재난을 당했고, 따라서 머리기사들도 광기의 습격으로부터 도망치려는 공포에 떠는 군중들에게로 기사 내용이 한정되었다.

사정이 그러했기 때문에 장례식장을 가득 채우고 있는 사람들에게는 깊은 무력감이 자리하고 있었다. 세상의 다른 지역에서는 원인을 알 수 없는 일들이 벌어지고 있었고, 그것은 시시각각 그들에게도 다가오고 있는 중인 것이다.

\*

데커는 중동의 피해자들 못지않은 상처를 안고 있었다. 베트남전 참전을 시작으로 통곡의 벽에서의 경비원들의 죽음, 수억에 달하는 대재난의 희생자들, 아내와 아이들의 죽음, 수억 이상이 죽은 러시아의 미사일 폭발, 중국−인도−파키스탄 전쟁, 소행성으로 인한 파괴와 무수한 인명 피해, 세계 도처에서의 기아 사태, 가장 최근 사건으로는 그가 직접 겪은 메뚜기 떼의 습격. 일생을 통해 겪은 그 모든 고통과 죽음의 기억으로 말미암아 그의 마비된 감각은 치유가 불가능할 정도였다. 그 모든 고통에도 불구하고 크리스토퍼가 살아 있기만 하다면, 마일너와 크리스토퍼가 그렇게 불렀듯이, 〈새로운 시대의 탄생〉이라는 목적에 기여하고 있다는 위안은 가질 수 있었을 것이다. 하지만 크리스토퍼가 죽고 난 지금은 그 모든 것이 아무런 의미도 없었다.

데커는 쓸모없는 줄 알면서도, 크리스토퍼를 죽음에 이르게 한 그 사건을 되씹지 않을 수 없었다. 탐 도나편에게 접근을 허용함으로써 그에게 범죄의 기회를 제공한 자신을 아무래도 용서할 수가 없었다. 사건이 일어나자 UN 안전국에서는 데커와 탐의 연결고리를 궁금해했다. 뉴스 매체들도 즉각 덤벼들었다. 데커가 암살 사건에 직접 연루되었으리라고 심각하게 생각하는 사람은 없었을지 모르지만, 암살자에 대해 알려진 바가 거의 없었기 때문에 안전국과 언론에서는 데커와의 관계를 꼬치꼬치 파고들 수밖에 없었다. 데커와 탐은 친구였고, 클래스메이트였고, 같은 잡지사에서 일했고, 나중에는 3년 동안 함께 인질로 잡혀 있었다. 레바논에서의 억류 사태에서 탐 도나핀을 자유롭게 해준 1차적인 공로는 데커에게 있었다. 그렇게 자유를 선물받았던 탐 도나핀이 이번에는 데커가 아들처럼 기른 크리스토퍼를 암살한 것이다. 생각할수록 역정이 나는 일이 아닐 수 없었다. 데커를 실질적으로 자유롭게 해준 것이 크리스토퍼였다는 것을 생각하면, 데커가 탐을 자유롭게 해줄 수 있었던 것도 크리스토퍼 덕분이었던 셈이 아닌가.

나중에 UN 안전국에서 제라르 푸파르댕의 아파트를 수색하여 뉴스와 사진을 오려낸 것들을 발견하고는 푸파르댕의 원래 목표가 크리스토퍼였음을 공표하자, 뉴스 매체에서는 비로소 화살을 딴 데로 돌렸다. 수많은 해설자들이, 아마도 데커에 대한 동정심에서 그랬겠지만, 만약 탐이 크리스토퍼를 쏘지 않았다면 푸파르댕이 틀림없이 그렇게 했을 것이라고 말했다. 〈그럼에도, 거기에는 아이러니한 뭔가가…〉 하고 그들은 결론을 내리곤 했다.

그리하여 미디어의 〈공식적인〉 평결은 데커에게는 죄가 없다는 것이었다. UN 안전국이 도달한 결론도 마찬가지였다. 하지만 데커로서는 자책하지 않을 수 없었다.

불행한 참사에 더하여 데커는 탐에 대해 느끼는 비탄으로 인해 고통받고 있었다. 탐의 비참한 죽음이 뇌리에서 쉽사리 지워지지 않았다. 더구나 크리스토퍼를 죽인 당사자라는 이유로 그에 대해서는 마음놓고 슬퍼할 수도 없었다. 그는 탐의 마지막 말을 몇 번이고 곱씹었다.

「그는 나를 남겨두려고 했어.」

도대체 무슨 뜻으로 그런 말을 한 것일까? 미치광이의 헛소리 같은 것에 지나지 않는 것일까? 탐이 남겨놓은 쪽지는 또 무슨 뜻인가? 〈복수의 대리인일 뿐〉이라고? 그것이 무슨 뜻이든, 탐과 요한, 코헨, 코움 담마 파타르(KDP)와의 관계에서 나온 것이 분명한 것 같았다. 그들 모두가 이번 사태를 야기한 장본인임에 틀림없다고, 데커는 확신했다. 어떻게든 그들이 탐을 그렇게 하도록 사주한 것이다. 그들은 크리스토퍼가 자신들의 길을 가로막는 장애물임을 알고 있었음에 틀림없다. 그들에게 주어진 시간은 바닥나고 있었다. 크리스토퍼가 살아서 사무총장이 된다면, 그는 틀림없이 그들이 조장하는 지상에서의 공포를 종식시킬 것이었다.

데커는 자책감을 어찌할 수 없었다.

「아무리 그렇다고 해도, 탐을 홀로 들여보낸 것은 내 잘못이야.」

그 생각만 하면 가슴이 답답했다. 하지만 아무래도 그 생각을 떨칠 수 없었다. 마음의 죄책감과 고통, 심지어는 무릎 부상으로 인한 고통마저도 그에게는 참회를 하라는 채찍질인 것만 같았다.

그의 상의 포켓에는 생명완결센터에서 보낸 브로셔가 들어 있었다. 〈생명완결〉이란 말은 자살이라는 말을 우회적으로 표현한 말이었다. 이틀 전에 우편으로 받은 브로셔를 그는 버리지 않고 간직하고 있었다. 그런 것을 받은 것이 처음은 아니었지만, 대중에게 대량으로 보내지는 그런 홍보물이 아니라, 정확하게 타깃이 되어 받은 것은 이번이 처음이었다. 마케팅 담당자가 뉴스를 보고는 고객이 될 법한 인물로 점찍어서 보낸 것이다. 최근 들어 사랑하는 사람을 잃거나 이혼한 사람, 사업에 실패한 사람, 파산한 사람 등의 명단에 끼여 있었던 셈이었다. 상황을 고려해보면, 그런 전단지를 한 장만 받았다는 것이 오히려 놀랄 일이었다. 편지는 〈어려운 시기〉를 겪고 있는 데 대해 위로한 다음, 그들이 제공할 수 있는 서비스를 늘어놓고 있었다.

지금 당장은 갈 수 없지만 장례식이 끝나고 나면 한 번 찾아가 볼까 싶은 생각이 없지 않았다. 그 센터의 사람들이 진심으로 그의 고통을 나누어 짊어져줄 것이라고 믿어서가 아니었다. 무엇보다도 가까운 곳에 있었고, 직접 목을 매거나 빌딩 꼭대기에서 뛰어내리는 것보다는 훨씬 덜 고통스러울 것 같아서였다. 브로셔에는, 자살을 고려했던 사람들이 일단 자기 갈 길을 확실하게 정하고 나면 한결 안도감을 느낀다고 적혀 있었다.

상념에 잠겨 있느라 데커는 알아차리지 못했지만, 그때 전 UN 부총장인 로버트 마일너가 보도진을 비롯한 방 안 사람들의 주목을 받으며 도착했다. 그토록 많은 주목을 받은 것은 마일너가 특별히 명망 있는 인사였기 때문이 아니었다. 물론 거의 대부분의 사람들이 그가 해온 일들과 뉴에이지에 관한 그의 저서들을 알고 있긴 했다. 하지만 그가 사람들의 이목을 끌었던 것은 그의 특별한 옷차림과 그가 하고 있는 행동 때문이었다. 엄숙 단정한 두 명의 수행원들 사이에 선 그는 하얀 아마포로 된 바닥까지 끌리는 긴 옷을 입고 있었다. 관 뒤쪽으로 2미터 정도 떨어진 곳에 고개를 약간 숙인 채로 말없이 서 있는 마일너의 두 눈은 관을 뚫어지게 쏘아보고 있었다. 조금 전까지만 해도 거기 없었던 그가, 이제는 거기 있은 지가 마치 몇 시간이라도 지난 것처럼 붙박여서 침묵 속에 서 있는 것이었다.

데커는 무슨 일인가가 벌어지려 하고 있다는 것을 알아차렸다. 거의 알아볼 수 없을 정도로 미세한 변화이긴 했지만 크리스토퍼의 관을 덮은 UN기가 희미하게 빛을 낸 것 같았다.

곧이어 의심할 여지없이 깃발을 이룬 실들이 진주 빛으로 반짝였다. 침묵 속에서 모든 사람들의 이목이 마일너와 관 쪽으로 쏠렸다. 자연광이 없는 상태인데도 관은 방 안에서 가장 밝게 빛나고 있었다. 관에서 가장 가까이에 서 있던 사람들이 군중 속으로 뒷걸음질 치자, 호기심은 곧 공포와 전율로 뒤바뀌었다. 크리스토퍼를 기리는 연설을 하기로 되어 있어서 연단 위에 있던 데커는 관으로부터 사방으로 뿜겨져 나오고 있는 밝은 빛에서 눈을 뗄 수가 없었다. 도저히 믿을 수가 없었다. 경비원들조차도 뒤로 주춤거렸다. 로버트 마일너만이 그 자리에 붙박인 듯이 서 있었다.

모두가 숨도 제대로 쉬지 못하고 있었다. 심장들은 무섭게 뛰기 시작했다. 그때 마일너의 손이 위로 쳐들렸다. 손을 쳐들고 있다기보다는 웬일인지 손을 아래로 내릴 수가 없게 된 것 같았다. 그의 손이 들려 올려지자마자 관의 이음매 부분에서는 태양처럼 강렬한 빛이 흘러나왔다. 그 빛은 뜨거운 열기 또한 갖고 있어서, 공기를 팽창시켜 불꽃이 타는 듯한 소리를 냈다. 데커는 즉각 무슨 일이 일어나고 있는지를 알 수 있었다. 크리스토퍼가 다시 살아나고 있는 것이다. 2천 년 전에 예수가 그랬듯이, 부활하고 있는 것이다.

방 안에 있는 다른 사람들은 뒤로 물러서면서, 너무도 강렬한 빛 때문에 눈을 가렸다. 그때 갑자기 관이 격렬하게 흔들리기 시작하

여, UN기가 벗겨지더니 마룻바닥으로 흘러내렸다. 그러고는 마주
보기에는 너무나도 밝은 빛이 눈앞에 드러났다. 마일너만이 눈을 온
전히 뜨고 있었다. 텔레비전 카메라들은 여전히 그 장면에 초점을
맞추고 있었지만, 카메라 기사들은 뒤로 물러서거나 눈을 감아야만
했다. 텔레비전 화면은 밝은 빛의 홍수만을 보여주었을 뿐이어서 주
변의 모든 것이 희부옇게 보였다.

　이윽고 빛이 서서히 잦아들었고, 긴 침묵이 이어졌다.

　방 한가운데에는 불에 타서 재가 된 UN기가 수북이 쌓여 있었다.
관 뚜껑은 벗겨져 마룻바닥 위에 부서진 채로 놓여 있었다. 걸쇠와
돌쩌귀들도 산산이 흩어져 있었다. 그리고 열린 관 옆으로 크리스토
퍼가 서 있었다. 총알이 관통하여 거의 쓸모가 없게 된 그의 왼팔이
덜렁거린 채로 매달려 있었다. 오른쪽 눈알도 빠진 채로 구멍만 남
아 있었다. 하지만 그는 살아 있었다.

　밝은 빛이 만들어낸 환상이었을까, 아니면 데커의 눈에 어린 기쁨
의 눈물 때문이었을까. 크리스토퍼의 주변으로는 빛무리가 어려 있
었다. 적어도 데커의 눈에는 그렇게 비쳤다. 크리스토퍼는 마일너
총장을 건너다보고는 몸짓을 해보였다. 마일너는 기진맥진하여 한
쪽 무릎을 꿇은 자세였다. 그런 다음 그는 목발에 몸을 의지하고 서
있는 데커에게로 시선을 주었다. 크리스토퍼는 미소를 지었다.

「아저씨, 이리 와보세요. 우리가 할 일이 있어요.」

데커가 움직이기 시작하자 크리스토퍼가 제지했다.

「그것들은 필요치 않을 거예요.」

목발을 가리키는 말이었다.

데커의 무릎에서는 즉각 고통이 씻은 듯이 사라졌다. 그는 그 자

리에 선 채로 목발을 던져버렸다. 그러고는 크리스토퍼에게 곧장 달려갔다. 군중들이 거리를 유지하고 지켜보는 가운데, 세 사람은 출구 쪽으로 갔다.

「어디로 갈 거지?」

데커가 물었다. 그에게는 묻고 싶은 것들이 백만 가지는 되었다. 무엇보다도 크리스토퍼를 끌어안고 실컷 울고 싶었다. 하지만 크리스토퍼의 빠른 발걸음을 보고는, 당장의 현안 문제들을 처리하는 것이 급선무라는 생각이 들었다.

「예루살렘,」

크리스토퍼가 대답했다. 보도진들 대부분이 그 소리를 들었을 것이었다.

「헬리콥터가 우리를 공항에까지 데려가려고 기다리고 있어요.」

홀에서 조금 멀어지자 로버트 마일너가 말했다.

「사무총장 전용기인 초음속기가 케네디 공항에 대기하고 있어요.」

크리스토퍼가 그 직위에 실제로 선출된 것이 아니라는 점은 이제 와선 전혀 중요한 문제가 못 되었다. 상황이 상황인 만큼 그가 사무총장이라는 사실을 부정할 사람은 아무도 없을 것이다. 방금 일어난 일들을 더듬어보면서, 데커는 크리스토퍼가 한 대의 비행기를 필요로 하는 인물이 되었다는 생각에 조금 놀랐다. 그가 물어야 할지를 망설이고 있는데, 크리스토퍼는 그 질문을 이미 예상한 것 같았다.

「이런 몸으로 살아가자면 분명 한계가 있을 거예요. 비행기에서 다 말씀드리지요.」

　세계의 모든 뉴스 매체가 크리스토퍼의 부활에 대한 놀라운 소식을 다루었다. 세상은 불가사의한 그 일에 너무 놀라서 마비될 지경이었다. 아무도 그것이 무엇을 의미하는지를 알아차리지 못했다. 하지만 세상의 엄청난 폭력과 죽음에도 불구하고, 무덤을 이기고 살아난 이 승리가 지구촌 주민들에게 한 줄기 희망을 가져다준 것은 사실이었다. 기쁨에 겨워 우는 사람도 있었지만, 대부분은 혹시나 순전한 사기극은 아닌지를 의심하면서 지켜볼 뿐이었다. 하지만 죽음과 파괴를 지겹도록 보아왔고 이제는 멸망이라는 설명할 길 없는 사태에 직면한 세상 사람들은 어떻게든 희망의 징후를 열망하고 있었고, 그래서 대다수는 그것이 사실이기를 간절히 바라고 있었다.

　케네디 공항에 도착하자, 40명 이상의 보도진이 카메라와 마이크로 무장을 하고 기다리고 있었다. 헬리콥터의 문이 열리자마자 기자들이 질문을 외치기 시작했다. 헬리콥터에서 가장 먼저 내린 사람은 데커였다. 그는 어떻게 하면 기자들을 지나쳐서 대기하고 있는 비행기까지 갈 수 있을지를 궁리하고 있었다. 하지만 마일너가, 그리고 이제 마일너처럼 긴 리넨 옷을 걸친 크리스토퍼가 비행기에서 걸어 나오자, 기자들은 갑자기 침묵에 빠져버렸다. 크리스토퍼의 왼팔은 덜렁거렸고, 안구가 빠져나간 오른쪽 눈에는 안대를 하고 있었다. 데커는 침묵에 빠져버린 기자들을 보는 것이 별난 경험이었지만, 상황이 상황인 만큼 그럴 수도 있다는 생각이 들었다. UN 안전국 요원들에 떠밀려 기자들은 뒤로 물러나면서 데커와 크리스토퍼, 마일너가 지나갈 수 있도록 길을 내주었다.

세 사람이 거대한 제트기에 오르는데 기자들 중의 한 명이 데커를 향해 질문을 던졌다.

「어디로 가시는 거죠?」

그것이 결국 질문의 전부가 되어버린 셈이었다. 그것은 데커가 대답할 수 있는 유일한 답변이기도 했다.

크리스토퍼가 헬리콥터 안에서 했던 말을 데커는 소리쳐 말해주었다.

「예루살렘으로! 학살을 종식시키기 위해서!」

# 16
## 질투하는 신




**이사라엘 텔아비브행 비행기 안**


비행기는 곧 이륙했다. 세 대의 사무총장 전용기 중 한 대인 그 초음속 제트기로는 텔아비브까지 7시간 30분이 소요될 예정이었다. 그동안엔 이야기를 나눌 수 있었다.

「아저씨, 그 상자 안을 들여다보았어요. 꿈속에서 본 오래된 나무 상자 말이에요. 그건 성궤였어요. 금칠이 다 벗겨져 있었어요.」

크리스토퍼가 다소 들뜬 목소리로 입을 열었다.

「모세가 그 궤를 만들었을 때 나무상자에 금을 입히라고 지시했어요. 금칠이 벗겨지면 아카시아 나무로 만든 그저 평범한 상자에 지나지 않지요. 꿈속에서 제가 보곤 했던 것이 바로 그 나무상자였어요. 전 드디어 그 안을 들여다보았어요.」

크리스토퍼는 깊게 숨을 들이쉬고 나서 말을 이었다.

「아저씨, 그 성궤 안에서 저는 지나간 무한대의 시간을 볼 수 있었어요. 그리고 미래 일도 볼 수 있었어요. 저는 이제 모든 것을 확연히 깨달았어요. 삶과 죽음의 의미, 내가 지금 여기에, 정확히 이 순간에 존재하는 이유. 모든 것에는 목적이 있어요. 하지만 우리 앞에 놓인 과업을 완수하는 것은 쉬운 일이 아니에요. 아저씨가 상상할 수 없을 정도로 어려울 거예요, 아마.」

크리스토퍼는 잠시 생각에 잠겼다가 다시 말을 이었다.

「어떤 의미에서는, 제가 소명받은 일을 하기보다는 다시 한 번 십자가에 못 박히기가 더 쉬울지도 몰라요.」

크리스토퍼의 목소리가 떨려나왔다. 그의 이마에는 어느 새 땀방울이 맺혔고, 고통과 두려움의 눈물을 참느라 안간힘을 다하고 있었다. 그는 결국 그걸 이겨내고 말을 이었다.

「모든 것이 너무나 분명해요.」

그는 고개를 흔들고는 손으로 머리를 감싸 쥐었다.

「하지만 제가 믿었던 대로는 결코 아니에요! 그런 식으로는 전혀 생각하지 못했어요.」

크리스토퍼는 갑자기 몸을 돌려 마일너를 바라보았다. 너무나도 분명했던 것을 이제야 알아차렸다는 듯한 표정이었다.

「하지만 로버트는 알고 있었지요. 안 그래요?」

마일너는 고개를 끄덕였다.

「난 알고 있었지, 하지만 자네에게 말할 수 있는 성질의 것이 아니었네. 자넨 그걸 스스로, 자신을 위해, 우리 모두를 위해, 인류 전체를 위해, 터득하지 않으면 안 되었어. …하지만 내가 잘못한 게 하나 있었지.」

두 사람은 궁금해하며 마일너를 쳐다보았다.

「자네의 능력을 사람들을 치유하는 데 쓰지 말라고 한 건 내 불찰이었어. 이제야 그걸 알겠어. 자네가 사람들을 돕는 일을 멈추는 것은, 데커나 내가 숨쉬는 일을 멈추는 것이나 마찬가지일 테니까. 자네에게 그런 일을 하지 말라고 주문하는 것은, 이 세상에 태어난 뜻을 외면하라는 주문이나 마찬가지일 테니까. 자네가 치유를 행했기 때문에 사무총장으로 지명될 수도 있었던 거지. 사무총장으로 지명되었으니까 자넬 암살하려는 모의가 꾸며질 수 있었던 거고. 그것은 또, 우리 모두에게 고통스러운 일이긴 했지만, 자네가 진실을 깨닫기 위해 필요한 단계였지.」

마일너는 데커에게 몸을 돌렸다.

「당신이 죄책감을 느낄 필요는 없소. 크리스토퍼는 고통을 받아야 했고 죽어야 했으니까. 세상이 살 수 있기 위해서는 그래야 했소. 그런 대가를 치르지 않는다면 세상을 변화시킬 수도 없으니까 말이오. 크리스토퍼는 뉴에이지의 지도자가 되기 위해 세상의 고통을 몸소 겪지 않으면 안 되었던 거요. 그의 죽음은 세상이 재앙으로 인해 받아온 고통을 상징하는 것이오.」

「하지만 크리스토퍼의 팔과 눈은 어떻게 된 거죠? 치유될 수 있지 않나요?」

데커의 물음에 크리스터퍼가 나섰다.

「그건 그래요. 하지만 제가 세상의 상처를 치유할 때까지는, 저 자신의 상처는 치유하지 않으려고 해요. 그때까지는 제 상처가, 우리가 진실로 쉴 수 있으려면 완수하지 않으면 안 되는 일이 있음을 인류 전체에게 상징적으로 나타내 보일 거예요.」

크리스토퍼의 표정은 결연한 의지를 말해주고 있었다.

「아저씨의 도움이 필요해요.」

크리스토퍼가 데커를 향해 말했다.

데커의 눈썹이 치켜 올라갔다. 〈이 가련한 중생이 무얼?〉 하고 묻는 것 같았다. 죽음으로부터 살아서 돌아온 한 〈인간〉이, 도대체 나에게 무슨 도움을 받을 일이 있다고 그러는 건가?

「우리 앞에 놓인 과업은 의지의 결단을 요구합니다. 이 행성의 모든 남자들과 여자들의 의지 말입니다. 그 길을 완성시키자면 그들의 지지와 협력이 필요할 뿐만 아니라, 그들의 헌신 또한 요구됩니다. 그러자면 무슨 일이 벌어지고 있고, 어떤 위험이 따르는지, 사람들에게 충분한 정보를 제공해야 합니다. 문제는 진실이 수많은 사람들이 믿고 있는 것과는 너무나도 다르다는 점입니다. 아저씨조차도 쉽사리 믿으려 들지 않을 것 같다는 게 제 솔직한 심정입니다!」

「내가 아까 본 것 때문에라도 난 네가 무슨 말을 하건 다 믿을 것 같다.」

데커가 크리스토퍼의 부활을 상기하며 말했다.

「그렇게 확신하지 마세요. 제가 아저씨한테 말씀드리려고 하는 것은, 그토록 오랜 세월 동안 인류가 견지해온 전통적인 믿음과는 상당 부분 다를 테니까요. 수많은 사람들이 믿어온 기반 자체를 산산이 부수어놓을 거예요. 하지만 이해하고 믿으려고 애써야 할 거예요. 그럼으로써 아저씨는 세상을 향해 말하는 저를 도우실 수가 있으세요.

그것이 바로 아저씨가 세상에 오신 이유예요. 아저씨는 모든 것은 적시적소에 일어나게 마련이라고 생각하시길 좋아하시죠. 그런데 아저씨가 그런 일을 하시게 되는 것은 정말 눈먼 행운이 아니에요. 그건 운명이에요. 미리 그렇게 정해져 있었어요. 아저씨만이 시초부터, 제가 태어나기 이전부터, 모든 것을 다 지켜보고 계셨어요. 저는 이제 세상에 진실을 밝혀야만 해요. 그리고 제가 아저씨께 말씀드리고자 하는 것을 세상이 이해하도록 하는 데에 아저씨의 도움이 필요해요.」

「내가 할 수 있는 거라면 뭐든지 다 하지. 그건 너도 알잖니.」

데커가 다짐했다.

「고마워요, 아저씨. 하지만 우리 앞에 놓인 일들을 설명드리기 이전에, 아저씨가 여기에 계시는 또 다른 이유를 말씀드려야겠네요. 전 그 일이 어떻게 해서 일어나게 되었는지 설명드릴 수가 없어요. 우주에는 설명할 수 없는 어떤 불가항력이 존재하는 법이죠. 하지만 이 모든 것에는 아저씨만의 필연적인 사연이 있어요. 아저씨, 우리가 삶을 함께한 것이 이번만은 아니에요. 아저씨가 태어나신 것 또한 이번이 처음이 아니에요. 아저씨가 얼마나 많은 생을 거듭거듭 사셨는지에 대해서는 모르겠어요. 하지만 적어도 아저씨가 사셨던 한 생애에 대해서는 알고 있어요. 2천 년 전, 아저씨와 저는 형제처럼 가까웠어요. 아저씨는 저를 따르는 제자들 중의 한 명이었어요.」

데커는 크리스토퍼에게서 시선을 떼지 못한 채로 있다가, 이윽고 고개를 떨치고는 자신이 들은 말을 소화하기 위해 애썼다. 로버트 마일너가 씨익 웃었지만 그는 전혀 알아차리지 못했다.

「아저씨가 이스라엘에서 저와 함께 사셨을 때, 아저씨는 저처럼 배반을 당하셨어요. 마르다 할머니와 해리 할아버지가 돌아가셨을 때, 너무나도 당연하게 아저씨에게로 가야겠다는 생각이 들었던 것은 바로 그 때문이었어요. 우린 과거 생에서와 마찬가지로 함께 이번 생으로 끌려 들어온 거죠. 데커 아저씨는 저의 가장 절친한 친구이자 제가 가장 사랑하는 제자였어요. 유다 이스가리옷! 제가 배반 당했던 것처럼, 아저씨는 요한 요하난 바르 세배대에게 배반을 당하셨어요.」

크리스토퍼는 손을 올려 데커의 어깨를 쥐었다.

「그리고 이제 우리는 함께, 그의 사악함을 끝장내기 위해 그와 대적하지 않으면 안 되는 거예요.」

크리스토퍼는 손을 내리고 말을 이었다.

「하지만 지나온 과거가 어찌 앞일보다 더 중요할 수 있겠어요. 아저씨, 아저씨가 루시어스 트러스트나 UN의 다른 뉴에이지 그룹 사람들과 잘 맞지 않았던 것은 우연이 아니에요. 때로 아저씨는 마일너 총장님이나 가이아 러브, 그리고 뉴에이지 운동의 다른 지도자들과도 왠지 서먹한 느낌이셨어요. 하지만 아저씨는 뉴에이지의 도래에 매우 중요한 분이세요. 아저씨가 상상할 수 있는 것보다 훨씬 더요. 아저씨는 이 모든 것을 세상 사람들에게 알리는 데에 다리 역할을 하셔야 할 분이거든요.」

로버트 마일너가 크리스토퍼의 말을 받았다.

「데커, 이 운동을 위해서 많은 이들이 이미 준비해왔소. 루시어스 트러스트가 한 일은 거대한 빙산의 일각에 지나지 않아요. 그것은 과거 수십 년 동안 뉴에이지의 도래를 위해 준비되어온 전 세계적인 네트워크의 작은 부분에 불과해요. 루시어스 트러스트와 마찬가지로 이들은 명상과 채널링, 긍정적인 사고방식과 상상력의 활성화, 자아실현을 가르치는 일을 후원해왔소. 모두가 다가올 세상을 위한 준비운동이었지요. 글을 써서 대중 잡지에 기고하거나 책으로 출판한 사람도 있었고, 시나리오나 음악을 통해서 알리는 사람도 있었소. 수많은 대중정치 운동이나 종교 운동의 핵심부에서 활동하던 남자들과 여자들이 우리의 운동을 위해서 헌신해왔소. 사실 뉴에이지의 영향력이 미치지 않은 삶의 영역은 거의 없다고 보아야 할 것이오. 루시어스 트러스트는 여러 뉴에이지 그룹을 위한 정보센터 구실을 할 목적으로 소규모로 출발했지만, 너무 커져서 하나의 조직으로 아우를 수가 없을 정도가 되었소.」

데커가 잘 듣고 있는지 살핀 마일너는 얘기를 계속했다.

「그것은 사전에 계획된 것이 아니었소. 누군가 조종자가 있어서가 아니라 자연발생적으로 그리 된 것이오. 지구상의 수많은 사람들의 마음이 모아지고 수렴된 결과라 할 것이오. 그들이 앞날의 일을 잘 알아서가 아니라―그들의 지식은 아직도 매우 한정되어 있다고 해야 할 것이오―한 시대가 끝나가고 있고, 한 시대가 시작되고 있다는 것을 이해한 것이오. 그들은 인류 공통의 목적이 무엇인지를 이해하고 있는 것이오.」

크리스토퍼가 데커에게 물었다.

「아저씨는 기억하시죠? 해리 할아버지가 왜 제 이름을 크리스토퍼라고 지었는지?」

너무나 오래 전 일이었지만 데커는 선연하게 떠올릴 수 있었다.

「그 양반은 크리스토퍼 콜럼버스의 이름을 따서 그렇게 지었다고 했어. 콜럼버스처럼 너도 인류를 새로운 세상으로 이끌어주기를 바랐던 거지.」

「바로 그거예요. 그리고 그 일을 위해서 제가 여기 있는 거구요. 하지만 콜럼버스 시절과 마찬가지로 오늘날에도 지구가 평평하다는 식으로 생각하는 사람이 너무나 많아요! 우리는 그들을 깨우치지 않으면 안 돼요. 로버트가 말씀하셨듯이, 우리의 친구들에 의해서 수많은 사람들이 뉴에이지 운동을 하기에 이르렀어요. 하지만 아직도 뉴에이지라는 말조차 들어본 적이 없는 사람들이 있어요. 영적인 데에 관심을 갖고 추구하는 사람들은 훨씬 더 적고요. 아저씨가 이 사람들에게 다리를 놓아주셔야 해요. 아저씨 스스로 영적인 영역에 뛰어들어 추구하지 않았던 이유가 바로 여기에 있어요. 그래야 이 사람들에게 훨씬 더 설득력 있는 언어를 사용할 수 있을 테니까요.」

크리스토퍼가 말했다.

「아저씨에게는 영적인 분야에 입문할 수도 있었을 기회가 과거에 두 번 있었어요. 가족들을 잃고 난 이후 아저씨는 사흘 밤낮을 잠도 못 이루셨지요. 아저씨는 아저씨를 부르는 소리를 들었어요. 하지만 아저씨는 속으로 생각했지요. 〈그럴 리가 없어! 내가 혼잣말을 한 걸 거야.〉 그러자 목소리가 멈추었지요. 아저씨는 자신이 미쳐가는 모양이라고 생각했어요.」

데커는 누구에게도 그 이야기를 한 적이 없었다. 크리스토퍼에게조차도.

「그후 잭키 한센과 루시어스 트러스트에 가셨을 때, 그때에는 목소리를 듣지 못하셨지만, 그들이 거기 있었어요. 그때 영적인 세계를 마음속으로 받아들이셨더라면 지금과는 많이 달라지셨을 거예요. 하지만 아저씨는 다른 목적을 위해 선택되신 분이세요. 아저씨는 말로써 영적인 세계를 경험해본 적이 없는 수백만의 사람들을 깨워야 해요.」

데커는 자신에게 주어진 커다란 임무에 감격했다.

「네가 요청하는 일이라면 무엇이든 가리지 않으마.」

「진실을 말한다는 것이 그리 쉬운 일은 아니에요. 수많은 사람들이 진리를 대변하는 아저씨를 멸시할 거예요. 아저씨가 죽기를 원하는 사람도 있을 것이고, 심지어는 죽이려고 들지도 몰라요.」

데커는 동요하지 않았다. 그러자 크리스토퍼가 계속했다.

「아저씨, 요한과 코헨에 대해서는 제가 틀렸어요. 그들은 그들 스스로 주장하듯이 하나님의 명령에 따라 행동하고 있는 거예요. 그들이 한 행위는 모두 그분이 의도하신 바였어요.」

데커는 어리둥절하지 않을 수 없었다.

「하지만 어떻게 그럴 수가! 10억 이상이 죽지 않았니!」

「그 이상이지요, 아저씨. 이번 재앙만으로도 지구 인구의 3분의 1인 14억이 죽었어요. 지금까지의 모든 재난을 합하면 세계 인구의 절반인 25억이 지상에서 사라진 셈이에요.」

크리스토퍼는 그렇게 말하면서 고개를 설레설레 흔들었다.

「진즉에 깨달았어야 했어요. 하지만 이제야 확실해졌어요. 믿고 싶지 않지만 피할 수 없는 진실이에요. 과거 3년 반 동안 지상에서 일어난 도든 일들은 성경에 예고되어 있었던 그대로예요! 중국-인도-파키스탄 전쟁의 핵 파괴, 지상의 숲이 3분의 1이나 파괴된 일, 홍수와 해일, 지진, 태평양에서 살아가는 바다 생물의 절멸, 재로 뒤덮인 하늘, 메뚜기 떼의 습격, 그리고 요즈음 지상을 휩쓰는 광기, 이 모두가 요한계시록에 묘사된 그대로예요. 나는 요한과 코헨이 계시록의 패턴을 따르고 있을 뿐이라고 생각했었지만 제가 틀렸어요. 그들의 뜻만으로 이런 대파괴가 야기될 수는 없는 일이에요.」

데커의 의아한 표정이 대답을 재촉하고 있었다.

「일어난 모든 일들, 모든 죽음, 모든 고통, 모든 파괴가 하나님의 뜻에 따라 수행되고 있는 거예요! 일어난 모든 일들, 그 모두가 수천 년 전에 아주 세세하게 이미 계획된 거라구요.」

크리스토퍼의 얼굴 표정은 데커가 일찍이 본 적이 없을 정도로 침통해 보였다. 말하기가 고통스러운 것이 분명했다. 그는 한 마디 한 마디에 고뇌를 실으면서 말을 이었다.

「하나님은 우리가 지금껏 인식해왔던 그런 존재가 아니에요!」

크리스토퍼는 말을 멈추었고, 데커는 잠자코 기다렸다. 다른 말로 그의 얘기를 방해하고 싶지 않았다.

「하나님에 관한 우리의 인식 거의 대부분이 잘못되었어요. 인간이 자기 친구라고 생각하는 존재가 사실은 적이에요! 인간이 적이라고 생각하는 존재는 적이 아니라 친구예요!」

「그게 무슨 말이니?」

데커가 물었다. 그는 별난 수수께끼도 다 있다는 듯이 이마를 찌푸리며 고개를 절레절레 흔들었다.

「어떤 의미에서는 해리 할아버지가 옳았어요. 제가 다른 별에서 온 존재라는 것 말이에요. 하지만 동시에 저는 하나님의 아들이기도 해요! …거의 45억 년 전, 지구로부터 1만7천 광년 떨어진 테아타라 불리는 별나라 사람들은, 식민지화의 첫 발걸음으로서 은하계 전역에 생명의 씨앗을 품고 있는 수천에 달하는 탐사선을 쏘아 올렸어요. 크릭 교수가 자기 책에서 그런 가설을 세웠듯이 말이에요.[10] 해리 할아버지는 수의에서 세포들을 발견한 다음 어렴풋하게나마 짐작을 하셨더랬지요.」

---

10) 프랜시스 크릭, 《생명 자체(Life Itself)》, New York, Simon and Shuster, 1983.

크리스토퍼는 설명을 시작하면서 비통에 찬 미소를 지어 보였다.

「우주선이 쏘아 올려질 당시, 테아타의 주민들은 오늘날의 지구 주민들이 이룩한 것보다 약간 더 진보한 정도였어요. 그들의 생명 형태는 인간들과 매우 흡사했지만, 수만 년의 세월을 지나오는 동안 물리적인 구조나 지적인 변화에 있어서 한 가지 방향으로만 일관되게 진화되지는 않았어요. 테아타의 과학자들 중 다수는 더 이상 나아갈 데가 없을 정도로 진화가 이루어졌다고 믿게 되었지요. 수만 년 동안 정체되어 있었기 때문에 어느 누구도 다음 단계의 진화가 바로 코앞에 다가와 있다가 것을, 그래서 손을 내뻗기만 하면 그걸 붙잡을 수 있으리라고는 의심해보지 않았을 정도였지요.

그러다가 마침내 다음번 진화 단계가 발견되었어요. 과학자들에 의해서가 아니라 영적인 지도자들에 의해서 말이에요. 지구에서와 마찬가지로 테아타에서도 역시 그랬어요. 진리란 때로 과학의 범위를 초월하여 존재하니까요. 과학에만 매달린 결과 테아타의 주민들은 과거에 묶이게 되고 말았지요. 그런 면모는 이곳 지구에서도 마찬가지예요. 예를 들자면, 대부분의 과학자들은 크리스털이라는 것을 규소산화물로 이루어진 광물의 하나로만 봐요. 하지만 과거 수십 년 동안, 크리스털이 사실은 그 이상이라는 것을 우리에게 말해 온 영적인 지도자들이 있었어요. 크리스털은 인간의 신체 내에 있는 부정적인 에너지를 순화시키고 파장을 조율함으로써 치유를 촉진시키기도 하고, 미래를 볼 수 있는 능력을 증가시켜주기도 하지요.

테아타에서 최초로 우주 전역에 탐사선을 쏘아 올린 지 1천 년도 안 되어, 그들이 씨를 뿌린 어느 별에서 주민들이 거주하게 되기 오래 전에, 테아타 사람들은 다음 단계로 진화의 큰 걸음을 내딛게 되

었지요. 바로 육체가 필요한 단계를 초월하여 순수한 〈영혼의 존재〉
가 된 거예요. 테아타인들은 영혼의 형태로 다른 행성이나 태양계,
심지어는 이 은하계의 경계를 넘어 수천에 달하는 다른 은하계로 여
행할 수 있는 능력을 지니게 되었어요. 그들은 다른 차원으로 여행
하는 법도 터득했지요. 과거나 미래로 시간여행을 할 수도 있었어
요. 아무런 노동 없이 생각의 힘만으로 순식간에 그렇게 할 수 있었
지요. 그때 이후로 아주 오랜 세월 동안, 테아타인들은 불멸의 영혼
의 존재로서 살면서 끝없는 우주의 경이로움을 탐사하고 여행하고
지켜봐왔어요. 그리고 그러한 능력을 지니게 됨에 따라서 당연히 우
주선을 발사하여 다른 우주를 식민지화하겠다는 계획은 쇠퇴하기에
이르렀지요.

한편, 그들이 탐사선을 보내 씨를 뿌려놓았던 행성들에는 나름대
로 생명이 움터서, 저마다의 특별한 환경에 맞추어 진화를 하는 생
명체를 갖게 되었지요. 세월이 흐름에 따라 수없이 많은 갈래의 진
화가 이루어지고 있다는 것이 명백해졌어요. 하지만 지각력을 지닌
생명 형태가 출현할 가능성을 지닌 진화의 갈래는 겨우 몇 가지에
지나지 않았지요. 그리고 그렇게 진화된 갈래에서도 오직 두 길만이
영혼의 존재로서 최후의 진화를 할 수 있는 것으로 판명되었어요.

그중 하나가 테아타에서 불과 32광년밖에 떨어지지 않은 한 행성
에서 먼저 나타났지요. 그 별에는 자체 내의 진화 시스템에 따라 본
능적이고 완전히 논리적인 생명 형태가 출현했어요. 그들은 테아타
인들이 과거에 보여주었던 것보다도 훨씬 빠른 속도로 영혼의 존재
로 진화했지만, 감정이 발달되지 않음으로써 테아타인들 만큼 진화
해갈 수는 없었어요. 감정의 발달이 테아타인들의 진화에 중요한 열

쉬였던 거죠. 이런 형태의 생명체가 살고 있는 행성은 일곱 개가 있는데, 셋은 이미 영혼 형태를 얻었고, 나머지 넷은 3백50만 년 정도가 더 걸려야 할 것으로 보여요. 지구 문헌에서는 이런 존재를 천사로서 다루고 있지요.

영혼의 존재로 진화해가는 다른 한 가지 길은, 제가 이미 말씀드렸듯이 테아타인들이 걸었던 길이에요. 이 우주 전체에서도, 수십억에 달하는 모든 별들 중에서도, 오직 하나의 다른 생명 형태만이 테아타와 비슷한 길을 따라서 진화해가고 있어요. 테아타인들 외에는 오직 그 생명 형태만이 진정한 신성(神性)을 획득할 능력을 지니고 있는 것이지요. 그 생명 형태가 바로 이 지구별 위에 존재하는 우리예요.」

데커는 장대한 우주 드라마에 압도되어 숨도 쉬기 어려울 정도였다. 크리스토퍼는 잠시 말을 멈추었다. 이야기를 더 진전시키기 위해서이기도 했고, 데커가 소화할 수 있도록 여유를 좀 주기 위해서이기도 했다.

「전체적으로 테아타인들은 다른 생명 형태들의 일에 개입하는 것을 매우 꺼려해요. 하지만 지구의 진화가 테아타인들의 그것을 고스란히 반영하고 있다는 것이 알려지고 나서, 테아타인들 중의 한 사람이 이 행성의 생명에 관여할 마음을 먹게 되었어요. 제가 이제 이야기하려그 하는 부분이 아저씨에게는 가장 받아들이기가 어려운 부분일 거예요. 하지만, 최대한 받아들여주세요. 최대한 이해하려고 애써주세요.」

데커는 이미 압도당해 있었지만, 크리스토퍼의 말이 육체적으로 그에게 충격을 가하기라도 할 것처럼 자기도 모르게 몸이 굳어졌다.

데커는 크리스토퍼에게 계속하라고 고개를 끄덕여 보였다.

「1만 5천여 년 전, 테아타인들 중의 한 명이 자신은 더 높은 단계로 진화해서 다른 테아타인들보다 더 우수하다고 주장했어요. 그러면서도 어떤 방법으로 그렇게 되었는지에 대해서는 밝히지 않고 말이에요.」

크리스토퍼가 다시 이야기를 멈추었다. 아무래도 데커로서는 받아들이기가 어려울 것이라고 생각하는 것 같았다. 그는 조심스럽게 입을 열었다.

「그런 주장을 편 테아타인의 이름은… 야훼였습니다!」

「헉, 야훼라고? 하나님을 나타내는 히브리식 이름 말이냐?」

데커가 되물었다.

크리스토퍼가 고개를 끄덕였다.

「예, 아저씨. 바로 그래요. 야훼는 자신이 진화의 최종 단계에 도달했으며, 그것은 어느 누구에게도 허용되지 않았던 진화 상태라고 주장했어요. 우주에서 오직 한 존재만이 그런 단계에 도달했다는 것이었지요. 그는 자신이 그런 최종 단계에 도달함으로써 우주를 존재케 했던 원천과 〈하나〉가 되었다고 말했어요. 더 나아가 그러한 이유로 자신이 〈창조주〉가 되었노라고 주장하고는, 다른 테아타인들에게 자신을 경배하라고 요구했지요.

하지만 테아타인들은 영혼의 형태를 띠기 훨씬 이전부터, 신들에 대한 믿음과 신들에게 경배하는 일을 버린 터였어요. 영혼의 형태로 진화하기 위해서는 반드시 취해야 할 가장 중요한 단계가 바로 그런 신앙의 포기였기 때문이지요. 그러니 그 시점에 누군가를 경배한다는 것은 말도 안 되는 일이었어요!

결국 다른 테아타인들이 자신을 경배하지 않을 거라는 점이 명백해지자, 야훼는 자기 스스로 망명길에 올랐어요. 그의 유일한 아들이 그와 동행했지요. 다른 테아타인들은 야훼가 떠난다는 것이 달가워서 배웅조차 해주지 않았죠. 야훼는 다른 테아타인들과는 상종도 하지 않겠다고 공언했지만 한 줄기 연결의 고리가 필요했어요. 그는 경배를 받고 싶다는 자신의 욕망을 포기할 수가 없었던 거지요. 그래서 그는 지구를 망명지로 택하기로 결정했어요. 테아타인들이 자신을 경배하지 않는다면, 차선책은 장차 영혼의 존재가 될 지구인들에게 경배를 받는 것이라고 생각했던 것이죠.

　하지만 인간들은 영혼의 존재가 되기로 예정되어 있기 때문에, 하나의 신을 예배한다는 것은 그들의 진정한 본질에 어울리지 않는 일이었어요. 지구를 지켜보고 있던 테아타인이 그런 야훼의 개입을 반대했지만, 야훼에게 반기를 들 정도로 강하지는 못했어요. 이성적으로 설득해보려 했지만 그 또한 아무 소용이 없었지요.」

　「하지만 다른 테아타인들이라도 그를 제지할 수 없었을까?」

　데커가 끼어들었다.

　「물론 그런 시도가 있긴 했지만, 이미 말씀드렸듯이 테아타인들은 일반적으로 다른 생명체가 가는 길에 개입하지 않는 것을 원칙으로 하거든요.」

　크리스토퍼가 설명을 계속했다.

　「아저씨, 사람들은 어째서 더 많이 갖고 싶은 욕망의 불을 끌 수가 없을까요? 어째서 항상 더 많은 것을 원하게 되는 것일까요? 아저씨는 이상하게 생각해보신 적이 없나요? 왜 손 안에 든 장미보다 손에 쥘 수 없는 장미가 더 아름다워 보일까요?」

크리스토퍼가 묻고 있었지만 데커는 고개만 주억거릴 뿐 대답은 하지 않았다. 그 질문은 답을 바라고 한 것이 아님을 그는 익히 알고 있었다. 그것은 바로 수천 년 동안 시인과 철학자들이 제기해온 문제가 아닌가.

「그것은 근본적으로 인간이 영혼의 존재가 될 자신의 운명을 부인하려고 하기 때문이에요. 인간은 육신과 영혼 사이에서 분열된 존재이기에 진짜로는 행복해질 수가 없어요. 만족시키는 것이 있다고 해도 일시적인 것들뿐이지요. 인간은 행복을 추구하지만 그걸 결코 발견할 수가 없어요. 자신의 궁극적인 잠재성에 도달하는 것이 금지되어 있기 때문이지요. 아저씨도 에덴 동산 이야기를 아실 거예요.」

데커가 잠자코 고개를 끄덕였다.

「성서에 나와 있는 것이 불완전하고 다소 잘못되어 있긴 하지만, 근본적으로는 여러 가지 점에서 맞다고 할 수 있어요. 창세기에는 아름답고 평화로운 동산에 아담과 이브가 살았다고 되어 있어요. 이런 평화로운 세상에 야훼가 들어오지요. 지상의 사람들이 한 번도 본 적이 없는 밝고 광채 나는 모습을 한 야훼는, 자신만이 진실된 하나님이며, 인간들의 창조자이며, 인간들은 자신을 예배하고 자신이 그들에게 부여할 계율에 복종하여야 한다고 말해요. 천진하고 무지한 그들은 그 말에 따르지요.

야훼는 첫번째 계율로서, 그들의 원시적인 문화에서조차 너무나도 불합리하고 단순한 명령을 내려요. 어떤 특정한 나무의 과일을 따먹어서는 안 된다는 것이 그것이지요. 그러고는 사람들에게 순종을 강요하기 위해 말도 안 되는 불공평한 처벌로 위협하지요. 그 나무 열매를 따 먹으면 죽게 될 것이라고 말이에요.[11] 성서가 암시하듯이 그것은 그 나무 열매가 어떤 마법을 지니고 있었기 때문이 아니었어요. 야훼가 그런 우스꽝스런 계율을 선택한 것에는 훨씬 더 음험한 이유가 있었어요!

아시다시피, 그가 그들에게 합리적인 계율을, 그들을 보호하기 위해 마련된 계율을, 그들 자신의 선함을 위해서 만들어진 계율을 주었더라면, 그들은 자기 자신들을 위한 것이기 때문에 그것을 따랐을 거예요. 그런 계율은 부모가 아이에게 뜨거운 난로를 만지지 말라고 할 때와 마찬가지로 이해를 증진시키지요. 하지만 야훼는 그런 이해의 증진을 도모했던 것이 아니에요. 그는 맹목적인 무지의 복종을 원했던 거예요! 야훼의 목적은 사람들을 무감각하게 길들여서 무조건적으로 복종하게 하는 데에 있었어요. 그의 계획은 그토록 교활한 것이었지요!

야훼는, 인간이 궁극적인 단계로 진화하기 위해서는 신들에 대한 어린아이 같은 믿음을 버리고 자기 자신을 신뢰하는 법을 배워야 한다는 것을 알고 있었어요. 그는 지구 인간들을 자신에게 복종하도록 만들 수만 있다면 지구인들이 영적인 세계로 진화해갈 수가 없게 될 것이고, 그래서 영원히 육체에 매여 살면서 자신을 예배하게 될 것임을 알고 있었던 거지요!

야훼가 오기 오래 전부터 지구를 지켜보고 있던 다른 테아타인은, 야훼의 계획을 저지하는 무슨 일인가를 해야 한다는 것을 알았어요. 그는 번민했지요. 그때까지도 그는 지구의 거주민들 앞에 모습을 드러낸 적이 한 번도 없었어요. 원시적인 이해의 수준에 있는 지구인

---

11) 창세기 2::7.

들이 자신을 신이라고 여길까 봐 염려한 거죠. 그는 그것만큼은 무슨 일이 있어도 피하고 싶었어요. 어떠한 신이든 신을 믿는 일은 진화를 위해서는 필연적으로 거쳐야 할 지적인 성장이나 자기 신뢰를 저해하는 짓이었기 때문이죠. 하지만 야훼가 이미 그들 앞에 모습을 드러내버렸기 때문에 그에게는 선택의 여지가 없었어요. 그는 야훼의 거짓을 폭로함으로써 잘못된 것들을 바로잡아야 했거든요.

자신이 신으로 오해받을 소지를 최소화시키기 위해, 그는 아담과 이브에게 가장 친숙한 동물의 형상을 하고 나타났어요. 그는 먼저 여자에게 설명했지요. 야훼가 너희에게 거짓말을 하고 있으며, 그 나무 열매를 먹는다고 해도 결코 죽지 않을 것이라고 말이에요.[12] 그는 또 이렇게 말했어요. 그녀가 그 과일을 먹는다면 야훼가 거짓말을 하고 있다는 것을 알아차리게 될 것이고, 또한 야훼가 자신이 주장하는 그런 존재가 아니라 그 누구도 막지 못하는 잔인한 전제 군주일 뿐이라는 사실을 알게 될 거라고요. 그녀는 본능적으로 그 테아타인의 말을 이해하고 믿었어요. 그러고는 전 우주의 수천 개에 달하는 행성에서 1백만 번이나 불려졌던 노래와 전설을 기억해내고는 대단한 용기를 발휘하여 그 과일을 먹었지요. 그녀는 자신의 판단이 그르다면 자신이 죽을 것이라는 것을 알고 있었어요. 하지만 그녀는 또한 알고 있었죠. 그녀가 먹지 않는다면, 그녀의 백성들은 야훼의 억압적인 지배로부터 그들을 자유롭게 해줄 진실을 결코 알 수 없게 될 거라는 사실을 말이에요.

물론 그녀는 죽지 않았어요! 야훼는 거짓말을 했던 것이죠! 그녀

---

12) 창세기 3:4~5.

는 그 과일을 다른 사람들과 함께 나누어 먹었고, 그들 역시 죽지 않았지요. 성서조차도 이를 인정하면서 야훼가 위협했던 대로 죽은 것이 아니라, 〈그들의 눈이 밝아졌다〉고 적고 있지요.[13] 그것은 야훼가 거짓말쟁이였음을 모든 세대에게 확신시키기에 충분하지만, 인류는 몇 백 년 동안 그러한 앎에 관심을 갖지 않았어요.」

「잠깐만.」

데커가 얼굴 가득 궁금해서 못 견디겠다는 표정을 지은 채 크리스토퍼의 말을 세웠다.

「그렇다면, 네가 말한 다른 테아타인이란… 사탄을 가리키는 것이니? 그가 아담과 이브에게 그 사과를 먹으라고 유혹했을 때, 그는 아담과 이브에게 무엇이 가장 이로운지를 내심 알고 있었다고 말하는 거야?」

「다른 테아타인의 이름이 사실은 루시퍼라는 것을 먼저 말씀드렸어야 했을지 모르겠네요. 루시퍼라는 이름의 의미는 〈빛을 품고 있는 자〉라는 뜻이지요. 〈사탄〉은 단지 〈테아탄〉을 잘못 발음한 말이구요. 〈th〉 발음이 없는 언어가 많기 때문에 여러 세기 동안 〈사탄〉이라고 발음된 것뿐이에요. 야훼는 처음에는 그에게 루시퍼라는 이름을 사용하지 말고, 그냥 〈테아타인〉이라고만 하라고 말했어요. 거기에는 자신이 테아타인들보다 우수하다는 심사가 깔려 있었지요. 루시퍼가 그들을 〈유혹한〉 것인지, 아니면 그들에게 단지 진실의 정보를 제공했던 것인지에 대한 판단은, 아저씨가 어떻게 생각하느냐에 달려 있어요.」

---

13) 창세기 3:7.

데커는 매우 곤혹스러운 표정을 지었다.

「크리스토퍼, 혹시 네가 뭔가를 잘못 알고 있는 건 아니니?」

크리스토퍼는 강하게 고개를 저었다.

「전혀 그렇지 않아요, 아저씨. 지난 사흘 동안 저의 육신이 죽은 채로 누워 있을 때, 제 영혼은 야훼 앞에 있었어요. 전 그와 〈얼굴과 얼굴을 맞대고〉 얘기했어요. 꿈속에서 제가 그 나무상자 옆에서 들었던 차갑고 비정한 웃음소리와 목소리가 바로 야훼의 웃음소리고 목소리였어요.

야훼는 자기 자신을 다른 테아타인들보다 강하게 만듦으로써 〈최종적인 진화〉를 이루고자 했지만, 결국 탐욕과 자만심, 질투심에 가득 차서 과거로 역행하고 있었던 셈이에요. 〈내 앞에서 다른 신을 섬기지 못 한다… 나는 질투하는 하나님이기 때문이다〉라고 모세에게 계명을 주었을 때, 야훼는 스스로 그것을 인정한 셈이지요.[14]

제가 설명하지 않아도 성서 자체가 야훼의 유죄를 입증하고 있어요. 성서는 세상에 대한 야훼의 압제와 잔혹함으로 가득 차 있어요. 과일을 먹는다는 단순한 행위만으로 사람들을 죽이겠다고 위협하는 것뿐만이 아니에요. 창세기 11장을 보면 바벨탑에 관한 이야기가 나오죠.」

로버트 마일너가 가방을 열더니 성서를 꺼내어 그 대목을 펼쳤다. 그는 데커에게 펼친 성서를 넘겨주었다.

「5절부터 한번 보세요.」

크리스토퍼가 말했다.

---

14) 출애굽기 20:3, 5.

야훼께서는 땅에 내려오시어 사람들이 세운 도시와 탑을 보고 생각하셨다. 「사람들이 같은 말을 쓰고 하나가 되어 일을 하기 시작했으니 안 되겠구나. 이것은 사람들이 하려는 일의 시작에 지나지 않겠지. 앞으로 하려고만 하면 못할 일이 없겠구나. 당장 땅에 내려가서 사람들이 쓰는 갈을 뒤섞어놓아 서로 알아듣지 못하게 해야겠다.」[15]

크리스토퍼는 데커의 어깨 너머로 성서를 보지도 않고, 그 대목을 완벽하게 인용했다.

「야훼는 지구 사람들이 협력하여 바벨에다가 탑을 건설하는 것을 보고는 그러한 하나됨을 막기 위해 방해를 했어요. 세계가 UN을 통해 하나 되는 것 역시 그는 그런 식으로 바라보고 있어요. 그래서 바벨에서 그렇게 했듯이 오늘날에도 역시 그런 노력을 깨부수려고 하고 있는 거예요.

야훼를 놀라게 했던 것은 하늘에 닿는 탑을 건설한다는 목표가 아니었어요. 그러한 일을 통해 지상의 사람들이 하나가 되는 것이 그가 진정 두려워했던 거예요. 사람들이 자신과 서로를 의지하고 믿게 되면 더 이상 그를 필요로 하지 않게 될 것이기 때문이죠. 신에 대한 외경심은 분리와 고통을 먹고 번성하게 마련이니까요. 그는 매번 그런 식이었어요. 자기만이 의롭고, 자신의 의로움을 인정하지 않는 것은 모두 배척했어요. 야훼의 그런 독선은 수많은 종교적인 박해로 이어졌고, 과거의 전쟁들도 그로 인한 것이었어요. 그렇게 그는 인간의 영혼을 오염시키기 위한 연료를 공급해왔던 거예요. 야훼는 지

---

15) 창세기 11:5~7.

상의 평화나 인간들 사이의 선한 의지를 원하지 않아요. 성서 자체가 그것을 입증하지요!」

크리스토퍼는 물을 한 모금 마시고는 계속했다.

「이제 출애굽기 4장을 보세요. 여기에서 야훼는 모세에게 이집트로 가서 파라오에게 이스라엘 백성들을 풀어주라고 말하라고 해요. 하지만 보세요. 여기가 바로 의미심장한 대목이에요. 야훼가 모세에게 말하기를…….」

크리스토퍼는 목청을 가다듬어 성서를 인용했다.

> 이집트로 돌아가거든, 내가 네 손에 준 온갖 이적을 파라오 앞에서 보여라. 그러나 나는 그로 하여금 억지를 부려 내 백성을 떠나보내지 않게 하리라. 너는 파라오에게 말하여라. 「야훼께서 말씀하기를, 이스라엘은 나의 맏아들이다. 내가 너에게 나의 아들을 놓아 보내어 나를 섬기라고 일렀건만 너는 그를 놓아 보내지 않았다. 그러므로 내가 이제 너의 맏아들을 죽게 하리라.」[16]

「데커 아저씨, 이런 어거지가 어디 있나요? 야훼는 모세를 보내어 파라오에게 경고하라고 해요. 그러면서도 그는 미리 파라오로 하여금 억지를 부려 그 경고를 무시하게 만들어놓아요. 그러고는 모든 것에 대한 책임을 파라오에게 뒤집어씌워 그의 아들을 죽이죠.

그 모든 것이 야훼에게는 하나의 게임에 불과해요! 물론 고통을 받은 것은 파라오만이 아니었지요. 야훼가 무고한 백성들에게까지

---

16) 출애굽기 4:21~23.

도 연달아 재앙을 일으킴으로써 이집트 사람들 모두가 고통을 받았어요. 오늘날에도 세상 사람들 모두가 야훼가 일으키는 진저리나는 재앙들로 고통을 받고 있어요.

저 자신도 야훼와 이야기를 주고받지 않았더라면, 그런 악이 이 우주에 존재할 수 있으리라는 것을 믿지 않았을 거예요. 무슨 까닭이 있었겠지, 그렇지 않다면 그가 완전히 미쳤거나. 그런 식으로 생각했을 거예요. 하지만 전 그와 이야기를 나누었어요.」

크리스토퍼는 고개를 흔들면서 한숨을 내쉬었다.

「다음 몇 구절을 더 읽어보시면, 아저씨도 제가 말하고자 하는 바를 알아차리실 거예요. 야훼는 파라오에게 가서 말하라는 사명을 주어 모세를 이집트로 보내고 난 후, 자신이 명한 바로 그 일을 하려 한다는 이유로 모세를 죽이기로 결정해요![17] 다행히도 모세의 아내가 야훼의 잔인함과 피에 굶주린 본성을 이해하고서는 자기 아들을 칼로 상처 내어 그 피를 모세의 발에 문지르자 야훼는 그를 죽이지 않게 되지요.[18] 미친 소리처럼 들릴지 모르지만 이것이 내가 말하고자 하는 요지의 전부예요! 모두가 성서의 그 대목을 눈여겨볼 일이에요. 그리고 피에 굶주려 있다는 점에 대해서 보자면, 야훼가 유대의 제사장들에게 동물들을 도살하여 제물로 바치는 법에 대해 지시한 내용을 읽어보셨어요?[19] 동물들을 제물로 바치라고 한 것 자체가 악은 아니라고 할지라도, 그는 동물들의 목을 잘라서 그 가련한 짐승들이 피를 흘리면서 천천히 죽어가도록 지시를 하고 있어요.

---

17) 출애굽기 4:24.
18) 출애굽기 4:25.
19) 예를 들면 레위기 1:5~17.

그리고 단지 동물들만이 아니었어요! 사사기 11장 29~39절을 보면, 야훼는 암몬 사람들을 쳐부숴 승리하게 하는 대가로 입다라는 사람의 어린 딸을 번제물로 요구하고 있어요.

민수기 22장으로 가볼까요. 거기에서 모압 왕은 사신들을 보내 예언자 발람을 불러오라고 해요. 발람은 야훼가 허락하지 않는다면 그들과 함께 가지 않겠다고 거절하지요. 바로 거기에서부터 읽어보세요.」

크리스토퍼가 성경을 넘겨주면서 말했다. 데커가 읽기 시작했다.

> 그날 밤에 하나님이 발람에게 임하여 이르시되, 「그 사람들이 너를 부르러 왔으니, 일어나 그들과 함께 가거라. 그러나 내가 네게 이르는 말만 따르도록 하여라.」[20]

「계속 읽어보세요.」
크리스토퍼가 말했다.

> 발람은 아침에 일어나 자기 나귀에 안장을 얹고, 모압 고관들을 따라서 길을 나섰다. 그러나 그가 길을 나선 것 때문에 야훼가 크게 노하시므로 그의 천사가 발람을 막으려고 길에 서니라.[21]

「이제 33절로 내려가보세요. 야훼가 천사에게 발람을 죽이라고 지시했다는 것을 알 수 있을 거예요. 도대체 무엇 때문이었을까요?

20) 민수기 22:20.
21) 민수기 22:21~22.

야훼가 그에게 시킨 대로 하려 한다는 바로 그 이유 때문에 죽이려 하다니요! 그래놓고 야훼는 바로 다음 장(章)에서 철면피하게 선언하고 있지요.」

하나님은 사람이 아니시니 거짓말을 하지 않으시고, 인생이 아니시니 후회가 없으시다! 어찌 그 말씀하신 바를 행하지 않으시며 하신 말씀을 실행하지 않으시랴![22]

「하지만 모세와 발람의 경우처럼 야훼는 자기 기분 내키는 대로 변덕을 부리지요! 이스라엘 백성이 야훼가 약속했던 땅에 마침내 이르게 되었을 때 〈사소한〉 문제 하나가 발생해요. 거기에는 이미 살고 있는 사람들이 있었던 거예요. 야훼는 어떻게 했죠? 그는 이스라엘 백성에게 그 땅으로 들어가서 남자나 여자, 아이들을 보이는 대로 죽이거나 쫓아내라고 합니다. 자비심이라곤 전혀 없었어요.」[23]
크리스토퍼는 비통함에 몸서리를 치면서 계속 말을 이었다.
「이제 사무엘상 15장으로 가서 3절부터 읽어보세요.」
데커가 책장을 넘겨 읽기 시작했다.

너는 이제 가서 아말렉을 쳐라. 그들에게 딸린 것은 모두 전멸시켜라. 사정을 보아주어서는 안 된다. 남자와 여자, 어린아이와 젖먹이, 소 떼와 양 떼, 낙타와 나귀 등 무엇이든 가릴 것 없이 죽여라.[24]

---

22) 민수기 23:19.
23) 민수기 33:51~52, 신명기 7:1~2.
24) 사무엘상 15:3.

「도대체 어떠한 신이기에 순진무구한 아이들과 젖먹이까지 다 죽이라고 하나요?」

데커는 종교를 믿어본 적이 없었다. 그런데도 크리스토퍼가 말하는 것을 받아들이기가 어려웠다. 하지만 갈수록 크리스토퍼가 옳다는 것을 깨닫기 시작했다.

「다시 앞으로 가서 출애굽기 20장을 보세요. 거기에는 십계명이 나와요.」

크리스토퍼는 데커가 그 장을 펼칠 때까지 기다렸다.

「5절부터 읽어보세요.」

데커가 두번째 계명을 읽었다.

> 너희는 그것들에 절하거나 그것들을 섬기지 말라. 네 하나님, 야훼는 질투하는 하나님이다. 나를 미워하는 자에게는 죄를 갚되, 본인뿐만 아니라 삼사 대 자손까지 이르게 하거니와……[25]

「그것만 보아도 너무나 분명합니다. 자기 아버지나 할아버지가 잘못한 것을 그 자식이나 손자에 이르도록 벌을 받아야 한다니, 이보다 더 잔인하고 불공평한 신이 어디에 있습니까?

그것뿐만이 아니에요.《구약성서》욥기에 나오는 욥은 야훼에게 항상 충직했던 사람이었지요. 그런데도 야훼는 그로부터 모든 것을 다 빼앗아버려요. 자식들을 죽이고, 재산을 모두 빼앗고, 하루 종일 가려워서 몸을 긁어야 하는 병을 주지요. 다름 아니라 욥이란 사람

---

25) 출애굽기 20:5.

은 무슨 일이 있어도 야훼께 헌신하는 사람이라는 것을 입증하기 위해서 그토록 잔인한 게임을 벌이는 것이에요.

성서는 이처럼 말도 안 되는 논리로 가득하다는 사실을 모두가 알아야 해요. 야훼를 될수록 미화시키려 했던 성서의 저자들조차도 야훼의 됨됨이가 가학적이고 변태적이라는 것을 숨길 수가 없었어요.

다른 사례들도 얼마든지 더 있어요. 〈하나님의 말씀〉이라면서 성서 전체에 쓰인 이야기들은, 사실은 자기밖에 모르는 거만하고 미친 한 폭군의 잔혹사에 다름 아닌 거예요! 그는 〈사랑의 하나님〉이라고 주장할지 모르지만, 그가 한 말을 전적으로 따르더라도 그의 진정한 정체는 야수에 지나지 않아요. 테아타와 야훼의 기원에 관한 제 말을 전적으로 받아들이지 않는다고 하더라도, 성서를 읽어보시면 아마 동일한 결론에 이르지 않을 수 없을 거예요!

이 모든 사례들이 충분히 사악하게 여겨지지 않는다고 할지라도, 야훼의 동기가 어디에 있는지 그 저변을 잘 살펴보신다면, 그가 인류에 대해 저지른 엄청난 죄악상을 실감하실 수 있을 거예요. 창세기 1장에는, 하나님이 자기의 형상에 따라 인간을 만들었다고 되어 있어요.[26] 물론 그것은 거짓말이에요. 아까 말씀드렸듯이, 인간은 테아타인들이 우주에 뿌린 생명의 씨앗에서부터 출발하여 진화해가는 과정 중에 있어요. 설혹 성서의 주장을 곧이곧대로 받아들인다고 해도 우리는 의문에 직면하지 않을 수 없어요. 하나님이 자기 형상대로 인간을 창조했다면, 하나님은 인간으로 하여금 자신의 본성이 그래야 한다고 지시하는 바로 그런 존재가 되도록 허용했어야 마땅하

---

26) 창세기 1:26.

지 않을까요? 하지만 전혀 그렇지 않았어요!」

크리스토퍼의 목소리가 격앙되었다.

「성서에 따르면, 야훼는 신의 형상에 따라 인간을 창조해놓고도, 인간으로 하여금 종이 되도록 요구했어요!」

크리스토퍼는 꽉 쥔 주먹으로 의자 팔걸이를 두들겼다.

「자신의 종이 될 것을 원하고 자신에게 경배하기를 원했다면, 그는 마땅히 그런 본성을 지닌 존재들을 선택했어야 했어요. 자신들의 본성에 따라, 독립적으로 결정하고 자주적인 판단을 내리도록 자유로워져야 하는 사람들이 아니라 말이에요!

더욱 더 교활하고, 저열하고, 정신 나간 짓이라고 할 수 있는 것은, 하나님의 형상에 따라 만들어진 남자들과 여자들을 그들 자신의 본성에 반하는 율법으로 묶어놓았다는 점이에요. 그가 공포한 율법이란 인간들이 마땅히 도달해야 할 우주적 지점에 도달하지 못하도록 금지하는 것 일색이에요.」

크리스토퍼는 마음을 가라앉히고자 길게 한숨을 내쉬었다.

「야훼의 계명 전체가 그르다고 말하는 게 아니에요. 살인하지 말라거나 도둑질하지 말라는 것 등은 선한 의도에 봉사하는 말이지요. 하지만 그럴듯한 거짓말쟁이들일수록 거짓말을 믿게 하려면 진실을 적당히 섞어야 한다는 것을 알고 있는 법이지요. 게다가 살인이나 도둑질을 하지 말라는 법을 모르는 사람도 있을까요. 〈하나님〉이 그런 것까지 우리에게 말해줄 필요는 없는 것이지요. 중요한 건 수입의 10분의 1을 바쳐야 한다든가 인간의 성욕이나 관계에 대한 욕망의 금지처럼, 야훼가 정한 많은 율법이 인간의 유익함을 위한 것이 아닐 뿐만 아니라 실제로 해롭기까지 하다는 거예요.

시간이 열리기 시작한 새벽부터 인간은 의문에 사로잡혀왔어요. 만약 하나님이 사랑의 하나님이라면, 어찌하여 하나님은 이 세상에 그 모든 악이 존재하도록 허락하시는가? 선한 사람들에게 시련이 닥치는 것은 무엇 때문인가? 해답은 놀라울 만치 간단해요. 받아들이기 어려울지 모르지만 야훼가 사랑의 하나님이 아니기 때문이라는 거죠! 그는 인류에게 온갖 가학적인 행위를 하고 압제를 일삼았던 불안정하고, 병든, 미치광이 같은 존재예요.」

데커는 머리를 흔들고는, 전혀 예기치 않았던 정보를 소화시키려고 애쓰면서 말했다.

「미안하지만 난 아무래도 이해할 수가 없다. 넌 네가 하나님의 아들이라고 말하지 않았니?」

「맞아요.」

크리스토퍼가 천천히 고개를 주억이며 계속했다.

「저는 그의 아들이에요. 예수가 그랬듯이 말이에요. 그리고 그것이 내가 이 지상에 오게 된 목적이 어디에 있는지를 알려주는 열쇠이기도 해요.

야훼가 아말렉 사람들에게 행하는 것을 보고 루시퍼는 그냥 두고 볼 수가 없었어요. 그는 야훼에게 지구인들을 다루는 방법을 재고해 달라고 간청했어요. 그러면서 사울 왕의 부하들이 살해하고 수족을 절단한 아이들과 젖먹이들의 시신을 야훼에게 보여주었지요. 야훼에게 일말의 동정심이나마 남아 있기를 바라면서요. 하지만 야훼는 전혀 뉘우치는 기색이 없었어요. 오히려 그것을 즐기면서, 그런 시도를 한 루시퍼를 비웃고 조롱할 뿐이었어요.

그러자 루시퍼는 야훼의 자존심을 긁는 대담한 제안을 했어요. 그는 야훼가 인간의 생명을 그렇게 경시하는 이유가, 테아타에서는 생명이란 것이 하나의 물리적인 육체에 제한되지 않게 된 것이 너무나 오래 전의 일이기 때문이라고 주장했어요. 그러고는 야훼로 하여금 인간의 생명의 주기 속으로 뛰어들어 인간만이 알 수 있는 삶을 경험해볼 것을 제안했지요.

　야훼가 거절한 것은 당연했어요. 하지만 루시퍼는 계속해서 고집을 부렸고, 결국 야훼는 자기 아들이 인간이 되는 데에 동의했어요. 망명길에 올랐을 때 유일하게 그를 따랐던 그 테아타인 말이에요. 야훼는 자기 아들이 인간으로서의 삶을 살아본 후 인간들이 불공평하게 대접받아왔다는 것에 동의한다면, 그때는 루시퍼가 말했던 것을 한번 고려해보겠다고 했어요.

　그렇게 해서 그의 아들인 예수가 인간의 아기로서 세상에 태어나, 이스라엘 사람들 가운데에서 성장하게 됐던 거예요. 예수는 지구인들 사이에서 30년을 살고 나서는, 루시퍼가 옳을지도 모른다고 고민하기 시작했어요. 야훼가 왜 그를 보냈는지, 야훼가 그에게 원하는 결론이 무엇인지를 너무나 잘 알고 있었기에, 그에게는 엄청난 고민이 아닐 수 없었지요. 예수는 결국 이러한 것들에 대해 자기 아버지에게 의문을 나타내기 시작했어요. 또한, 내가 나무상자에 대해 꾸었던 것과 똑같은 꿈을 꾸기 시작했지요. 아주 오래 전에도 그런 꿈을 꾸었던 것 같다고 말씀드린 이유가 바로 거기에 있었어요. 그 나무상자에 대한 꿈은 상징이었어요. 그 안을 들여다본다는 것은 결국, 야훼의 허영에 가득 찬 겉모습 이면에 깃들인 자기중심적이고 이기적인 전제 군주를 보는 것과 마찬가지였던 거예요.

　야훼는 자신이 끼어들지 않는다면, 예수의 의문과 대담성이 갈수록 커져서 결국엔 루시퍼와 결탁해, 지구인들을 야훼의 그늘에서 해방시키려고 할지도 모른다고 생각하게 되었어요. 바로 그런 두려움 때문에 야훼는 예수의 지상 체류를 끝장내기로 결정했던 것이지요. 하지만 야훼는 그를 단순히 영혼의 형체로 되돌리기보다는 인간들의 손에 의해 십자가형에 처해지도록 했어요. 예수가 지구인들에게 영원히 등을 돌리게 되기를 희망했던 것이지요. 더 나아가 그는 예수가 가장 친한 친구로서 믿었던 사람들 중의 하나로 하여금 그를 배반하게 함으로써 인간에 대한 증오와 혐오를 예수에게 심어주려 했어요. 야훼가 사도 요한과 협정을 맺은 것은 그 무렵이었지요. 야훼는 요한에게 예수를 배반한다면 영원한 생명을 주겠노라고 약속했어요. 하지만 요한은 밝혀진 바와 같이 너무나 겁이 많아서 그걸 실행할 수가 없었고, 그래서 유다를 꼬드겨서 자신이 맡은 그 더러운 과업을 대신 수행하도록 한 거예요.

불행하게도 야훼의 계획은 그대로 이루어졌지요. 예수가 만약 십자가형을 당하지 않고 자기 수명을 누렸더라면 그는 결국 루시퍼와 지구인 편이 되지 않았을까요?」

크리스토퍼는 어깨를 으쓱해 보이고는 말했다.

「사실 전 예수가 죽음에 이르렀을 때까지의 기억을 완전하게 갖고 있지만, 그럼에도 확신할 수는 없어요. 야훼에게 계속해서 충성을 했을지도 모르는 일이지요. 그는 너무나 충성심이 강한 사람이었거든요.

예수는 자신을 완벽한 지구인의 한 사람이라고 생각할 수도 없었어요. 문제는 자기 아버지와 자신의 앞선 삶에 대한 완전한 기억과 앎을 지닌 채 이 세상에 태어났다는 데에 있었지요. 이 때문에 그는 야훼를 객관적으로 평가할 수가 없었죠. 그런가 하면 십자가형의 충격과 부활, 복제되기 이전의 2천 년에 이르는 동면으로 인해, 저는 예수의 삶이나 야훼에 대해 몇 가지 단편적인 기억밖엔 가지고 있지 않아요.

테아타인들은 과거나 미래로 여행할 수 있다고 했는데, 그 말을 좀더 정확하게 말씀드려야 할 필요가 있겠군요. 아저씨도 시간 여행에 관해 이러쿵저러쿵 논쟁을 하는 것을 들어보셨을 거예요. 문제는 바로 이거죠. 한 인간이 과거로 거슬러 올라가서 아직 어린아이인 자기 자신의 아버지를 죽일 수가 있는가? 만약 그렇다면 그 시간 여행자는 태어날 수가 없게 되고 만다. 그가 태어나지 않았다면 어떻게 시간을 거슬러 올라가 자기 아버지를 죽이는 일이 가능할 수 있겠는가? 테아타인들은 그 패러독스에 대한 해답을 알아냈어요. 한 인간이 시간 속으로 여행을 할 때 그는 그 어떤 것도 변화시킬 수가 없어요. 아주 작은 물체를 들어올리거나 잔가지를 쳐내는 것 같은 일도 할 수가 없죠. 또한 다른 존재들은 그를 볼 수도, 들을 수도, 느낄 수도 없어요. 사실 그는 아무것도 변화시킬 수가 없기 때문에 공간을 차지할 수조차 없지요. 바로 그렇게 영혼의 형체이기 때문에 시간 여행이 가능할 수 있는 것이기도 하고요. 결국 과거로의 여행자는 관찰자에 불과한 것이죠. 그는 다시 현재로 돌아와 미래를 자신이 원하는 방향으로 바꾸는 데에 필요한 조치를 함으로써만 미래를 변화시킬 수 있어요.

수의에 남아 있었던 세포들의 복제는 애초부터, 심지어는 루시퍼가 야훼에게 인간의 생명 주기로 들어가보는 게 어떠냐고 제안할 당시부터 이미 계획되어 있었어요. 이런 말씀을 드리는 것은 아저씨가 아실 필요가 있기 때문인데요. 루시퍼는 미래를 보았고, 예수가 십자가에 처형당할 것임을 미리 알았던 거예요. 그래서 예수가 죽자 그는 자기 천사들을 무덤으로 보내어 그 수의에 예수의 상처가 찍히도록, 그래서 그가 부활했을 때에 그의 피부 세포가 거기에 남아 있을 수 있도록 조처를 취했어요. 그는 2천 년 후의 어느 날, 과학자들이 그 수의를 검사하게 되리라는 것을 알고 있었던 것이죠. 그날이 오면, 과학자들 중 한 명이 그 세포를 발견하여 예수를 복제하게 되어 있었지요.

하지만 이런 계획은 비밀에 붙여져야 했고, 그 세포들도 야훼에게 발각되어서는 안 되었어요. 인간들이 천사라고 부르는 영혼의 존재들에 대해 아저씨께 말씀드린 적이 있을 거예요. 아저씨께서 한 가지 더 아셔야 할 사실은 그들 영혼의 존재들, 즉 천사들의 대부분은 테아타인들과 서로 긴밀하게 통하는 사이라는 점이에요. 지구만의 독특성 때문에, 야훼와 루시퍼는 각자 그들 명령에 따르기를 선택한 수백만의 천사들을 거느리고 있었어요. 루시퍼는 그 수의의 세포들을 보호하기 위해, 일단의 천사들에게 그 세포들의 존재를 야훼로부터 감추라고 지시했어요. 그래서 복제가 이루어지고 나자 그 천사들은 저의 존재 역시 비밀에 붙였지요.

언젠가 제가 나를 사이에 두고 전투가 벌어지고 있는 것 같다고 말씀드린 적이 있죠? 나에게 다가오려고 하는 누군가가 있고 그것을 막는 무리가 있는 것 같다고요. 테아타인으로서의 능력이 요구되는 무슨 일인가를 행할 때마다 그런 느낌이 들었었지요. 사람들을 치유하는 일 같은 거 말이에요. 바로 제가 그런 일을 함으로써 야훼의 천사들이 나의 존재를 알아차리고 접근하려 했고, 루시퍼의 천사들은 결사적으로 나를 보호하려고 들었던 거였어요.」

「잠깐만, 그렇다면 이스라엘 광야에서 40일 동안 있었을 때 네가 이야기를 나누었다는 상대는 누구지?」

데커가 크리스토퍼의 얘기를 가로막고 물었다.

「루시퍼였어요.」

크리스토퍼가 대답했다.

「그가 네 아버지로서 행세했단 말이니?」

「진실을 알기 이전인 그 당시의 저로서는 루시퍼와 한패로서 뭔가를 협의한다는 발상 자체를 받아들이기가 힘들었어요. 하지만 어떤 의미에서 그는 나의 진정한 아버지셨어요. 아버지 야훼보다도 훨씬 더. 아저씨가 저를 돌봐주시고 보호해주셔서 저 자신의 운명에 이를 수 있도록 도와주신 것과 마찬가지로, 루시퍼 역시 그랬어요. 더구나 40억 년 전에 저에게 생명을 주시고 사랑으로 돌봐주셨던 분이잖아요.

어쨌든 UN에서의 치유 행위 때문에 야훼는 저를 발견했어요. 그래서 저를 죽이라고 탐 도나핀을 보낸 것이지요. 야훼는 아저씨에게 저의 죽음에 대한 책임을 뒤집어씌우려고 했어요. 2천 년 전에 아저씨가 당했던 것처럼 말이에요. 아저씨가 유다였을 당시 그랬던 것처럼, 아저씨 스스로 목숨을 끊으려 하리라는 것조차 알고 있었을 거예요.」

크리스토퍼가 그렇게까지 말했음에도 불구하고 아직도 더 밝혀져야 할 것들이 남아 있었다. 데커는 본능적으로 자기 주머니에 손을 찔러 넣어, 생명종결센터에서 보낸 브로셔를 만지작거렸다.

「넌 알지?」

「예, 알아요.」

데커의 뜬금없는 물음에 크리스토퍼가 답했다.

데커는 주머니에서 브로셔를 꺼내 잠시 들여다보다가 둘로 찢어 던져버렸다. 그러고 나니 기분이 홀가분했다.

「야훼가 탐 도나핀으로 하여금 나를 죽이려고 했던 데에는 또 다른 이유가 있어요.」

크리스토퍼가 얘기를 계속했다.

「그는 나로 하여금 아저씨를 탓하게 하고, 그로써 인간 전체를 불신하게 하려고 일을 꾸민 거예요. 예수가 배반당한 이후 그랬던 것처럼 말이에요. 하지만 나는 아저씨를 탓하지 않아요. 아저씨나 탐을 원망하는 마음은 조금도 없어요. 탐 도나핀은 주변 사람들에 의해 끌려다녔던 불쌍하고 가련한 전당물에 지나지 않았으니까요. 2천 년 전에 요한이 아저씨를 잘못 이끌었듯이 말이에요.」

크리스토퍼는 손을 데커의 어깨 위에 올려놓았다.

「아저씨, 그건 탐의 잘못이 아니었어요. 아저씨의 잘못도 분명 아니었구요.」

데커는 아무런 대꾸도 하지 않았지만, 크리스토퍼의 위안에 감사하고 있었다.

「지난 사흘 동안 내내, 제가 영혼으로서 야훼 앞에 있을 동안, 그는 나를 자기편으로 기울어지게 하려고 했어요. 자신을 따르면 권력을 줄 것이며, 그렇지 않으면 벌을 내릴 거라고 위협하면서 말이에요. 하지만 지금 제가 이렇게 건재하고 있다는 것이 말해주듯이 그는 실패했어요. 이제 저는 알아요. 이기든 지든 저는 그와 싸우지 않으면 안 된다는 것을요. 루시퍼가 그랬듯이, 저는 야훼의 미친 욕망을 물리쳐 이기도록, 그래서 노예 상태에서 벗어나 인간이 승리할 수 있도록 저 자신을 바칠 거예요. 야훼는 저의 이런 결심도 알고 있을 거예요.」

크리스토퍼는 로버트 마일너를 향해 돌아섰다.

「로버트는 그 모든 사실을 다 알고 계셨지요?」

「전부 다는 아니네. 사실 앨리스 번레이는 나보다 훨씬 오래 전부터 이런 사실들을 알고 있었지. 루시어스 트러스트의 헌장에는 그 본래 이름이 루시퍼 트러스트였다는 것이 나와 있어. 수많은 논의를 거친 끝에, 루시퍼 트러스트라고 하면 사람들이 꺼려 할지 모른다는 결론이 내려져 감추기로 한 거지. 사실 난 앨리스가 죽고 난 이후까지도 진실을 몰랐어. 그런데 듀얼리 카임 대사가 나에게 나타나서, 고대의 히브리 예언자인 엘리야의 영을 받도록 날 준비시켰지. 이스라엘 광야에서 15개월 동안 수련을 한 후, 듀얼리 카임 대사가 테아타인인 빛의 사자, 루시퍼에게 속한다는 것을 이해하게 되었어.」

마일너가 자초지종을 얘기했다.

「하지만 난 엘리야를 하나님, 즉 야훼의 예언자라고 생각했는데 그가 마음을 바꾼 건가요?」

데커가 물었다.

「간단히 말하자면 그렇소. 당신도 알다시피, 구약성서의 다른 예언자들 가운데에서도 엘리야를 탁월하게 만들어주었던 사건이 있었소. 그가 야훼의 편을 들어 이겼기 때문에 야훼는 그로 하여금 죽음을 경험할 필요 없이 자신의 옆으로 그를 불러올렸던 거요.[27] 엘리야

---

27) 열왕기하 2:9~12.

는 육신을 지닌 상태로 하나님 앞으로 나아갔소. 야훼의 실수는 시간이 경과하면 루시퍼가 이미 알고 있던 것들을 엘리야 또한 깨닫게 되리라는 것을 예측하지 못했다는 데 있었소. 나중에 엘리야는 야훼 몰래 루시퍼의 지도 아래 수련을 하기 시작했소. 수백 년이 지나자 그는 거의 테아타인들의 수준으로까지 진보할 수가 있었소. 그러자 그는 다시 지구로 돌아왔고 나의 육신에 영혼으로 깃들었던 거요. 그는 지금 크리스토퍼를 돕기 위해 여기 있는 거요.」

데커가 길게 한숨을 쉬고는 물었다.

「그렇담 이제 우린 무엇을 하죠?」

「데커 아저씨, 지금까지 저는 뉴에이지를 하나의 탄생으로서 묘사해왔고, 사실이 그래요. 하지만 〈시대의 도래〉라는 말이 더 적절한 표현일 거예요. 때가 되면 사람들은 어린 시절 자신을 묶어놓았던 끈들을 끊고 자신만의 길을 택하여 자신만의 인생을 살아야 해요. 이것은 행하기 쉬운 일이 아니에요. 아저씨 곁을 떠나 코스타리카에 있는 대학에 다니게 되었을 때가 생각나는군요. 이별의 아픔이 어제의 일인 양 생생해요. 하지만 아저씨가 자랑스러워하고 저 자신 자부심을 갖게 될 그런 인간으로 계속 성장하려면, 저는 저 자신을 믿고 의지하는 법을 배우지 않으면 안 되었어요.

그와 마찬가지로 이제 인류는 독립의 단계에 접어들었어요. 물론 그건 쉽지 않을 거예요. 제가 둥지를 떠나게 되었을 때, 아저씨는 정말 여러 가지로 저를 배려해주셨어요. 그런데도 저에게는 쉬운 일이 아니었지요. 아저씨도 분명 그러셨을 거예요. 하지만 부모가 아이를 떠나보내려고 하지 않는다면, 작별은 더더욱 어려워지고, 아이의 성장에 걸림돌이 될 거예요. 그런 상황에서의 최선은, 아이로 하여금 확고한 결심을 하도록 하여 행해야 할 것이 무엇인지를 알게 하는 것이에요. 부모의 무릎 아래에 남아 있어보았자 좋을 게 없다는 걸 깨닫게 하는 것이지요. 부모나 아이에게는 물론 고통이 따르겠지요. 하지만 고통을 피하는 것은 그 고통을 더 연장시키고 키울 뿐이에요. 인류는 지금 십자로에 서 있어요. 인류의 영혼은 해방되어야 해요. 우리가 하나님을 전제군주로서 믿든, 아이를 놓아 보내려 하지 않는 부모로 보든 길은 하나뿐이에요. 인간은 해방되어야 하고, 해방의 때는 바로 지금이에요!

뉴에이지의 예언자들과 교사들이 우리를 준비시켜왔던 것은 바로 이런 목적을 위해서였어요. 수백 년 동안 이어져 내려온 프리메이슨주의(중세의 숙련 석공 길드에서 비롯된 세계 최대의 박애주의. 고대 바빌론에서처럼 세계의 언어가 단일화되고, 하나로 통합되는 시대를 추구한다. – 역주)의 믿음들, 신지학 협회의 마담 블라바츠키와 장미십자회원들의 가르침에서부터 데이비드 스팽글러와 물리학자인 프리초프 카프라의 책들에 이르기까지. 메리 베이커 에디와 크리스찬 사이언스의 가르침에서부터 〈가장 지고한 평화〉의 바울라, 압둘바하, 쇼기 에펜디의 예언에서부터 엘리자베스 클래어 프로피트의 보편 교회와 승리자에 이르기까지. 심리학자인 칼 융과 아브라함 매슬로, 칼 로저스의 이론에서부터 다이아네틱스(Dianetics)와 사이언톨로지(Scientology, SF작가 L. 론 허버드가 창시한 일종의 종교. 이것은 다이아네틱스라고 자신이 이름 붙인 정신과학에 토대를 두고 있다. – 역주), 자기발견과 자기실현을 위한 세미나들과 포럼, 생명의 원천 강좌에 이르기까지. 심신 수련을 통한 영적인 가르침들과 마하라쉬 마헤쉬 요기에 의한 초월 명상에 이르기까지. 점성학의 부활과 뮤지컬《헤어(Hair)》

에 그려진 물병자리 시대에 대한 인식에서부터 마릴린 퍼거슨의 《물병자리 시대의 공모(The Aquarian Conspiracy)》에 이르기까지. 나폴레온 힐의 긍정적인 마음 자세를 강조하는 책에서부터 존 네이스비트의 《메가트렌드(Megatrends)》 시리즈에 이르기까지. 호세 실바의 마인드 컨트롤에서부터 헬렌 슈크만의 《기적 수업(A Course in Miracles)》에 이르기까지. 리처드 바크의 《갈매기의 꿈》에서부터 스콧 펙의 《잘 가지 않는 길(The Road Less Traveled)》에 이르기까지. 우리의 너머에 존재하는 〈힘〉의 개념을 수백만의 사람들에게 소개해준 영화 《스타트렉》의 속편 시리즈와 조지 루카스의 영화 《스타워즈》 시리즈에서부터 우리는 우리 자신의 신들이어야 한다고 주장하는 셜리 맥클레인의 저작들과 강연들에 이르기까지. 에드가 케이시의 예언들에서부터 J. Z. 나이트와 제인 로버츠, 자크 퍼셀, 케빈 리어슨 같은 채널러들에 의한 람타, 세스, 나사로 및 다른 고대의 존재들이 말하는 내용에 이르기까지. 존 덴버의 후기 작품들에서부터 아폴로 14호의 우주비행사인 에드가 미첼의 강연과 글들에 이르기까지. 산테리아(Santeria)와 위컨스(Wiccans) 같은 토착 종교의 부활에서부터, 불교와 힌두교 같은 동방 종교의 놀랄 만한 성장, 수백만에 이르는 요가 인구와 샤마니즘과 전인적인 치유(대체의학)에 이르기까지. 로마 클럽에서부터 국제 친선(World Goodwill), 지구 시민들(Planetary Citizens)과 같은 수천에 달하는 뉴에이지 그룹에 이르기까지. 물론 UN은 말할 것도 없겠지요. 그런 물결들을 열거하자면 끝이 없을 거예요. 이 모두가 인류를 결단의 이 시점까지 이끌어오고자 저마다 역할을 다했지요. 지구는 벼랑 끝에 서 있어요. 하지만 우리는 무방비 상태로 여기까지 온 것이 아니에요.

우리는 이제 우리 자신들과 후손들을 위해 결단을 내려야 해요. 그것은 노예냐 자유냐의 선택만이 아니라, 삶이냐 죽음이냐의 선택이기도 해요. 이 전쟁에는 오직 하나의 무기만이 존재할 뿐이에요. 바로 자신의 지혜와 권능을 믿는 의지의 힘 말이에요. 인류 전체가 합심하여 도전하면 우리는 반드시 승리할 거예요. 저는 그것을 확신해요!

우리에게 닥쳤던 죽음과 파괴를 생각하면 어림도 없어 보일지 모르지만 그렇지 않아요. 우리는 승리를 눈앞에 두고 있어요. 지상에 내린 온갖 재난과 참화에도 불구하고 인간 영혼은 상함 없이 튼튼해요. 우리의 진정한 희망이 바로 거기에 있어요.

지금까지의 야훼의 책략을 면밀하게 살펴보면, 본질적으로는 인간 영혼을 말살시키려고 한다는 것을 알 수 있어요. 중국-인도-파키스탄 전쟁 때에, 야훼는 자신의 행위를 마치 인간이 자초한 재난인 것처럼 가장했어요. 공격의 목표가 뉴에이지의 선구자격인 힌두교와 불교의 발상지였다는 것은 우연이 아니에요. 이후 세 소행성으로는 마치 자연적인 재난인 것처럼 가장하는 술책을 썼어요. 하지만 이제 아시겠지만, 전쟁과 소행성의 재난을 일으킨 야훼의 진정한 목적은 인류로 하여금 구원을 위해서 초자연적인 것, 다시 말하면 야훼 자신에게 의지하도록 하는 데에 있었어요. 그럼으로써 인류는 그들을 구원할 수 있는 유일한 수단인 자기신뢰에서 멀어질 수밖에 없게 될 거라는 게 그의 생각이었어요.

하지만 전략이 성공적이지 못해 세상 사람들이 그에게 무릎을 꿇지 않자 야훼는 더욱 필사적이 되었어요. 메뚜기 떼의 재앙을 일으킴으로써 더욱더 초자연적인 방법을 쓰기 시작했지요. 그것 또한 실패가 분명해 보이자 그는 이제 목표를 바꿨어요. 처음엔 인류가 자신에게 구원을 호소하기를 바랐지만, 이제는 자신을 두려워하게 되기를 바라게 된 거예요. 살육의 광기가 휩쓸고 있는 요즈음의 사태가 바로 그것을 증명하고 있지요.

하지만 야훼는 명백히 초자연적인 힘을 사용함으로써 자신을 드러냈고, 그럼으로써 지금까지 일어난 일련의 사태들에 대한 책임이 그에게 있다는 것을 덜미 잡힌 셈이에요! 우리는 이런 약점을 이용해서 신속하게 공격하지 않으면 안 될 거예요. 바로 그 때문에 우리의 첫번째 목표는 모든 사람들에게 이것이 영적인 전쟁임을 확실하게 밝히는 것이 되어야 해요. 우리의 고통을 야기해온 것이 자연적인 재해가 아니라, 하나님이 성서를 통해 위협했던 그 재앙들을 자기 손으로 일으킨 거라고 말이에요. 책임 소재가 명확하게 밝혀지면, 다음 단계로는 야훼의 힘을 두려워하지 말고 그의 공격에 확고하게 맞서야 한다는 것을 세상 사람들이 깨달을 수 있도록 도와야 해요.

내가 죽지 않으면 안 되었던 한 가지 이유는 이 싸움이 영적인 것임을 밝히는 데에 있었어요. 루시퍼가 탐 도나핀의 총알로부터 나를 보호하는 것은 너무나 쉬운 일이었어요. 하지만 저 자신 죽어야 할 필요가 있었어요. 그래야 내가 부활해서, 세상 사람들이 이러한 갈등의 영적인 본질을 분명히 볼 수 있게 될 것이기 때문에 말이에요. 죽음에는 물론 고통이 따르지만, 지구인들이 자유를 되찾는 것을 도울 수만 있다면 저로서는 마땅히 치러야 할 작은 대가에 지나지 않지요.

아저씨, 제가 부탁드리는 것을 가볍게 받아들이시면 안 돼요. 이

싸움에서 진다면 우리는 영원히 회복하지 못하게 될지도 몰라요. 아마 그 피해는 아저씨가 상상하시는 것 이상일 거예요. 하지만 이 싸움에서 이긴다면 우리는 야훼의 노예가 되는 영원한 지옥 상태를 끝장내게 될 거예요.」

크리스토퍼는 당부하는 말로 그의 긴 말을 맺었다.

데커는 고개를 끄덕였지만, 뭔가 다른 의문이 방금 떠올랐다는 표정을 지었다. 하지만 그는 선뜻 묻지 않았다. 크리스토퍼는 금세 그 표정을 알아보았다.

「뭐죠, 데커 아저씨?」

데커는 아랫입술을 깨물고는 결국 말을 꺼냈다.

「난 성서에 대해 많이 알지 못하지만, 방금 떠오른 것이 있어. 우리가 만약 계시록의 재앙들을 거치고도 살아남는다면, 그런다면…….」

크리스토퍼가 알았다는 듯이 고개를 끄덕였다.

「그러니까 계시록에 나와 있는 것을 말씀하시려는 거죠? 내 말뜻은…….」

크리스토퍼는 데커가 무엇을 물으려는지 알았다는 뜻으로 고개를 주억거렸다. 질문에 답하기가 조금은 곤란한 듯했다. 하지만 그는 대답하지 않으면 안 된다는 것을 알고 있었다. 그건 앞으로도 다시, 또다시 답변되지 않으면 안 될 것이다.

「그래요, 아저씨, 저는… 제 역할은 거기에 있어요. 야훼에게 대적하고 지상의 백성들 편을 들기로 결정함으로써, 저는 적(敵)그리스도에 대한 예언을 성취시킨 셈이에요. 요한이 나를 그렇게 불렀듯이 〈야수〉에 대한 예언을 말이에요.」

데커가 고개를 떨구었다.

「하지만 그 근본을 생각하지 않으면 안 돼요.」

크리스토퍼가 덧붙였다. 그는 서글픈 표정을 지으며 천천히 고개를 저었다.

「야훼는 이런 날이 오리라는 걸 알고 있었어요. 그래서 저에게 루시퍼 다음가는 악당의 역할을 맡긴 거예요. 하지만 실제로 저는 야훼에 관한 진실을 세상에 알리려고 한 죄밖에 없어요. 루시퍼가 에덴 동산에서 한 일 또한 그랬었지요. 만약 진실을 밝히는 것이 나를 〈악〉의 화신으로 만든다고 해도 어쩔 수가 없어요.」

그가 단호하게 선언했다.

「저는 그가 거짓말로 저를 욕하고 공격한다고 해서 책임을 회피하고 몸을 사리지도 않을 것이고, 지구인들을 포기하지도 않을 거예요. 진실을 말하자면 저는 적그리스도가 아니에요! 제가 그리스도예요. 2천 년 전에 시작된 일을 성취하러 온 메시아인 거예요. 제 사명은 세상 사람들에게 폭군의 발밑에 엎드려 그를 예배해서는 안 된다고 말하는 거예요! 그들은 자기 자신을 믿어야 하고, 자기 자신 안에 있는 신성을 믿어야 해요!」

# 17
## 성전 정화

**2023년 3월 12일 오전 4시 30분   예루살렘**

  3월이라고는 해도 동트기 전의 새벽 공기는 차가웠다. 앤드류 레
빈슨은 아버지와 형, 삼촌과 함께 예루살렘 구 시가지를 향해 걸어
가고 있었다. 걸을 때마다 바싹 마른 땅에서 먼지가 풀썩였다. 그들
앞에는 재건된 유대교 성전이 위용을 뽐내며 도시의 담벼락들 위로
높이 솟아 있었다. 제물로 바쳐지기 위해 끌려온 어린 양들과 송아
지들의 매애거리는 소리가 들렸다. 여섯 명의 레빈슨 가문 남자들은
갈릴리 바다의 북동쪽 고라신에 있는 집을 출발하여, 베다니 가까이
에 있는 앤드류의 조부모님 댁에서 하룻밤을 보낸 터였다.

  그들 주변 국가들의 철저한 황폐화에도 불구하고, 지금은 그런 것
을 생각할 때가 아니었다. 지금은 레빈슨 가문이 성전에서 봉사하는
주간이었기 때문이다. 고대 히브리의 레위(구약성서에 나오는 야곱의
셋째아들인 레위의 직계 자손들. 하나님의 말씀에 충실했기 때문에 복을
받았다. 처음에는 레위인과 사제는 같은 뜻으로 쓰였으나, 사제가 그 중 또

아론의 직계로 한정되면서부터 다른 레위 지파는 종교적 업무에 종사하는 계급을 가리키게 되었다. - 역주) 가문에 속하는 그들에게는 주변에서 어떠한 일이 일어나더라도, 아무리 가혹한 일이 일어나더라도, 거기에 굴복하거나 타협하지 않고 한결같이 깨끗함을 유지해야 하는 것이 그들의 조국과 하나님에 대한 의무사항이었다. 그들은 고대와 마찬가지로 1년에 두 차례씩 이곳에 왔다. 성전을 효과적으로 관리하기 위해 요구되는 수많은 의무조항들을 일주일 동안 수행하기 위함이었다.

주변 국가들이 모두 파멸하고 있음에도 불구하고 이스라엘만큼은 건재하다는 사실이, 앤드류 레빈슨에게는 하나님을 믿어야 하고 경외해야 하며 봉사해야 하는 근거가 되었다. 지난 3년 반 동안의 가뭄으로 인해 이스라엘 또한 문제를 지니고 있었지만, 적어도 아직까지 목숨에는 지장 없이 살고 있었다.

처음에 광기로 인해 주변의 아랍 민족만이 죽어가고 이스라엘은 기적적으로 거기에 해당이 되지 않는다는 것이 명백해졌을 때, 앤드류는 신앙심이 돈독한 대부분의 이스라엘 사람들과 마찬가지로, 하나님이 이스라엘의 적들을 심판하고 있다는 것을 믿으며 그것을 축하하는 기분이었다. 하지만 광기의 행진은 계속 번져가서 아랍의 경계선을 훨씬 넘어서는 국가에까지 미쳤다. 이제 이스라엘의 친구들과 적들 모두가 엄청난 광기의 만행으로 피를 흘리며 죽어가고 있었고, 다른 많은 사람들과 마찬가지로, 앤드류는 그러한 학살이 세계 전체를 삼켜버리지나 않을까 두려운 마음이 들기 시작했다.

하지만 앤드류는 거기에 대해 길게 생각할 수 없었다. 그것은 하나님의 뜻이었고, 야훼의 뜻이 의문시되어서는 안 되기 때문이었다.

그래서 여섯 사람은 마치 아무런 일도 없었던 듯이, 성전을 향해 말 없이 걸어가고 있었다. 그들의 하나님을 예배하기 위해.

그들 가문 대부분이 그렇듯이 앤드류 레빈슨의 아버지, 삼촌, 사촌들은 성전 수비대의 일원들이었다.

성전 수비대는 성전에 오는 수천에 달하는 예배자들과 방문객의 질서를 유지하여 성전의 율법과 관습에 복종하게 하는 것이 주요 임무였다. 대단히 영예스러운 자리는 아니었지만, 그래도 아직까지는 상대적으로 대접받는 자리라고 할 수 있었다. 레위 가문의 사람들은 가족 단위로 성전에서의 의무조항 가운데 하나를 일생 동안 맡도록 되어 있었다. 어떤 이들은 제사장을 돕는 보조역할을 하기도 했고, 어떤 이들은 문이나 마당을 지키는 일을 하기도 했다. 제물로 바쳐지기 위해 도살된 동물들의 내장을 거두어 거름으로 만들고, 그곳을 깨끗이 청소하는 일을 하는 사람도 있었다. 동물들의 껍질을 벗겨서 가죽 만드는 사람들에게 파는 일을 하는 사람도 있었다. 맡은 일의 종류는 끝이 없을 정도로 많았다. 그런 일을 왜 그들 가족이 떠맡아야 하는지에 대해서는 이유를 물을 수도 항의할 수도 없었다. 대제사장이 결정한 대로 잠자코 따라야 했다. 레빈슨 가족은 성전 수비대로서 봉사하는 것보다 훨씬 더 못한 일도 많은데 그런 일이 걸려들지 않은 것에 감사할 따름이었다.

앤드류와 그의 동생인 제임스는 어렸을 때부터 엄마에게 받은 교육이 아니었더라면 성전 수비대원이 되었을 것이었다. 엄마는 아무리 적어도 하루에 두 시간씩은 성전 하프를 타고 찬송가를 노래하게 했다. 성전 하프는 이스라엘의 위대한 왕인 다윗의 하프와 매우 흡사했다. 두 사람은 음악적인 자질이 뛰어나 성전의 찬양대로 뽑혔다. 제임스는 성전 하프를 연주했고, 앤드류는 굵직한 테너 음성 때문에 성가대원이 되었다. 어느 쪽이든 모두가 부러워하는 자리였지만, 그들의 어머니는 아들들에게 겸허하지 않으면 그러한 영예를 오래 유지할 수가 없게 될 거라고 가르쳤다.

시가지로 들어가는 문이 가까워지자 사람들의 숫자가 늘어났다. 수십 명의 다른 레위인들이 있었고, 모두 성전을 향하고 있었다. 앤드류의 가족과 함께 봉사했던 레위인들은 레빈슨, 레빈, 또한 레바인 가에 속하는 사람들로서, 모두 17번째 파에 속했다. 레위 족은 모두 24개 파가 있었고, 각파가 각 유대년에 두 번, 일주일 동안 성전 일에 봉사했다. 고대로부터 성전에서 행해졌던 방식이 오늘날까지 그대로 이어져오고 있었다. 한 파에서 다른 파로 업무를 인계하는 일은 안식일인 토요일 오후 제물을 바치고 난 이후에 이루어졌다. 일요일인 오늘은 레빈슨 가족이 봉사를 맡은 주일의 두번째 날이었다.

아직은 동트기 전이었지만, 성전 안으로 들어가면서 그들은 수천에 달하는 사람들을 보았다. 모두가 가족 단위였다. 어떤 이들은 비둘기를 새장째로 가지고 나왔고, 어떤 이들은 어린 양이나 염소를 끌고 왔다. 새끼 양을 겨드랑이에 끼고 있는 사람도 있었다. 안식일이었던 어제는 성전에 사적인 공물을 바칠 수가 없었기 때문에 오늘 바치려고 몰려온 사람들이었다.

하나님께 제물을 바치기 위해 이스라엘 전역에서 사람들이 몰려왔다. 어떤 이는 〈속죄 제물〉을, 어떤 이는 〈화목 제물〉을, 어떤 이들은 〈감사 제물〉을 가져왔다. 그 모두에 공통점이 있다면, 두려움에 기인하는 것이라는 점이었다. 속죄 제물을 바친 사람들은 하나님께

용서를 청하며, 미친 광기로부터 계속하여 피할 수 있게 되기를 희망했다. 화목 제물을 바친 사람들은 하나님께 충성심을 보임으로써 하나님의 보호하심을 입기를 바랐다. 감사 제물을 드린 사람은 지금까지 자신을 보호해주신 데 대해 감사하면서 그들 나라를 둘러싸고 벌어지는 파괴의 잔혹상으로부터 계속해서 보호해달라고 요청했다.

앤드류와 가족들은 사람들 사이를 지나쳐서 성전 아래쪽의 복도에 이르렀다. 그곳을 통과해 경내로 들어가려면 레위인 수비대의 허가를 받아야 했다. 제사장들이 밤에 안쪽 경내를 지키는 동안, 레위인들은 바깥문 쪽에 서서 경비를 섰다. 앤드류는 거기에서 그날의 봉사를 위한 준비작업에 들어갔다.

*

앤드류는 자기 뒤쪽의 커튼을 잡아당기고는, 겉옷을 벗어 테이블 위의 다른 옷더미들 위에 올려놓았다. 이곳에 오기 전에 그는 신발을 이미 벗어놓은 터였다. 그는 벌거벗은 채로 미크바(유대교에서 의식적 정결을 회복하기 위해 목욕하는 자연수로 된 못 – 역주)의 차가운 샘물 속으로 재빨리 걸어 들어갔다. 의식을 위해 행하는 이 목욕은 몸을 씻는다기보다는 영혼을 정화하기 위한 것이었다. 4백 명의 제사장들과 5백~6백 명에 달하는 레위인들이 이번 주에 그와 함께 봉사할 것이었다. 그들 모두는 성전의 남쪽 입구 아래에 지어진 여섯 개의 미크바 중 하나인 이곳에서 목욕을 하게 되어 있었다. 그러니 재빨리 몸을 담갔다가 곧바로 나와야 했다. 느리게 흘러가는 샘물을 될수록 맑게 유지하려면 각자가 유념해야 했다. 가뭄 때문에 제한

급수가 이루어지고 있지만 성전에 봉사하는 레위인들은 예외였다.

물에서 나온 앤드류는 작은 방으로 들어가서 몸을 말리고 레위인의 전통적인 의복을 입었다. 예언자 에스겔을 통하여 하나님이 명하신 대로[28] 레위인은 모직이나 다른 옷감이 아닌 아마포로 된 옷만을 입어야 했다. 가장 먼저 하얀 아마포로 된 속옷을 입었고, 그 위에 꽉 끼고 발목까지 내려오는 이음매가 없는 긴 옷을 입고 허리띠를 둘러맸다. 이것 역시 하얀 아마포로 된 것이었다. 마지막으로는 하얀 아마포 터번을 썼다. 모든 레위인들은 제사장들과 마찬가지로, 성전 안에서는 아무리 차가운 날씨라도 맨발로 다녔다. 하나님의 율법에 그렇게 하라고 되어 있기 때문이었다. 그렇게 차려입은 앤드류 레빈슨은 성전으로 들어가기 위해 차례를 기다리고 있는 다른 무리들과 합류했다.

성전 설계는 정치가들과 종교 지도자들, 건축가들이 무수히 협의를 한 끝에 만들어진 결과물이었다. 종교 지도자들은, 그들 가운데에서도 목소리가 큰 사람들이긴 하지만, 예언자 에스겔이 환상으로 본 그대로 설계되어야 한다[29]고 주장하는 측과, 헤롯의 성전을 본뜨는 것이 낫다고 주장하는 측으로 갈렸다. 정치가들도, 항용 그렇긴 하지만, 비용도 낮추고 자기네들의 유권자들의 기호도 만족시킬 안을 찾느라 말들이 많았다. 반면 건축가들은 다른 사람들의 기호를 맞추려고 하다가는 자신들이 원하는 바는 포기해야 한다는 데에 의견의 일치를 보았다. 결국은 아무도 만족하지 못하는 건물이 되고 말았다. 봉헌식 때에는 부정적인 발언을 하지 않는 사람이 아무도

28) 에스겔서 44:17~18.
29) 에스겔서 40~44.

없을 정도였다. 하지만 결국 그것은 하나님의 성전이었고, 그것을 비판하는 것이 현명하다거나 쓸모 있다고 생각하는 사람은 아무도 없게 되었다.

성전의 주 출입구는 에스겔의 환상을 따라, 주변의 풍광을 내려다 보며 폭이 넓고 긴 계단을 올라 육중한 북문, 남문, 동문에 이르도록 되어 있었다. 대부분의 방문객들과 예배자들은 이들 문을 통해서 성전으로 들어갔다. 미크바에서 나온 사람들은 〈이방인의 뜰〉로 알려진 바깥뜰로 가는 긴 계단통을 통해 들어갔다. 이러한 점은 헤롯의 성전과 닮아 있었다.

앤드류와 제임스 레빈슨을 포함한 레위 가문 행렬은, 계단통을 지나 이방인의 뜰을 가로지른 다음, 〈소렉〉이라 불리는 낮은 돌담에 붙어 있는 문들 중의 하나를 통과하고, 또 다른 문을 통해 육중한 돌담을 지나서, 〈여인의 뜰〉이라 불리는 안쪽 뜰의 세 구역 중 첫번째 구역으로 들어섰다. 행렬은 여기에서 끝나서, 레위 가문 사람들은 안뜰 안의 자신들이 맡은 구역으로 흩어져갔다. 앤드류와 제임스 레빈슨은 여인의 뜰까지만 갈 수 있었다.

여인의 뜰은 안뜰 중에서 가장 동쪽에 있었는데, 두께가 3.6미터, 높이가 12미터에 달하는 육중한 돌벽으로 둘러싸여 있었다. 이들 벽 안쪽에는, 뜰을 에워싸고 주랑이 있었고, 주랑 위로는 발코니가 있었다. 이 뜰은 모든 유대인들에게 개방되었지만, 여인들이 들어갈 수 있는 정식 〈성소〉였기 때문에 그렇게 이름이 붙여진 거였다. 로마의 지배를 받았던 1세기에는 유대인들이 로마의 군사들을 피해 자신들의 좌절감을 배출하는 장소로도 쓰였다. 로마인들도 은신처로서 준중해준 이곳에서 (BC 63년, 폼페이우스 장군에 의해 잠시 점령

당했던 때를 제외하면) 그들은 자유롭게 말할 수 있었다. 대화는 정치 문제에만 국한되지 않았다. 열두번째 생일을 보낸 지 얼마 지나지 않은 어린 예수가 성전 학자들과 종교 문제에 대해 이야기를 나눈 곳도 이 뜰에서였다.[30]

여인의 뜰에는 성전의 보물창고도 있었다. 숫양의 뿔처럼 생긴 13개의 궤에는 헌금이 그치지 않고 투입되었다. 그 뜰의 네 모퉁이에는 성전에서의 활동을 통제하는 큰 방들이 있었다.

여인의 뜰의 서쪽 벽 중앙에는, 바닥에서부터 〈이스라엘의 뜰〉로 통하는 장엄한 니가노르 문에 이르기까지 15계단의 층계가 높이 솟아 있었고, 반원형의 층계참이 있었다. 가장 넓은 계단 폭은 30미터에 이르렀다. 앤드류와 제임스 레빈슨이 다른 성전 음악가들과 함께 찬양을 드리는 곳은 바로 이 계단들 위에서였다. 악기 중에는 심벌즈, 드럼, 리드 악기들, 플루트의 고대 형태, 하프, 수금과 다양한 형태의 현악기들이 있었다.

*

동이 트자 성전 문이 열리고 예배자들이 쏟아져 들어왔다. 여인의 뜰과 니가노르 문 너머에 있는 제사장의 뜰 안에서는, 성전 제사장들이 여느 날과 마찬가지로 날카로운 칼로 어린 양의 목을 따서 양동이에 피를 흘리게 하는 것으로 하루를 열고 있었다. 피가 돌로 된 제단 위로 튀었고, 가죽밖에 남지 않은 어린 양의 몸은 금세 불 위에

---

30) 누가복음 2:42~50.

올려져서 제단 위에서 타 들어갔다.

　이런 일은 사적인 공물은 바칠 수가 없게 되어 있는 안식일을 제외하고, 일주일에 엿새 동안 내내 하루 여덟 시간 반 동안 수백 수천 번 반복되었다. 예배자들이 저마다 동물들을 이끌고 오면, 여러 팀으로 나뉜 제사장들이 희생제의를 거행했다. 일을 능률적으로 수행하기 위해, 어떤 팀에서는 동물의 목을 따고 피를 빼냈고, 어떤 팀에서는 가죽을 제거했다. 한 팀에서 피를 제단 위로 뒤기면, 다른 팀에서는 동물들을 재빨리 태워버릴 수 있도록 제단 위의 불을 유지했다. 가죽은 제사장들의 몫이 되어서 제혁업자에게 팔려나가 수입을 보충해주었다.

　피를 흘리는 동물만이 제물의 전부는 아니었다. 아주 가난한 자들은 적은 양의 밀가루만 바쳐도 되었다. 하지만 동물을 바치는 대부분의 예배자들은 곡식이나 포도주 또한 헌납했고, 곡식이나 포도주만 바칠 수 있는 예배자는 미리 허락을 받은 극소수의 빈곤층으로 제한되었다. 대다수는 비둘기라도 한 마리쯤은 가져오게 마련이었다.

*

　그날은 대부분의 다른 날보다 더 바쁘긴 했지만 그렇다고 특별히 다른 점도 없었다. 어느새 아침 8시가 다 되어가고 있었다. 시편 91편의 찬송을 이제 막 끝낸 앤드류 레빈슨은 이상한 느낌이 엄습해오는 것을 느꼈다. 여러 차례 눈을 깜박였지만 그는 결국 자신의 눈 위로 어둠이 덮쳐온 걸 알았다. 시력을 급격히 잃는 일이 있긴 하지만,

그는 다른 사람들도 똑같은 문제를 겪고 있다는 것을 알아차릴 수 있었다. 어떻게 이런 일이 있을 수 있을까, 그는 너무도 의아스러웠다. 몇 초도 안 되어 그는 시력을 완전히 잃고 말았고, 도움을 청하기 위해 누군가를 소리쳐 부르려고 애쓰면서 잃어버린 것은 시각만이 아니라는 것을 비로소 깨달았다. 청각 또한 시각과 마찬가지로 캄캄했다. 그는 자신이 서 있는 계단 위가 위태로운 자리라는 것을 깨닫고는 여인의 뜰로 통하는 길을 찾아 더듬거리기 시작했다. 그 길로 들어섰다고 생각되는 순간, 누군가와 부딪히고 말았고, 돌계단 아래로 넘어졌다. 그나마 동료 성악가들과 함께 엉켜서 쓰러졌다는 것을 위안으로 삼아야 했을까. 넘어져서 다친 데가 쓰라린 것으로 보아 촉각에는 이상이 없다는 것을 알 수 있었다.

앤드류 레빈슨은 고통을 무릅쓰고 몸을 일으켰다. 그대로 있다간 누군가에게 밟히기 십상이었다. 그는 사방을 두리번거리며 방향을 탐지하려 애쓰다가, 갑자기 사방 모두가 암흑천지가 아니라는 것을 깨달았다. 20여 미터 전방에 작은 불빛이 있었다. 다른 뾰족한 방안이 있는 것도 아니어서, 그는 그곳을 향해 천천히 더듬거리며 걸어 갔다.

그 불빛을 향해 움직이면서, 앤드류는 서서히 깨달았다. 그것과의 거리가 조금도 줄어들고 있지 않다는 것을. 터무니없는 생각 같았지만 그 불빛은 그를 어딘가로 이끌고 있는 것 같았다. 더 이상 넘어지지 않도록 발을 미리 뻗어 탐색한 다음 앞으로 옮기면서, 그는 어느 순간 자신이 딛고 있는 바닥이 끝난 것을 알았다. 여인의 뜰에서 이방인들의 외곽에 이르는 계단에 당도한 것이다. 그는 조심스럽게 계단을 내려갔다.

긴 층계참을 내려가기까지는 거의 15분 정도가 소요되었다. 계단의 숫자를 세며 내려온 덕분에 그는 이제 성전 밖으로 나왔다는 것을 알 수 있었다. 전방의 불빛은 조금도 가까워지지 않은 채였다. 다른 대안이 없다는 점을 고려하면 이렇게 멀리까지 불빛을 따라왔다는 것은 당연한 일처럼 느껴졌다. 하지만 시력이 떨어진데다가 들을 수조차 없어서, 성전을 떠나 예루살렘 거리로 진입할 엄두는 나지 않았다. 그가 그런 생각을 하고 있는데 전방의 불빛이 점점 더 커지기 시작했다. 잠시 후 그는 청력이 다소 회복되었다는 것을 알았다. 다른 선택의 여지는 없었다. 그는 그 불빛을 따라 성전 바깥으로 나가야 했다. 걸음을 옮길 때마다 시력과 청력이 점점 더 회복되었다. 그는 이제 자신이 혼자가 아님을 알 수 있었다. 성전에서 50여 미터쯤 걸어왔을 때는 시력과 청력이 완전히 회복되었다. 주위를 둘러본 그는 자신에게 일어난 일들이 성전 안에 있었던 다른 모든 사람들에게도 똑같이 일어났다는 것을 확인할 수 있었다. 제사장들, 레위인들, 예배자들, 심지어는 대제사장 카임 레빈까지도. 대제사장은 앤드류가 왔던 똑같은 계단을 내려오고 있는 중이었다.

대제사장이 더듬거리면서 오고 있는 것을 본 앤드류 가까이의 몇몇 제사장들이 도와주려고 달려갔다. 하지만 그들이 성전 가까이에 이르자 그들은 다시 시력과 청력을 잃어버렸고, 다시 돌아오지 않으면 안 되었다. 자기가 있는 곳을 둘러본 앤드류는 계단 위에 있던 사람들만이 성전을 떠나온 것은 아님을 알 수 있었다.

거기 서서 거리로 모여드는 사람들을 바라보던 그의 눈에, 삼베옷을 입고 머리부터 발끝까지 재를 뒤집어 쓴 두 남자가 눈에 띄었다. 앤드류는 그들이 바로 요한과 코헨이라는 것을 즉각 알 수 있었다.

## 오전 8시 30분　텔아비브

　이스라엘의 텔아비브에 있는 벤구리온 공항은 거의 폐쇄된 것이나 마찬가지였다. 확산되는 광기로 말미암아 들어오는 비행기가 한 대도 없었고, 따라서 떠나는 비행기도 없었다. 비행기 편이 있었다면 광기의 지역을 탈출하려는 승객들로 만원을 이루었을 것이다. 이스라엘 안의 모든 사람들이, 자신들의 안전을 보장하기 위한 최선의 길은 유대의 하나님을 믿고 그분께 의탁하여 계속 보호를 받는 데에 있다는 생각을 받아들이고 있는 것은 아니었다. 많은 이들이 어떻게든 위험으로부터 멀리 벗어나고 싶다는 생각뿐이었다. 어떤 이들은 육로로 떠나려고 했지만, 국경을 넘자마자 광기에 압도당하는 바람에 모두가 실패했다. 하지만 남북 아메리카나 호주, 혹은 광기의 지역으로부터 대양을 사이에 두고 있는 지역들은 더 안전할 것이 분명했다.

　크리스토퍼가 부활한 것은 이스라엘 시각으로는 한밤중이어서, 대부분의 이스라엘 사람들은 아침까지 그 사실을 알지 못했다. 뉴스가 전파되자, 사람들은 너무 놀라서 입을 다물지 못했다. 부활의 장면은 반복해서 방영되었다. 크리스토퍼와 마일너와 함께 뉴욕을 떠나면서 비행기에 오를 때 데커가 했던 언급도 되풀이해서 알려졌다.

　「예루살렘으로! 학살을 종식시키기 위해서!」

　세상 사람들 중에는 영적인 세력들이 광기를 유발하고 있다는 사실을 아직도 믿지 않는 이들이 있었지만, 그런 회의주의가 언론에 명백히 모습을 드러낸 것은 아니었다. 사건을 단순화시키는 매스컴의 속성 때문이기도 했지만, 뉴스 보도의 관점은 광기가 어떻게든 영적인 파워를 지닌 두 이스라엘 사람, 즉 요한과 코헨 때문이라는 것을 명백히 하고 있었다. 그리고 죽음으로부터 부활한 크리스토퍼 굿맨이 그들의 잔혹극을 종식시키기 위해 예루살렘으로 가고 있다는 점도.

크리스토퍼가 이제 곧 이스라엘에 도착한다는 것은, 많은 이들에게 희망의 징조로 받아들여졌다. 하지만 크리스토퍼의 여행을 더 구체적으로 활용할 생각을 지닌 이들도 있었다. 그들에게 크리스토퍼 일행이 곧 도착하리라는 것은 비행기가 입국하게 된다는 것을, 따라서 출국도 하게 될 것임을 뜻할 뿐이었다. 일단 비행기가 들어오면, 애걸을 하든 구걸을 하든 간청을 하든, 아니면 힘으로 비행기를 장악하든, 어떻게든 거기에 탑승할 참이었다.

아침 7시, 사람들이 벤구리온 공항으로 모여들기 시작했다. 8시 30분이 되어 크리스토퍼가 탄 전용기가 시야에 잡히자 불안과 긴장이 높아졌고, 공항 안전요원들은 통행을 제한시켰다. 비행기가 터미널의 한쪽 끝으로 들어서고 있다고 누군가가 말하자, 사람들은 모두 그쪽으로 우르르 몰려갔다. 하지만 정작 그쪽에 있었던 사람들은 비행기가 다른 쪽 편 끝으로 진입할 것이라고 생각하고 있는 중이었다. 어느 쪽도 옳지 않았다. 그것은 사실 문제가 아니었다. 몰려다니는 군중들로 인해 혼란이 야기된 것이 문제였다. 누군가는 상식을 접어버리고 활주로를 향해 뛰어 나가기로 결심했다. 그것은 위험한 일이었을 뿐만 아니라, 탑승할 수 있는 길을 영영 막아버리는 셈이기도 했다. 하지만 한 사람이 뛰어 나가자, 다른 사람들도 뒤따라 너도나도 뛰어나갔다. 공항 안전요원들은 군중을 감당할 길이 없었다.

비행기가 착륙하기 시작하자, 데커는 창밖의 풍경을 보고는 크리스토퍼를 소리쳐 불렀다. 크리스토퍼는 말없이 밖을 내다보고는 조종사에게 전화를 걸었다. 조종사는 이미 사태를 파악하고 있었다.

「공항 안전요원들이 활주로를 열어주기 전에는 움직일 수가 없습니다. 움직였다가는 땅 위에 있는 사람들이 다칠 수가 있으니까요.」

조종사가 상황 보고를 했다.

「옳은 말이오. 사태가 진정될 때까지 여기 머물도록 합시다.」

「내가 해결하지.」

때를 놓치지 않고 로버트 마일너가 나섰다. 그는 다른 전화를 들고는 지시를 하기 시작했다.

몇 분 후, 데커는 헬리콥터가 다가오고 있는 것을 보았다.

「저걸 탑시다.」

「하지만 어떻게요?」

로버트의 말에 데커가 의아한 표정으로 물었다.

「크리스토퍼를 믿으면 될 거요.」

데커와 마일너는 크리스토퍼를 따라 승무원들이 서 있는 비행기 앞쪽의 문으로 갔다. 젊은 승무원 하나가, 아주 최근까지도 죽은 것이 분명한 사람의 얼굴을 맞대면하는 것이 영 불편하다는 듯한 표정을 지었다.

「죄송합니다만, 지금 사람들이 활주로 위에 서 있는 바람에 비행기를 터미널 가까이로 더 이상 접근시킬 수가 없습니다. 지상 요원이 이동 계단을 준비해놓고 있습니다만, 그걸 움직였다간 몰려드는 군중들에게 짓밟히고 말 겁니다.」

「문을 열어요.」

크리스토퍼가 말했다.

「하지만 각하.」

승무원은 말리려다가, 크리스토퍼의 말을 순순히 따르는 편이 나을 거라고 생각한 모양이었다.

문이 열렸다. 크리스토퍼는 소란스러운 군중들을 내려다보고 서더니, 오른손을 조금 쳐들어 보이며 짧게 말했다.

「평화를!」

그러자 군중들이 즉각 잠잠해졌다. 흥미로운 사태가 벌어진 것은 바로 그 직후였다. 군중들 사이에 갑자기 미소가 번지기 시작하더니 모두 돌아서서 걷기 시작했다.

「이제, 이동 계단을 가져오게 하시오.」

크리스토퍼가 승무원에게 말하자, 그는 지체하지 않고 움직였다.

헬리콥터에 오르자, 그들은 즉시 예루살렘의 성전 쪽으로 방향을 틀었다.

# 18

# 천상의 주인을 보라

**예루살렘**

성전도 공항과 분위기가 크게 다르지 않았다. 멀리서도 막대한 군
중들을 볼 수 있었지만, 군중들의 숫자가 평상시보다 아주 많은 편
은 아니었다. 성전에는 항상 사람들이 들끓었지만, 지금은 사람들이
거리로 나와 있었고, 성전은 텅 비어 있었다. 제사장들과 예배객들
로 붐비던 뜰의 안쪽과 바깥쪽은 휑하니 비어 있었고, 성전으로 오
르는 앞 계단 역시 두 사람을 제외하면 마찬가지였다. 헬리콥터가
선회하자, 크리스토퍼와 마일너와 데커는 계단 위에 서 있는 두 사
람을 볼 수 있었다. 삼베옷을 입은 두 사람은 재를 뒤집어쓰고 있었
다.

멀리에서는 2,3백 명의 제사장들과 레위인들이 대제사장 카임 레
빈 가까이로 허둥지둥 뛰어가고 있었다. 몇 걸음 뒤쪽에서는 무장한
이스라엘 병사들 뒤에서 군중들이 지켜보고 있었다. 그 나라를 떠날
수가 없게 된 세계의 언론사 기자들이 크리스토퍼의 목적지가 예루

살렘이라는 소식을 듣고는 취재를 위해 그의 도착을 초조하게 기다
리고 있었다. 크리스토퍼가 뉴욕을 떠나오고 있는 중인 한 시간 전
에 예기치 않게 요한과 코헨이 도착하여 성전을 깨끗하게 비워버린
터였지만, 그것은 장차 있을 일의 기대감을 더 높여주었을 뿐이었
다. 크리스토퍼는 조종사에게 성전 계단과 병사들 사이의 적당한 지
점에 헬리콥터를 착륙시키라고 지시했다.

텔레비전 카메라가 돌아가고, 크리스토퍼가 비행기에서 가장 먼
저 모습을 드러냈다. 헬리콥터의 날개가 일으키는 회오리바람에 그
의 머리칼과 긴 옷이 휘날렸다. 앞으로의 도전에 조금도 굴하지 않
고 맞서겠다는 당당하고 의젓한 모습이었다. 헬리콥터의 출구 쪽으
로 나가면서 데커는 크리스토퍼의 도착을 기다리고 있는 요한과 코
헨을 볼 수 있었다.

그들 모두가 헬리콥터에 내려서자, 마일녀는 돌아서서 조종사에
게 철수하라는 지시를 내렸다. 요한과 코헨, 그 둘과 얼굴을 맞대고
그렇게 서 있자니, 데커는 갑작스럽게 밀려드는 분노의 물결을 어찌
할 수가 없었다. 크리스토퍼는 마음속에 무슨 생각을 하고 있을까?
문득 그런 생각이 들었다. 자신을 휩쓸고 있는 분노의 파도는 크리
스토퍼가 말했던 것처럼, 2천 년 전 자신이 유다였던 전생에서 요한
과 얽힌 증오심의 결과인 것일까? 과연 그럴까? 데커는 아무래도
확신할 수가 없었다. 그런데 놀랍게도 크리스토퍼가 데커에게로 돌
아서더니, 그의 어깨 위에 손을 얹고 말했다.

「그래요, 바로 그거예요.」

데커의 마음속을 읽기라도 한 것 같았다.

요한이 먼저 입을 열었다.

「하이니 벤 사탄 리라흐 카타트 하놀람!」

히브리어인 그 말은 〈세상의 죄를 명백히 드러내고 있는 사탄의 아들을 보라〉라는 뜻이었다.

「마침내 다시 만났군.」

「잘못 짚었어. 난 너를 몰라.」

크리스토퍼의 말을 요한은 부정했다.

「아니 넌 알아! 요하난 바 세배데.」

크리스토퍼가 요한의 히브리 이름을 말했다.

「난 정말 네가 누구인지 모르겠어!」

그런 다음 두 사람 중 누구도 쉽사리 입을 열지 않았다. 둘은 잠자코 서로를 노려보고 있었다. 마침내 크리스토퍼가 고개를 떨어뜨렸다.

「아직 늦지 않았어.」

요한과 코엔을 향해 그가 마지막으로 말했다. 그의 목소리에는 간청하는 듯한 기색이 섞여 있었지만, 동시에 자신이 장차 하려는 일이 결코 헛되게 돌아가지 않으리라는 강한 의지가 담겨 있었다.

요한은 별다른 표정 없이 미소를 짓더니 큰 소리로 웃기 시작했다. 코헨도 곧 함께 웃었다. 크리스토퍼는 데커를 뒤돌아보았다. 마치 〈이건 우리 두 사람을 위한 일이에요〉라고 말하는 것 같았다. 그는 길게 숨을 들이쉬었다. 그것은 분노의 한숨이 아니라 확신을 나타내는 것이었다. 그는 두 사람에게로 돌아서서 웃고 있는 그들을 향해 외쳤다.

「너희들이 뜻하는 대로!」

그가 오른손을 들어올려 쓸어버리는 시늉을 하자, 요한과 코헨은 즉각 웃음을 멈추고는 뒤로 밀려나기 시작했다. 눈 깜박할 사이에 믿을 수 없는 일이 벌어졌다. 그들의 몸은 성전 앞 벽에 쾅 하고 부딪혔다. 군중들이 모두 들을 수 있을 정도로 뼈가 우지끈 부러지는 소리가 들렸다. 그들의 운명이 어떻게 되리라는 것은 이제 너무도 분명했다. 피가 벽에 튀어서 그들이 부딪힌 곳이라는 증거로서 남았다. 크리스토퍼가 손을 거두어 아래로 내리자 생명이 사라진 두 개의 육체가 맥없이 무너졌고, 그가 다시 손을 한 번 휘두르자 그들은 계단 아래쪽으로 서서히 굴러 내려갔다. 거리가 시작되는 곳까지 두 개의 긴 핏자국이 생겼다.

군중들은 아찔한 충격 속에서 입도 열지 못하고 지켜보고 있었다. 두 구의 시신이 굴러 내려가는 동안 크리스토퍼와 마일너, 데커는 계단을 올라 성전으로 갔다. 요한과 코헨이 정말로 죽었다는 것을 군중들이 확인한 바로 그 순간에, 민간인들과 군인들 양쪽에서 약속이나 한 듯이 함성이 터져 나왔다. 축제가 저절로 시작되었다. 텔레비전과 라디오를 통해 뉴스를 보고 들은 세계 곳곳의 사람들도 합세했다. 보도진들이 시신을 카메라나 사진으로 포착하기 위해 이스라엘 군인들의 대열을 뚫고 쇄도했다.

*

이탈리아의 치에티에서는, 유황 냄새를 맡고 광기로 팽만하게 된 한 남자가 한 사람을 제외한 가족 모두를 도살하고는, 피 묻은 칼을 높이 치켜들고 남아 있는 아들마저 죽이려고 그를 향해 내닫고 있었다. 그런데 그때 갑자기 광기가 사라졌다. 큰 칼을 옆에 치워놓은 그는 사지가 절단된 가족들의 시신 가운데에서 무릎을 꿇고는 공포에 가득 찬 아들을 끌어안고 울기 시작했다. 투르스카야의 러드니에서는 물에 빠져 죽으려고 했던 한 노파가 빗물받이 저수조에서 고개를 쳐들고는 가쁜 숨을 몰아쉬었다. 소말리아의 바이드하보에서는 어린 네 동생들에게 휘발유를 뿌려놓고 불을 막 그어대려고 하던 한 10대 소년이 문득 동작을 멈추었다. 요한과 코헨이 죽자, 광기가 만연하던 지역 전체에서 이런 일이 일어났다. 광기가 사라진 것이다.

*

성전 계단 꼭대기에 도착한 크리스토퍼는 군중들을 향해 돌아서서, 요한과 코헨을 가리키며 외쳤다.

「아무도 저들의 시신을 만져서는 안 됩니다. 그들 몸 안에는 아직도 막강한 파워가 남아 있습니다. 적어도 나흘간은 만지지 않는 것이 좋을 겁니다.」

데커에게 감시를 잘 해야 한다는 뜻으로 고개를 끄덕여 보인 크리스토퍼는, 마일너에게 또 다른 의미로 고개를 끄덕여 보이고는 성전 안으로 들어갔다.

사전에 세운 계획에 따라 데커는 바깥에 남아 있었다. 안쪽 주머니에서 종이 뭉치를 꺼낸 그는, 두 명의 죽은 예언자에 대한 사진 촬영을 마친 기자들이 몰려들기를 기다렸다. 기자들은 크리스토퍼의 충고대로 시신들 쪽으로 지나치게 가까이 가지 않았다. 제사장들이나 레위인들은 염려하지 않아도 되었다. 율법에 따라 그들은 시신을 만지지 않도록 금지되어 있었기 때문이다. 지금으로서는 경찰 병력 뒤쪽에서 아직도 지켜보고 있는 구경꾼들이 문제가 될 뿐이었다.

＊

로버트 마일너와 크리스토퍼는 성전 안쪽을 향해 나란히 걸어갔다. 이방인의 뜰을 가로질러 가는데, 그 뜰을 둘러싸고 있는 기둥이 늘어선 복도 쪽으로부터 소리가 났다. 그곳은 제물로 쓰일 동물들이 예배객들에게 팔릴 목적으로 끌려오게 되어 있는 곳이었다. 모두가 바깥으로 내몰릴 때, 상인이나 양치기들이 내버려둔 동물들이 아직 거기 있었다.

크리스토퍼와 마일너의 전방 1백50여 미터에는, 안뜰에 자리한 지성소 건물이 60미터 높이로 솟아 있었다.

＊

요한과 코헨의 핏자국이 선명한 남쪽 출입구 바깥에서, 데커는 기자들이 계단을 뛰어 올라오기를 기다리고 있었다. 기자들은 거기에서 자신들이 목격하고 있는 사건들의 의미를 조명해줄 사람을 만나게 될 것이었다.

＊

크리스토퍼와 마일너는 성전 안뜰과 이방인의 뜰을 분리시키는 낮은 돌담에 이르렀다. 안뜰 안으로는 어떠한 이방인도 들어갈 수 없도록 되어 있었다. 2천 년 전 혜롯의 성전에 새겨졌던 내용이 10여 개 국어로 번역되어 방문객들을 맞고 있었다.

「외국인은 어느 누구도 성전 경내로 들어갈 수 없습니다. 위반시에는 죽음을 각오해야 할 것입니다.」

성전을 정결하게 유지하기 위한 편리한 금기사항이었다. 제사장들과 레위인들은 크리스토퍼와 마일너 또한 통과를 허용하려 들지 않을 것이다. 그들은 의도적으로 동쪽에서 들어가는 길을 벗어나서 낮은 돌담의 동쪽 끝에 있는 중간문으로 걸어갔다.

*

「신사 숙녀 여러분.」

데커는 질문 공세를 퍼붓는 기자들 위로 손을 쳐들고 외쳤다.

「준비된 성명서를 먼저 읽은 다음, 몇 분 동안 질문을 받도록 하겠습니다.」

누군가가 질문을 외쳐댔지만, 데커는 무시하고 지나쳤다.

「45년 전인 1978년, 저는 과학 탐사대의 일원으로서 〈튜린의 수의〉를 검사하기 위해 이탈리아의 튜린으로 갔었습니다. 〈튜린의 수의〉란 여러분도 아시다시피, 십자가 처형을 당한 한 남자의 형상이 남아 있는 천 조각입니다.」

데커는 비행기에서 준비해둔 성명서를 읽기 시작했다. 제한된 시간을 이용하여 그는 튜린의 탐사대에서부터 이 순간에 이르기까지의 사건들을 될 수 있는 대로 자세히 설명했다. 탐사대에 다녀온 지 11년 후 그 팀의 일원인 해리 굿맨 교수를 만나게 되었는데, 교수는 그에게 수의에서 자신이 발견한 것에 대해 UCLA에 증언할 것을 요구했다는 것도 밝혔다.

「굿맨 교수님은 수의에서 채취한 샘플들에서 극미한 피부 세포 다발을 발견했습니다. 놀랍게도…….」

여러 해 전 일인데도 그때 본 것들이 생생하게 떠올라 데커는 잠시 말을 멈추었다.

「수의에서 나온 세포들은 아직 살아 있었습니다.」

군중들은 가쁘게 숨을 몰아쉬었지만, 어느 누구도 입을 열지 않았다.

「세포들을 테스트한 결과, 놀랄 만한 생명력과 수없이 많은 독특한 특징들을 지니고 있는 것으로 밝혀졌습니다. 굿맨 교수님은 자신의 암 연구소에서 이 세포들을 배양했습니다.」

「저에게 알리지 않은 상태에서, 굿맨 교수님은 그 세포들로 이미 수많은 실험을 거친 뒤였습니다.」

데커는 기자들에게 마음의 대비를 하는 여유를 주려는 듯 잠시 말을 멈추었다.

「그 세포들의 하나에서 얻은 DNA를 수정되지 않은 인간의 난자의 배(胚)에다 이식하고, 그것을 난자 제공자의 자궁에 착상시킴으로서… 수의 위에 붙어 있던 세포에서 복제 인간이 태어나게 된 것입니다.」

그때껏 진상을 알지 못하고 있었던 사람들에게는 잃어버린 연결고리가 제공된 셈이었고, 일찌감치 짐작하고 있었던 사람들에게는 부인할 수 없는 확증을 안겨준 셈이었다. 크리스토퍼 굿맨은 예수 그리스도가 복제된 인간이었다.

그제야 UN에서 일어난 일들이, 그리고 이제 방금 성전 계단 위에서 그들 모두가 목격했던 일들이 어느 정도 납득이 갔다. 그것이 아니라면, 어떻게 그런 일들이 일어날 수 있었겠는가?

「그 아이는 크리스토퍼라고 이름 지어져서, 해리 굿맨 교수와 그의 아내인 마르타의 손에 길러졌습니다. 하지만 크리스토퍼 굿맨이 14세가 되었을 때, 대재난으로 교수님 부부가 돌아가시는 바람에 크리스토퍼는 저와 함께 살게 되었습니다. 비상시에는 나에게로 가라는 교수님의 당부를 그가 따른 것입니다. 나머지 이야기는, 적어도 중요한 부분은, 여러분도 아실 것입니다.」

데커의 억양으로 보아 미리 준비된 진술은 끝났다는 것을 알 수 있었다. 그는 종이뭉치를 다시 주머니에 집어넣으면서 놀라지 않을 수 없었다. 아무도 질문을 하는 사람이 없었기 때문이었다. 그러면서도 그들은 움직이지 않은 채 뭔가를 기다리고 있었다.

그들의 어리둥절한 눈빛을 보면서 데커는 문제를 알아차렸어야 했다. 그러나 질문이 없자 양해를 구하고는 자리를 뜨려고 했다. 그가 몸을 움직이자마자 막혔던 봇물이 터지듯 질문이 쏟아졌다. 등 뒤의 누군가가 질문을 외쳐대자, 갑자기 여기저기에서 질문이 쇄도했다. 그런 질문들에 대해 특별히 준비한 바가 없는 데커는, 목소리가 가장 큰 질문에만 우선적으로 간단히 답했다.

그렇다, 크리스토퍼는 진짜로 죽은 상태였다.

그렇다, 크리스토퍼는 자신이 예수 그리스도의 복제 인간이라고 말했다.

그렇다, 크리스토퍼는 예수가 그랬듯이, 자신이 하나님의 아들이라고 말했다. (유대인 기자들로서는 얼른 납득할 수 없는 사항이었지만,

지금은 공개적으로 논쟁을 벌일 때가 아니었다.) 그 관계에 대해서는 특별하게 의심을 품고 자세히 질문을 던지는 사람이 아무도 없었다. 거기에 대해 크리스토퍼는 비행기에서 데커에게 이미 다 말해주었지만, 데커는 그런 것을 자발적으로 밝힐 의사는 없었다. 크리스토퍼가 그 모든 것을 곧 충분히 설명할 것이었다.

「그의 팔과 눈은 어떻게 되는 겁니까?」

한 기자가 물었다.

「크리스토퍼에게는 팔과 시력을 되찾을 만한 능력이 있습니다만, 그는 자신의 사명을 완수할 때까지는 그런 능력을 사용하지 않겠다고 다짐한 바 있습니다.」

「사명이란 게 뭐죠? 굿맨 대사님은 왜 성전으로 가신 겁니까?」

누군가가 외쳤다. 다른 기자들이 갑자기 조용해졌다. 모두들 그 질문에 대한 대답을 듣고 싶었던 것이다.

데커는 잠시 생각한 후 말했다.

「사실은 이스라엘에 온 데는 여러 가지 이유가 있습니다. 가장 중요한 이유는 요한과 코헨의 공포에 의한 통치를 종식시키기 위함이었습니다. 방금 여러분들이 목격하셨듯이 그 일은 이제 끝났습니다. 제 생각에 그가 성전으로 들어간 이유는 자신이 공표하고자 하는 바를 알리는 데에 적절한 장소이기 때문인 듯싶습니다.」

「공표하려고 하는 게 뭐죠?」

누군가가 외쳤다. 연거푸 또 다른 사람이 물었다.

「굿맨 대사님이 말씀하시려고 하시는 내용이 무언지 당신이 말해주실 수 있나요?」

「그는 인류의 운명이라는 주제로 세계 사람들에게 연설을 할 예정입니다.」

　데커가 대답했다.

＊

　크리스토퍼와 마일너는 세 개의 층계참을 더 올라 〈아름다운 문〉
을 통과하여 〈여인의 뜰〉로 들어갔다. 불과 몇 시간 전만 해도 이 뜰
은 성전 안에서의 활동이 이루어지는 중심이었다. 그런데 이제는 크
리스토퍼와 마일너의 발자국 소리가 내는 공허한 메아리뿐이었다.
그들은 뜰의 서쪽 끝에 있는 반원형의 계단을 향해가고 있었다. 이
계단들의 꼭대기에는 폭 1.8미터, 높이 2미터가 넘는 웅장한 니가노
르 문이 담 위로 솟아 있었다. 그 성문은 〈이스라엘의 뜰〉로 통했다.
　안뜰의 일부인 이곳에는 유대인 성인 남자와 소년들만이 들어올
수 있었다. 장방형에다가 하늘이 보이는 〈여인의 뜰〉과는 달리 〈이
스라엘의 뜰〉은 좁고 지붕이 있었으며, 가장 깊숙한 안쪽 뜰을 둘러
싸고 줄기둥들이 늘어서 있었다. 일련의 방들은 창고로 쓰이고 있었
고, 〈이스라엘의 뜰〉을 따라 작은 모임들이 이루어지곤 하여 열린
공간이 비좁을 지경이었다.
　세번째이자 마지막 뜰인 〈제사장들의 뜰〉은 〈이스라엘의 뜰〉보다
1미터 정도 지대가 더 높았다. 〈이스라엘의 뜰〉과 인접해 있고 완전
히 통해 있으면서도, 이 뜰은 신자들이 제물을 가져오는 경우에만
출입이 허용되었다. 그렇지 않은 경우에는 제사장들과 레위인들만
이 들어갈 수 있었다. 〈제사장들의 뜰〉로 가는 통로 안에는 돌을 깎
아 만든 네 개의 테이블이 있었고, 그 위에는 피가 말라붙은 대여섯

마리의 양과 염소가 놓여 있었다. 거리로 몰려나가면서 제사장들과 레위인들이 버리고 간 것들이었다. 공기 중에는 피 냄새와 동물의 지방을 태우면서 나는 냄새가 아직도 짙게 배어 있었다. 통로의 남쪽과 북쪽으로는 비슷한 상태인 여덟 개의 테이블이 더 놓여 있었다.

〈제사장들의 뜰〉의 최동단에 속하는 한가운데에는, 계명에 따라 금속제 도구로 다듬지 않은[31] 네 개의 거대한 돌을 층층이 쌓아 피라미드 형태로 만든 제단이 6미터 높이로 솟아 있었다. 제단의 동쪽 끝에는 계단이 있어서 위로 오를 수 있게 되어 있었다. 제사장들과 레위인들이 〈아리엘〉이라 불렀던 갓돌은 사방이 6.3미터, 두께가 2.1미터였다. 이 돌 위에서 제물에 불을 피워 태웠다. 제사장들이 없는 경우에는 불이 최소한으로 유지되었다.

제단 갓돌의 네 모퉁이에는 뿔 같은 돌출부가 50센티미터 길이로 하늘을 향해 솟아 있었다. 이 뿔들과 제단 위에서 제사장들은 갓 도살된 짐승들의 피를 흩뿌리곤 했다. 제단의 기저부 둘레로는 50센티미터 너비에 50센티미터 깊이의 도랑이 파여 있어서, 바쁜 날에는 제단 위에서 1만 리터 이상의 피를 흘릴 수 있게 되어 있었다. 그 날은 제사장들과 레위인들이 한 시간여 동안만 일을 하고 성전에서 도망치는 바람에, 도랑에는 피가 응고되어 날파리들이 몰려들고 있었다.

제단 아래쪽, 〈제사장들의 뜰〉의 서쪽 부분에는 지성소가 있었다. 크리스토퍼가 가고자 하는 곳이 바로 그곳이었지만, 그와 마일너는 그러기 전에 해야 할 일이 있었다. 주위를 둘러보고는 자신이 찾는 것을 발견한 크리스토퍼가 마일너에게 고개를 끄덕여 보였다.

---

31) 출애굽기 20:25.

「피에 굶주린 야훼를 만족시키기 위해 더 이상 동물들이 도살되는 일이 있어서는 안 돼요. 다시는 사용하지 못하도록 제단을 더럽혀놓자구요.」

크리스토퍼는 제사장들이 주검을 치우기 위해 사용하는 수많은 청동제 삽들이 걸려 있는 곳으로 가서, 그 중 하나를 뽑아들었다. 그러고는 도살용 테이블 가까이로 다가갔다. 거기에는 나중에 치우려고 모아둔 동물들의 똥이 언덕을 이루고 쌓여 있었다. 크리스토퍼는 한쪽 팔만으로 삽 가득히 똥을 떠서는 제단 쪽으로 가서 그 위에 던졌다. 크리스토퍼와 마일너는 똥이 하나도 남지 않을 때까지 그 일을 했다. 제단은 이제 문자 그대로 똥이 철벅거릴 정도였다. 다음으로 그들은 제단의 네 개의 돌들 하나하나를 삽으로 마구 두들겼다.

「다 됐군요.」

크리스토퍼가 마침내 말했다. 유대의 율법에는 이런 식으로 더럽혀진 돌들은 다시 제단으로 사용할 수 없도록 금지되어 있었다.

한바탕 힘을 쓴 크리스토퍼와 마일너는 이제 성전 본관으로 향했다. 위를 올려다보면 성전 자체는 거대한 T자 모양을 이루고 있었다. 예언자 에스겔이 환영에서 본 대로 성전이 재건되기를 바라는 사람들과 헤롯의 성전 모형대로 만들어지기를 바라는 사람들이 협상을 한 결과의 산물이었다. 가장 넓은 폭이 50여 미터, 가장 좁은 폭이 30여 미터인 성전 본관은 〈제사장들의 뜰〉보다 50여 미터 위에 높이 솟아 있었다. 입구의 좌우에는 제사장들이 〈야긴과 보아스〉라고 부르는 두 개의 거대한 청동제 기둥이 서 있었다.

마일너는 거기에서 걸음을 멈추었다. 이제부터는 크리스토퍼 혼자서 가게 되어 있었다.

뒤를 돌아보며 마일너에게 고개를 끄덕여 보인 크리스토퍼는 현관으로 통하는 마지막 계단을 걸어 올라갔다. 폭이 1.8미터, 높이가 10미터에 달하는 올리브 나무로 만들어진 거대한 두 개의 문이 그를 막아섰다. 문은 천사들과 야자나무, 꽃들이 조각되어 있고 순금이 입혀져 있었다. 문 위쪽으로는 우주의 파노라마를 그린 태피스트리(다채로운 색실로 그림을 짜 넣은 직물 – 역주)가 걸려 있었다. 그리고 그 위쪽으로는, 벽면 가득히 열매가 주렁주렁 달린 거대한 포도 덩굴과 잎사귀 모양이 조각되어 있었다. 그것 역시 순금이 입혀져 있었다.

크리스토퍼는 길게 한숨을 몰아쉬었다. 그러고는 거대한 문의 한쪽을 밀쳤고, 그런 다음엔 다른 쪽 문도 마저 열어젖혔다. 햇빛이 쏟아져 들어왔다. 그런 다음 〈성소〉라 불리는 방으로 갔다. 성소의 천장은 현관의 천장보다 12미터가 낮아서 높이가 30여 미터였다. 바닥은 삼나무로 되어 있었다. 벽은 히말라야 삼목으로 만든 벽판을 이어 붙였고, 위쪽은 금칠이 되어 있었다. 순금으로 된, 향을 피우는 제단에서는 아직도 유향이 타오르고 있었다. 〈거룩한 빵〉을 바치는 다른 제단에는 누룩을 넣지 않은 열두 줄의 빵이 놓여 있었다. 열두 가지가 달린 순금 촛대의 촛불은 초가 거의 다 타들어가서 희미해져 가고 있었다.

*

성소 바깥에 있던 로버트 마일너는 돌아서서 왔던 길로 다시 걷기 시작했다. 성전 바깥에서 해결해야 할 일이 남아 있었기 때문이었다.

크리스토퍼는 성소의 서쪽 끝 천장에 매달린 〈베일〉 앞에 섰다. 그것은 최후의 방인 〈지성소〉와 〈성소〉를 나누는 가리개였다. 베일 너머 지성소에는 1년에 한 번 있는 〈속죄일〉에 대제사장만이 들어갈 수 있었다. 베일은 잘 장식된 두 개의 커튼으로 가운데를 열고 들어가도록 되어 있었다. 창문이 하나도 없는 지성소에는 이 베일로 인해서 햇빛이 닿지 않았다. 베일의 북쪽 끝으로 걸어간 크리스토퍼는 그것을 붙잡고는 힘차게 잡아당기기 시작했다. 조금씩 베일이 천장에서 뜯어졌다. 베일이 몇 미터만 남을 때까지 크리스토퍼는 그렇게 잡아당겼다. 다른 쪽 커튼도 남쪽 끝에서부터 뜯기 시작했다. 베일의 가운데로 통하는 넓은 입구만 남자 지성소 안으로 햇빛이 쏟아져 들어왔다.

지성소 안의 크리스토퍼 앞에는, 5미터 크기의 날개 달린 거대한 천사가 새겨진 올리브나무 조상이 성궤를 내려다보고 서 있었다. 쭉 뻗은 그들의 날개는 그 방의 너비의 절반에 해당하여, 성궤의 바로 위쪽에서 서로 만나고 있었다.

크리스토퍼는 지성소 안으로 들어가 성궤 쪽으로 다가갔다.

*

바깥에서는 데커가 기자들의 질문을 받고 있는데, 낮은 굉음 소리가 들리면서 사람들이 서 있는 계단이 흔들리기 시작했다. 그 소리는 성전 안쪽에서 비롯된 것 같았다. 데커는 아무런 설명도 없이 기자들에게 더 이상 질문을 받지 않겠다고 공표하고는 기자회견을 마쳤다.

「아무래도 지금 당장 계단 아래로 내려가셔서 성전에서 떠나는 것이 좋을 것 같습니다.」

그는 조용히 덧붙였다.

*

지성소 안에서 크리스토퍼는 성궤 앞에 서 있었다. 잠시 후 그는 성궤의 뚜껑을 붙잡고는 서서히 뒤로 밀었다. 내용물이 드러났다.

*

「무슨 일이죠?」

성전이 다시 흔들리자 기자들이 동시에 데커에게 외쳤다.

「여러분, 인내심을 가져주세요. 모든 의문사항들이 다 풀리게 될 것입니다. 하지만 여러분의 안전을 위하여 즉시 성전을 벗어나는 것이 좋겠습니다.」

데커의 목소리는 확신에 차 있었다. 데커가 걸음을 빨리하면서 계단을 내려가자 모두들 뒤를 따랐다.

*

성궤 속에는 크리스토퍼가 찾고 있던 것들이 들어 있었다.

*

　처음 두 차례보다 훨씬 더 큰, 천둥 치는 듯한 소리가 계속되자 기자들과 구경꾼들의 발걸음이 뜀박질로 바뀌었다. 곧이어 로버트 마일너가 모습을 드러냈다. 혼자였다. 그는 계단의 4분의 1쯤을 내려가서는 멈춰 섰다. 수천에 달하는 사람들을 내려다보면서, 세계 각지의 방송국 카메라들이 찍고 있는 가운데 그가 입을 열었다. 그것은 그 자신의 목소리였지만 예전과는 달랐다. 데커는 그 차이를 알 수 있었다.

　「보라. 주의 크고 두려운 날이 이르기 전에 내가 선지자 엘리야를 너희에게 보내리라. 그가 아버지의 마음을 자녀에게로 돌이키게 하고 자녀들의 마음을 그들의 아버지에게로 돌이키게 하리라. 돌이키지 아니하면 내가 와서 저주로 그 땅을 칠까 하노라 하시니라.」[32]

　마일너는 말라기서를 인용하고 있었다. 많은 이들이 알고 있는, 특히 제사장들과 레위인들은 너무나 잘 알고 있는 말씀이었다.

　「들으십시오, 이스라엘 사람들이여.」

　마일너가 말하기 시작했다. 더 이상 말라기의 인용이 아니었다.

　「지금 이 시각을 기하여 여러분의 비탄 소리는 그치게 됩니다. 오늘이 바로 예언자가 말했던 바로 그 날입니다. 엘리야가 왔습니다! 제가 바로 엘리야입니다!」

　유대인 제사장들과 레위인들이 크게 동요하여, 대제사장이 어떻게 반응하는지 모두들 그에게로 시선을 돌렸다. 성전을 뛰어나온 것

---

32) 말라기 4:5~6.

은 분명 크게 잘못한 일이었지만, 이 이방인이 자신이 예언자 엘리야라고 주장하다니, 아무리 신성모독이라도 이건 너무 지나친 것이었다. 어떻게 반응해야 할지를 확신할 수가 없는 그들은 대제사장 카임 레빈만 바라보고 있었다. 그의 지시를 따르기 위함이었다. 바로 그 순간 지성소 안의 크리스토퍼가 성궤 앞에 서 있다는 것을 조금이라도 눈치 챘더라면, 그들은 대제사장의 지시를 기다릴 필요도 없이, 이미 자신들의 옷을 찢고 재를 뒤집어써야 마땅했을 것이다.

놀랍게도 카임 레빈은 매우 침착했다. 전통적인 대제사장 복장을 한 그는 푸른 모자를 쓰고 〈야훼께 경건하게〉라는 뜻의 히브리어가 새겨진 금띠를 두르고 있었다. 보통 제사장들이 입는 발목까지 흘러내리는 하얀 아마포 가운 위에 화려하게 수가 놓인 긴 옷을 걸쳤는데, 긴 옷의 아래쪽에 황금으로 만든 종들이 장식되어 있어서 걸을 때마다 종소리가 났다. 그 위로 다시 조끼 같은 웃옷을 걸쳤는데 금색, 자주색, 파랑색, 분홍색 색실들로 화려하게 장식되어 있었다. 가슴 한복판에는 이스라엘의 12부족을 상징하는 12개의 커다란 보석을 박아 만든 〈에봇〉이라 불리는 가슴받이를 차고 있었다.

크리스토퍼가 요한과 코헨을 해치워준 데 대한 감사의 뜻에서인지, 아니면 단순히 자신의 훌륭한 옷을 망치고 싶지 않아서인지는 알 수 없었지만, 카임 레빈은 마일너가 외치는 소리를 듣고도 전혀 혼란스러워하는 기색이 아니었다. 오히려 그는 눈을 들어 그를 바라보면서 매우 정중하게, 마치 즐기는 듯한 태도로 묻는 것이었다.

「당신이 바로 그분이라는 것을 우리가 어떻게 알 수 있겠습니까? 어떤 징표가 있나요?」

「나 엘리야가 갈멜 산 위에서 아합 왕과 이스라엘 백성들에게 나

자신을 증거했던 바로 그 방법으로 하겠소.」[33]

모두가 들을 수 있도록 큰 소리로 마일너가 대답했다.

카임 레빈은 눈썹을 치켜뜨며 약간 찌푸렸다. 마일너의 대담한 제안이 그에게 깊은 인상을 준 것 같았다. 물론 마일너가 그런 것을 할 수 있으리라는 생각은 조금도 들지 않았지만. 잠시 후 그가 물었다.

「언제 그런 표적을 보여줄 수 있겠소?」

「바로 지금 이 시간에 하겠소.」

마일너는 그렇게 대답하고는, 대제사장에게서 돌아서서 군중들을 향해 말을 이었다.

「1천2백60일 동안 이스라엘은 가뭄으로 고통을 받았습니다. 오늘, 그것이 끝납니다!」

그 말과 함께 마일너가 손을 들어올렸다. 성전 너머의 어딘가에서 낮게 우르릉거리는 소리가 들리더니, 불과 몇 초도 지나지 않아 하늘이 먹장구름으로 뒤덮였다. 대제사장 주변의 몇몇 제사장들을 제외하고는 모두가 두려움에 휩싸여 뒷걸음질을 쳤다. 곧이어 번개가 치고 귀를 먹먹하게 하는 천둥이 울리자 사람들은 모두 발을 구르면서 손으로 귀를 막았다. 첫번째 번개가 지나간 후, 세 번의 번개가 점점 더 강렬해지면서 뒤를 이었다. 그러고는 비가 내리기 시작했다.

빗줄기가 거세어졌다. 마일너와 몇몇 가릴 것을 갖고 있었던 사람을 제외하고는 모두가 고스란히 비를 맞았다. 대부분은 손을 쳐든 채 하늘을 올려다보고 서서 쏟아지는 빗줄기에 감사하는 마음이었

---

33) 열왕기상 18:19~40.

다. 몇몇 사람이 춤을 추기 시작했다.

엘리야의 이야기를 알고 있는 군중들에게 평결은 너무나 분명했다. 이 사람이 바로 그 예언자임에 틀림없었다. 그렇지 않다면 이런 일을 어떻게 설명할 수 있단 말인가? 대제사장은 확신할 수가 없었지만, 달리 반박할 만한 논거가 떠오르지 않았기 때문에 마일너를 응시하며 침묵하고 있었다. 쏟아지는 빗줄기에 그의 우아한 복장은 이미 망가진 지 오래였다. 제사장들과 레위인들도 많은 숫자가 군중들에 가세하여, 마일너야말로 메시아에 앞서서 오기로 되어 있는 엘리야라고 생각하기 시작했다.[34]

「여러분들의 메시아를 보십시오!」

비가 퍼붓는 가운데, 마일너가 돌아서서 손으로 성전 쪽을 가리켜 보였다. 하지만 사람들의 눈에는 별다른 것이 눈에 띄지 않았다. 그때 남동쪽 모퉁이 위에서, 구름이 열리면서 태양빛이 쏟아졌다. 밝은 빛기둥이 생겨난 것이다.

「저기에 그가 있다!」

누군가가 외쳤다.

성전의 남동쪽 끄트머리 벽 위에, 뾰족탑이라 불리는 한 지점에 크리스토퍼가 서 있었다. 그곳은 사람들이 모여 있는 곳보다 50여 미터가 더 높았다. 그의 긴 옷자락이 바람에 날렸다. 빛기둥이 마치 스포트라이트처럼 그를 비추고 있었다. 빛기둥이 빠른 속도로 넓어지면서, 그 지점에서부터 구름이 모든 방향으로 흩어졌고, 예루살렘 주변의 시골에도 후두둑거리며 비가 내리기 시작했다. 얼마 지나지

---

34) 말라기 4:5~6, 마태복음 17:10~13.

않아 성전 주변 지역은 머리 위로 밝게 빛나는 태양이 떠서 대낮같이 밝아졌다. 세상의 거의 모든 방송망이 예루살렘의 그 모습을 생중계하고 있었다.

「지구촌 주민 여러분.」

마침내 크리스토퍼가 침착하고도 평화로운 목소리로 말하기 시작했다.

「수천 년 동안 예언자들과 점성술사들, 현인들과 샤먼들은 세상 전체를 위하여 평화의 올리브나무 가지를 물고 오실 분에 대해 예언을 해왔습니다. 세상은 그분을 수백 가지 다른 이름으로 불렀습니다. 비탄에 빠진 사람들은 약속된 평화의 전달자인 이분이 어서 와 주기를 간청했습니다. 유대인들에게는 메시아이고, 그리스도인에게는 그리스도의 재림이며, 불교인에게는 다섯번째 붓다이고, 무슬림에게는 모하멧의 열세번째 상속자, 즉 임만 마디(Immam Mahdi)입니다. 힌두교인에게는 크리슈나이고, 바하이 교도에게는 〈지고의 평화〉를 가져오실 분입니다. 조로아스터교인에게는 샤바람(Shah-Bahram)입니다. 그는 또 주 미륵, 혹은 보디사트바, 혹은 크리슈나 무르티, 혹은 미트라스, 혹은 데바, 혹은 헤르메스와 쿠쉬, 혹은 야주스, 혹은 오시리스라 불리기도 합니다.

어떠한 이름으로 알려져 있든, 어떠한 언어로 탄원되었든, 오늘 나는 여러분께 말합니다. 예언은 성취되었습니다! 오늘 그 약속이 지켜졌습니다! 오늘 그 비전이 모든 인류를 위하여 실현되었습니다!」

크리스토퍼가 말을 멈추자 기대감이 고조되었다.

「바로 오늘, 제가 왔기 때문입니다!」

그가 선언했지만 어느 누구도 놀라지 않았다. 당연히 예상되는 귀결이었기 때문이었다. 하지만 애초에 그런 선언을 예기했던 사람이 진실로 아무도 없었다는 점을 고려하면, 아무도 놀라지 않는다는 그 사실이 놀라울 지경이었다.

크리스토퍼의 목소리 톤이 갑자기 올라가고 열정적이 되었다.

「제가 바로 약속된 그 사람입니다!」

그는 마치 노래를 하듯이 읊조렸다.

「제가 메시아요, 그리스도요, 다섯번째 붓다요, 모하멧의 열세번째 상속자입니다. 제가 바로 〈지고의 평화〉를 가져오는 자입니다. 제가 크리슈나이고, 샤바람이고, 주 미륵이고, 보디사트바이고, 크리슈나무리티이고, 임만 마디입니다. 제가 미트라스이고, 헤르메스와 쿠쉬이고, 야누스이고, 오시리스입니다! 아무 차이가 없습니다. 그들은 모두 하나입니다. 모든 종교는 하나입니다. 그리고 제가 바로 모든 예언자들이 말했던 바로 그 사람입니다! 오늘이 바로 지구가 구원받는 날입니다!」

예루살렘에 운집한 군중들의 다수가 호응하는 함성을 질렀고, 그런 반응은 세계 전체에서 메아리쳤다. 세상 사람들은 크리스토퍼가 암살자의 손에 죽임을 당한 것을 지켜보았었고, 그가 부활한 것을 지켜보았다. 또한 그가 지구상에 무서운 재앙을 야기한 요한과 코헨을 일거에 무너뜨리는 것을 지켜보았다. 그들은 또 로버트 마일너가 번개를 불러오고 가뭄으로 몸살을 앓는 성지에 비를 내리는 것을 지켜보았다. 하지만 다른 무엇보다도 그들은 구세주를 맞을 준비가 되어 있었고, 그러기에 환호를 보냈다. 대제사장과 몇몇 사람만이 마음이 불편했다.

「저는 경건한 종교적 선포를 하기 위해서 온 것이 아닙니다. 여러분의 예배를 요구하기 위해서도 아니고, 여러분에게 공물을 바치게 하기 위해서도 아닙니다. 나는 여러분의 찬양이나 칭찬을 구하지 않으며, 여러분의 헌신을 요구하지도 않습니다. 여러분이 저를 공경하거나 저에게 찬사를 던지는 것은 제가 의도하는 것이 아닙니다. 여러분이 저에게 공물을 바치는 것도 제 의도가 아닙니다. 저는 여러분이 저를 찬양하거나, 기리거나, 우상화하거나, 숭배하거나, 신처럼 떠받들기를 바라지 않습니다. 대신 저는 여러분에게 여러분 자신을 잘 들여다보라고 말하기 위해서 왔습니다. 여러분 각자의 내면에는 신성이, 완전한 신성이 존재하기 때문입니다. 여러분은 저를 신이라고 불러도 좋습니다. 그걸 부인하지 않습니다. 그래요, 저는 신입니다! 하지만 저는 여러분을 신들이라고 부르겠습니다. 여러분 모두! 여러분 한 사람 한 사람 모두!」

대제사장 카임 레빈은 분명 듣고 있었다. 분명 신성모독의 발언이었다. 새 옷이든 아니든, 그는 마땅히 자기 옷을 찢어야 했다. 찢어발기고, 머리에 재를 뒤집어써야 했다. 그는 진창에 주저앉아 즉각 그 일을 시작했다. 가까이에 있던 다른 제사장들과 레위인들 몇몇이 그의 행위를 따라 했다. 하지만 다른 사람들은 대부분, 죽었다가 다시 살아난 이 사람이 하는 말에 지대한 관심이 쏠려서 그들을 의식하지조차 못하고 있었다.

「제가 여기 온 것은 저 자신의 신성을 선포하기 위해서가 아닙니다. 여러분의 신성을 선포하기 위해서입니다! 저는 누구를 벌주기 위해서 온 것도 아니고, 누구를 위협하기 위해서 온 것도 아닙니다.」

그가 안심시켰다. 아래쪽에 있는 사람들은 대제사장의 행위에도 불구하고 전혀 동요하는 기색을 보이지 않고 있었다.

「저는 인류의 삶에 상상할 수 없는 기쁨과 영원함을 부여하기 위해서 왔습니다. 저는 여러분에게 굶주림과 죽음으로 대변되는 어제를 잊고 풍요로움과 생명의 내일을 건설할 기회를 제공하고자 합니다. 저와 함께 갑시다. 저를 따르십시오. 저는 여러분을 생명과 빛의 새천년으로 인도하고자 합니다.」

대제사장이 과장된 몸짓으로 옷을 찢고 진흙을 뒤집어쓰는 바람에 데커는 크리스토퍼의 연설에서 잠시 마음이 흩어졌지만, 데커는 분명히 알 수 있었다. 크리스토퍼와 군중 사이의 거리가 꽤 떨어져 있었는데도, 웬일인지 그의 말이 선명하게 들린다는 것을. 크리스토퍼의 목소리는 그의 바로 오른쪽 옆에서… 아니, 바로 그의 내부에서 솟아나고 있는 것 같았다. 그러고 보니 놀라운 일이 또 있었다. 데커는 불현듯 크리스토퍼가 영어로 말하고 있는 것이 아니라는 것을 알아차렸다. 그는 애초부터 영어를 쓰고 있지 않았다. 어떠한 언어인지는 확실히 알 수가 없었지만 한 번도 들어본 적이 없는 언어라는 점만큼은 분명했다. 하지만 모든 말을 분명히 이해할 수 있었다. 주변의 모두가 다 마찬가지였다. 데커의 추정은 정확했다. 지구상의 모든 사람들이, 모국어가 무엇이든, 크리스토퍼가 하는 말을 정확히 알아듣고 있었다.

다른 사람들은 크리스토퍼가 하는 말이 자신들의 국어가 아니라는 것을 알고 있는 것일까? 데커는 숨을 죽이면서 크리스토퍼가 하고 있는 몇 마디 말을 되새기며 반복하려고 해보았다. 하지만 크리스토퍼가 하는 말을 모두 이해하긴 했지만, 암만 해도 한 단어나 심지어는 한 음절조차도 반복할 수가 없었다. 나중에 크리스토퍼가 설명한 바에 따르면, 그는 모든 인간들의 뿌리가 되는 언어로 말했다고 했다. 동물에 따라 각기 자기들의 소리가 있는 것처럼, 인간들에게도 본능적이고 보편적인 언어가 있다는 것이었다. 지상의 인간들이 바벨탑을 세우자 야훼가 그들을 흩어뜨려[35] 언어의 혼동을 초래하기 이전에 모든 인간들이 공통적으로 사용했던 말이라고 했다. 이 언어는 번역을 필요로 하지 않았다.

「사흘 반나절 전, 세상 사람들이 지켜보는 가운데, 요한과 코헨과 코움 담마 파타르(KDP)의 추종자 한 사람이 제 머리에 총알을 관통시켜 저를 죽였습니다. 열두 시간도 아직 지나지 않았습니다만, 전 지구인이 지켜보는 가운데 저는 죽음으로부터 다시 살아났습니다!

하지만 저의 부활은 제가 죽음을 이긴 것에 대한 상징이 아닙니다. 그것은 인류의 승리를 상징하는 것입니다. 죽음의 사슬을 끊고 이루어지는 저의 부활은, 인류가 그동안 자신들을 묶고 있었던 사슬을 끊고 영광의 미래를 맞아야 할 시점에 도달했기 때문에 일어난 것입니다.

더 이상 오해하지 말도록 합시다. 지난 3년 반 동안 지구를 삼켰던 고통은 우연의 소산이 아니며, 자연재해의 결과물도 아닙니다. 그것들은 요한과 코헨에 의해 자행된 냉정하게 계산된 초자연적인 압제의 결과였습니다. 하지만 요한과 코헨이 독자적으로 행한 것이 아닙니다. 사실 그들은 잔학하고 압제적인 악의 힘의 대리인들에 지나지 않았습니다. 야만적이고 이기적인 목표를 갖고 인류가 가야 할 길을 방해해온 영적인 존재의 대리인들이었습니다.

---

35) 창세기 11:1~9.

저를 암살하도록 지시했던 세력과 세상을 전멸의 벼랑으로 몰고 갔던 존재는 동일한 하나입니다. 하지만 저의 부활은 이 존재가 패배할 수 있다는 증거입니다. 지구가 회복될 수 있다는, 인류가 속박의 멍에를 집어던지고 영적인 완성을 향해 최후의 궁극적인 진화의 단계를 밟아 나아갈 수 있다는 증거입니다.

저는 이 세상을 파괴와 죽음으로부터 건져내어 더 이상 고통과 죽음이 지배하는 삶이 아닌 새롭고 초월적인 시대로 이끌어가기 위해 돌아왔습니다. 고통당하고 있는 지구를 건져내어 개인과 우주가 조화를 이루는 시대로 이끌어가기 위해 돌아왔습니다. 대재난과 홍수와 지진을 오래도록 견뎌온 여러분들은 이제 승리자입니다!

인류는 악랄한 존재의 영적인 압제를 겪어왔으며 거기에 도전해왔습니다. 그러한 도전의 힘이 제 생명을 회복시켰고 또한 적들을 약화시켜왔습니다. 새로운 시대를 선도하는 힘은 이러한 도전정신과 인류의 자기신뢰입니다.

더 이상 의심하지 맙시다. 새로운 시대는 한 종교를 다른 종교로 대체하는 것이 아닙니다. 새로운 시대에는 멀리 동떨어진 신을 믿거나 그런 신에게 의지하지 않을 것입니다. 새로운 시대에는 인간 스스로 자기 안에 있는 힘과 신성을 믿고 의지하게 될 것입니다. 자기 권력의 확대에 골몰하는 소수의 압제자들의 시대는 끝났습니다. 이제 인류는 자신들의 삶과, 자신들의 환경과, 자신들의 운명을 스스로 컨트롤할 것입니다.

지난 2천 년 동안의 달력은 그리스도교 메시아의 탄생을 기반으로 한 것이었습니다. 하지만 새로운 시대는 제가 부활한 날을 기점으로 시작됩니다. 예수가 탄생한 것으로 여겨지는 날짜는 이제 의미가 없어졌고, 그리스도교 시대는 이제 역사에서 사라지게 되었습니다. 새로운 시대가 시작되었습니다. 따라서 제가 부활한 날을 새로운 시대의 첫번째 해, 첫번째 날로 삼아주시기 바랍니다.」

크리스토퍼는 오른손을 들어올리며 고개를 흔들어 보였다.

「저 자신을 위해서 제가 부활한 날을 기점으로 삼아달라고 하는 것이 아닙니다. 여러분의 영을 짓뭉개고 여러분의 혼을 파괴시키려고 했던 자의 손아귀에서 여러분의 자유가 시작된 날을 기점으로 삼기 위함입니다.

이 날은 또한 KDP 같은 무리에 의해 신봉된 후진적이고 배타적인 종교의 사슬을 끊는 기점이기도 합니다. KDP 멤버들에게 저는 평화의 손을 내밉니다. 요한과 코헨은 죽었습니다. 그들의 독선적인 주장들은 아무런 결실도 맺지 못하는 생명 없는 시체가 되어 누워 있습니다. 저는 여러분에게 이제까지의 공격적인 노선을 포기할 것을 호소합니다. 배타적인 진리로 경건한 척하는 태도를 버리고 이제 우리와 함께 합시다. 우리는 그런 편협한 철학과 종교로부터 우리 자신과 우리의 세상을 순화시키지 않으면 안 됩니다. 오늘부터는 인간의 종교를 향해 나아가는 인간이 됩시다!

신에게 이르는 데에는 우리의 길이 더 낫다고 어느 누구도 자랑해서는 안 됩니다. 우리가 추구해야 하는 것은 어느 신에게 이르는 길이 아니기 때문입니다. 우리가 추구해야 해야 하는 길은 우리들의 내면에 놓여 있는 힘입니다. 우리 자신을 〈하나밖에 없는 최상의 인간〉이라고 자랑을 늘어놓지 않도록 합시다. 인간이란 모두 그렇게 존재할 필요가 있는 것일 뿐입니다.

우리의 인간성 안에 신성이 거주합니다. 인류는 위대한 진화의 마지막 거보를 내딛을 찰나에 서 있습니다. 하지만 신성과 불멸성은 물리적인 진화를 통해서 획득될 수 없습니다. 그것은 영적인 진화를 통하여 이루어집니다. 어떤 이들에게는 이러한 진화가 불과 몇 십 년밖에 걸리지 않을 것입니다. 어떤 이들에게는 더 길게 걸릴 것입니다. 하지만 1천 년이 걸린다 할지라도, 그것은 결코 허비된 시간은 아닐 것입니다.」

크리스토퍼는 사람들에게 생각할 여유를 주기 위해 잠시 말을 멈추었다. 그는 청중들이 자신이 말하고 있는 것을 충분히 이해해주기를 바랐다.

「1천 년이 걸릴 수도 있다는 뜻이 아닙니다. 10년이 걸리든, 2백 년이 걸리든, 혹은 1천 년이 걸리든, 그건 문제가 되지 않는다는 뜻입니다! 여러분은 불멸을 누리게 될 것이니까요! 요한이 2천 년 이상을 살았던 것도 그 힘을 통해서이고, 제가 죽음에서 부활한 것도 바로 그 힘을 통해서입니다. 그 힘을 통해서 우리는 우리에게 대항하는 악한 존재들을 물리쳐 이길 것입니다! 저를 따르는 분들에게, 저는 1천 년 동안 살 수 있는 능력을 드리고자 합니다! 그런 다음엔, 진화된 존재로서 여러분이 가야 할 올바른 자리를 취함으로써 더 이상 죽음을 겪지 않게 될 것입니다!

KDP에게 다시 한 번 평화의 악수를 청합니다. 여러분의 잘못을 돌이키고 저를 따르면, 여러분은 진화의 선봉에 서게 될 것입니다. 초감각 능력의 발달로 인하여 이미 진화의 일부를 경험하신 분들은, 압제를 위해 여러분의 능력을 사용하지 마십시오. 여러분 자신의 내면을 들여다보는 데에 그 능력을 사용하십시오. 자신이 하나님이라고 주장하는 악한 존재에게 봉사하기를 그치고, 인류에게 봉사하십시오. 세계를 파멸시키고자 하는 존재를 위해 예배하는 일을 멈추시고, 인류를 영광되게 하는 일에 나서도록 하십시오. 우리 함께 세상을 회복하도록 합시다.

인류의 진화를 위해 일하는 사람은 덕이 있습니다. 우주가 그들의 것이 될 것이기 때문입니다. 무엇보다도 자기 자신을 사랑하는 법을 터득한 사람은 덕이 있습니다. 그들은 신이 될 것이기 때문입니다. 마음의 욕망을 스스로 부인하는 사람은 덕이 있습니다. 그들은 그렇게 하는 것이 자기 자신을 부인하는 길임을 이해했기 때문입니다. 자신의 내면에서 희망과 힘을 끌어낸 사람은 덕이 있습니다. 강하게 될 것이기 때문입니다. 영혼이 담대하고 강한 사람은 덕이 있습니다. 우주의 왕국에서 으뜸가는 사람이 될 것이기 때문입니다. 편협함을 허용치 않고 성장을 제한하는 것들을 돌파한 사람은 덕이 있습니다. 그들은 진리의 횃불이자 성취로 가는 안내 표지판으로 불리게 될 것이기 때문입니다.

제 말을 듣고 믿으십시오! 진리와 성장을 위해 여러분의 충성을 다하십시오!

KDP를 향해 세번째로 두 팔을 벌립니다. 여러분이 계속해서 자신들의 길을 고집한다면, 새로운 시대에는 여러분이 설 자리가 없다는 것을 이해하십시오. 많은 것을 받은 사람은 많은 일을 해야 합니다. 뉴에이지의 힘을 가장 먼저 경험하신 여러분, 그 달콤한 맛을 이미 맛보신 것과 아울러 여러분 안에서 자라나고 있는 무서운 힘을 알고 계시는 여러분이 박해와 편협함의 길에서 돌이서지 않는다면, 여러분은 이 행성의 진노를 가장 먼저 느끼고 경험하게 될 것입니다. 인류를 자신들이 신봉하는 신의 노예로 만듦으로써 힘을 키우려고 하는 사람들은 자신의 선택에 따라 이미 스스로 노예가 된 셈입니다.

그들 자신만 노예가 되는 것으로 만족한다면, 그것은 인류에게 그다지 위협이 되지 못할 것이며, 잠시 동안은 너그럽게 보아줄 수 있을 것입니다. 하지만 그들의 욕망은 다른 이들까지도 노예로 만들고 있습니다. 그들은 현재의 지구 상황을 전혀 이해하지 못하고 있습니다. 그들은 약하기에 미래로 나아갈 준비가 된 사람들을 막을 수도 없습니다. 요한과 코헨의 지도 아래 그들은 상상할 수 있는 온갖 종류의 재앙을 불러들임으로써 그렇게 하고자 시도했었습니다. 아무런 동정심도 없이 셀 수 없이 많은 사람들을 죽음으로 몰아넣었고, 살아남은 우리에게도 말할 나위 없는 불행과 고통을 안겨주었습니다. 그럼에도 그들은 인간의 영혼을 파괴하는 데에는 실패했습니다! 인간 영혼은 유일신의 못된 박해의 바람 앞에도 흔들림 없이 굳건했던 것입니다. 우리는 감히 도전합시다! 어떠한 폭군에게도 무릎을 꿇지 맙시다!」

크리스토퍼는 주의를 KDP에게서 더 폭넓은 청중에게로 돌려 선언했다.

「누군가의 종 노릇을 한다는 것은 여러분의 본성에 맞는 일이 아닙니다!」

군중들과 뾰족탑의 꼭대기에 있는 크리스토퍼 사이의 거리 때문에, 그리고 바람이 그의 옷자락을 날리는 바람에, 어느 누구도 크리스토퍼의 발 가까이에 있는 두 개의 물체를 알아차리지 못했다. 텔레비전으로 지켜보는 사람들에게는 좀더 분명했지만, 충격적인 연설에 집중하느라 어느 누구도 그것들이 성궤에서 나온 것이라고는 생각지 못했다.

「저는 여러분에게 지금껏 악의 군주에 대해서, 세계를 사슬로 묶어 놓은 영적인 존재에 대해서 이야기해왔습니다. 제 말을 듣고 또 지켜보고 계시는 많은 분들은, 제가 말하고 있는 존재가 그의 백성들로 하여금 무고한 짐승들의 피를 흘려 공물로 바치도록 요구했던 자와 동일인물이라는 것에 조금도 놀라지 않을 것입니다. 요한과 코헨과 KDP가 그러한 파멸을 야기시켜온 것도 그를 위해서였습니다.」

크리스토퍼는 잠시 멈추고는 발치께에 있는 물체를 집어 들어 머리 위로 쳐들었다. 예루살렘에 운집한 사람들에게는 분명치 않았지만, 텔레비전으로 지켜보는 사람들에게는 분명히 보였다. 그가 들고 있는 것은 두 개의 돌판이었다. 카메라가 돌판을 클로즈업해, 이상한 글씨들이 씌어 있는 것을 보여주었다. 크리스토퍼는 십계명을 쳐들고 있는 것이었다. 숨도 쉴 수 없는 긴장감이 예루살렘의 군중들을 휩쓸었다.

「이제 더 이상!」

크리스토퍼의 목소리에는 역력한 분노가 배어나고 있었다.

「이제 더 이상 전제 군주의 지각없는 지령이 이 행성을 지배하게 해서는 안 됩니다!」

크리스토퍼는 그 선언과 더불어 두 개의 돌판을 50여 미터 아래의 거리로 내동댕이쳤다. 돌판들은 산산조각이 나서 작은 자갈들과 구분할 수 없을 지경이 되어버렸다. 이제까지 대체로 크리스토퍼에게 호의를 가졌던 대다수 유대인 군중들은 망연자실하여 충격 속에 서 있었다. 크리스토퍼는 국가의 보물을 탈취하여 박살을 내버린 것이다. 그의 연설은 감동적이었지만 누구도 이런 결과를 예견하지는 못했다.

그들의 지지를 계속해서 얻어내려면 군중의 관심을 얼른 다시 붙잡지 않으면 안 된다는 것을 자각한 크리스토퍼가 말을 이었다.

「제가 약속한 것들은 모두 진실이며, 그것의 성취는 모두 인류의 손에 달려 있습니다. 저는 이를 경험으로 말합니다! 지구는 이 우주에서 외로운 고아가 아닙니다. 과학자들이 오랫동안 예견해왔듯이, 이 우주에는 생명이 존재하는 수천 개의 다른 행성이 있습니다. 그런 행성 중의 하나로, 플레이아데스 성단 너머에서 하나의 항성을 돌고 있는 아름다운 곳이 있습니다. 테아타라고 알려진 이 행성은 지구보다 훨씬 오래 전부터 진화를 계속해왔습니다. 지구상에 단세포 동물이 출현하기 전에 테아타 사람들은 이미 자신들의 우주 연령을 45억 년으로 계산하고 있었습니다. 그곳은 더 이상 굶주림과 두려움이 존재하지 않는 행성입니다. 거기에는 죽음이란 것이 없습니다. 그곳 사람들은 진화의 최종 단계를 거쳐서 영육이 하나가 되었습니다. 그곳 주민들은 자신들의 내면에 존재하는 신과 완전히 하나가 된 것입니다! 이 지구에 생명의 씨앗을 뿌린 것도 바로 그 고도로 진화된 행성이었습니다. 그러니까 테아타 사람들은 이곳 인간 종족의 부모가 되는 셈입니다. 제가 여기에 온 것은, 그들의 모든 것이 곧 여러분의 것이 될 수 있도록 하기 위해서입니다!」

　지구상에서 인간 생명체가 출현하게 된 기원에 대한 크리스토퍼의 설명은 자못 흥미로웠지만, 예루살렘에 운집한 사람들로 하여금 모세가 시내산에서 갖고 내려왔던 그 돌판을 부수어버린 방금 전의 그의 행위를 무시하게 할 정도는 아니었다. 크리스토퍼는 그들의 불편한 심기를 감지하고는, 자신의 진정한 능력을 세계에 보여주어야 할 때임을 깨달았다.

「제가 여러분께 제공하고자 하는 미래는 능력의 미래입니다. 엘리야인 로버트 마일너가 여러분에게 보여준 것과 같이, 자연을 조종하는 능력도 여기에 포함됩니다. 하지만 진화의 최종 단계는 거저 주어질 수가 없습니다. 왜냐하면 그것은 여러분 스스로 쟁취해야 하기 때문입니다. 쟁취하십시오. 그러면 그것은 여러분에게 주어질 것입니다! 저는 요한과 코헨이 야기한 공포의 지배를 종식시켰습니다. 저는 전 지구를 위협했던 광기의 행진을 끝장냈습니다. 이제 저는 지구의 회복을 시작하고자 합니다!」

크리스토퍼는 손바닥을 아래로 한 채로 오른팔을 내뻗었다. 오랜 동안 아므 소리도 들리지 않았다. 그러다가 군중들 사이에서 웅얼거리는 소리가 나기 시작했다. 대제사장 카임 레빈은 옷을 찢어발기고 진흙을 뒤집어쓰면서 군중들의 관심을 끌고자 다시 시도했다. 하지만 그가 입을 열기도 전에 군중들의 한쪽에서 일기 시작한 동요가 모두의 관심을 분산시켜버렸다.

길가나 건물 주변이나 흙이 있는 곳은 어디든지, 예전에는 아무것도 없었던 곳에서 풀과 꽃이 자라나기 시작했다. 마치 저속 촬영된 사진을 브는 것처럼, 사람들은 녹색과 붉은색과 노란색과 자주색 식물들이 지상에 경이롭게 피어나는 것을 목격했다. 불모의 땅에 핀 꽃들로 인해 대기 전체가 갑자기 봄의 향기로 가득했다.

기적은 예루살렘에서 그치지 않았다. 크리스토퍼가 5분 정도 미동도 하지 않고 말없이 서 있을 동안, 세상 곳곳에서는 식물들이 솟아나 자라기 시작했다. 키가 작은 편에 속하는 식물들은 삽시간에 완전히 성숙할 정도로 자라났고, 화재로 검게 변한 지역에서는 어린 나무들이 쑥쑥 자라서 어느 새 1미터, 2미터, 3미터가 되었다. 크리스토퍼가 마침내 팔을 다시 내리자, 놀라운 속도로 자라던 식물들이 다시 예전처럼 성장 속도가 더뎌졌다.

「저는 이와 같은 능력이 여러분의 것일 수 있음을 보여주기 위해서 왔습니다.」

그가 외쳤다. 그의 목소리에는 피로한 기색이 역력했다. 능력을 보여주기 위해 기력을 다 소모한 모양이었다.

「이미 말씀드렸듯이, 저는 여러분의 예배를 받고자 온 것이 아닙니다. 대신 저는 여러분에게 신의를 지켜줄 것을 요구합니다.」

군중들의 대다수가, 그리고 세계 각지의 사람들 대부분이, 조금도 주저함이 없이 그의 이름을 외치며 환호하고 박수를 쳤다.

크리스토퍼가 다시 오른손을 들었다. 이번에는 군중들을 진정시키기 위해서였다.

「야훼가 일으킨 재난으로 인해 도대체 몇 십억이 죽었을까요?」

그는 잠시 말을 멈추고 청중들에게 생각할 여유를 주었다. 왜 그런 질문을 던지는지 알 사람은 불과 얼마 되지 않는다는 것을 그는 잘 알고 있었다. 대다수는 죽은 사람들을 떠올리고 있을 것이 틀림없었다.

그는 동정적으로 고개를 흔들면서 말했다.

「그들의 삶을 회복시키는 것은 가능한 일이 아닙니다. 하지만 친구나 가족의 죽음을 애도하는 분들은 슬퍼하지 않으셔도 됩니다. 대신 그들이 진실로 죽은 것은 아니라는 것을 아시고 기뻐하십시오. 그들은 자신들의 발밑으로 다시 한 번 지구를 느끼게 될 것입니다. 왜냐하면 신은 진짜로는 죽을 수가 없기 때문입니다. 2천 년 전 예수가 니고데모에게 〈넌 다시 태어나지 않으면 안 된다〉[36]고 말했듯이, 과거 3년 반 이상 동안에 죽은 사람들 중에는 이미 다시 태어나서 다른 이름으로 살고 있는 경우도 있습니다. 하지만 고맙게도, 자신들의 과거 생을 기억할 수 있는 사람은 거의 없습니다. 그럼에도 불구하고 힌두교와 불교에서 가르치듯이, 과거 생에서 경험한 고통들은 더 밝고 더 지고한 미래로 가는 디딤돌 구실을 하게 됩니다. 그러니 슬퍼하거나 애도하지 마십시오. 눈물을 닦고 기뻐하십시오. 그들이 다시 돌아올 때, 그들은 인류가 그토록 대망했던 새로운 시대에 태어날 것이기 때문입니다. 모든 인류가 상승하게 될 뉴에이지에 말입니다.

지구촌 주민 여러분, 예루살렘 시민 여러분, 우리를 분리시키는 것들일랑 옆으로 치워놓아야 할 시기가 당도했습니다. 인류의 운명은 모든 인간이 하나가 되는 것입니다. 피부색이나 성, 언어나 출생지 등으로 나누고 구분하는 일은 이제 그만둡시다. 인종이나 국가로 구분 짓는 일은 이제 그만둡시다. 이제는 더 이상 이방인도 없고, 유대인도 없습니다. 이러한 구분은 모두가 공허한 짓거리에 지나지 않습니다. 모든 사람들이 다 선택받은 백성입니다!

그러니 이 건물도 더 이상 야훼의 신전이 되게 하지 말고, 인간의 신성을 기념하는 건물이 되도록 합시다. 피에 굶주린 신에게 바치기 위하여 두고한 동물들을 끌고 와서 잔인하게 죽이는 일도 이젠 그만둡시다. 오늘 이후로는 도살을 중지하고, 성전을 만인에게 개방하기로 합시다!」

데커는 군중들의 앞쪽으로 나서면서 앞으로 일어날 일에 대해 마

---

36) 요한복음 3:7.

음의 준비를 했다.

「아직도 의혹이 남아 있는 분을 위하여, 제가 누구인지를 말해줄 결정적인 증거를 제공하고자 합니다. 40억 년 전에 테아타 사람들은 지금 기술로 보면 조잡한 우주선을 쏘아올렸고, 그 우주선은 광속에 가까운 속도로 여행하여 2만3천 년이 걸려 지구에 도착했습니다. 이 제 테아타 주민들은 영체(靈體)로 진화했으며, 그들이 지구까지 오 는 데에는 1초도 걸리지 않게 되었습니다!

테아타의 것들은 모두 여러분의 것입니다. 마음만 먹으면 모두 여 러분의 것입니다. 바로 지금 이 순간 우리 주변에는 수백만에 달하 는 우리의 형제들이 있습니다. 그들은 지구인들 한 사람 한 사람을 이끌어가기 위해 여기에 왔습니다. 여러분을 우주와의 하나됨 안으 로 진입시키기 위하여 이곳에 왔습니다.」

「여러분은 그들을 볼 수 있습니까?」

크리스토퍼는 오른손을 치켜들고 고개를 위엄 있게 뒤로 젖힌 채 외쳤다.

「천상의 주인들을 보십시오!」

하늘은 갑자기 수천, 수만, 수십만의 아름다운 빛으로 가득 찼다. 어떤 것들은 직경이 수백 미터에 달했고, 어떤 것들은 그야말로 빛 의 알갱이라 할 만큼 작았다. 어떤 것은 천천히 움직였고, 어떤 것은 믿을 수 없는 속력으로 내달렸다. 크리스토퍼가 다시 외쳤다.

「천상의 주인들을 보십시오!」

〈4권으로 계속〉